U0452415

钦探

周游 著

作家出版社

北风其凉,雨雪其雱。惠而好我,携手同行。其虚其邪,既亟只且。
北风其喈,雨雪其霏。惠而好我,携手同归。其虚其邪,既亟只且。
莫赤匪狐,莫黑匪乌。惠而好我,携手同车。其虚其邪,既亟只且。

——诗经·邶风·北风

目 录

1	差事	001
2	后生	009
3	华佗摇扇	024
4	徘徊镇	037
5	枯树墩	053
6	杀虎堡	066
7	沙河村	075
8	知县	083
9	敌探	094
10	失踪者	102
11	陷狱	112
12	马市	121
13	乱坟岗	131
14	冒功	137
15	投诚	149
16	李夫人	156

17 养济院	165
18 侯门深似海	172
19 国子监先生	181
20 农庄	189
21 战俘	199
22 金豆	207
23 蜡丸	218
24 奸细	225
25 雪原	234
26 蚂蚁	240
27 瓦剌见闻	247
28 小扣儿	257
29 石子儿	265
30 寻父	271
31 罪榜	281
32 故人	292

1　差事

冷。朱抗多年来第一次感觉到冷。他向来不怕冷的。八年前在辽东，外巡遭遇敌兵，四下茫坦雪原无处藏身。他踏破一条冻河，匿在冰面下，鼻子紧贴冰层，刮着缝儿去吸水波荡漾间闪出来的空气，等敌兵过去才瑟瑟上来。趁暮色狂奔十里地，回到墩堡，头顶滚冒白气，仿佛刚从蒸笼里出来，浑身抹了马油，在火塘边睡了一夜，连声咳嗽都无。北京冬天再冷，也冷不过辽东。如今才冬月开头，还没到三九，骑在马上，一阵朔风吹过，竟打了阵摆子，全身上下骨头缝儿里疼。今天是他五十岁生日，到底是老了，不服也得服。

老是从眼睛开始的，当年同袍赠他绰号"猫眼儿"，专赞他目力，站高些，无月无星的晚上，能瞧见三里外的动静。去年起，眼睛就发花，迎风淌泪，老阳儿烈些也淌泪，有些沙眼的征兆。他爱惜这对儿招子，听人建议，吃猪肝熊胆，用决明子、玄参、蕤仁汤敷眼，又听说人乳最有用，托军中伙夫在村里买了一葫芦，洗后眼刺疼，差点瞎了，不敢再折腾。他越发像只精瘦的老猫，逮住空闲就闭目养神。今年事多，又打了几仗，熬了几宿，眼睛受累厉害，更花了。加上母亲死，狠哭了几场，雪上加霜。今早在骨灰罐前烧了七七纸，强忍着，还是掉了两行泪，涩得生疼。母亲信佛，遗嘱火葬，把骨灰送回山西老家，火葬遵了，回乡遵不得了。中午，他朝东南方磕了一串头，将绳子抛过房梁，打了个扣儿，正要把脖子套进去，有人擂门，开了，一个小厮自称督抚佥事孙镗的家人，约他未牌时分去趟府上："我们爷说有大要紧事，请朱爷务必来。"

天阴沉沉似铁，使劲儿憋着雪，要下不下的意思。孙镗家在城北，有点远，路上往来百姓很多，腿脚匆忙。解除城禁未久，瓦剌兵说是退出了关外，但保不齐又回来，所有人都不敢松懈，神色紧绷。过狗尾儿巷，墙下一群百姓围着，似在看什么东西。一个瘦长汉子横握一条木棍往后推人："别挤！想摸的，三个钱！"百姓阻住路过不去，吆喝了两嗓子，也没人让。一个百姓问："真灵么？"汉子道："不灵！摸了就烂肉死呢！"一个婆子道："灵的！比城隍庙灵，我摸了，孙子睡觉就不哭了。家媳妇摸了，肚子也不疼了。"另个百姓也道："三个钱，就当吃了俩馒头，试试怎的！"众人踊跃起来，更加使劲往墙下挤。汉子端只瓦盆，一面接钱一面用棍子戳人，要他们排队。朱抗站在马镫上一瞧，汉子身后的墙上，有一圆坑，里面嵌着一坨黑湫湫的铁丸，外露的一面被摸得亮锃锃的。有好奇的近前，问这是做什么，有热心的解释："这是上个月鞑子攻城，打进来的铅弹，砸进了老黄家院墙。老黄说这是天大的鸿运，要大家都来沾喜，三个钱摸一摸，包治百病，驱邪消灾！"

朱抗不耐烦，用马鞭甩出一条路，挤过去了。拐过几个弯，到了孙府。门人进去传报，里头连说快请。随管家拐过影壁，穿过前院，顺回廊转到正厅，孙镗身穿便服正等着。朱抗欲下跪行礼，孙镗一把扶住："咱们不讲这些。"拉他坐下，命人看茶。朱抗扫了一眼，满地尺方水磨黑砖，中间烧着一盆红通通的炭火，左右十六张栲栳椅，顶头儿正中挂着一幅武将戎装图，燕颔虎须，威风凛凛，当是孙镗祖宗；两条耀眼的金字楹联，如两道仙光护持；方桌上供了把鲨鱼皮鞘宝刀，刀柄红穗子落了色；右侧一组缎面儿屏风，上绘青绿山水，右下角小楷写着"仿王希孟笔意"。

见他头上裹了白，孙镗问为谁服丧，朱抗说母亲今天七七。孙镗皱眉一算："鞑子打来的前一天老伯母下世的？"朱抗点头。孙镗连拍额头："瞧我！竟第二天就把你召到军中打仗。"朱抗道："咱的本分。"孙镗赞叹："真是我大明忠义之士！"说了些在浙江防倭、在广西平苗的往事，孙镗问："在辽东依然做夜不收？"朱抗道："老大年纪，也不能冲锋陷阵。"孙镗笑道："做夜不收，比冲锋陷阵还凶险呢！前番多亏你扮作平民，混入瓦剌军中，发现他们趁夜往西直门运火炮，用箭书报信，我连夜加固了城门，不然怕是守不住。"朱抗道："守战全胜，全仰仗于大人运筹帷幄，孙大人等竭力血战，属下没什么功劳。"孙镗道："不必过谦。之后你不用回辽东了，已给你安排了新职事。"说完给管家递了个眼色。管家很快捧来一只大漆盘，上堆一套新衣靴帽、几锭大银、一块独云龙独虎符镀金银腰牌。孙镗道："朝廷论功行赏，我向于部堂说了你的事，于公极是感慨，建言圣上，特擢你为锦衣卫副千户，赏银五十两。你知道，军里常规，首功才能三级升迁，但你为国出力大半生，只是个总旗，皇上很是哀悯，破格赏了千户，子孙世袭百户——可惜你无儿无女的，有点亏。等来年，我看给你说一门亲，你身体还壮，生个一儿半女的也好。"朱抗跪地谢恩，抱过赏赐便欲告辞。孙镗抬手道："不急，今日要你来，还有别的事。"

"老朱，"他压低声音，"咱们老交情，说话不必忌讳。你以为，八月土木堡一战，是怎么败的？"朱抗沉吟道："此事，朝廷上下已有公论。"孙镗道："你也认为是王振之过？"朱抗声音高亮些："若不是王阉贼怂恿上皇亲征，又挟主自负、胡乱指挥，何来惨败？"孙镗颔首道："但一场大败，伤亡五十万，仅仅是他一个太监的过？"朱抗沉默片刻道："按律，家狗咬了人，家主赔汤药费。"孙镗大笑道："这话有点意思了。不过，除了太上皇和王振，就没别的缘故？"朱抗蹙眉："不懂大人的意思。"孙镗起身，背着手踱步："做豆腐的人家，一扇豆腐做坏了，得一步步寻思，是豆子磨粗了还是点卤点差了？水多了少了？火候过了欠了？数十万大军被虏贼几万杀个片甲不留，皇帝北狩，赵宋靖康之后，数百年来，哪有这样的窝囊事？莫非最后只因为烧火的打瞌睡，就把豆腐弄坏了？"朱抗搓手不语。孙镗继续道："这些年，朝廷在北境花费上百万银子，本来铁桶也似的防御，怎会出现漏洞？谁泡的豆子？谁拿布袋过的浆水？这一扇稀烂豆腐，要怎么交代？"朱抗道："怕不是一两个人的事。"孙镗一摆手："也怕不是所有人的事。"朱抗两膝更疼了，拉了拉椅子，离火盆近些。孙镗坐回座位,搭住他的胳膊:"老朱,朝廷希望你去山西彻查这件事,揪出几个祸国殃民的贼来。"

朱抗摸摸茶杯已凉,端起来饮尽,欠身道:"大人恕罪,我干不得。"孙镗道:"你父母都不在了,又没妻小眷恋,怎么干不得?莫非你岁数大了,本事丢了,受不得辛苦?"朱抗摇头。孙镗笑道:"怪我糊涂,哪能不说好处就使唤人呢。完了这件差事,最不济赏你个世袭千户,若皇爷高兴,给你个佥事、同知也不难,到时候你和我平起平坐。"朱抗又摇头。孙镗不高兴:"老朱,不要做闷葫芦,有话直讲。"朱抗缓缓道:"豆腐坏了再做一扇就是,何必苦苦追究。"孙镗骤然变色:"几十万人,死了就死了?"朱抗面不改色:"死了就是死了。只怕查起来,该死的不死,该活的又该死了。"孙镗转转眼珠:"你是怕那边当官做将的互相推诿?"朱抗道:"豆腐坏了,也许磨豆子的、点卤的、烧火的都没错,而是心急想吃豆腐的在旁指手画脚,坏了事。之前辽东败仗,朝廷派御史去查,戴狮子盔的一个没事,穿草鞋的倒杀了三百多,那御史走时,拉了几车的银子。"孙镗道:"这次不同,朝廷也知道官将之间牵连颇深,难免有贪贿的事,所以这次不派御史,想派一个在官场上没根基的去查。这次不是敷衍公事,皇上认了真,决不会包庇谁。"朱抗依然摇头。孙镗急道:"这差事不是我派给你的,你吃官家饭,官家使唤不动你么!"朱抗平静道:"大人有圣旨,请出来宣读便是。"孙镗气得双目圆睁:"你欺我没圣旨么!"朱抗忽然指着那架大屏风道:"有圣旨的,怕在那后头。"

此时,只听得一阵大笑,一个汉子从屏风后面闪了出来,身材癯瘦,剑眉星眼,穿大红圆服,一绺垂胸杂白长须,相貌威严,大步走到朱抗跟前,上下打量了他一番,微笑道:"莫非轻轻喘气,你也能听到?"朱抗道:"是大人用指头点了点那画,有意试我。"那人拍手笑道:"你和孙大人说着话,还能瞥见屏风微动,了不得。"孙镗笑道:"他本事没的说,只是这性子——"朱抗退后一步,郑重拜倒:"卑职见过于大人。"那人更惊讶了:"你认得我?"朱抗道:"只远远见过。昨日一早,我的左邻右舍被锦衣卫叫去,半日才回,脸上俱有喜色。晚间闻到隔壁肉香,定是拿了赏赐。升斗小民,竟劳动锦衣卫,定是盘问要紧消息，果然今日便有孙大人传见。这差事重大，上头坐纛旗儿的，又能使动锦衣卫的，非于大人莫属。"他又指着那架屏风："为迎接大人，孙大人命人洗了地，擦了桌椅，可那屏风脚却有灰，可见是临时搬来的——想必是于大人的主意，先不露面，要藏在后头听一听。所以我才格外留意，瞧见了画面微动。"

于谦啧啧赞叹："不愧是干夜不收的，做这件差事，非你其谁！"又夸孙镗荐人确当。他扶起朱抗，正色道："刚才的话，我都听在心里。你大半生在行伍，清楚军中陋弊，不想接这个差事，是不想连累无辜，这是你周全之处。可是，土木惨败，君父北狩，虽说是天数，也是人力萎靡所致。有见阵退缩者，有见敌势凶獗逃遁者，有坐失军机者，有逗留不进者，有隔岸观火不行救援者，这些人，罪过重大！如今国家多事之秋，正要明赏罚、立榜样、定规矩，如果装聋作哑地混过去，不分忠奸一概饶恕，看似是仁慈，实则是养贼！这等大事不追究，以后谁还肯披坚执锐尽忠报国？谁还肯冲锋冒敌救民水火？如果饶过那些官贼、将贼、兵贼、民贼，那战死土木的无数将士冤魂，在地下又如何能安稳？"

于谦情绪激昂，说得朱抗浑身滚热。早些年，他就听说过于谦的名声，为人耿介刚直，疾恶如仇，之前巡抚山西、河南赈济灾荒，活民无数。在辽东时，军中有个山西老乡，说于谦赈灾那两年，把所有官俸全部捐出来买粮，任满回京时，一袭旧袍，一头跛驴，一箱书而已，千万百姓痛哭不舍，送出百里之外。土木惨败后，于公又力挽狂澜，率京师军民痛击瓦刺，救国于倒悬，立下千秋之功。守战时，他混在瓦刺军中做探子，夜里睡不着，眺望城墙，于谦通宵在城墙上巡守。此人是当世大忠臣、大豪杰、大明国瑞，是茶馆才人说的"擎天白玉柱，架海紫金梁"一般的人物，是他万万不可及的。见朱抗动摇，于谦继续道："孙大人也说了，这次调查绝不是走走过场。因为是机密差事，不好惊动内阁，票拟批红的圣旨没有，但皇上下了口谕。你放心大胆去查，查出有逃战的、有贪墨的、有通敌的、有坐失军机的、有逡巡不救的，不管他是皇亲国戚还是平头百姓，朝廷都一体处置。俗话说，疑人不用，用人不疑。朝廷不担心你会诬陷谁，你也不必担心朝廷会包庇谁。皇上要查土木惨败的本意不在杀人，是为查残补缺——北境防线漏洞百出，借此番调查，也可好好整顿一番。这下，你可放心了吗？"

朱抗道："只是，卑职从未做过这种差事，朝廷人才济济，为何选中我呢？"于谦笑道："派几个给事中、监察御史去自然容易，可那样大张旗鼓的，这事就没法查了。朝廷上下文官武将，根须盘错，宣府、大同的将领，山西的地方官，哪一个在京城没有人情？此事决不能让部堂官儿做。精细稳重的太学生倒有，却吃亏在文弱，受不得风霜雨雪不说，若遇到什么埋伏黑手，也白送性命。锦衣卫倒合适，只是那帮人嚣张跋扈惯了，所去处定会闹得鸡飞狗跳，所以也用不得。不瞒你，为选能当此任者我伤透了脑筋，恰好孙兄提到了你，说你曾在他麾下效命了几年，他深知你性格为人，不爱财、不好色、稳如磐石、冷若冰霜，是大明一等一的夜不收，有武艺、能吃苦、精细——那是不消说了。所以拔你为锦衣卫副千户，借了他们威名，也好办事。况且，你的邻舍说你事母至孝，令堂病重时还割了股，所谓忠臣求于孝子之门，这差事不点你点谁呢？你把打探敌情的本事拿出来，打探咱们自己的事，辛苦一趟，给皇上一个交代，给死去的将士一个交代，也给天下百姓一个交代！"

思索片刻，朱抗道："只怕那边的官将不配合，我位卑权微，管不得。而且没有由头，线索全无，也无从下手。"于谦见他肯了，笑道："这你不必担心，去了大同，会有一位将领接应，差事如何破题，他会告诉你。"他从袖中拿出一块虎头铜牌，一封手书："这是兵部令牌，虎头带印，在地方遇到危急事，可出示此牌，来回传递消息，也可用此牌征用急递铺、马驿——但在大同，不可透露你的差事。这手书，给那位将领验明身份。"朱抗又问："我如何跟那位将领联络？大同是军事禁地，不能轻易出入。"于谦道："数日前，有一队运送冬衣军械的车辆前往大同，我已传了信，要他们在阳和城停候。等你去了，可凭此牌充为押解官，到了大同，设法与那位将领碰头。"朱抗问彼人姓名，于谦摊手道："不是有意瞒你，是连我也不知，他信上只署了四个字：华佗摇扇。"孙镗在旁笑道："朱抗是行伍之人，字都认不得许多,万一猜不出,岂不误了差事?"于谦微笑道:"朱兄会明白的。"朱抗垂首领命。

于谦欢喜:"此事不可拖延,山西那边一旦调换成卫,查起来就麻烦了,你最好后天就动身,我另外挑选了四个副手,明晚与你汇合。"朱抗忽然道:"这差事我干不得了。"于谦一惊:"怎么?"朱抗道:"要干,只能我独自干,不需要任何帮手。大人若不放心,不如把差事派给那四人。"孙铠忙喝:"老朱,放肆!"于谦笑道:"给你人手,并非不信任你,是去山西一路,瓦剌探子、山贼流寇极多,怕你自己支持不来。这四人是宫廷侍卫,武艺精湛,和你上路也有个照应。放心,他们不敢拿大,一切听你指挥。"朱抗依然不肯。孙铠对于谦笑道:"老朱这人,不懂人情世故,和生人也合不来,而且做夜不收的,习惯了独来独往。"于谦踌躇一时,妥协道:"罢,随你的意思。"朱抗拱手道:"卑职明早出发。"于谦拍拍他肩膀,感叹道:"这等慷慨义士,多年来竟沉居下僚,真是朝廷之过!我辈敢不惕励!"眼看天色晚了,起身告辞。

孙铠忙道:"厨下已备了粗酒,还请大人赏光,就在寒舍一饭。"于谦笑道:"老兄担待,实在不能了,皇上还等我回宫,商议如何回复瓦剌使节的事。"孙铠把于谦请到一侧,低声问:"听说瓦剌有意送回太上皇?"于谦道:"鞑贼奸诈,不知此意真假,而且,也不是他们想送就能送的。"他叫上朱抗:"一起走罢。"孙铠送到大门口,家人抬来于谦的轿子,牵过朱抗的马。于谦看着那匹杂花马道:"这马很有些年纪。"朱抗道:"虽然老,脚力尚可。"于谦爽朗大笑:"朱兄骑马送我一段罢。"

拐过街角,于谦掀起轿帘,问朱抗:"今天是老兄五十岁寿日?"朱抗点头叫声惭愧。于谦笑道:"你不问我怎么知道的?"朱抗道:"为家母丧事,我给阴阳先生漏过八字,想必邻舍告诉的大人。"于谦笑了两声:"是我多问了。"过了两条街,轿子停了,于谦钻了出来,朱抗也立刻跳下马。于谦握住他的手:"咱们就此分别。此次调查,送朱兄一句话:站高远处看,往细微处看。此事不可太急,也不可太缓,我估计,年前是回不来的,来春之际,务必带回一个结果——于某备酒相待！"朱抗看于谦的轿子远去了，才跳上马，往家行去。

　　天已大黑，又过狗尾儿巷，墙下燃着一堆篝火，白日那个汉子拥着一领羊皮大袄蹲在墙角，护守墙上的宝贝弹丸。朱抗下了马："怕人偷摸？"汉子呷了口酒："可不是！我盯上半夜，我婆娘盯下半夜。"朱抗摸出三个钱递给他，汉子让开身子，朱抗碰了碰那枚铅弹丸，冰、硬、滑。

2 后生

又梦见那些人的脸，腮涂青墨，鼻穿兽牙，几个光屁股孩子，血肉模糊，盯着他不言语。一身黏汗，心口猛跳，身子里的那窝蚂蚁又开始咬。字，还有那个怪异的字，像一头蛮牛，顶着尖角在他腔子里乱刺。一串不好的兆头。怔了会儿，朱抗起来，掀开门帘，不知何时下雪了，看不见星辰，听打更的梆子声，寅时刚过。他点起灯，去厨房煮些粥吃了，又抱干草喂了马。来到外间屋，在母亲灵前上了香，将瓦罐里的骨灰倒在一只大帕子上，包紧了，外面又密密裹了两层。外面有人敲门，开了，一个老汉自称于府管家，带了两个小厮，抬上一只木箱："我们爷吩咐，给朱爷送点东西。"抬进屋里，朱抗赏了他们几钱银子，告谢去了。

打开木箱，最上面是一包细丝碎银，约莫百两，一套全新鞍鞯，一副干净铺盖，又有一件羊毛褙子，一套胖袄棉裤，一顶厚毡帽，一双牛皮六合靴，还有一只大水囊，两串铜钱。检视一番，朱抗拿出羊毛褙子和碎银铜钱，其余封好，推到床下。看时候尚早，取出那把缴获来的倭刀，细细磨了半个时辰，收拾好行装，一总捆在马上。这时，隔壁门响，霍老大要出门卖药汤，朱抗在门口叫住他，送上一包银子，说要出门公干几个月，托他照管门户。霍老大掂掂银，惊道："好几锭整的，这是？"朱抗道："碎的给你，整的是朝廷赏的，来路干净，你帮我捐给前街善法寺，上月他们不是遭了火么，要重建大殿。"霍老大念声佛："老姑生前最信佛，老哥也做善事，到时我挂你的名，刻功德碑上。"朱抗摇手："千万不必，谁的名都不挂。和尚问起谁捐的，你只说捡来的。"霍老大叮嘱他外出仔细，朱抗道："宅契也在包里，我若回不来，这宅子和家当，你做主变卖了，银子分给街坊们罢。"霍老大忙道："别说凶话，此去顺风顺水，大吉大利。"

锁好门，骑马上路。晨昏中，街上做买卖的熙攘匆忙，人人口吐白气，如新亡的鬼魂。在德胜门等了会儿，城门开了，挤在人群里出了城，朝北而去。天大亮后，雪停了，路上积了厚厚一层白。路边几株粗壮的野梅，开得正烈，红艳艳的，几只灰楚楚的寒雀绕着乱飞，争相去啄花蕊。一股清香，在冷气中嗅着发硬。过了几处村庄，人烟稀少，两边是铺银叠素的田野，浮凸的田垄像是一条条冻死的大蟒，偶尔几只野兔在其间乱奔。

中午时，在一家客店打尖儿，一队往京城送粮的骡队正在休息，二十来人，把小店挤满，端着大海碗吃面，吸溜得震天响。店家问吃什么，朱抗要了个碗，去民夫中间的大桶里盛了两箸子，站在外面吃了。又要店家炕一锅烧饼，比画着："拳头大，不要馅儿，做三四十个。"店家道："人多，灶上排不开，爷得等会儿。"朱抗道："不急。"转身和一个车夫搭话："老哥从哪里来？"车夫说从龙虎台来。问路上景况，车夫说遇到一拨逃难的流民，堵了道儿要粮食，他们这是官粮，死不能给，流民嚷了一阵，见他们人多，也没闹起来。

正说着，只听一声响亮马嘶，那头来了个行客，骑匹肥壮黄马，头戴水獭皮罩红缨宝石冬帽，穿火红狐狸毛大裘褂，束一条金铜透花的花银腰带，脚踏马皮绿线绲云头战靴，腰插刀，肩挎弓，鞍上挂了两只五彩斑斓的野鸡，嗒嗒朝这里行来，嘴里高吟："本为贵公子，平生实爱才。感时思报国，拔剑起蒿莱。西驰丁零塞——"到店前，两脚撤了镫子，双手在鞍上一撑，一个花哨的虎掀尾式下了马，大笑道："北上单于台！"引来车夫一阵叫赞。那人抬抬帽子，吐出一口寒白，露出面貌，一个俊俏秀雅的后生，看着不过二十上下，白净脸儿冻出两片红，如贴了两朵大梅，唇上微有髭须，一双流波大眼，扫了众人一圈。他从鞍上解下野鸡，唤来店家："炖了，有什么蘑菇干菜豆腐丸子，看着放。有好酒和下酒的小菜，也一并上来。"看他派头不凡，车夫忙让出一张方桌，加紧吃完，穿戴好，赶着一溜儿骡车去了。后生除下围脖，解开大褂，松了绑腿，啜了口热茶，瞥见一旁的朱抗，点头致意。朱抗来到外面，背着手看远处的雪景。

不大工夫，店家捧来一锅炖鸡，几样小菜，还有一大瓶酒，烫在镞子里。那后生自饮两杯，舒坦地咂嘴，问店家："前阵子鞑子来，你这店没遭抢？"店家道："鞑子平时吃不上热乎饭菜，只有肉干奶饼，可稀罕我这里。该多少钱就多少钱，不赖账。"后生道："你不把鞑子毒死了，还给他们做饭吃？"店家道："我开店的，谁来不是客？"后生骂了几句，又唤朱抗："那位老兄，看你不像急着赶路的，何不一起喝两杯？"朱抗抬手道："多谢盛情，不会饮酒。"后生道："不喝酒吃两块肉，喝碗汤也暖和。"朱抗道："吃过了，请自便。"后生再请，他便不理了。很快，店家做好了烧饼，用包袱包好，烘烘冒着热气："做了四十个，放了一辫子蒜给爷就口，就算六十个钱罢。"朱抗拆了一贯钱，点出百来个，倒进店家围裙里。又摸出个烧饼，一扫，栏杆下缩了个老乞丐，丢给他。老乞丐忙着吞，腮帮子鼓成球，连个谢字也挪不出来。

朱抗看他吃完，站了会儿，把烧饼装在皮囊里，上马便走。行了一段，又下雪，进了山，风急起来，无意间一回瞟，那个后生正远远跟在后头。朱抗控控缰绳，想让他过去，那后生也放慢，隔了一箭地，依旧跟着。朱抗索性停下，那后生也停下，远远望着他。朱抗按住刀柄，冷冷盯回去，那后生似有些胆怯，往后退了一截。一只鹰尖唳着掠过山谷，在雪上投下长长的影子，那后生摘弓搭箭，扯成满月，对准朱抗。朱抗死盯着他，那后生忽把弓一抬，瞬时放箭，只听空中一声响，那鹰被射个正着，扑腾腾掉下来，正正摔在朱抗一旁。本以为死了，谁知只是双翅被穿，未伤筋骨，还在地上挣扎。这等箭术，非同小可，朱抗不敢大意，轻踢马肚，继续往前，耳朵竖得直直的，生怕箭响。那后生跟上来，路过那只鹰，侧身抓着箭尾提起，取了箭，把鹰往天上一托，又飞去了。

冬日昼短，天色发昏，冷风倒灌山谷，呼啸尖厉，雪屑乱舞。朱抗络腮胡结了层薄冰，膝盖又疼起，那窝蚂蚁个个会使凿子，在里面敲打，刺疼阵阵。隐约听到一阵石头响，循声一望，从半山腰跑下来十数个山贼，脸抹锅灰，穿兽皮衣裳，拿刀挺枪，拦住去路。朱抗不慌不忙，托出一包碎银："诸位行个方便，买路过去。"头目站出来打量他："马和行李留下，你人走。"朱抗不语，暗暗推刀出鞘，准备动手。忽听见一声箭鸣，嘣地扎在山贼脚下，箭身乱颤，嗡嗡作响。那后生策马跑上来，指着山贼大喝："什么狗贼，敢在这里放肆！"山贼看那箭插入地中足有半身，力道强劲，一时不敢妄动。后生又喊："而今国家多难，你们有本事，何不当兵杀鞑子去！一刀一枪博个出身，不比在这里做山贼强！"他脸色通红，正气凛然，那帮山贼互相看看，大笑起来："这崽子要招安我们哩！"

朱抗猛拔出刀，踢马朝山贼杀去。他砍死两个，冲开一条路，看那后生被山贼团团困住，也不救，也不走，上了一块高地。两个山贼想上来又害怕，便堵住去路，等人来援。朱抗悠闲地夹定马，抱刀观战。那后生也用刀，卖弄本事，刀舞得寒光团团，可惜只是花架子，关门敲鼓，自家热闹。山贼用钢叉刺中黄马屁股，黄马一疼，将后生掀下。后生抱刀在地上乱滚，躲过砍斫，靠定一块大石，扯弓放箭。他的箭术端是精湛，几无空发，射死几个山贼，其余扛起尸体抵挡，又把他围住。后生射光了箭，朝朱抗这边望了一眼，有求援之意，但未呼救。他与山贼拼在一处，又杀死一个，却被头目踹翻在地，兵器脱手，想抄弓打，发现铁胎弓已被砍断。朱抗看他势绝，踢马欲走，那后生忽从腰间掏出什么，右臂连挥，那些山贼连连惨叫，个个抱头鼠窜，围堵朱抗的两个山贼见状亦慌逃而去。

后生原地喘息片时，扯马来到朱抗跟前，嘴里喷着大团白气："本事不丑吧咱！"朱抗拍马要走，后生张臂拦住："朱爷慢着！"他从怀里掏出一封信呈上："不才张绍祖，奉于部堂钧令，助您老去山西调查土木战败一事。"朱抗并不接信："于大人允诺我独自干事。"绍祖打开信，举到朱抗跟前："于部堂亲笔，要朱爷带上我。"朱抗略扫一眼，摇头道："我认不得什么笔迹。"绍祖急道："底下有于公私印。"朱抗道："更认不得印。"绍祖连说："昨天在孙镗家,升了您老锦衣卫副千户——朱爷别多心,咱不是骗子。"朱抗双腿一夹,马儿撞开他便走。绍祖跳马跟上,继续道:"我也不是孙镗的人,昨天是朱爷五十大寿,今早送给朱爷的行装,有件羊毛褙子,是于公私物——我真是他荐来的!"朱抗正眼也不瞧他。绍祖烦躁,嘴里絮絮叨叨。被山贼一搅,耽搁了路程,两人并辔走了一段,天已泼墨大黑。走了许久,前面现出星点灯光,黑乎乎一片人家,到了唐家岭。

过驿馆不停,往前一截,来到一家不起眼的村店。一只破灯笼,在风中猎猎乱摆。跑堂迎出来,牵过二人坐骑。绍祖吩咐:"用上等细料喂饱了,别舍不得放豆子。那黄马屁股上有伤,你小心着,明早赏你。"跑堂连声答应。绍祖掀开厚厚棉门帘,让朱抗先进去。一股热气迎面冲来,喷得脸上的雪珠瞬时化了,浑身上下每一个毛孔都熨熨帖帖。店不大,上下两层,底下饭堂,楼上客房,地上一只泥炉,蹲大铁壶,咕嘟咕嘟烧着茶水。炉边睡卧一只狸花老猫,胡子燎得惨凄。七八张桌儿,只角落一张有客人,正独自饮酒。店主趴在柜台上睡着,鼾声阵阵。

俩人抖抖身上雪,脱了外面衣裳,朱抗拣了个座儿坐了,绍祖要坐过来,朱抗狠狠一瞪,他只好坐去窗边。店主揉开睡眼,上来伺候。朱抗倒了碗茶,从皮囊中掏出一个烧饼,掰成小块儿泡茶水嚼了。店家冷笑道:"爷们儿会过家,酒饭都舍不得吃。要不是冰天雪地,怕连小店都不住哩。"来问绍祖,绍祖喊了几样菜,店家说厨子下工了,他做不来,绍祖要他看着做,另外再蒸一笼馒头,要带着赶路。店家指着朱抗:"二位不是一路?"绍祖摇头:"我从北,他打南,碰巧一起进门。"朱抗捧着茶碗暖手,瞄那个单身客人。绍祖也看过去,那人背坐,脖子细长,像只鹅,穿深青色绸面棉袍,拦腰一条大红绦,脚蹬一双蛤蟆头白底皂靴,不时在地上蹭几蹭。很快,饭菜齐备,一盘炒鸡子,一盘煎豆腐,一盘卤猪头肉,一碗肉汤,两大碗饭,一镟子酒。绍祖抄起筷子狼吞虎咽,嗓子咽咽地响。他食量很好,把一桌饭菜吃个罄尽,又添了二斤烧酒。酒足饭饱,他从头上拔下银耳挖子,一边剔牙一边看那个独身客人。

似是被二人目光灼疼了，那人站起，提着一瓶酒，转身朝朱抗走来。四十上下年纪，面白无须，细长眼，鹰钩鼻，微微笑着，酒放桌上，一拱手："可是新晋锦衣卫千户的朱爷？"朱抗嚼着烧饼并不理他。那人径自坐下，拿过一只茶碗倒满酒推过去："大冷天儿，朱爷吃杯酒暖暖身子。"朱抗漠然："不会吃酒。"那人咯咯笑了："好个稳重人儿，是干大事的。"朱抗把桌上的饼渣搓起来，倒进嘴里嚼了，喝尽茶，一抹嘴："还未请教？"那人看了眼店家与跑堂，两人立刻缩去厨房，这才道："咱家吃宫里饭的，姓曹名吉祥。"朱抗微笑道："曹公公走公差？怎么前头驿站不住，来这村店？"曹吉祥笑道："在驿站可碰不着朱爷——听说朱爷领了一项要紧的差事。"朱抗道："是有差事在身。"曹吉祥道："宫里传闻，当今要追究土木战败的事，想必不少人要掉脑袋。"朱抗道："下午在山谷，倒是不少人掉了脑袋。"曹吉祥惊讶道："朱爷遇到山贼了？这一带，山贼极多的。"朱抗指着他胸膛："公公不必绕圈子。那里头——怕是给我的金子。"曹吉祥大笑，从怀中掏出一只小绣囊，放在桌上。

他又转向绍祖："那位小爷何不过来坐呢？"绍祖望着他："你们说话关我甚事？"曹吉祥道："你和朱爷是一路的，何必在我跟前装作南北客人呢？"绍祖笑一声，挪了过来，幽幽道："你走来时有暗响，铿锵之声，必是金银。胸前微微鼓出，有事求人，这点银子怕拿不出手，只能是金子。"曹吉祥拍手笑道："于大人的眼光果然毒辣，选对了人。"绍祖道："我们去山西干事，公公有吩咐？"曹吉祥道："吩咐不敢，只是有几句话请教。"绍祖伸手："洗耳恭听。"曹吉祥道："咱们敞开门窗说话。土木惨败，全因王振挟持上皇，好大喜功，数十万兵马吃他指挥无当，全军覆没，这是朝野上下的公论。战败当日，王贼已被众臣诛杀于土木堡。王贼党羽，锦衣卫指挥马顺，内官毛贵、王长，王贼侄儿王山，也被群臣打死在金銮殿上。王振心腹，大同监军太监郭敬，也已凌迟处死了。天打雷劈说，上皇也有宠信奸佞的过失，而今北狩瓦剌，也算天谴。咱家实在纳闷，冤头债主都已清办，二位去山西，还要查什么呢？"

绍祖正要说，曹吉祥抬手道："自然，土木惨败，除了皇爷和王振，上自公卿将领，下至小兵民夫，难道屁股沟子都是干净的？北境边防岂无漏洞？军中岂无瓦剌间谍?也不能这么说。可是,"他挺起一根指头,点得桌子一响一响,"经此一败,守边将士岂无廉耻之心?之前有过失,今后必知悔改,懈怠的勤谨起来,懦弱的知耻后勇,上下一心,今后勠力杀敌就是了。如果秋后算账,株连广大,必会引发山西震动——山西震动,瓦剌必趁势而下,一旦军民激变,后果不堪设想。上皇北狩不会动摇国本,二位穷究不放才会动摇国本呀!不可不慎重!"绍祖拍手道:"好一番大论!这是公公自家的意思?"曹吉祥摇头:"咱家不撒谎,这番话,是司礼监和一些大臣的意思。不怕丢人,王振在日,咱也亲亲叫他一声干爹,内阁几个大佬也是仰他鼻息的,山西的官将和他们或是儿女亲家,或是同乡同年,升官封爵都是打点王振弄来的,这把火烧下去,只怕燎了他们的毛。所以,推我出来传话儿,望二位心里有个数,手上拿个劲儿。"绍祖道:"你这番深究祸国的话也不无道理,为何不直接劝谏皇上?"

曹吉祥叹道:"劝过了,当今大怒,动起了廷杖。没法子,和尚敲钟不铸钟,咱索性直接来找二位——这种亡羊补牢的差事,有害无益呀!"他解开绣囊,倾出一堆马蹄金,熠熠发光,约有五十两:"皇差既已接了,必然要做,但睁只眼闭只眼罢了,点到即止、见好就收,皆大欢喜。办人吗?当然办。军中有瓦剌奸细,揪出来杀了,有逃战的、失却军机的,该流流,该徒徒。此外,实在没必要深究。深冬大雪的,二位辛苦,些许薄礼,不成敬意。之后二位回京,我等还有厚报。"绍祖笑道:"公公放心,这次调查,我和朱爷会见机行事——我们只要水面儿上的东西,沉底儿的、烂的、见不得人的,管不得那许多,这么冷的天儿,谁耐烦扎猛子去折腾?"曹吉祥抚掌笑道:"好么!小爷年纪轻轻,却是个老成的。敢问尊姓大名?何处荣就?"绍祖抱拳道:"在下张绍祖,真定府军户人家出身。我爹和朱爷在浙江打过海寇,老人家死后,朱爷常照顾我,接了这差带我历练历练,回来也讨个功劳。"曹吉祥大喜:"真是少年英杰,张兄弟将来衣紫腰金,前途无量!"他瞥了眼朱抗:"朱爷意思呢?"朱抗打了个哈欠,拎起行李去了楼上,寻间空房,重重闭了门。

绍祖笑道:"公公莫介意,老朱这种老丘八,惯会拿腔作势,他又是于大人挑中的，难免装架子。不过放心，他也不是铁板一块儿——我答应就是他答应。"他拿起一块金子验了验，成色赤足，笑道："拿，脸皮儿薄，不拿，公公不放心。这么着，咱们打个条儿，我收你多少金，写明画押。之后若办得不合意，你找衙门拿我就是。再说还有老朱呢，我俩一条绳上的蚂蚱，拿了谁，另一个都跑不脱。"曹吉祥大笑："张爷真是妙人！我老曹也没那么小家子气，送礼若怕落空，不如不送。小爷既然应承，我就放心了。"

外面鸡鸣连声。曹吉祥起身道："咱家服侍主子的，不能在外延搁，不跟朱爷告别了，张爷代我告罪罢！恶战刚停，流寇极多，此去一路小心。凯旋之日，咱家给二位洗尘。"绍祖客套两句，送他出去。风雪已停，夜空无垠靛蓝，几颗大星亮得精神。转到店后，马厩旁停着一辆四驾马车，地上有黑乎乎的东西来回蠕动。取灯笼一照，四个人被捆成一团，嘴里塞着马粪。给他们松了绑，四人跪在地上，用手抠嘴里的秽物，干哕了好一阵。曹吉祥问怎么回事。一人道："在草堆里打盹儿呢，突然被人偷袭，捆起来了。"另个道："给我们塞马粪，轮流审问。"第三个道："问公公何时出京，何时到这儿，路上做什么了。"曹吉祥忙问："看清脸了吗？"第四个道："黑漆漆的看不清，力气夯大，嗓子沉沉的。"绍祖在旁呵呵一笑，一瞧马厩，朱抗的那匹杂花马不见了，他猛一跺脚，立刻牵出黄马，对曹吉祥道："公公自便，我得赶路了！"

店家递上一只布袋，装着刚出笼的馒头，绍祖赏了他一块银子，顺大路骑马狂奔。曹吉祥气不打一处来，骂了几句，收拾车辆，动身回京。店家送了一截，涎脸要了赏钱，折回来，刚进店门，朱抗正坐在炉边吃早饭，依然是茶配烧饼。店家讶异："爷没走呢？"朱抗问："那位公公昨天几时到的你这里？"说着，摸出一把铜钱放在桌上。店家道："昨天半下午到的。"朱抗点点头，把壶里的热茶全倒进水囊，扎拢好衣裳，离了店。在茅厕后的柴堆旁，解了杂花马，不走正路，从树林中穿行。

天大亮，穿过密林，下了一个土坡，只听一声大喝，绍祖从乱石后闪了出来："好一招金蝉脱壳！大冬天的，蝉都死了，你脱得去么！"朱抗微笑："本事不丑？"绍祖得意："也算不得俊！我赶了一截，发现地上没有印迹，料你必从树林迂回，就在这里等你，果然被我等着了！"朱抗沉脸道："你果真是于大人派来的？"绍祖道："五雷轰顶骗你！反正离北京只一天路，不信咱们回去，要于大人当面跟你说明。"朱抗摇头："不必。既然于大人点了你，那便用不着我了，这差事就让给你罢。"他调转马头要走，绍祖忙拦住："朱爷别赌气，于大人只是派我给您打下手。您就把我当个小厮儿、跟班儿、长随，此去山西，鞍前马后，我伺候您，遇到事情，听您老指挥，我决不敢僭越。"朱抗冷笑道："于谦言而无信，这种人派的差事，我也不敢接。"绍祖道："朱爷言重了，于大人只是未雨绸缪，所以添上我。咱不是百无一用的书生，不拖您后腿。斗胆说，朱爷能的，我或许不能，我能的，朱爷或许也不能。"朱抗撑住鞍头："你有什么能的？"绍祖昂首道："我武艺不糙，马战步战，都是练家，一手神射，更是难寻敌手——能射鹰的多了，可把鹰穿了翅膀不伤筋骨的，天下能有几人？而且我性格伶俐，活泛变通，昨晚把曹阉狗哄得七荤八素，省却多少麻烦——山谷那些贼，我也猜到是他派的，他先兵后礼，我顺坡下驴。拿钱稳住他，往后一路他便不设埋伏。我非贪财之人，那金子我自有用处。这些察言观色、随机应变的本事，朱爷瞧不上也罢了，我还精通笔墨，能写会算，一应文翰事务不在话下。此番调查，最后要写成奏本上呈御览的，这是朱爷能干的？"

朱抗道："办完差，不怕找不到会写奏章的。我说了，这差事，要么你做，要么我做，想搭伙儿，不成。"绍祖没了耐性，愤然道："老朱，我知道你瞧不上我，以为我是个纨绔公子哥儿、生瓜蛋子，可别太自以为是！我是吃过苦头、见过阵仗的，我的功夫是三伏三九熬出来的，上个月鞑子围城，我也杀了十三个！我长得嫩，手却不嫩，胆子也不嫩！刀砍来，咱用牙咬也能留下两行印儿！血泼来，咱当美酒舔了！"一阵寒风吹过，朱抗眼睛酸了两下，蚂蚁爬上眼角，在里头乱蜇，他揉揉眼，眼前一片花点儿。沉默了会儿，问他："真想跟我干？"绍祖瞪圆大眼："你瞧着呢！只差把心掏出来了！"朱抗道："这样，我让你跟三天，你果然得力，我就用你，如果窝囊，望你有个廉耻——若赖着不走，我甩开你也不是难事。"绍祖大喜："得力得力！你是老黄忠,我是赵子龙,咱俩天造地设的好搭子!"

穿过大雪覆盖的旷野,过处村庄,到处烧得黢黑的断壁残垣,像扔在面粉里的一块砚台。四下不闻狗吠,不见人烟。到村中间,一群男女挤在一堵矮墙下,蓬头赤脚,浑身褴褛,簇着一堆火,瑟瑟发抖。看到二人,一个老汉连滚带爬扑到路间,磕头不绝。绍祖下马扶起他,问这村子怎么了。老汉说是瓦剌兵所为,壮男杀死,妇孺、粮食、牲口全部抢走,留下残老自生自灭。老汉哀求:"冰天雪地的,走也走不动。我等众人几天没吃饭了,大爷慈悲,搭救搭救!"绍祖忙拿出那袋馒头,又望朱抗:"你那不是有烧饼么,快拿来。"朱抗道:"我自家要吃。"绍祖道:"好歹分些,这些人眼看要饿死了。"朱抗摇头:"这善事做不得,我劝你也别做。"绍祖恼了:"你这人,真是铁石心肠!"他把那袋馒头,还有几束肉干、糕饼点心,全给了这些饥民,众人哭闹着抢作一团,使劲往嘴里塞。

绍祖喟叹数声,和朱抗继续赶路,抱怨不休:"都说人上了岁数,心越来越软,你怎么反着来,年纪越大心越狠?"朱抗道:"生死有命,不关我事。"绍祖不忿:"什么话!人皆有恻隐之心,见了鳏寡孤独、穷老困残,理应施以援手,哪能见死不救呢?"朱抗扭头看他道:"看来你是个热心人,我劝你一句,想跟我干事,心冷些好。"绍祖道:"都是爹生娘养的一般生命,我心热帮人还有错?难道眼睁睁看他们饿死?"朱抗道:"既然想帮,那些金子为何不送了?"绍祖道:"金子能吃?送他们何用?我自有打算。"

过了龙虎关,景象愈加凄凉,零星的村庄冷清得瘆人,偶尔撞见一些百姓,见着他俩都跑了,闪过两条野狗,嘴里叼着一条乌紫人腿,呜呜叫着厮打。所过驿站、客店遭了兵燹,俱成废墟。两人无处打尖。中午,朱抗掏出烧饼在马上吃。绍祖食量大饿得快,肚子咕咕乱叫,口粮都周济了人,也不好说什么。向晚风雪再起,狂风呼啸,雪粒打在脸上如梅花镖。两人牵马躲在一块巍峨大石下,朱抗用雪筑了一道墙,抵挡寒风,又在地上挖深坑,找些枯树枝生了火,拿出烧饼丢进火堆里烤,没一会儿,焦香扑鼻。绍祖实在忍不住,开口要烧饼吃。朱抗两手颠着滚烫的烧饼,咬了一口,酥脆乱响:"有数儿的,不能分你。"绍祖饿得浑身难受,从马鞍底下抽出一条狼皮褥子,铺在地上,滚上去睡了。

又赶一天路,绍祖饿了半日,下半日倒不饿了,精神振勃,想打猎,雪原荒芜,一无所有。出了次恭,肚里更空荡了,折磨得他头晕目眩,过条冰河,马蹄打滑,从马背上摔下,躺了好一会儿,指望朱抗来扶,朱抗并不理会,独自往前。咬牙爬起,委顿在马背,使劲撑着。当晚在一条枯涸河道过夜。月亮出来,瞧见不远处有片白惨惨的东西,凑近瞧,是一堆牛骨架,被野兽吃得丝肉不剩。他抱了十来根肋骨回到火堆边,用石头砸开,吸里头的骨髓,除些泥巴再无别的。朱抗道:"朽了,没东西了。"绍祖大为失望,嚼了些骨头渣子,又吐了,气呼呼地瞪着朱抗:"狠心的老贼!"

朱抗嚼着烧饼道:"你不该周济那些人,刚打完仗,又是冬天,不知什么时候才有人烟,不留足口粮,是自寻死路。"绍祖叫道:"我宁可自己饿死,也不后悔救人!"朱抗冷冷道:"看来你并不是真想做这差事,真想做,不会轻易求死。"绍祖恨道:"我才认识你了,那天你给乞丐烧饼,不是你好心,是拿他试毒呢!你怕烧饼里有零碎儿!"朱抗用树枝拨拉火堆,也不理他。绍祖委屈:"总不能见死不救!"朱抗道:"你不能,我就能。"绍祖绝望:"得,我服软,分我些吃的罢!"朱抗掏出两个烧饼,托在手上喂了马:"求仁得仁,我帮不得。"绍祖恨得拳头捶地,朱贼朱狗乱骂。朱抗只说:"这种天气,三天不吃东西,泄了真气儿,马也骑不得,雪地里一睡,再也醒不转。"绍祖摸出一只五蝠玉佩:"换俩。"朱抗摇头:"不换,这玉又吃不得。"绍祖气得乱跳,忽朝朱抗扑来,被朱抗用长刀狠狠杵了肚子一下,他朝后栽倒,大口喘气,说不出话来。

日头昏昏露出,朱抗上了马,丢下几个烧饼:"你回去罢。"绍祖把烧饼扫开,挣扎着爬上黄马。撑到午后,过处山坳,忽从岩石间跑过一只野兔,绍祖眼神一亮,纵马追去,很快不见了踪影。好一会儿,闪了回来,手里提着兔子哈哈大笑,连声叫道:"停会儿,生个火,烤了它吃。"朱抗道:"没到休息的时候,停不得。"绍祖笑道:"随你折腾,我手里有兔儿,浑身也有了劲儿!"

又道:"怎么不问我,弓没了,怎么猎到的?"朱抗道:"小儿之技,不值一提。"说着,吃完了烧饼,从树枝上刮了一捧雪,正要放入嘴里,蓦地一道黑影闪过,掌上的雪团散为一片白雾。绍祖手里捏着一枚小石子,得意道:"这小儿之技也能看?饿了三天,准头儿还在。"朱抗心里一颤:"凑合。"绍祖笑道:"弓箭、石子是我两大绝技,比较起来,打石子还略胜些——前几天打山贼,我迫不得已就用了。"

天黑又起风雪,撕棉扯絮一般。过一座废弃的山神庙,两人钻了进去。殿上有干草,喂了马,绍祖找来一口插香的小石鼎,用草擦擦,迫不及待装满雪,又劈了一只破桌,用火石生了火,慢慢烧那石鼎。而后一手拿匕首,一手提兔儿,竟不知如何下手,叹道:"圣人说君子远庖厨,大为有理。我杀人不怕,可弄只兔子倒手软了。"朱抗讥讽:"没了王屠,带皮吃猪。你带皮吃兔罢!"绍祖胡乱剥开了兔子,连切带撕弄成几块,放进鼎里煮,顺手把内脏扔到外头,在雪上泼开一片血。他隔一会儿就用指甲掐掐兔肉,终于忍不住,也不等全熟,捞起来大嚼,把骨头也嚼碎了吞下,最后抱起石鼎,把汤汁也喝尽。吃饱喝足,长吁一口气:"我的娘!活过来了!"躺在乱草堆里,跷着腿唱起小曲儿:"非是我贪,不是我敢,知他怎生唤做打参。大踏步直杀出虎窟龙潭——老朱呀老朱,天不绝我也!"朱抗道:"那下水你收回来,可惜了的。"绍祖不屑:"凭我的本事,不愁打不到虫蚁儿,稀罕!"朱抗抱团枯草,跳到神龛上。山神只剩下半截身子,他蜷在后面呼呼睡了。绍祖问他军中的事,也没回答。唧咕几句,绍祖困意翻涌,枕着刀,也盖上狐裘睡了。

睡到半夜,忽觉有什么东西在蹭自己靴子,惺眼睁开,借着外面雪光,只见脚边一个毛茸茸的大黑脑袋,两团绿莹莹的光,正盯着自己。绍祖吓得睡意全无,猛坐起,那头狼顺势咬住他的裤腿,使劲往后拽。忙去摸刀,却发现只剩刀鞘,刀不知何在。他抡起刀鞘,使劲砸狼脑袋,大喊:"老朱!有狼!"又跑进来三只,齐上前撕咬,他抡圆刀鞘,照着群狼乱砸,狼也不知畏缩。绍祖绕柱乱跑,群狼紧紧围着他,将他贴身袄子抓得碎烂。他又摸腰间皮囊,想用石子打,连皮囊也不见了。一抬头,朱抗正坐在那半截山神上,居高临下地看着。绍祖大叫："愣着还！下来帮忙！"朱抗并不动弹，双眼也幽幽发光，仿佛他才是头狼。

情急之下，绍祖在地上一滚，抄起那只石鼎，砸烂了一只狼头，又将鼎掼烂，捞起一把碎片，纵横跳跃，随手击发，打瞎了两只狼的眼睛，群狼这才畏惧了，嗷嗷叫着跑了出去。绍祖踏着门槛，双手发抖，见狼跑远了，叫声惭愧，瘫坐在地上喘气。朱抗这才跳下，重新生起火堆。绍祖暴跳厉骂："老贼！相随百步还有个徘徊之意，相处几天，没情分也还有个义字，你竟然冷漠到这地步，眼睁睁看着狼咬我！"忽想起什么，又骂："老狗日的！是不是你偷了我傍身的玩意儿！"朱抗抛过来两样东西，果然是绍祖的刀和皮囊。绍祖抓出一把石子，一脚踏住门槛，摆了个举火烧天式，喝道："姓朱的，我和你无冤无仇，你为何害我！信不信把你打成血豆腐！"

朱抗指着外面："天快亮了，你走罢。"绍祖气得打来石子，火堆飞散，溅了朱抗一身火点。朱抗扑扑衣裳："你不济事，不配跟我做这件差事。"绍祖慌了："老子不服！我哪里不济事？狼群来，我一个人就打跑了！"朱抗走到外面，用脚踢了踢地上残留的兔子内脏："荒郊野岭，饿狼几里外就能闻到血腥味儿。你自己惹的乱子，干我甚事？"绍祖一时无语，心中深为懊悔。朱抗又道："你吃饱喝足，松了警惕，拿了你的刀和皮囊，你竟毫无察觉。而且临睡你并未添火，火一灭，狼更无忌惮——这种眼儿大掉心的，只会拖累我。"绍祖自知理短，只好道："我饿了三天，顶着风雪赶路，累得虚脱，所以睡沉了些，平时我不这样大意的。"

朱抗道："疾风知劲草，好汉孬种，全看关键时候儿，饿了三天就破绽百出，怎么指望你干大事？今晚若来的不是狼，是鞑子、流寇，是贪官派来的刺客，你现在还能和我讲话吗？"绍祖悔得肠子都青，双眼噙泪："在你眼里，我就是个窝囊废！"朱抗道："你不是窝囊废，在你的岁数，我远不如你。只是前途凶险，你不能白白赔上性命，更不能连累我丢了性命。"绍祖颓唐至极，低头收拾自己的行李，恨道："都怪我好心！把口粮给了那些人，不然哪来这些屁事！"朱抗道："你到底经世浅，不知道好人是轻易做不得的。"绍祖道："我热心救人，上不愧天，下不怍地！"朱抗沉沉喝道："蠢材！那天你只看到饥民，却没看到另一堵墙下，用土盖着死尸，腿上的肉已经没了！你的馒头，他们两天吃完，仍要吃人度日。而你不带口粮进雪原，不异求死！倘若没有兔子跑过，你早饿死了！"他眼中映着地上的火光："可见你根本没想干这差事，真想干，谁的性命都不如自个儿的重要！谁都可以死，身上有差事的不能死，天地颠倒过来，是你的差事也要做完。没这份决心，空有一腔子热心，狗屁不是，趁早滚蛋！"

绍祖再也忍不住，眼泪夺眶而出，对朱抗一揖，背上行李就走，刚跨过门槛，朱抗又叫住他："你到底是谁？于大人为何单单派你来？"绍祖停住脚，眼泪淌得更厉害了。朱抗跟出来："我明说了不要人，他还派来，可见你极不寻常，军户家的话是你随口扯谎。男子汉家，有话说明白！"绍祖咬得腮帮子紧紧的，憋了会儿，哇的一声哭了出来，抛了行李，蹲在地上。

他断断续续说了，自己是国朝重臣、英国公张辅的次子。因是丫鬟庶出，为正房不容，自小和母亲住在外宅。他少时最爱打拳使棒，嬉戏游猎，十六岁那年，和人争斗动了刀子，差点闹出人命。多亏张辅在官府打点，才得无事。张辅见他顽劣，便将他母子召回家，逼他从师读书。绍祖天性里带了一段疾世愤俗的心肠，动辄抨击朝政，臧否君臣，而且行为狂荡，常去酒楼赌场消遣。先生束手无策，辞馆而去。张辅倒夸他有侠气，知他好武，不惜重金聘请高手教师，教得绍祖武艺精熟，招致兄弟嫉恨。一次家宴，绍祖醉酒，说起王振擅权，奋臂大骂，遭兄长呵斥，他竟打伤了兄长。张辅大怒，要行家法，绍祖一溜烟儿逃了，躲进开赌场的老庄家。那是今年六月的事，绍祖在老庄家飞筹酗酒，醉生梦死，叮嘱人不可透露自己行迹。如此，混到八月中，京城盛传官军在土木大败，正统帝见俘，无数从臣牺牲。绍祖大惊，忙上街打听，得知父亲也随驾出征，生死未卜，赶回家，家中已慌成一团。当天下午，确切消息传来，张辅战殁于土木。母亲哭诉："老爷出征前还念叨，说要带你一起去，让你挣个军功，以后体面。谁知找寻你不见，你兄弟又是拿不得刀枪的，老爷便自己去了。你光知道打架惹事，自己老爹上战场，你却摇骰子！"绍祖闻言，哭得昏死过去。

朱抗听了,默然无语。绍祖抹了把脸:"我爹殉国土木,尸首无踪。我想干这差事,一是顺路去土木,找寻父亲尸骸,这是私;二是心里不平,要借这差事,为国家出把力,这是公。前阵子,于公来家致祭父亲,言语间透露想彻查此败的打算,正在选人,我便自告奋勇,于公没答应。我买通他家人,勤打听这件事。那天,听说于公去孙镗家待了大半天,我便猜是这事了。当晚,我去于府,恳求他看在我爹的分上点派我。他答应了,写了信,要我做你的副手,还送了我一块锦衣卫校尉的腰牌,方便出门。所以我开始藏着身份,在你跟前演了本事,指望你瞧得上。之后的事,也不必说了。"他长叹一声,跳上马,一拱手:"朱爷的事,我不敢打扰了,我另换条路,去土木找我父亲的尸骸,咱们后会有期!"

离开山神庙,绍祖骑马往回走,听到一阵急促的马蹄声,朱抗赶上来,阻在前头,盯了他一会儿,缓缓道:"第一,不准再做好人;第二,一路不准饮酒;第三,见着生人,未经我允许,不许搭话;第四,找尸骸的事,等调查完再办。"说完,他调转马头,继续往前。绍祖兴奋地在马上乱扭怪叫。行了一截,朱抗分出烧饼给他,又道:"本来昨天就能到居庸关,我悄悄变了路线,你只知道肚饿,竟没发现,还自称精细!"绍祖叫道:"我的爷,你可够了!"

3　华佗摇扇

　　过居庸关，朱抗出示虎头牌，守关将士不敢怠慢，留他们住了一晚。天气好转，天地之间清爽透亮，一望无碍，如走在一块大水晶里，连吸的气都清甜。山上有耐冬的树，绿得发黑，还有未冻的小河，叮淙淙响，牧民赶着羊群沿岸觅食。过榆林，到了怀来。在城中客栈歇脚，绍祖看到门口楹联，"武士三杯，减却寒威寻虎穴；文人一盏，助些春色跳龙门"，喝了一声彩。

　　朱抗不吃店家饭菜，绍祖道："老酸！路上吃烧饼，店里还吃烧饼？咱们又不差钱。"死拉他坐下，要了几样菜。朱抗拿了张炊饼，把各色菜放进去卷结实了，如擎了支火炬，大口咬吃。绍祖看着极有趣："这是行军的习惯？"朱抗点头："吃饭没时没晌，不用碗筷。"绍祖性爱饮，连日滴酒不沾，嘴里淡得直要生出青苔，看邻桌客人大块吞肉大碗吃酒，恨不得变成一只虫儿，钻到酒杯里泡一泡，里外浸透了才快活。吃了只炸鹌鹑，酒瘾在肺腑毛发间翻涌，坐立难安，他嬉笑道："老朱，你天性不吃酒？"朱抗道："做了夜不收后就戒了。"绍祖好奇："我也听过夜不收，到底是做甚的？就是打探敌情吗？"朱抗道："打探敌情外，还要守墩、夜巡、刺杀、劫营、烧荒、勘察山川、随军打仗，朝廷来了人，还要举旗子打伞摆仪仗，活儿很多很杂。"绍祖又问："夜不收这个名号是谁起的？我读古书，《左传》便有间谍之说，后代又有斥候、尖拨、游奕，从没见过夜不收的记载。"朱抗道："我也不知谁起的，就这么叫。

南边也有叫健步、缉事的,名儿不同,干的事儿一样。"绍祖舔舔嘴唇:"今天咱们不探敌情,也不刺杀,也不夜巡——能不能让我喝两盅儿?"朱抗放下炊饼,瞪着他,眼里如凸出来两颗钉。绍祖看他神色,连忙摇手:"逗你呢!酒这东西,有没有我都一样。"朱抗道:"你要熬不住了,随时走。"

正吃着,听得厨房哐啷响,似打翻了碗盆,一婆娘大骂:"死贱人!眼睛长着瞧汉子的?白吃我几个月饭,账没勾两笔,倒会破罐子破摔了!"又听见噼啪响,该是打嘴巴,一女子呜呜啼哭。婆娘咒骂着掀帘出来,嘴里不停:"哭你娘×,招来鞑子,卖了你!"客人笑道:"二娘又发威呢!鞑子只会抢人,哪会买人?你还做梦哩!"婆娘道:"这妮子实在气人,烧火把锅烧穿,洗碗把碗摔碎,切个肉倒把手割了,老娘我流年不利,搭上这么个赔钱货!"客人道:"那丫头到底欠你家多少?差不多就放了人家,天天被你打骂,怪可怜的。"婆娘摆手:"说不得!少着也得给我干十年!"其他客人笑道:"二娘提防,这么个大姑娘放家里,比你年轻比你俊,老蔡能忍住?别哪天做出什么来。"二娘笑道:"敢!齐根儿割了他的!"众人大笑。柜台后的老蔡也笑:"又胡吣!"有客人道:"老蔡别舍不得,割了好,进宫做个太监,以后一人之下万人之上,也让咱们沾沾光。"二娘道:"王振活着的时候时兴做太监,那些光棍儿抢着割鸡巴,现在可不行喽!他那酱浓玩意儿,还是给我留着罢!"众人笑得更厉害了。

说笑间,一个姑娘从厨房出来,双八年纪,不肥不瘦五短身材,头上包块碎白花蓝头巾,身穿百衲土色长裙,缠一领油腻腻的围腰,细眼大鼻小口,颜色中上,泪痕未干,脸颊红通通的,端只大木盘,上面摆着十来碗饭,分给众客。有客人逗她:"娴姐儿,二娘再打你你就还手,怕她怎的!"有的拉她手、掐她腰:"肯做小吗?省得在这儿受苦。"娴姐儿躲开,又被人拉裙子,要看她的小脚,她急脸道:"吃饭罢了,动手动脚做什么!"二娘骂道:"装什么好货!爷们儿逗你几句,还炸蹶子了!"娴姐儿道:"原来这里是吃酒耍笑的,幸好我不是卖的!"说完就跑了。客人一阵乱笑:"二娘,她刚拐着弯儿骂你呢!说你这儿是行院人家,她不卖,那定然是你卖了?老蔡岂不成了乌龟?"老蔡笑道:

"你们这些人，又放屁！"二娘气得跺脚，赶去后面打娴姐儿了。

绍祖好奇心起，扭头问老蔡："那个娴姐儿，欠你这里钱？"老蔡道："欠不少哩。"绍祖道："多少也有个数儿！"老蔡竖起三根指头："三大个。"绍祖冷笑道："就你这三桌两凳的，一年全包下来怕也要不了三十两。"老蔡道："有别的花销哩。"绍祖掏出钱袋，正要言语，朱抗瞪他："又要充好汉？"绍祖低声道："那姑娘多可怜，三十两也不多，咱给她还了。"朱抗眼神更凶了："忘了我的话了？"绍祖只得忍耐下来。天色渐晚，朱抗要了一坛酒，去了邻桌，打听前段时间瓦剌南侵的事。那些客人有了酒，谈兴高昂，争说自己的见闻。绍祖听了会儿，不过老生常谈，控诉虏贼残暴官军窝囊云云，骂够了，又始作吹龙嘘凤的无稽之谈。

他惦记黄马，屁股上的伤口有脓血，托老蔡去寻医师，赎了些金疮药，在马厩给马儿上药。这马是西域良种，正当壮年，是父亲七十大寿时太上皇御赐，去年自己的马病死，父亲将这匹黄马让给他骑。父亲死后，他在家中马厩瞧见这匹马，还很惊讶，问母亲："父亲没骑这马出征？"母亲流泪："还说这马呢！他知道你爱这匹黄的，说你回家还要用，就挑了那匹黑的出征。那黑的是老马，脚下绊蒜。"绍祖心中大痛，乱想，或许是那匹黑马筋力老衰，躲不开敌兵，所以父亲才会死，若骑这匹，他老人家也许能逃出生天。每想至此，心中就如刀绞，更加悔愧。正抚摸爱马，忽听见一阵哭声，拐过马厩，循声一瞧，水井边坐着一个姑娘，月光下看得清楚，正是那个娴姐儿，正慢慢将双腿挪下井去。

绍祖"啊呀"一声，忙跑上去，吓得那姑娘身子一滑，往下坠去，亏绍祖脚快，一个猛扑，拉住她衣裳，三两下将她提上来："你这姑娘，怎么这么没志气！"娴姐儿掩面哭道："活着没指望，不如死了。"绍祖道："你的命只值三十两？忒自轻自贱了！"一时激愤，也不顾朱抗叮嘱，摸出一块马蹄金塞给她："什么难事！快清了账，离了这里！"娴姐儿竟有些害怕，也不接，往后挪了挪："素昧平生，我当不起这样的厚礼。"绍祖道："年纪轻轻说话还挺迂，钱是天下流通之物，你缺你用，我缺我用，什么当起当不起的！"他凑上前，"拿着,明天就了了账!"娴姐儿连连摇头。绍祖生怕被朱抗发现,直接把金子丢过去:"扭扭捏捏做什么!"娴姐儿攥着金子想了想,依旧放在井边:"不要。"绍祖叉着腰:"奇怪了你,有人帮你跳出火坑还不乐意?就喜欢被老蔡夫妻打骂?"娴姐儿垂头道:"这等厚情,我报答不起。即便相公仗义疏财,我受了恩惠,心里会一直挂念。不如忍耐几年,把账还上,心里也踏实——我不寻短见了就是。"绍祖一片热心,被她这番话说得透体冰冷,只好耐下性子,问她怎么陷在这里的。

娴姐儿说,她姓吕,大名英娴,陕西西安人,父亲吕小山在京城开了一家粮店,她和母亲在老家生活。年初,母亲病逝,给父亲寄信,杳然无音,她衣食无着,就变卖房子凑了盘缠,带着家里的一个老苍头去北京寻父。过怀来,恰逢战乱走不得,两人就住这家客店。后来苍头生病,她托老蔡请大夫,老蔡欺她外乡人,串通大夫,医金药费昂贵,盘缠花尽,老仆到底还是死了,棺材也是托老蔡买的,加上饭钱房钱,自己倒欠了蔡家三十两。绍祖感叹:"你是有情义的,为一个苍头,费心至此。"英娴道:"最先,老蔡是想收我做小抵了欠账,我自然不从,二娘也不答应,就让我在店里打杂,每天半分银子,其实是让我抛头露面,给地方人看,还是想把我卖给谁家做小老婆。"绍祖急道:"再不赎身,改天真把你卖了!你放心,我张绍祖是顶天立地的汉子,帮你是出于义气,绝无非分之想。这金子,还了账,足够你盘缠到北京。我是正经人,不会坑你。"英娴笑道:"张相公,你是个豪杰。可我不想受人恩惠。老蔡两口子想卖我,也没那么容易,我非他家丫头,不过欠账,闹到官府我也有的辩。"绍祖叫道:"大明的官府早烂了!他们打点打点,官府怎会向着你!"这时,又听见二娘在厨房骂寻,英娴起身道:"人各有命,我自有主张。"她屈膝福了福,转身去了。

店内,朱抗还在和那群食客说话,绍祖到客房洗脚。聊到夜深,众人才倦了,散场回家。绍祖一边打地铺一边问:"打听出什么了?"朱抗道:"今年七月二十一,上皇在附近驻跸,官兵抢掠民家牛羊三百多头,百姓告状,反被打死了几个。土木战后,他们帮忙救治伤兵,多少人家用尽了钱粮,可伤兵走时还劫掠了一场。"绍祖怒道："真是贼如梳，兵如篦！堂堂官军，竟这样无耻，怎么会不败！"他越说越气，坐不住，满屋子乱转："大家心里都透亮呢，只是不敢说罢了。王振是阉贼，还有人是皇贼呢！"朱抗纳罕："什么叫皇贼？"绍祖道："以天下百姓的膏血满足一己私欲，把臣子当家奴，乾纲独断，自居天下主宰，名为天子，实为天下之贼！皇贼者，皇帝也！"朱抗脸色大变，开门往外看了看，回身喝道："要死！"

绍祖以茶当酒，灌了几杯，一如在家时候，越发狂兴了："我遍读经史，自始皇帝以来，这世界就江河日下了！历朝历代做皇帝的，有几个好货？所谓明君如汉景隋文唐太宋仁，包括我朝太祖，都是儿孙臣子粉饰出来的。天下出乱子，就说是奸臣乱政，说什么无不是的君父，都是奸臣封闭言路、扰乱圣听，真是大谬！土木之败，一个个都把屎盆子扣王振头上，要我说，该谁执其咎？责在人主！你老朱家那个爷！"他说得唾沫四溅，胸脯一挺一挺的。朱抗抱着胳膊问："你在你父亲跟前，也说这些话？"绍祖道："比这厉害的还有呢！我爹和我辩，也说服不得我，还找御医给我看病，说我有狂疾。我的狂疾，就是看得太明白了！"朱抗冷笑道："照你的意思，天底下就不该有皇帝？"绍祖道："没皇帝天下谁来管？不乱套了。只是好皇帝凤毛麟角，全凭时运。怎么让皇帝成为一个好皇帝？我还没想明白。远的不说，就说我朝，从太祖至今，就没有一个好皇帝。建文有一点好的苗头，可惜被他叔子抢了，靖难之后，这世道更要不得了。"朱抗道："你骂永乐爷，你爹还不是靖难起家。"

绍祖叫道："那我也要骂！"朱抗道："文皇上位不正，这没的说，可文皇称得上一代雄主，那些年，鞑子何敢正眼看我中原？"绍祖冷笑："老朱你吃亏在不读书，上头说啥你信啥。文皇好大喜功，数番亲征蒙古，杀的鞑子怕也不多！派郑三宝下西洋，更是劳民伤财，祸国深远！这样的皇帝，算什么雄主！"朱抗忍住气，又问："太祖驱除鞑虏，恢复神州，这等功绩也入不得你法眼？"绍祖道："提起太祖我更来气！恢复华夏自然千秋大功，但太祖过于阴辣狠毒，洪武三十多年的作为无非四个字：守住家当。他盘算的不是百姓福祉，只是他朱家一姓的安稳。建文有个用礼仪变革的意思，却被永乐一闷棍打断，继续走他老子的老路，驭臣驭民无所不用其极。前些年，朝廷赐给我爹一套《太祖实录》，我爹藏在密阁，我偷瞧过，也琢磨明白了：太祖种种施政，就是要让百姓当个会动的泥人儿，好好种地，好好买卖，好好打仗，只是别有想法儿。他恨不能全天下的人都是哑巴和傻子，如此，江山才能永固。自然，也不能全是哑巴傻子，总得挑些出来，为我所用，为我子孙所用——挑出来的，就是读书人。所以我瞧不上那些举人进士。"

朱抗道："你考不上罢了，说些酸话儿。"绍祖急了，胳膊乱摇："我考不上？我闭着眼都能考上！张某不稀罕罢了，进翰林，做封疆，忠臣奸臣，到底都是皇帝家奴。"朱抗道："照你说，于大人也是家奴？"绍祖道："不然呢！只是于大人是个难得的好官儿，是当世真儒，可惜，他也只能指望有个明理的好皇帝，除此外，自己再有本事也不济事。所谓致君尧舜，就是个笑话，做君的，谁想做尧舜？清清苦苦有什么意思？酒池肉林才是梦里所想呢！只可怜天下苍生，兴兴亡亡，苦的都是百姓！"朱抗拍拍手："了不得，这天下该给你打理，只是你这样愤世嫉俗，干吗死乞白赖地要为朝廷干这差事？"绍祖愤慨道："我是为他朱家干？我是为这天下，为百姓，为那几十万死的！"朱抗笑了两声，躺下睡了。绍祖愤愤了一会儿，也睡下了。

清早，两人吃了饭，收拾动身，绍祖跟英娴搭话，英娴也不大理他。这里距土木战场近，绍祖提议过去看看，朱抗答应。策马个把时辰，来到土木堡附近，这里一片荒凉，本以为会有森森白骨，早已打扫过了，如今只剩光秃秃的、坚硬如铁的黄土地。寒风打着呼哨卷起一朵朵尘花儿，在地上三尺幽幽飘荡，全然看不出几个月前在这里死了数十万人。两人驱马跑了一截，在一处凹地发现一片密密麻麻的坟包，像是这片地起了鸡皮疙瘩。清理战场的应是把战死者就地掩埋了。绍祖下了马，对着这片坟地磕了四个头，嘴里喃喃，落下两行泪。朱抗问："没有碑牌，怎么找你父亲尸骸呢？"绍祖道："附近有村落、客店，我一处一处打听。我爹是高官，身上有印信，或许有人知道。"他跳上马，"答应过你，完了公事再办我的私事，咱们赶路罢！"

趱行数日到了宣府，朱抗不作停留，出示腰牌过了关卡，继续往西。绍祖问："宣府、大同是北境最要紧的重镇,八月间这里也打了仗,怎么不在这里调查呢?"朱抗道："宣府总兵杨洪避战不援的罪、大同参将石亨战败的罪,守卫北京都抵过了。赤城堡、雕鹗堡还有怀来、永宁那边的守将逃战之罪,朝廷也办过了。"绍祖道："那咱们还查什么呢?"朱抗道："查最开始是哪里出了岔子。"绍祖发愁:"纷纷乱乱的,这可怎么查?"朱抗道:"这里没有线头儿,拎不起来,先去大同,从那里入手。"

三天后,两人抵达阳和,朱抗去驿站打听了,押送棉衣军器的车队停在城东教武场,二人赶去,朱抗见了领队的兵马司校尉,出示了兵部令牌。那校尉抱怨:"接到于大人的信,在这儿干巴巴等好几天了,冻死人!"交割了关防文书,查点了军资数目,骡车共六十辆,胖袄靴帽两千套,三眼火铳五百柄,襄阳炮十尊,火药硫黄焰硝各一千斤,刀枪剑戟等共六百件。校尉让朱抗在于谦信上画了押,回京复命。歇了一晚,朱抗整合车队,向大同进发。幸天公作美,连日晴丽,走得顺畅,终于望见了大同城。绍祖指着东边的一脉山道:"老朱你瞧,那是白登山,当年汉高祖率三十万大军亲征匈奴,就在那儿被冒顿单于围困了七天七夜,最终有惊无险——可惜咱们大明没本事,给人把皇帝拿了。"

大同城是洪武初时徐达扩建的,城墙高厚,城头的望楼、临时搭建的窝铺密密连绵,成群结队的守军在上头来回巡走,八月战事后,外城新修了,墙外糊了层厚厚的黄泥,连日大雪拂扫,黄得沉甸甸的。七年前,朱抗随巡警的游击从辽东至宣府,在宣府住了半年,带新征的夜不收出了十几趟差,大同一参将看他老练得力,邀来这里训了俩月新兵。那阵子,他住在城外大营,只进过一次城,去行都司衙署申领文书回辽东汛地。

从东门和阳门进,城禁严格,守卫仔细验看了印信才放车队进去。城内冷清,卖吃食杂货的店铺客人零星。民居多用土石建造,少见木头,就怕失火。街上行人个个黑瘦,满脸菜色,蜷在破衣烂袄里。街头巷角多乞丐,满腿黑红冻疮,有的没了脚,露着骨头,靠在墙上,瞑着眼,不知是死是活。行都司衙署在城北武定门附近,二人向北缓行,绍祖一路嗟叹:"这里孤悬在国家北境，天寒地冻，真是个苦地方。"经过一簇低矮民房，前方陡然宏阔起来，一片巨大宅院，金碧辉煌的高楼华宇参差，外围红墙已斑驳了，有几处露着黄泥土砖，仍不失气度。过正门，上悬金字大匾额：敕建代王府。绍祖知道，太祖皇帝第十三子代王朱桂就藩于此处，前年正月，朱桂薨了，世子朱逊煓永乐年间就死了，世孙朱仕壥袭了王位，辈分上是当今的皇叔。门口，几个戎装侍卫缩头塌肩地站岗，握不住冰冷的枪杆，一边搓手一边闲聊。走了一截，听到里头有管弦之声，还隐隐闻到酒肉香。

进衙署，先参见大同总兵郭登，呈上军资清单，查验清楚。郭登率将领朝京城方向跪拜谢恩，命人犒赏车队役夫，所有军资入库，明日分发。郭登欢喜："今年尤其寒冷，棉衣紧缺，不少将士冻得手足皲烂。如今好了，朱兄雪中送炭。"客套几句，郭登命人收拾客房给二人歇宿。晚间，设下洗尘盛宴。巡抚大同、宣府左副都御史罗亨信年逾七旬，略坐坐便去了，参谋大同军务右都御史沈固与郭总兵一起主持宴会。与会的十来位将官，朱抗一一请教姓名，暗记心中。众人议起军务，个个义愤填膺，或骂宣府那边防御不力，或推诿墩军形同虚设，或抱怨军饷军资前后不继。

朱抗着重问："大同这边，有多少夜不收？"一个指挥道："每墩五个旗兵，至少一个做夜不收，算下来也有五六百。"朱抗道："很不少了，怎么今年瓦剌突破北线，如入无人之境？"郭登道："朱兄也是军旅出身，岂不知天下军兵，北兵最苦，北兵之中，宣大最苦，而宣大兵里头，墩兵最苦，墩兵里头最苦的，则是夜不收。寻常马军步卒，会骑马、会抡刀射箭便好，而夜不收要难得多。近年北境多事，兵员紧缺，多少毛头孩子，狗屁历练没有，直接就做夜不收，出去'闻臊'要么被冻死，要么被野兽吃了，或被蛮子抓了，十有七八都回不来。拿不到敌情不说，反被蛮子审出咱们这边的情形。夜不收乃边兵耳目，眼瞎耳聋，当然防不住贼兵南下。"朱抗道："早年太平时尚有余裕养兵。一员夜不收，一年从军操练，两年上墩守边，历练三年才放出去独自干事，即便这样，还常被蛮子杀害。刚入伍的新兵就出去闻臊，不异于送死。"郭登道："谁说不是呢！可烽火连天的，哪有时间慢慢养人？贼寇容你慢慢养人？"他举起酒杯,"罢了,趁今晚太平,咱们一醉解千愁罢!"朱抗举茶致意。见绍祖也喝茶,郭登道:"朱兄是年纪大,戒酒保养,你年纪轻轻正当豪饮,喝茶算什么?"绍祖忙看朱抗,朱抗闭目养神,他只好说:"路上患了痢疾,刚好,碰不得酒。"

席间,一个幕僚进来对郭登耳语一番,郭登又与沈固低声说,沈固怒道:"上月不是刚给了五百石吗?"那幕僚道:"说吃完了,几个管家带着铺盖来的,已在正堂睡下了,说不给就不走。"沈固骂道:"他府里就是五百头猪,也吃不完那许多!无非是换了银子挥霍了。前日还来要一百兵,帮他们去拆房,说开春了要重盖大殿。那府的奴才敢耍赖,军棍打出去!"郭登劝道:"罢了,这天下姓什么?有就给他,违逆了他,回头往上递一本,皇上只好责怪我们。那府里多少腌臜事,皇上都不大管,咱们犯不着得罪。"命那幕僚如数支给,转对朱抗道:"不怪沈大人生气,搁着谁不气?这些龙孙贵胄,哪管你国事艰难,少他一口肉就要闹。洪武制度,每个亲王岁禄一万石,够他们折腾半年就烧香了!不够了,只会找我们打秋风——从打仗的嘴里抢食!"朱抗和绍祖对视一眼,知道说的是代王。

绍祖忍不住道:"太祖定这个法太糊涂!分封诸子就藩全国,本意是拱卫边境,可太祖疏忽了,子孙皇帝,谁敢让本家兄弟在外领兵?果不然,永乐一登基就削了这些亲王的军队,滥加封赏。这些王爷仰食于民,除了享乐生养无事可做,而且不管隔多少代,只要是皇家子孙,永远享俸。开国不到百年,养这些王孙就吃力,往后再生几番——"朱抗在桌下踢他,绍祖说得兴奋,继续道:"宋朝故事,宗室子弟也有本等禄食、本等职衔,但若想读书仕进,就不能吃俸了。要我说,吃俸不能超过三代,往下的读书科举当兵打仗,和大家伙儿一样,凭本事谋生。"沈固鼓掌大笑:"这位张兄弟倒是快人。"郭登道:"话虽痛快,但祖宗之法坏不得。"绍祖道:"咱们坏不得,卖国的贼就坏得!太祖在宫里设铁牌,严禁太监干政,王振那阉贼就敢把牌子除了,上皇有说一个字?"在座诸人微笑而已。席散回房,朱抗训他:"不喝酒你也疯?在外要谨言慎行!何况在军中?你那通话够杀一百个头了!"绍祖笑道:"我怕个鸟?郭大人和沈大人的话也够杀头的。"

朱抗惦记正事，把席上众人姓名写在纸上，想着于谦说的"华佗摇扇"四字，对着名字琢磨。绍祖看不明白："这是给他们测字呢？"朱抗说了缘由："接头的是个将官儿。出于谨慎，他信上只署了'华佗摇扇'。"绍祖笑道："这时候知道我的好了！拆白道字、解谜射覆，那是咱在京里天天喝酒玩的游戏，闭着眼都会。"他扯过名单，把名字逐一细看，嘴里咕哝，指头比画，研求了好一会儿，摇头道："都射不着。"朱抗发愁："大同的将官少说也有三四百，这一时怎么找？"绍祖道："什么难事！问郭登要了将官名册，逐一分析就是。"朱抗道："我们此来是押送军资，若要名册，怕引郭登起疑。此次调查不能在大同就露真身，不然可能连这城都出不去。"绍祖挠头道："明天出去逛逛，勤问人家名字，兴许瞎猫碰见死耗子。"朱抗朝外望了望，一轮明月当空，照得四下深白，所在衙署靠近城墙，能望到上面值夜的军士。他披上袄子，努努嘴："去城头看看。"

城墙下，几个军士正围着火盆搓手跺脚，火盆里烤着什么，香喷喷的。问他俩做什么，朱抗说上去看看。一军士道："这二位是京城来送棉袄的。"众人热情起来，从火里抄出一团黑乎乎的饼："爷们儿尝尝。"朱抗谢过不吃，和绍祖顺着长长的台阶上了墙头。每隔几丈有一个军士站岗，间错放着熊熊燃烧的火盆。夜风刺骨，俩人紧紧衣裳，绍祖趴着雉堞往远处望，只见一片深青色的苍茫混沌，山影蠕蠕变幻，如一群天地刚刚开辟时蓄力待飞的巨兽，牛乳般的月光从天上流下来，也被染得青黑了。他感慨："上月在北京城墙上守夜，倒不如这景色好看。"朱抗也望远处，神色平静。绍祖问："老朱，你见过大海没有？我几年前去登州、莱州一带游荡，夜登崂山，晚上的海景尤其美妙，和此时此景倒有些像。"朱抗淡淡道："在海上待过几年。"绍祖道："看不出，你还做过渔民？"朱抗也不理他。绍祖眼珠子一转，兴奋起来："莫非，你参加过郑三宝的船队，去过西洋？"朱抗道："好多年前的事了。"绍祖激动地拉住他胳膊："西洋好不好玩？听说那里有小人国、女儿国、人脸鸟身国，还有脑袋离了身子乱飞的人。"问了一串问题，朱抗也不言语。

一队官兵夜巡过来，领头的是一个中年汉子，看他二人伏墙远眺，喝了声："什么人！"绍祖道："京里来送军资的，晚间无聊，上来透透气。"汉子打量二人一番，命手下先去。他拱手道："得罪，鄙人左卫佥事，夏回生。"绍祖一激灵："夏回生？哪三个字？"夏回生眼神一变："二位是奉于公之令押送军资来的？"绍祖给朱抗使了个眼色："射着了！"朱抗也反应过来，夏回生，"夏"隐"摇扇"，起死回生之"回生"，则隐"华佗"。他忙道："于公不仅命我等押送军资，还有别的差事。"夏回生左右看看，一招手，领二人进入一座哨楼，又四下望望，这才道："有于公手书吗？"朱抗拿出令牌与手书，夏回生在墙洞里拿了盏灯台，凑光细看了，这才笑道："听说京里来了人，我就有些疑，刚才本想去客馆拜见，试试话头儿，你们也不在，正巧在这里撞着了。京城可太平了？于公可好？"

朱抗道："都好。关于调查的事，夏兄有什么头绪，可以坦诚相告。"夏回生道："宣府、大同的将领，都不干净。"他一摆手，"这先不提。土木战后，我愤懑无比，就纳闷儿，北境一线，朝廷多年来花费重金，造设无数墩堡，五里一小墩十里一大堡，连环照应，有了敌情依次传递，按理说固若金汤，虏贼怎么轻易突破了进来？"他让绍祖拿着灯台，从腰间摸出一幅小卷轴儿，在石桌上展开："朱兄看，这是山西北境防御图，标明了地理山川、各墩堡分布。"他指头在图上游走，"这场战事始于七月初八，瓦剌兵分四路南侵，辽东和甘州两路先不说了，土木之败和这两路没什么关系——要命的是也先攻大同、阿剌攻宣府这两路。初八开打，咱们防御得力，头两天未分胜负。到十一日，右参将吴浩在猫儿庄阻击也先，惨败。十五日，大同出兵四万在阳和再战也先，又惨败，总兵朱冕、总督宋瑛战死，附近墩堡镇城全部沦陷，北线防御彻底崩溃。"他拍拍地图，"消息传到北京，上皇不顾群臣劝阻，在王阉狗的蛊惑下贸然亲征，这是这场大难的肇端。"

朱抗点头："这些头绪，我已知道。"夏回生在兴头上，情绪激动："你知道什么？七月十五的阳和战我也打了，真以为官军是孬汉子？咱们这四万，都是边军里久经沙场的，个顶个的精锐！干也先两万，再不济也不至于大败。"

绍祖忍不住问："那怎么败了？"夏回生瞪着眼，在灯光中乱闪："被夹击了！从清晨血战到正午，眼看也先就要溃败，忽然从南边抄来几千瓦剌骑兵，我们这边乱了阵，所以才输。"朱抗不解："自家境内，被人包抄？几千人抄过来，竟没防备吗？"夏回生道："怎么没有？初十就发现有瓦剌兵越过了防线，在大同南部抢掠，我们派出一万人去追剿，十四日又增派一万，把六千骑兵围在许家堡附近，然后我们才去阳和打也先。谁知道，两万人硬是没围住，那六千骑兵突围了，北上突袭，和也先前后夹击，四万人死了大半儿，只好退回大同城。"

朱抗皱起眉头："这六千骑，是怎么漏下来的？"夏回生一拍手："这才问着了！"他指着大同西线："朱兄瞧，十五之前，宣府和大同中间，阳和卫、高山卫、镇房卫、万全左右卫都未失陷，那些骑兵不可能下来——那定是从玉林卫和大同之间进来的。我就想查查这段边防到底是哪一处出了纰漏。军里一位记室是我同乡，帮我查了文书，这次战事，山西最早的一份警情，是七月初十，来自天威县的杀虎堡，虏贼在那里打开了缺口，冲进来了。八月末，我主动请缨往西巡边，在杀虎堡，我察访如何失陷，从守备沈大有到底下的旗兵，都咬定说他们是被里外夹攻，所以才败。这个内情很关键——杀虎堡失陷，也是里外夹攻！"朱抗道："就是说，最早还有一股瓦剌兵混了进来。"夏回生点头："有几百贼先渗入到咱们这边，和外头的一起吃下杀虎。"

朱抗摸着胡子："杀虎堡没说里头的贼兵怎么进来的？"夏回生道："沈大有坚称是西边的一个小墩——枯树坡的枯树墩那边漏下来的。天威县北是君德山，山上全是大乱石，不能行军。枯树墩，就在君德山的一处缺口镇守。"朱抗问："是墩兵懈怠，漏过去了？"夏回生叹道："还没来得及去枯树墩调查，这边就召我回来了——沈大有是郭总兵的外甥，这就棘手了。所以我跟于大人写了匿名密信，建议彻查。这不，朝廷派了老兄来。总之，虏贼此次南侵，就是从枯树墩、杀虎堡一带打开了缺口，进了内地，接连和外线应合，北防就此土崩瓦解。所以上皇返京时，正好落入虏贼包围，宣、大一时成了孤城，救也救不得。"

绍祖插话:"莫非那里的墩兵混入了蛮子奸细?或者,被收买了?"夏回生瞥了他一眼:"你问我?"绍祖又问:"咱们没有瓦剌俘虏吗?问问是怎么下来夹攻的。"夏回生苦笑道:"小爷真是说笑,咱们覆没几十万,还指望抓人家俘虏?抓了又怎样?自家这边儿也有几千人给人活捉,自家老皇帝还在人家手里,还不是乖乖送回去,换些人回来。"朱抗问道:"小半年过去,那里的墩兵换了没?"夏回生摇头:"不清楚,所以这事儿不能耽搁,万一死了,或者换了,就不好查了。"他掰着指头:"咱们一步步往上捯:土木之败,是因为北防瓦解,吃贼围攻;北防之所以瓦解,是因为阳和惨败;为何惨败?因为我们被后头的贼夹击;后头的贼怎么下来的?从杀虎堡打开了缺口;杀虎堡又是怎么失陷的?也因为遭了夹击——可能是枯树墩漏的。枯树墩,是这一切的病根儿,是这条长虫的七寸。"绍祖道:"话不是这么说。土木之败,怎么能推给一个烟墩呢?据我所知,土木布阵失策,加上缺水,致使军阵大乱,虏贼才趁虚掠阵。"夏回生急道:"一码归一码!你们先查漏人,然后再计较大败当天的事。"

朱抗起身称谢,夏回生叹道:"我两个亲兄弟、许多朋友,都死在土木,我娘为此伤心而死,我就是想要个说法,这场仗到底怎么败的,必须弄清楚。"他压沉声音:"朱爷,我直觉,枯树墩那里只是个破题儿,从那里入手,定会查出许多内情。我只是抛砖引玉,两位去了天威县,大展手脚罢!"他把那幅图收起,递给朱抗:"老兄拿着参照。如有需要夏某处,随时传信来。"

隔日一早,朱抗和绍祖向郭登告别。郭登又饯行一番,送了些盘缠,二人坚辞不受。离开大同城,往东走了一程,估摸城头守军望不见了,进入山谷,迤逦往西行进,奔向天威县枯树坡。

4　徘徊镇

天放晴，近田，万顷同缟，远山，千岩俱白。绍祖把大狐裘褪在腰间，敞开衣领，畅快高吟："性豪业嗜酒，嫉恶怀刚肠。脱略小时辈，结交皆老苍。饮酣视八极，俗物都茫茫。"指着朱抗，"老苍，说你哩！"朱抗捧着那幅防御图细看，头也不抬："这会儿不哭你爹了？"绍祖脸一青："你这人！"为赶时候儿，俩人中午不停，在马上吃了干粮，下二十里惊雷沟。幽冷寂静得怕人，绍祖不自在，想聊天："老朱，说说你的事。"朱抗道："说什么？"绍祖道："随便说，比如你爹娘是干吗的，你几岁当兵，都去过哪儿，娶没娶过老婆——你有儿女吗？"朱抗道："我没娶过女人，也无儿女，没什么可说的。"绍祖一拍手："说说下西洋的事儿！我惦记这个。"朱抗不言语。催问两次，朱抗道："只记得大海很大，别的记不得了。"绍祖拧巴个脸："你很会扯淡。"

静了会儿，朱抗倒问他："你读书读过医书吗？"绍祖洋洋笑道："你算问着了，本公子是通识杂家，无书不读。"朱抗问眼睛花怎么治。绍祖背了几个药方，敷的、洗的、熏的、药食的各一。朱抗又问："身子里蚂蚁乱爬乱咬，是什么病？"绍祖不明白："蚂蚁？身子里怎么会有蚂蚁？"朱抗道："有的，动不动就闹，刺挠人。"绍祖愣了会儿，大笑道："我晓得了。老朱，你没事儿洗洗澡罢——身上都是跳蚤，还有蚂蚁。"朱抗严肃道："我分得清蚂蚁和跳蚤。我说的蚂蚁在五脏六腑里，掐也掐不到。"绍祖纳罕："听着是疟病？打摆子不打?"朱抗摇头:"不打摆子,一发病就出汗,黏手,糨糊一样。"绍祖连说奇特,问这病多久了。朱抗又不言语了。

赶了两天,过了镇河县,进入天威地界。半下午时,来到十里河沿岸的一个镇子,离北边的县城尚有三十里路。此镇乃通衢之地,不大却热闹,店铺密麻,人声鼎沸。朱抗说这里叫徘徊镇,往南数里就是他老家的村子。他想趱行到县城歇宿,绍祖说马儿太乏,走不得,就在这里过一夜。找了家客店歇脚,正吩咐小二喂马,有人喊:"那是朱大哥不是?"朱抗扭头一瞧,一个牵驴的老汉凑上来,灯光下看了仔细,欢喜大呼:"可不是我么!"朱抗往后退了一步,轻皱眉头:"门楼儿?"老汉大笑:"不是我是谁!朱大哥,多少年没见了咱们!"他从驴后面拉过一个小丫头,十岁上下年纪,推到朱抗跟前:"快叫爷爷,磕头!"朱抗看这丫头,梳着两只小圆髻,左右岔开像顶了两只茶瓯,胖嘟嘟的脸,大眼小鼻,穿得很厚,圆滚滚的,袖口里伸出来两只半截小手,十分可爱。这孩子怯生,躲在门楼儿后面,朱抗蹲下来,摸出几个钱给她:"买糖吃。"门楼儿笑道:"不能吃了,牙坏了好几颗。"

那孩子吐吐舌头,从驴肚子底下钻去另一边了。朱抗问:"你孙女?"门楼儿笑道:"可不,叫小扣儿。乡下孩子,见不得人。"绍祖看这老汉,额头饱满,往前凸出一截,南极仙翁似的,果不然像个门楼。拱手致意,门楼儿回了礼,问朱抗怎么回来了。朱抗道:"我娘没了,回来安葬。"门楼儿叹了两声,拉住他:"别住店了,走,跟我家住。咱哥俩儿好好叙叙。"朱抗不肯:"住店方便。"门楼儿拉着不放,朱抗扣住他的手,轻轻扭开:"门楼儿,不必。"门楼儿又要请客:"咱们进店喝两杯,说说话儿。"朱抗道:"天黑了,你在外头不好耽搁。咱们就站着聊几句罢。"他给绍祖使了个眼色,绍祖提着行李先进店了。

问他生活,门楼儿道:"儿子死得早,媳妇儿又改嫁,就剩这么点骨血,熬到她长大,招个孙女婿,也能给我送终。"朱抗问:"你的病好了?"门楼儿拍拍胸脯:"好了!当年吐血吐的,后怕!船上大夫说我活不过一个月。咱们分别那天哥还记得不?我都说不出话了,被人抬下船,说要扔到乱坟岗,哪知道我竟挺了过来！这一眨眼也望五十了。"朱抗道："你福大命大。"门楼儿道，"老曹要我以毒攻毒，竟灵的。老天有眼，到底撑过来了——哥还记得曹黑哥罢？"朱抗点点头，催他回去："还住孟家庄？十来里道儿呢，大黑了，快走罢。"门楼儿跑进店，对柜台上说了些什么，出来道："跟掌柜说了，哥在这儿的花销都算我的，哥千万不要客气。"他拉上孙女，牵过驴，再三叮嘱："哥明天回村里？我去家找你。前年你家老房塌了，我听说了，过去修了修，也不知道还能不能住人。匆匆一见，光说我的事了，等安葬了老姨，咱们好好聚聚。"朱抗应了，看他走了。

　　进了店，绍祖已叫了几样吃食："连日吃烧饼，牙都要崩了，快坐下，吃点热乎的。"朱抗用烙饼卷了些咸肉吃了，脸上渗出大片汗珠，黏答答挂在两颊。绍祖瞧他脸色煞白，吓了一跳："犯病了？"朱抗整张脸的皮肉微微抖动，似乎蚂蚁在皮下打群架。绍祖拿过他胳膊号了号脉："脉象还平稳，估计是冒了风邪，睡一觉就好了。"朱抗似虚脱了，整个人软了下来。绍祖扶他到客房床上躺下。为压酒瘾，绍祖不停喝茶，百无聊赖，从包袱里翻出一本书看。朱抗在床上问："你看什么书？"绍祖道："宋词集子，正看到辛弃疾。"朱抗问辛弃疾是谁，绍祖道："宋朝的大英雄、大才子，他生时中原已沦陷了，赵宋偏安江南，年年给金国进贡。辛公文武双全，可惜为奸臣嫉恨，一生不如意，借诗词发牢骚。你听我念两句：'袖里珍奇光五色，他年要补天西北！'壮不壮气？咱们这趟呀，就是补他娘的天西北！"他不管朱抗听没听，兀自絮叨，说完辛弃疾又大说调查计划，等到了枯树墩，审人时自己唱红脸儿，朱抗唱白脸儿，还得分开突审，防备他们串供。朱抗笑问："你查过案子没有？"绍祖道："开赌场的老庄走夜路被蒙面人打断了腿，凶手是我查出来的，我爹丢过一条白玉带，我查出来是养马的小厮偷的——你别笑话我，事分大小，但道理相通。"

　　过了半个时辰，朱抗从床上坐起，抹把脸："发了些汗，好多了。"他从行囊里翻出装有母亲骨灰的包袱："你等着，我回去把老娘葬了。"绍祖惊诧："你发什么疯？哪有大晚上下葬的？不找阴阳算日子？不请和尚道士？"朱抗道：“我娘不讲究这些，破开我爹的坟放进去，磕头告个罪罢了。这里离天威县城还有几十里，路又难走，咱们耽搁不起，不如连夜完了这事。”绍祖道："我劝你好好歇着罢！等咱们完了差，你好好办你娘的事，我好好办我爹的事，何必这么着急忙慌？”朱抗执意要去："天亮前回来。"绍祖拉住他："老朱，你是想甩了我罢？"朱抗啐道："娘们儿家！"推开他出去了。

又看了会儿书，喝光了两壶茶，楼下食客未散，高声划拳，酒香肉香混在一起从门缝里钻进来，逗得绍祖口水直流。他扔开书，在屋里绕了两圈，开窗望望马厩，朱抗确实骑马走了。一跺脚："去他娘！"拽开门，大喊小二，烫三斤烧酒。小二刚转去，他又叫："麻利儿的！跑！"旋即，小二捧来酒食，绍祖也不耐烦坐，一脚踩在凳子上，自斟自饮，嫌小盅儿不过瘾，换了大茶杯，一口菜没就，已经下了十来气儿。又嫌镟子烫得慢，闷了两口冷的，怕醉得快醉得深，朱抗回来了不好弄，只好按住性子慢饮。他高兴得手舞足蹈，坐不住，一手擎酒一手挺刀，在房里乱舞，和自个儿的影子切磋，嘴里唱起来："少年侠气，交结五都雄。肝胆洞，毛发耸。立谈中，死生同。一诺千金重！推翘勇，矜豪纵。轻盖拥，联飞鞚，斗城东。轰饮酒垆，春色浮寒瓮，吸海垂虹！"嚼着后几句，越发逸兴遄飞，反复吟咏："轰饮酒垆，春色浮寒瓮，吸海垂虹！吸海——垂虹！"一仰脖儿，把最后一杯酒也喝尽了。

他唤来小二收拾了狼藉，敞开窗散酒气，怕散不尽，又找小二要了把香，浓浓熏了一过。心满意足，躺在床上摸着肚子嘻嘻笑，将将要睡着，忽听得外面吵嚷起来，一个女子号哭，大呼没天理。他坐起来竖耳细听，又听见客人哄笑。听这哭声耳熟，忙打开门往楼下一瞧，一个婆子正扯着一个年轻姑娘往楼上来，那女子散着头发，满脸涨红，不住往后缩，被那婆子乱骂。绍祖"啊呀"叫了一声，赶来楼梯口："娴妹子！"看那婆子，并不是蔡家二娘。正不知怎么回事，英娴瞧见他，似是见了天神，叫声"张大哥！"，哭得更厉害了。婆子把英娴护在身后，盯着绍祖："这位爷，让一步。"绍祖喝道："这姑娘我认识的，你怎么拐了来？快放了！"婆子冷笑两声，干脆拉着英娴下了楼梯，招手让绍祖也下来，当着众人道："诸位听见了？我姓胡的不是良民，可也不是拐子。刚说了,这丫头是我从怀来花了二十两银子买来的,契上的字儿还没干呢,这小爷从哪儿冒出来的,倒说我拐人?"

绍祖问英娴:"妹子,你先别哭,说说怎么回事。"英娴哭啼啼说,蔡二娘把她卖给了这个婆子,自己被他们摁着在文契上打了手模,绑进车,一路上蒙头塞口,半夜才到这里。绍祖正要发火,婆子退到客人中间,拿出文契抖开了,举给众人看:"嘴长自家身上,想怎么说就怎么说!文契写得明明白白,这贱人欠怀来蔡家三十两银子,还不起,卖身为奴,蔡家又转卖给我。就怕说不清道不明,还去县衙请太爷验了,盖了官印。"英娴哭道:"县太爷拿了你们好处,不听我辩解,才盖印!"婆子沉下脸道:"这印比你脸还大呢!官府可是你随口污蔑的!"她举着文契绕了绕,又折好塞回怀里。几个客人发话:"这位相公,胡妈妈是跟我们这儿营生的,这姑娘是她明白买来的,就算是你亲妹子、亲媳妇,也得讲个法度。你敢动粗,我们这些人怕不是木头。"

绍祖不好惹事,拱拱手:"诸位别误会,咱没想动粗。只是我和这姑娘认识,她在怀来是被蔡家耍奸扣留的,并不是蔡家家奴。讲法度,蔡家卖不得她,这大娘也买不得她。"胡大娘啐道:"放你娘的屁!她是公主还是郡主?怎么买卖不得!文契在呢,文契就是法度!你寻公道,去怀来递状子,等县老爷的呈子传过来,咱们才有的说!"绍祖看她强词,也不辩了,径掏出一块马蹄金:"这金子少说值五十两白的,你做买卖的,把她让给我——文契也给我。"胡大娘瞧着那块黄灿灿的金子,咽了口唾沫:"稀罕!"有客人笑道:"你怕不知道胡妈妈做什么营生的。她买的孩子,一个个都当摇钱树养的,哪能身价翻个倍就领走?"绍祖明白过来,更着急了,又拿出一块金子,对胡大娘揖了一回:"刚才鲁莽,妈妈担待。"胡大娘接过那两块金子,递给一个客人,那客人在灯下验了验,赞道:"好足的金子!"胡大娘乜着眼:"看清楚,别里头是铜锡,外面镀了层黄。"那客人笑道:"你还不信我?"胡大娘抄过金子攥在手里:"还是亏。"绍祖还想添,又怕被她吃住,只说没了。客人道:"老胡,这相公要做好人,你成全他,再买一个好的——这年月,吃不上饭的人家多了,不缺卖女儿的。"绍祖一把将英娴拉到身后,伸手要文契。胡大娘嘴里絮叨,掏出文契正要递过去，只听楼上有人喊道："买人也要讲个先来后到！"

众人抬头一瞧，栏杆后面站着一个中年妇人，一头大黑髻子，穿粗布裙灰棉褶，腰勒巴掌宽红带，身材粗壮，袖子卷到肘处，露出两段猿臂。她噔噔噔下了楼，一双大脚踩得地面闷响，来到人堆儿里，先恶狠狠瞪了眼绍祖。绍祖心里一惊，这女人面肌黑糙，眉浓眼大，鼻子有些瘪，两颊星点黄斑，嘴巴也大，呼吸间喷着酒气。妇人又把脸凑到胡大娘跟前，直要贴上去："胡蕙兰，我点的菜你上给别人？"胡蕙兰忙拉住她手："大妹妹，不是说好明天么？怎么今晚就到了？"妇人冷笑："我要明天来，买你回去当媳妇？"众客大笑："老胡，老树开花，恭喜做新娘。"胡蕙兰拉这妇人到角落坐下，那妇人指着绍祖和英娴："别走你俩，事儿没完！"胡蕙兰道："他俩走不了，卖身契在我身上呢。"绍祖让英娴去自己房里休息："我给你做主。"英娴哭得双眼红肿，先去楼上了。

绍祖也坐下，招手让小二上酒菜，抱着胳膊道："看来是吃里爬外的买卖，咱们说道说道，怎么弄。"那妇人把胳膊架在桌上，露出条条青筋："金子还他，那姑娘归我。"胡蕙兰也不慌了："田妹子，话不是这么讲。你托我给你兄弟买媳妇儿，也没指定买谁不是？这丫头是我买来做姐儿的，本不是给你兄弟的，后头八里屯有户彭家嫁姑娘，我已说好了，明天去接人。"田氏朝她脸上猛啐："胡吣跟我？"她从腰间解下一只小布袋，推过去："五十两。我也不管你中间赚多少，约好这个价就这个价。"她又指着绍祖："别跟我抢。那丫头就算是你亲妹子、亲娘，我也要带走。"绍祖怒道："好大的口气！这里不是大明地界儿了？没王法了！"田氏不理他，对胡蕙兰道："文契给我。"绍祖也伸手："给我！"田氏一拳敲过去，绍祖不防，被敲得胳膊一阵麻，这妇人着实有力气。

胡蕙兰被二人搅得左右为难，一头舍不得金子，一头被田氏缠住，抱起胳膊，紧紧夹着胸前的文契，一声不语。小二上了酒菜，田氏先倒一碗冷酒喝了，朝绍祖喷了口气："毛儿没长全，就要抢别人媳妇。"绍祖不甘示弱，干了一大碗。俩人你来我往，顷刻间尽了一坛酒，红着两张脸，俱不忿，四绺儿目光似刀光，隐隐有金石声。胡蕙兰踌躇半晌，到底爱金子，对田氏道："妹子，浑身生烂疮骗你！这姑娘真是我——"田氏抬手道："我今天晌午就到了，打听了些闲话。你有个孙女罢？你去怀来买人，你那乌龟老公在家看着——这买卖要不成，我就天天跟着那孩子，我是个闲人，跟个三年五载的，等她长大了顶窝儿。"绍祖在旁哭笑不得，这妇人简直无赖。

胡蕙兰被吓住，叹一声，拿出金子还给绍祖，收了田氏的五十两，把文契塞给她。绍祖一把掠住，田氏也夺，两下撕了个烂。田氏大怒，一拳打来，绍祖一掌握住，往下一掰，到底小瞧了她，收了劲儿，反被她一个手翻鹞子拿住腕子，死死钉在桌上，绍祖大惭，想缩回去，却被扣得纹丝不动，周围人都看着，他拉不下脸，刚想抄另只手，没提防吃田氏一脚踹了凳子，顺势撒手，绍祖屁股一虚，在地上摔了个四仰八叉。众客大笑："这位大姐好身手！"胡蕙兰一边在地上捡扯碎的文契，嘴里一边劝："啊呀呀，有话好好说！"绍祖爬起，揉着手腕，怒气上来："人就在楼上，你试试，能带走不能！"田氏立起身，恨不能把袖子撸到胳肢窝底下，亮着一双虎眼，毫不退缩："光手还是用家伙，随你！"

这当口儿，门帘掀开，滚进团团冷气，朱抗回来了，背着他的大皮囊，四下扫了一眼，没言语，经过绍祖时正眼也不瞅他，径往楼上走。绍祖不尴不尬："老朱，屋里有人。"朱抗扭过身子，满脸油汗，微喘着气，来到绍祖跟前嗅了嗅，冷笑道："快活呀你？"绍祖忙擦胸前酒渍："洒身上的，没喝。"田氏在旁笑道："怕爹才是好儿子，喝个酒也藏着掖着。"绍祖喝道："他不是我爹！"朱抗道："咱们有约在先，既然喝了，明儿你回去。"绍祖差点瘫软在地，像个孩子般拉住朱抗袖子。朱抗一把甩开："不成器的东西！"绍祖想辩也无从辩，酒意上来，又气又闷，一脚踢翻了桌子，杯儿盏儿乱飞。田氏上楼，把英娴从房间里拖出来，英娴扒着栏杆哭闹，田氏打了她一巴掌，又举手："再哭！再打！"英娴被打蒙了，呜呜饮泣，乖乖跟着她下楼。

绍祖也不管不顾了，堵在楼梯口，一拳凿在墙上，砸出一个坑："臭娘们儿！先过了我！"田氏飞起一脚，就势从上踢下来，绍祖双手抱住她的脚，身子往后一撤，要把她拉下来。田氏松开英娴，双手扶着栏杆，一扭身，另只脚也踢来，绍祖干脆一个霸王扛鼎，抱住她的双腿举了起来，望地上重重一掼。田氏摔在地上，速爬起，急了眼，又上前打。绍祖毕竟不好照着她脸抡拳，只用擒拿招式，格挡几合，把田氏胳膊别在背后，制服了她。田氏却也不慌，身子忽然往前一倒，两腿朝后，勾住绍祖的膝盖窝儿，只听咚一声响，俩人一起摔在地上。绍祖攥着她胳膊，田氏绊着他腿，后背贴前胸，像两只勾子扣在一起，一时拆解不开。

客人拍手乱笑："啊呀呀，打个架，怎么还抱一块儿了！""这可真真应了打是亲骂是爱，床头打架床尾和！""这相公是懂行的，习惯从后头！"绍祖和田氏呼呼喘粗气，互不相让。绍祖还妄想：田氏到底女人家，这样滚在一起大不雅，估计会先认输。谁知田氏毫不害臊，嘴里骂得更加不堪入耳，胳膊使劲儿想挣脱，一双腿扣着绍祖膝盖，直要把骨头扣碎。绍祖忍着剧痛，也狠命反提她胳膊，再上劲儿就断了，可田氏依然不服软，他不忍心，又觉得不好意思，只好先松了手。田氏腾出手来，并不见好就收，反过来一把掐住绍祖喉咙，绍祖忙握住她手腕，这么着耗上了。田氏你死我活的架势让绍祖大是惊恐，单拼力气，这妇人一点也不吃亏。他一时喘不上气，双腿乱踢。

朱抗和众人看着，并不搭手。胡蕙兰原处端坐，纹丝不动，眼神儿似两根铁椠，直杵着朱抗。朱抗不经意间也瞄了眼她，眉头微微皱起。胡大娘忽然起身，拉起倒在楼梯上的英娴往外走。田氏瞥见，这才松了手，上来夺人。绍祖缓了气，坐在地上一阵咳嗽。胡蕙兰道："谁也不给了！这妮子我自个儿留着！"田氏要动粗，客人都站起来："你这娘们儿忒狂了些！在我们地头上充大王么！"一群人把她隔开，让胡蕙兰走。英娴大哭，挣脱不能，被拉出去。和绍祖一番缠斗，田氏累得手酸脚软，瞪着一双红眼说不出话来，往柜台上扔了房钱，也要走。众人拦着她："要追？老实站着，等老胡走远了你才能走。"田氏没奈何，坐在凳上干生气。绍祖缓过气来，也不想打回去，走到朱抗跟前，想说什么，叹了口气，飞奔上楼，抱着行李下来，一张脸紫涨："我喝酒也不耽误事儿！做好人也不耽误事儿！规矩规矩，狗屁规矩——告辞！"

朱抗没理他，只呆呆看着胡蕙兰坐过的地方，仿佛她在那里蜕了张无形的壳，散发着只有他能看到的光。他腮帮子不停抽搐，额头上汗珠涔涔。绍祖很是讶异，也懒怠多问，垂头往外走。那群客人还要拦他："你也等着，休想追。"绍祖正闷极恨极，直接拔出刀，吓得众人往后一缩。刚掀开门帘，胡蕙兰又跑进来，撞得他连往后退。她头发散乱，半张脸都是土，惊恐叫道："鞑子！有鞑子！"店里瞬间炸了窝，客人慌不迭地挤成一团。绍祖忙扔下行李："鞑子来了？多少？"胡蕙兰带着哭腔："刚到路口，过来三匹马，把那妮子抢走了！"绍祖望了眼朱抗，朱抗已推出刀，只是眼神仍旧看着胡蕙兰。田氏也警觉起来："就三个？往哪里去了？"胡蕙兰指着北边，喘得说不出话，使劲抚摩胸口。

绍祖和田氏先后奔出店外。街上死寂一片，只有附近寥寥狗叫。田氏趴低身子，耳朵贴地听了会儿："确实往北去了，还不远。"朱抗也跑出来，二话不说，拔脚望北狂奔。绍祖忙吩咐众人："快敲锣打鼓，提醒全镇戒备，定是瓦剌探子！"跟在朱抗身后飞跑，田氏随了两步，绍祖回身道："凑什么热闹！保不准还来贼，你会两下子，留下照看他们！"朱抗奔出镇外，在路口凑着月光在地上看了看，指着西北命绍祖："那边是馒头山，你翻过去，在那边阻截。"他离了大路，消失在蓝雾渺渺的田野中。绍祖不敢懈怠，拽开步子狂奔上山，在碎石乱树间拼命跑。酒意翻涌，"哇"一口把酒食吐了出来，一时间腿上没了筋骨似的，脑袋里灌满铅，三两步一摔跤。好不容易翻过小山，望远处，朗朗月光下，三匹马顺着大路疾驰。他藏在路边垄沟里，从皮囊中摸出一把石子，等三骑靠近了，果然当中一骑夹着英娴。他腾空而起，飞手就是一击，可大醉着，全无准头，石子打在马屁股上，自己先跌倒了，忙又挣扎起来。

三骑过去，前方昏暗处，朱抗从斜刺里杀出，半跪在地，挥刀狠斩前骑马腿，马儿一声哀嘶，仆倒在地，那贼滚出去老远，脑袋砸在坚硬的地面上，登时毙命。中间一骑夹着英娴冲来，一道寒光掠过，朱抗忙跳开。绍祖瞅准时机朝前一扑，拉住英娴的脚踝，身子在地上滑了数丈，那贼终于松了手，英娴摔在地上人事不知。朱抗趁机赶上，斜上挥刀，将那人从鞍上斩下，在雪地上溅出一片红。绍祖又追击那匹逃的，瞅准那人脑袋，用尽全力飞出一子，可惜还是偏了，只打中肩膀，那贼哀号一声，趴在马背上飞奔去了。绍祖跪在地上又是一阵呕吐，酒食恶臭。朱抗狠狠踢了他一脚："让你喝！你不醉，全都能拿下！"绍祖吐干净，捧把雪吃了，才觉精神两分。

忽听一声脆响，绍祖只感觉头上一震，帽子飞了出去，发髻也散了，一大股燎烧头发味儿。摸摸头顶，正不知怎么回事，朱抗大喊："火铳！"绍祖赶紧伏低，如爆竹般接连噼啪几声。他吓得滚到垄沟内，惊得浑身冷汗，这下酒醒了一半儿，连问："哪儿放铳？哪儿放铳？"朱抗缩着脖子四处观望。绍祖看英娴还昏在地上，连声呼唤。英娴有了些神志，想起身也起不得，朝这边爬。又一声铳响，打在她身后，迸起一片雪雾。朱抗忙喊："躺着！别动！"英娴不敢动弹，趴在雪地里哭了起来。

再望一圈，西北百步外，袅袅飘起一股白烟，缓缓散开。绍祖也看到了："包抄过去。"朱抗锁眉："怪事，蛮子怎么在这里设埋伏？"绍祖道："接应而已。"朱抗摇头："这是圈套，就是要咱们上钩。"绍祖道："专门钓咱俩？"朱抗咂嘴："不好说，最好拿个活的。"绍祖让他往北，自己向西："铳我玩过，隔这老远，趴地上打不着的。等蹭近了，我打石子不用装火药，他没我快，要么被我打死，要么往北跑，你再抄出来拿他。"朱抗啐道："屁！听声儿，是从两个方向打的，前后十三响，应该是五个人八条铳，其中两条三眼铳。"绍祖问："怎么算的？不能是十三个人吗？"朱抗不耐烦道："单眼儿和三眼儿声不同，三眼儿是连发，中间不停，刚哑了一发——罢了，你打石子最远多少步？"绍祖道："最远八十步，要伤人的力道顶多四十步。"朱抗拍了下他脑袋："漾奶漾干净没？不是耍的！"今晚的酒力气大，绍祖还有些头晕，只说不碍事。朱抗指着西边一棵树："跑到那儿，离贼大概五十步，能吗？"绍祖道："这也不能，没脸跟你了！另一拨在哪儿？"朱抗道："给他钓出来。"跟绍祖说了筹划："他们肯定填好火药了，你心里打着拍子，露了头，他们点火绳，两个拍子才响。"

朱抗念了三个数，两人同时跃起，跑了几步，又一齐趴下，几乎同时，又响了几声铳。朱抗一望,东北边有白雾,便拔脚跑去,不断变换步法,蛇般游走,四下连串铳响。绍祖觉得身子一痒,摸摸狐裘,穿了个洞,擦肉而过。他弯腰小跑到那棵树后,摸出一把石子,估摸了方位,朝昏暗里猛掷,果听到一人惨叫。绍祖趁机前奔,忽听暗中有尖刺破气之声,连忙一滚,几支箭从头顶飞了过去。绍祖恨骂,竟疏忽人家有弓,本想欺他们火铳慢,眼下可不好逼近了。躲在一溜土坡下,浑身发烫,酒意又往头上涌,不停往嘴里塞雪,不知如何是好。

又听到一人惨叫,紧接着又一声。他抬头,前方朦胧处一个粗胖身影朝这里走来,近了,竟是田氏。她胳肢窝里夹着几柄长铳,边走边甩手上的血,见缩在地上的绍祖,冷笑道:"好儿子,出来罢,那俩贼娘给你杀了。"绍祖爬起来,忿忿道:"用你救?不是让你在镇上待着?"田氏啐道:"你算什么东西?管我?我来救我弟妹哩。"绍祖上前查看,那俩贼脑袋俱碎,死透了,抱怨道:"留个活口!还想审事情呢。"另一头,朱抗一手提刀,一手拖具尸体,也夹着几杆铳,顺田埂来到大路,喘得上气不接下气:"跑了两个,没追上。"田氏也凑来,朱抗瞅了她一眼:"把铳放下。"田氏道:"我杀的贼,这几杆归我。"绍祖上前抢过:"好大胆子!你什么人,敢收火铳。"朱抗也道:"这是军中家伙,你不能留。杀贼有功,衙门会赏你银子。"又看绍祖:"你好本事么,搬了救兵。"绍祖红着脸乱叫:"孙子搬救兵!是她抢我的功!"田氏咯咯乱笑:"儿子躲沟里,吓得尿了裤子。"把两边的铳收起来一查,果然八条,两条三眼儿,丢在地上,铳管儿还烫,刺刺化着雪。

天色微亮,三人身上的汗干了,冷得发抖。瞧英娴还一动不动趴在雪里,绍祖叫道:"起来罢!"喊了两声,英娴没反应,忙上前瞧,只见她身下一片血,人已昏死。绍祖以为她死了,双手乱抖。朱抗和田氏过来,很快找到伤口,肩膀中了一弹。田氏语气竟温柔了:"好弟妹,你可别死,以后咱们要一起过日子的。"绍祖骂道:"鬼你弟妹!"田氏道:"我知道,你想抢她做媳妇。"朱抗喝他二人闭嘴,撕下一块衣裳,从英娴腋下绕过去裹紧了:"没大碍,回镇上找大夫。"绍祖背上英娴,快步往前跑。跑了一截,筋疲力尽,脚一软,栽倒在地。田氏代他背起，在前狂奔。朱抗和绍祖落在后头，朱抗又骂："为你喝酒，今晚差点连我也搭进去！"绍祖一句话也不敢说。

回到镇上天已大亮。全镇人都醒了，青壮男人聚在街上，手里拿着叉耙锹棍，紧张防备。店门口聚了多人，打着哈欠四处望，见朱抗四人，齐呼起来："救回来了！"胡蕙兰从人堆里钻出来，先瞥了眼朱抗，又看田氏背上的英娴："这妮子，也是命大！"绍祖让人去叫大夫，把英娴安放在客房床上。众人都上来看，被绍祖赶出去了。店家婆领着大夫来了，剪开衣裳，用热水擦了，寸大血洞殷殷冒血。大夫用一只长柄小银勺撬出一颗小铅丸，用药敷了，重新缠上："不打紧，过几天就能结痂。"店家送来一碗安神汤给英娴喝了，她恢复了神志，双手颤颤的，呜呜哭。胡蕙兰道："别哭了，不卖你了。"绍祖塞给她一块马蹄金："文契也毁了，偿你的使费，以后彻底两清。"胡蕙兰一把抓过："说好两块的。"绍祖要夺："嫌少就还我。"胡蕙兰忙道："不少不少。"绍祖四下看看："姓田的走了？"胡蕙兰道："刚找我要了那五十两银子，悄么从后门走了。"又不见老朱，店家道："他在后头琢磨那几杆铁铳。"

胡蕙兰把绍祖拉到一旁："哥儿，和你一起的那老汉，叫朱抗？"绍祖道："不是，他姓朱，名老贼。"胡蕙兰打了他一下："正经着！他多大年纪了？"绍祖道："少说八十，反正没一百——老而不死是为贼！"胡蕙兰出了房，见朱抗在楼下的大水瓮前用瓢喝水，她扶着栏杆，指甲抠进木头缝里，脚下如挂了大秤砣，又缓又急地下了楼。朱抗回身瞧见她，镇定地点点头："蕙兰，咱们去后边说。"

正在床边安慰英娴，绍祖听到窗外传来哭声。望出去，朱抗和胡蕙兰面对面站立，胡蕙兰双手掩面，失声痛哭，朱抗一双老手在身上磨蹭，脑袋一会儿垂一会儿偏，局促得可笑。听不清二人说什么，胡蕙兰哭得站不住，要晕倒的意思，朱抗扶她靠住磨盘，胡蕙兰用指甲狠命抠那块碌碡，绍祖虽看不见她的眼神，却能感觉到她的眼神是张眼儿密的网，把朱抗兜得严实，恨不得把他兜到磨盘上一点点碾碎。她的手不由自主地伸出去，想碰朱抗，到底没碰。绍祖猜测二人瓜葛，肯定有事儿。"事儿"二字，里头的东西就复杂了。他不禁笑了，笑朱抗到底是个肉体凡胎，外头皮肉再怎么钢硬如铁，也有这种被人网住、逼住、爱住的时候。

英娴说饿，绍祖下来要粥。朱抗和胡蕙兰还在后院，客人有了谈资，交头接耳："那是老胡什么人？""朱常家老二？南头儿上马村的？""我记得朱常，做豆腐的，天天挑个扁担到处卖，老实人，死了得有三十来年？他儿子不也死了吗？给狼吃了。""老大死了，有个老二，老早就出去当兵了。""朱常老婆也做豆腐，我记得后来搬走了，说是去京城了。"越说越热闹，有人问："老胡和他亲戚？"另一人笑道："呆么你，那情形，定然不是亲戚。老胡不是说过，她头里有个老公死了，娘家也死绝了，她才进了行院，后来跟了老孟。那姓朱的，大概是个旧日的恩客。"众人频点头："没错了，大概是许了老胡从良，又负了心。"有好事者去后门处张了张，吐舌道："老胡哭得喘不上气儿，那姓朱的站边儿上，听不清说什么。"

英娴吃了粥，镇定许多，捂着肩膀下地给绍祖磕头："我昨晚要被抓走，肯定宁死不受辱。张大哥，你和朱爷是我的再生父母，我先给你磕，一会儿给他磕。"绍祖扶起她："快不必如此，也不用谢老朱，他不是好人。你是恩星照命，吉人天相，眼下受了伤，就在这里好生休养。"英娴咬着嘴唇想了想："肩膀伤，路能走。"绍祖道："这里待不住，你可以回西安老家养伤。"英娴叹道："老家没了亲戚，房子和田都卖了。"绍祖一横心："不行，我学一回赵匡胤千里送京娘，送你去北京。"英娴道："你不是和朱爷干差事吗？"绍祖一挥手："让那老贼自己干去罢，反正他瞧不上我。"这时，店家在门外叫声打扰，说县里来了人，要绍祖下来说话。

一班皂隶快手抬着那五具贼尸，摆在店门口，围了一群人看。当场验了，看随身物事，不乏火药雷、铁蒺藜、飞刀、挠钩、山川图、砒霜之属，确实是瓦剌探子。巡检询问了胡蕙兰、朱抗、绍祖，录了口供。见说二人是京城来的锦衣卫，态度甚恭谨，一口一声爷，又说朝廷要在徘徊镇附近建粮仓，供应大、宣两处，已挖了地基，估计消息漏出去了，瓦剌派人来探，在月牙儿沟还杀了两个百姓。绍祖问："他们轻易就能下来？上头没有关卡警戒？"巡检摊手道:"咱北境防线是手拉手牵起来的?肯定有小口子嘛!咱们的探子能上去,他们的探子也能下来,又不是千军万马的,无须惊怪,一年少说要接到十来次警报。"他让朱抗绍祖去县衙领赏:"杀一个鞑子三两,二位爷好本事,竟弄了五个。"绍祖让他代领,就送他们这班人吃酒。巡检大喜:"小的岳鹏,和武穆爷只差一个字,在这天威县管点事儿,二位爷有用得着处,随时吩咐,也提携提携咱。"打了个躬,率手下载着贼尸和铁铳去了。

朱抗看了眼绍祖:"那几杆铳是官军家伙。"绍祖道:"许是鞑子缴获来的。"朱抗道:"你没细看那几个死人吗?"绍祖道:"看了,发式衣帽都是他们的样式。"朱抗摇头:"你没看靴子。"绍祖问靴子怎么,朱抗说,官军靴子是平底,瓦剌兵的鞋底有条粗缝线:"他们的女人不会纳鞋底,将就把皮子蒙了鞋楦,在中间略一缝——这几人,穿的是明军靴。"绍祖道:"也能是缴来的呀!"朱抗道:"他们的靴子有羊毛衬子,咱们的只一层棉布,寒冬天气,傻子才换!"绍祖问:"你是什么意思?"朱抗道:"还有他们随身的堪舆图,是去年的,和夏回生送的差了好几处——他们今年打了胜仗,毁了多少墩堡,堪舆图怎么可能还用旧的?更别说铁铳和神铳手对鞑子来说金贵无比,怎么会为接应几个探子,派出五个铳手、八条铳?昨晚这些人,是专要杀我们的,掳走娴姐儿,是饵。"绍祖惊道:"那几个不是瓦剌人?"朱抗摇头:"绝不是。"绍祖道:"难不成是曹阉狗派来的?"朱抗道:"难说,想杀咱们的会越来越多。"绍祖不解:"想杀咱们,青天白日大路上也能动手,为何这样夜里设圈套、打伏击呢?"朱抗道:"两个钦差在本地界儿上出事,对地方牵连甚大。所以最好借刀杀人,让伪装的瓦剌探子灭了我们,干干净净,对上头也好交代。"

说话间,一个驼背婆子拉着一个小丫头蹒跚过来:"兰姐儿要我好找!这腿啊,走断了。"胡蕙兰拉过小丫头,扶婆子坐下:"老姐姐,你怎么带着扣儿来了?"婆子道:"一大早这孩子就敲门,说她爷爷一晚上不在家,肚饥,找我家来了。给孩子吃了碗粥——没了爹娘,多可怜!都说隔代亲,你和老孟不管不顾的。"蕙兰问扣儿:"你爷爷去哪儿了?"扣儿摇头:"醒来他就不在。"蕙兰千王八万乌龟地骂了起来。旁人笑道:"老孟做王八也不是一两年了,你换个样儿骂。"蕙兰道:"老狗操的一定去谁家赌钱了,把孩子独自留在家。"婆子道:"走这么远,连我也饥了。"胡蕙兰忙叫店家煮面,多加些肉。

朱抗在旁瞅这孩子,眉头拧成一团。扣儿也瞅他,做了个鬼脸。蕙兰把她揽在怀里,爱惜地摩挲她的脸蛋,对朱抗道:"这孩子俊俏罢!他爹就俊,当年要跟了你,指不定生出什么歪瓜裂枣来,领出去丢人。"朱抗道:"你先头丈夫死了,改嫁了孟六?"蕙兰昂头道:"嫁谁不是嫁?你管得着吗?哪个男人不是狗攮的?一个样儿!"旁人都大笑起来。朱抗铁青着脸一言不发。小二经过,捧着一笸箩豆子去喂马,朱抗接过来自去了。

绍祖惦记英娴,不在房间,找了一圈儿,却在厨房,头上裹了片帕子,正蹲在地上烧火。绍祖道:"你别活动,肩膀不疼?"英娴道:"穿得厚,就当是小刀子攮了下,老躺着头晕。"绍祖道:"想吃饭喝茶,吩咐店家就好,怎么亲自动手?"英娴道:"我跟庞老爹说了,想留下来打杂,顺便养伤,等撑过冬天再说。庞老爹说吃住外,每月还给我几分工钱。"绍祖道:"不是我带你回北京吗?"英娴摇头:"算了张哥,你安心和朱爷办差去。庞老爹说,他有亲戚开春了要去京城进贡药材,到时候我跟着去,再找我爹。"绍祖道:"你不要怕我麻烦,我不麻烦,老朱也不待见我,说走咱就走。"英娴道:"张哥,你别老和朱爷赌气,他一把岁数了,你也该体谅他。而且,我的事也不急,天寒地冻的,动不动又打仗,去北京也不容易。我就留在这儿,熬过冬再说。庞老爹不是老蔡,是大好人。"

英娴焖了些腊肉饭,绍祖端着碗倚墙吃,也不知道何去何从,是离了朱抗,去土木找父亲尸骸,还是厚着脸皮再求老朱,继续这差事?他自然想继续这差事,可又不想低声下气求他,他受不得老朱的冷漠和傲慢,受不得他把自己当毛头小子。当初说愿给他当小厮,是客气话、恭维话,哪能真把自己当小厮呢?他不服。还有喝酒,爱喝酒也不算什么,昨晚虽误了点事,但还不是大胜一阵?胡思乱想着,一时委决不定。朱抗抱着行李从他面前过去,仍旧一副老不死的神态,把他当柄扫帚。听见他那匹同样老不死的杂花马打响鼻,这是要走了。听他上了马,哒哒绕到前门,跟胡蕙兰说话:"我往西北去县城。"蕙兰正拿筷子卷面条喂小扣儿,瞧也不瞧他:"和我告哪门子别?你死了罢,死了好!"朱抗说了声保重,踢马走了。

绍祖三五下扒完饭,喝了半瓢凉水,提着行李僵在原地,不知进退。英娴往他手里塞了一包新出笼的馒头,推他道:"我的傻哥,愣着干吗?想干差事就追上去。"绍祖忙去后面牵了自己的马,刚坐上去,屁股连着鞍座往一侧滑,脚镫子没踩稳,摔了下来。英娴在门里笑个不住。绍祖一瞧,原来马鞍皮带给人松了,没扣眼儿,气得大骂:"老狗贼!"紧了鞍,跳上马,对英娴招招手,忙赶去了。

赶出镇子,朱抗在路边停着,垂头打盹儿,那匹老马也眯愣着眼。见绍祖来,朱抗道:"再数十个数儿你不来,我就走了。"绍祖扬臂叫道:"走!走!走!"这时,胡蕙兰坐了辆运白菜的骡车也赶了来,近了,跳下,骡车继续往前了。她喘着气,脸上的铅粉被汗水凝成一条条白,搭住朱抗辔头:"完了差,回镇子不回?"朱抗道:"说不准。"蕙兰道:"老胳膊老腿的,让绍哥儿干差去,你留下。"朱抗道:"这是皇差,哪能随便撂挑子。"绍祖在旁听着,心里暗笑,跟胡蕙兰说话的时候,朱抗轻声细语的,脸上的褶子都柔顺了,和平时全然是两副面孔。蕙兰道:"狗屁皇差,皇差会点你?你留下。"朱抗无奈道:"我留下做什么呢?"蕙兰道:"和我过。"绍祖噗嗤一声笑了出来,蕙兰瞪他:"笑你娘笑!"绍祖吐吐舌头,策马离开几步。朱抗道:"这是什么话!"蕙兰道:"真心话。等老孟回来,我把他赶走,离死还有几年,咱们好好过。"朱抗脸上极是窘涩。蕙兰仰头朝他啐了一口:"你死了罢!"扭头就走,跳上一辆拉炭的牛车回镇,她在车尾倒坐,像是被人从路边草丛里捡来的石菩萨像,依旧直盯盯地看着朱抗。

5　枯树墩

　　天上彤云惨淡，在万里外周旋涌动，使劲酝酿雪意。朱抗突然发脾气："噙齿戴发的汉子，言必诺，诺必行，你说话是放屁么！"绍祖道："一时没忍住，以后不喝就是了。"朱抗道："给你定规矩是故意折磨你不成？别忘了是谁求着跟我办差！"绍祖唧咕："你心里不痛快别的，找由头冲我发火。"朱抗问："我不痛快什么？"绍祖道："用我说？那个胡妈妈，你年轻时候负过人家？"朱抗不言语了，朝徘徊镇的方向望了一眼，猛然疯起来，踢马跑了十多里，老花马喘得震天响，汗水蒸出浓浓的雾气。绍祖赶上："这是赤兔还是赤麒麟？再赶，活活累死！"朱抗也满头汗，只得慢下。过了老虎林，又是旷野，雪一处积着一处化着，黑黑白白间错，像野狗身上的癞癣。

　　半下午，天云撕裂口子，下起鹅毛大雪。纷糅散漫中，行至君德山脚下，这脉山由无数大石堆垒而起，在半空嵯峨乱叠，时不时飞插出一截，行于其下，心神悚然，总担心石头会掉下来。出了这段山路，前面豁然开朗，一座四方土城，在雪中周周正正，如一块发霉的米糕，这便是天威县城。绍祖问："你本县的，来过没？"朱抗道："多年前来过，这里开始只是个村子，正统初开了马市才热闹起来，建城设县，徘徊镇也划过来管。"向路人打听，枯树坡还在城北七八里。绍祖道："先去衙门会会知县？徘徊镇那几个探子的事，敲打敲打他，看他怎么说？"朱抗道："不急，迟早会他。"两人不进城，直接往北去。

离城数里，渺无人烟，连树都少见。大雪不歇，远处的君德山拱在地上，如沉睡在雪地中的一头巨象。山下空阔地，一片乱坟岗，光秃秃的圆土堆，高高低低胡乱挤着，放眼望去，连块碑都没有。这里葬的都是无家无亲最可怜之人，过些年，这片坟岗也会被风吹平，或许给人犁成耕地，种上庄稼，亡人的骨肉长在庄稼里，再给其他人吃下去，到头来都是个死。绍祖东思西想着，不由吟出一首诗："城外土馒头，馅草在城里。一人吃一个，莫嫌没滋味。世无百年人，强作千年调。打铁作门限，鬼见拍手笑。"朱抗道："这诗好，'一人吃一个，莫嫌没滋味'，你有点捷才。"绍祖笑道："不是我作的，唐初一个叫王梵志的写的。"朱抗问："这个王梵志，和李白谁厉害？"绍祖道："自然李白厉害——老朱，你想过死吗？"朱抗道："死是由你想的？来了就来了，想不想有屁用。"绍祖紧了紧衣领："我想到死就很怕。"朱抗道："通常人说怕死，是怕疼。死没什么怕的，只当睡觉，只是不做梦，什么都没有。"绍祖道："我就怕那种什么都没有的劲儿。"朱抗道："你到底年轻，不知道什么都没有才是最自在的。"他伸出胳膊，拍了拍绍祖："不要怕，要死，我在你前头。"

天微黑，前方出现一条缓缓的大斜坡，散布几棵歪脖子大枯树，憨憨立着。此处在山口，最高处有座孤零零的烟墩，似是谁从地里拔出来一块蔓菁，使劲嵌在那里的。这是北境最常见的永乐墩，只是更大些，高四丈许，阔两丈，顶部有木棚，下分两层，中间一圈外凸的砖裙，墩上有菱形的瞭望洞，两边各有一截裙墙，高丈约，把山口堵得死死的。这种烟墩样式是永乐文皇帝亲自设计的，朱抗戍辽东时，就是在这样的墩内窝了多年。离着老远，俩人下马，把马系在树上，从旁边绕上去。绍祖道："自家烟墩，至于吗？喊两嗓子通报一声不完了。"朱抗道："蛮子不会说汉话？常有这样赚开守关的。守墩的向来草木皆兵，万一射箭放铳，你挡？"到一块大石下，朱抗示意分头上去："到墩下再喊话。"又拿刀指点他："仔细着，走一步探一步，墩堡附近机关多。"

绍祖从左边迂回而上，小心翼翼地用刀在地上点，像个雪中的瞎子。坡缓长,不难走,很快靠近了烟墩,已能望见石窗里黄色的光。忽而,刀鞘碰到了什么,砰一声,从雪里跳起一个黑家伙,吓得绍祖差点坐在地上。定眼一看,是个兽夹子,刚才误碰了消息,咬着了。摸摸合起的锯齿,极锋利,这要是踩上去,脚脖子已断了。踢开兽夹,往前刚迈一步,一不留神,整个身子矮了下去,幸而是个小坑,只陷住一只脚,拔出,突然小腿上又一紧,一根绳子紧紧提溜起来,一股大力骤去,绍祖被拖在地上急滑。忙乱中大叫:"老朱!老朱!"很快被拖到墩下,上头的人一拽,他悬在半空。从石眼儿里伸出一只长矛,照他就搠。绍祖忙喊:"自己人!自己人!"长矛连搠不歇,绍祖在半空中像条蛇般乱扭,躲过几刺,忙从腰间摸出石子,两指夹住,手腕一抖,朝石眼儿里丢了进去,只听里头啊呀惨叫,长矛收回去了。

上头顺下一挂绳梯,下来两人,一个举起火把在绍祖面前晃了晃,燎了他一绺儿头发。绍祖大喊:"公差!快放了我!"另一个冷笑:"呵,冤家路窄了。"绍祖倒垂脑袋,衬着火光,瞧见一个颠倒的女人面庞,正是在徘徊镇遇到的田氏。在客店吃她打了,如今又吃瘪,羞恼得要死。朱抗爬上来,打话道:"慢着,公差来的。"掏出腰牌给田氏瞧,田氏给一旁的后生看,俩人嘀咕了几句。田氏还回牌子:"锦衣卫跑这儿了?办什么公事?"朱抗指指绍祖:"先放人,进墩里说。"田氏道:"给他省些力气。"拍拍手,上面的人拉起绳子,把绍祖倒吊着拽上去了。朱抗下坡将两匹马也牵上来,系在堡下,细细查看两侧裙墙,用碎石混了黄土砌就,厚五六尺,极坚牢。问田氏:"这左右是一直封死的吗?"田氏道:"之前有个小门,供人马进出,马市关闭后就封死了。"朱抗在后,和田氏二人顺着绳梯上了墩台。

墩台燃着火盆,绍祖脸朝下趴在地上,被一个雄壮大汉踩着后心,正呜哇乱叫。田氏朝汉子点了下头,他挪开脚,绍祖跳起,骂了句粗话,朝他脸上一拳打去。那大汉也不躲,硬挨了一拳,绍祖只觉打在石头上,指头都要碎裂。那大汉举拳要回击,田氏喝了一声,他立刻乖乖站在一边。绍祖不由咽了口唾沫,不敢再逞强。朱抗扫一眼,木棚七零八落,久未修葺,墙角有个砖砌狗窝,一头大黑狗龇牙呜呜,铁链子拽得哗啦响。旁边一只破碗,汤水结了冰。

另一侧堆着木柴、碎砖头、干牛粪，还有一只竹编鸡笼，里头空荡荡的。闻着一股臊臭味儿，那一角，围了圈齐腰高的破席子，里头是个马桶。终于，在竹笼后头找着一片磨平的墙面——这是墩碑，每座烟墩都有，上刻墩军姓名，防止他们逃役。有人死了或役满，就抹平。朱抗俯身一瞧，全抹了层白灰。田氏道："上一拨儿早死绝了。"说完和那大汉顺着楼梯下去，后生边收绳梯边说："二位别站着，下来说话，暖和。"

他举着火把，引朱抗和绍祖下了截楼梯，来到中层。除了田氏和那大汉，还有个年老的，一脸花白络腮胡，正揉着肿起老高的脑门，呻吟不断。火塘里架着一口铁锅，滚着黄叽叽的稀米汤，冒出热气。四下三条抵墙长木板，底下用砖头支撑，上面胡乱堆着破棉被，露出黑油发亮的絮子。角落里几样锅碗瓢盆、灯笼、各色旗帜、木梆子，还有一口装水的大陶瓮，瓮边倚着一杆三眼火铳，木杆已朽了。地上散摆几样兵器，都锈斑斑的，墙上还挂了四张弓，如四条冻僵的蛇。田氏到瓮边用葫芦瓢舀了凉水，灌两口，递给那大汉，大汉咕嘟咕嘟喝干净了。年老的气愤愤看着两个陌生人："狗养的，哪个打的我？"后生道："京城来的，公差。"年老的立刻坐直了，似信不信："朝廷派来的？来我们这个小墩公差？"

绍祖骂道："老不死的混账，钦差你也敢刺！紧喊慢喊还不收手！"老汉一脸不服，嘴里絮絮叨叨。绍祖恨道："要不是收了劲儿，你这老狗头早烂了。"朱抗从火塘里捡起一根木棍，给绍祖递了个眼色，俩人又下一层。底层极矮，缩着头，火光一掠，几口破木箱，一堆杂草，老鼠叽叽叫着乱跑。朱抗来到一堵墙前拍了拍。田氏在楼梯口道："墩门儿早封起来了，上下都用绳梯。"回到中层，绍祖拉朱抗坐顶头，自己捉刀立一侧，弄成公堂的意思，朗声道："奉圣谕、兵部令，我二人前来调查七月间瓦剌南下的事。这是锦衣卫千户朱爷，咱家姓张，来你墩查问情况。我们已知了，有队瓦剌兵是从这里漏进来的。牌子也给你们瞧了，若不信，若不肯说，若撒谎，咱们到天威县衙跪着说，上夹棍说，"他着重瞪了田氏一眼，"上拶子说！"

田氏噗嗤笑了出来："癞蛤蟆憋气，鼓肚子吓人哩。"绍祖大怒："钦差所在就是朝廷！你敢放肆！"田氏旁的大汉站了起来，他身高足有九尺，差点撞着房顶，握两只金瓜拳，瞪一双铜铃眼，突几颗大门牙，活像只野兽。田氏拍拍他的腿，他又静静坐下。朱抗缓缓道："诸位不要慌，咱们不是来拿人的，只是询问些事项。今年七八月间，此墩就是你们几个吗？"田氏道："之前有五个，都战死了。我们是九月新上墩的。"朱抗问："你是代谁充役？"田氏道："代我死鬼丈夫，怎样？"朱抗笑道："大老远来，不是计较这种事的。"后生插话："军粮欠了好久，朱爷能不能跟上头说一嘴？"朱抗道："这口军粮，不是你们想吃就能吃。"年老的道："咱们光明正大，没什么好瞒的。一直就我们几个守墩，没换过人。我们守得严实，没瓦剌兵过去。"他指着东边，"倒是杀虎堡，七月初吃贼突袭，陷了，开了个大口子，下来好几千人。然后，北线就胖子穿窄裤——崩了线儿了。你们查，该去杀虎堡查，咱们这小蛋子儿地方，当不起那罪名。"朱抗微笑道："不急，都会问到。还未请教各位？"后生道："这是田大姐，这是她兄弟荒年哥，这是宋锐大哥。我，黑羊。"田氏补充道："还有王第三和老蛮。"

绍祖问二人何在，黑羊道："老蛮是上头那条黑狗，第三哥出远门了，他是夜不收。"绍祖奇道："狗也算？"黑羊道："怎么不算？老蛮厉害着呢，几里外有动静它就叫，顶事儿。"朱抗问："王第三出什么远门？"田氏道："沈大有派他去瓦剌刺探军情，走好些天了。"绍祖拿出一本牛皮面儿小册，又摸出一支短毛笔，把笔头在嘴里哈软了，追问："他多大年纪，什么来历？"黑羊答道："三哥三十二岁，甘肃天水人，军户出身，两年前调拨在我们这里的。"绍祖飞快记下："接着说，每个人的籍贯来历都要说。"依然是黑羊介绍：田家姐弟是本县西南甜井镇安乐村人，田氏年三十一，兄弟二十七；宋锐，年五十五，浙江义乌人，曾是观海卫百户，因酒后殴打长官，罚充墩军至此；黑羊自家，陕西咸阳人，年十九，年幼时随父母逃荒在此，后金发从军，已守墩四年。绍祖一一记下，又问："王第三不在，谁来夜巡？"黑羊道："我和大姐换着来，今晚大姐刚要出去，碰上二位了。"朱抗对田氏点点头："你一个妇人家，能干这种苦差。"田氏道："走路谁不会？在本子上画勾儿谁不会？真要办点什么，还得我们第三，他是正经夜不收。"绍祖道："你兄弟身强力壮，他怎么不夜巡？"田氏白了他一眼："关你屁事！"黑羊笑道："荒年哥天生不认路，回城都得人领着。宋大哥上了年纪，腿脚受过伤，也走不得远路。"

朱抗笑道："通过名字，就是相识了。那么，谁细说说七月初的事？"黑羊看向田氏，田氏点头，黑羊道："我说罢。那是七月初九晚上，我们听见东边有厮杀声，杀虎堡火光连天，官军四散逃窜。山外的瓦剌兵打了进来，在营里休整了两个时辰，便往东南去了。天亮后，沈大有集合了溃兵返回大营。"朱抗道："听说杀虎堡是被贼里外夹攻才陷了，里头的贼从哪里下来的？"宋锐挥舞胳膊："这君德山东西二百里，哪一处不能下来？墩堡之间空隙大着呢！虎豹豺狼能下来，人也能下来。"朱抗道："按规制，每隔五里就有一墩，除日夜不断警戒，夜间、雨雪雾天，每墩还有夜不收往来哨探。墩堡之间混进来几个也罢了，进来数百骑兵？绝无可能，肯定是你们这里出了大漏子。"

田氏对黑羊道："光顾着说话，该你了。"黑羊挪到窗口，有一只木头凹架，他把下巴搁上去，揉揉眼睛，一动不动盯着外头。田氏道："看来朱爷吃过军饭，门儿清。不过你老刚才也说了，是按规制算的——这几年，哪还有规制？我们墩和杀虎堡间隔八里地，中间有座羊角墩，之前说有君德山屏障，要裁冗，羊角墩留了俩老兵，只传警，不外巡，外巡我们干。"朱抗问："那如今，你们和杀虎堡行冈字法？"田氏愤慨："可不是！朱爷合计合计，我们和杀虎之间，冈字儿有多大？"绍祖停了笔："什么冈字法？我听着糊涂。"朱抗从火塘中抽出一根木条，在地上写了个大大的"冈"字，解释道："从甘陕到辽东，北境夜巡施行冈字法，"他在冈字两脚画了两个圈，"一边一墩，每墩在正北十五里处设一小台。所谓小台，或是小屋，或是一堆石头，里头藏夜巡簿。每晚夜巡，"他用木条往东北画，"左墩夜不收往东北，右墩往西北，到达对方小台后，在簿子上画卯，然后，左墩再往西，右墩往东，回到自家小台，再次画卯——是个互相牵制的意思，谁没巡到，就要受罚——最后，各往南回到自家烟墩。整条路线是个'冈'字，这种夜巡法，就是冈字法，当年永乐爷创制的。"田氏道："宋大哥说，这个字儿讲究呢，反过来就是个'凶'，直对着蛮子，这是咒他们、压他们呢！是永乐爷找一个道士算出来的。"朱抗微笑道："我倒没听过这个说法。"

绍祖赞叹："好妙的法子！如此交叉巡警，万无一失，两墩之间还能互相牵制，谁也偷不得懒。"朱抗指着田氏道："她刚才说，羊角墩没有夜不收，枯树和杀虎间距八里，依然行冈字法，确实不公。"田氏道："大黑天，不是山就是坑，谁能往东北走十多里，画了卯，又要绕圈子回来？偶尔一次也罢了，每晚这样？就是钢筋铁骨也撑不住。"她指着东边，"杀虎堡人多粮多，每天换着人能应付，我们这里才几个？军粮还克扣不发，饿着肚子夜巡？而且，你以为杀虎堡的夜不收老老实实走冈字儿？做梦呢！他们常是西北去西北回，根本不会绕。我们也学贼了，斜着走个来回应付应付罢了。"她往后一仰，张开双臂："抓呀，砍头呀！"

朱抗道："即便巡查不密，也不可能漏下这么多人，墩里守夜的是瞎子？烟墩之制，只是瞭望警戒，往来传信，真有大军打下来，没人指望你们抵抗，那是正军的差事。盘审你们，只要不是瞒警不报，不是临战弃守，我都不办。你说的情况，我会考虑。"黑羊道："杀虎堡千户沈大有是大同郭总兵的亲外甥——他杀虎堡陷了，漏了多少人，屁事儿没有，照样做他的官儿。"宋锐道："你们也不是头一批来查的，之前也有人来问过，沈大有说是我们这儿漏的，是狗戴嚼子瞎胡勒！他一个千把人的大营，怪我们四五个人的小墩没守好？日他娘哩。"

众人说话的工夫，绍祖飞快在册子上记，因不停用舌头润笔尖儿，弄得嘴巴黑黢黢的。田氏看着笑了："吃了狗屎一样。"绍祖瞪她一眼："我办正事，不跟你斗嘴。"田氏起身道："朱爷有什么要问的赶紧问，我还要夜巡。要么不用巡了，出什么差池，你老出头担着——想着蛮子也不会专挑今晚来。"朱抗微笑道："别，出了岔子我担不起。"他站起来，膝盖嘎吱嘎吱响："今晚，我走一趟。"绍祖道："你闲的？这是他们的本分。"朱抗道："我探探附近地形。"绍祖道："等天亮瞧得清楚。"朱抗道："这你就不知了，夜里瞧得才清楚。"田氏语气和婉不少："朱爷真要替我？这大雪天，你能吗？"绍祖道："他能不能？

他是大明夜不收的祖宗！"朱抗道："等拂晓时分，你动身去杀虎堡，我在那里跟你会合。"吩咐完，意味深长地看着田氏等："若那边另有一套说辞，少不得还要再请教。"田氏道："他们自然没好话，随便你信哪边罢！"

绍祖送他上天台，朱抗顺下绳梯，低声道："这里的人说的怕不是实话，你留下要仔细。"绍祖拍拍腰间石子袋："放心，这几个人动不得我。"朱抗叱道："刚吃了亏，又说大话！"田氏从底下上来，指着前方道："左右十丈都有陷坑，往前那里有绊绳，朱爷留神脚下。画卯的小台是个废墩子，早塌了，跟座大坟似的，左右空阔，不难找到。里头有一截破木头，空心儿的，油纸裹着夜巡簿，你画个田字罢了——冰天雪地，不必走冈字儿！"朱抗应了，下了墩，来到自己马前，解下大皮囊，从里头摸出两条皮带，从脚踝到膝盖，将靴子和裤腿紧紧裹起。田氏又在上头道："最近对面儿的探子很是猖獗，接连杀了七八个咱们的夜不收，朱爷小心着。"朱抗没吭声，下了个陡坡，拔脚向东北而去。

大雪已停，月亮闪出层云，不甚亮，能瞧个依稀。走了一箭地，瞧见地上凸起一条半尺许的雪线，是绊绳。跨过去，下一个坡，回望山，西侧高峻险恶，巉岩嶒崚，鸟兽都绝。即便人冒死翻过，马也走不得，无马的瓦剌兵，在官军面前毫无便宜，只有被屠戮的份儿。看过堪舆图，此处再往西数里，君德山就缓了，接上长城，入陕西境内。夏回生说，这些年，瓦剌要么绕过河套叩陕，要么直攻山西东线、北直隶，除了零星抢掠，并未犯过这段防线。枯树墩正好卡在这处山口，下方地形坑洼，骑兵不好冲击，此墩可谓一夫当关万夫莫开的形势。若硬攻，墩兵传警，杀虎堡大军会立即增援，封上口子就是关门打狗，怪不得他们不从这里突击，而选择硬攻杀虎，那里地势较平坦，打开杀虎关口，水银泻地一样进来。可如果在主攻杀虎的同时，派二三百骑突袭此处，只消把裙墙打破，也能渐次入关。墩兵四五人毫不济事的，二三百骑再迂去夹击杀虎正门，照样可以取胜。真如此，土木惨败之源头，似乎的确可以归结到此墩。

前面一溜儿齐胸矮墙，黄土掺杂草碎石砌成，顺着地势往东接上杀虎的防御,往西连接君德山石脉,是防敌人骑兵的,人可翻,马过不得,边境常设这种矮墙,军中叫"小长城"。翻过矮墙,再走五六里,一片榆树林。在树上摸了一把,一手黑,当是夏秋时节烧过,防备敌人隐藏。有棵大树上钉着木牌告示,月光下看,写着:

> 大明皇帝圣谕,特宣:凡被掳人口有能自还者,军免差役三年、民免徭役终身、官支全俸,各赏银一两、布二匹。有能杀获鞑贼一级者,军民人等俱与冠带,赏银五两,官升一级,一体给赏;若能杀也先,赏银五万两、金一万两,封国公太师;杀伯颜帖木儿者,赏银二万两、金一千两,封侯。

穿过树林,横亘一条小冰河,再往前就空阔了。一会儿雪深及膝,一会儿只到脚踝,一深一浅跋涉。他浑身发热,汗流到脖子里,又汇到背上。他太熟悉这种孤独凄清的滋味儿,多年来,他在无数个这样的夜晚孤身前进,或是巡戒或是探敌,当晚来回的少,大多时候要在外头待三五天。最长的一次,他在辽东瓦剌营地外潜伏了一个月,把那支部落的兵马探得清清楚楚。回来报了总兵,防备得当,敌人来袭时中了圈套,全军覆没。那是一次痛快的胜仗,总兵拔他为百户。做百户可以管人,不用再做辛苦的夜不收,他竟拒绝了。同袍笑他痴,他不觉得亏,他就喜欢干这差事。大晚上一个人就这么走,心里有疙瘩,不用使劲想,走着走着就松开了。

之前绍祖问"夜不收"这三字是什么意思,他说不知道,他确实不知道。新入伍时,他问带自己的师父,师父说:"夜不收么,就是整夜整夜在外头忙活,想回本营也回不去,你差事没办完怎么回?所以叫夜不收。"后来,师父和他扮作父子去敌境做买卖,日夜打探消息,忽有所感,又对他说:"夜不收么,就是白天别收着,夜里也不能收着,胳膊腿儿随时绷紧了,狠命当差。"他对这两种解释都不信服,问当了十多年夜不收的老兵,那老兵说:"夜不收,就是把自己当孤魂野鬼,大晚上在外头游荡,天不收,地不收,国不收,家不收,西方净土不收,阴曹地府也不收。"有次他和这个老兵一起夜巡,老兵又感慨:"心里没点见不得人的事儿,能干这差事?"当晚遇到一队敌骑,老兵被杀,他独自逃了回来。如今,自己当了半辈子夜不收,再琢磨这三个一向不知渊源的字儿,进出个新念头:自己这种该死的罪人,夜里最难熬,夜不收我,逼我出来活动,跟耗子、狐狸、狼这些畜生为伍。夜不收,其实是只有夜才收。

胡乱想着,走了个把时辰,瞧见雪地上两串儿深深的脚印通往西北,有去的印记,不见回的,揣测,杀虎堡的夜不收应在前头。他继续朝东北走,呼哧呼哧喘着白气。夜巡三十年,也不是所有疙瘩都能走松,有一两个大疙瘩,越走越紧,越走越疼。胡蕙兰这个疙瘩,都快化成血水了,在徘徊镇重逢,疙瘩落在心头,那群蚂蚁扛着,在五脏六腑游街,走哪儿撞哪儿。疼倒不太疼,那窝蚂蚁常年咬,他早心老皮厚。他忌的是那种来回撞、来回咬的狠劲儿,不休不止,总得惦记着,合了那句俗话:癞蛤蟆爬脚面,不咬人但硌硬人。

永乐十四年,他十七岁,大哥被狼咬死两年,他爹老了,把做豆腐的家业传给他。他也着实做出几百扇好豆腐,挑着扁担上街卖了大半年,以为这辈子就这样了。那年春天,媒人给说定了同村胡旺家的女儿蕙兰,定了腊月里成亲。端午节去拜望丈人,离开时,胡蕙兰在墙头上喊他:"回过身,我瞧瞧你。"俩人头一次见着,一边不是才子,一边也算不得佳人,但彼此待见,笑得满脸红。

那年初秋,他去镇上趸豆子,见一群人凑在房檐儿下。坐中间的是在县衙做皂隶的曹老黑,说永乐爷又要派郑三宝下西洋,船队比前几次还要壮大。老黑指着街说:"三宝爷坐的头船有多大呢?一条船,能把咱这镇子装了。"朱抗没见过大海,问老黑见过没有,老黑指着蓝天:"大海呀,跟天差不多,没边儿没头儿。"有人问这次下西洋要去什么地方,老黑掰着指头:"女儿国肯定要去的,还有爪哇国、罗刹国、宝象国、刺撒国、金眼国、银眼国啥啥的,都去。"他挥舞胳膊,"西洋那些小国呀,遍地金银宝石,他们不知道金贵,只当土坷垃,咱们想怎么拿就怎么拿。"有人道:"听说女儿国都是娘们儿,见男人就抢？有这大好事！"老黑正色道："咱们下西洋是为皇爷办差，哪能留恋女色呢？你满脑子想这个，可见干不得大事。"那人满面羞惭。老黑又道："顶多呀，回来的时候，跟女儿国国王做笔买卖，咱们不能以大欺小，给些钱，带回十万八万个大闺女，配给咱大明国打光棍儿的。"众人欢呼雀跃。朱抗问了嘴："黑哥几时动身？"老黑道："三天后就去南京，在那儿集合。孟家庄的孟老六、新安村王石头、镇上赵赶驴家老二，这拨都去——石头他爹就去过的。"

当晚，他犯了魔怔，看着院里的石磨盘、那头拉磨的灰驴，看着大盆里水泡的黄豆，看着端海碗吸溜吃面的爹娘，忽然觉得这一切没劲透了。他记得清楚，那晚群星璀璨，亮得出色。临睡，他随口一提："曹老黑要跟郑太监下西洋。"他爹说："他穷得有腿没裤子，做皂隶指望刮些钱，得罪了上任知县，被罚得屁都不剩。快三十了还娶不上媳妇儿，所以想出去撞撞运。家里但凡吃得上饭的，谁肯让孩子干这个？"朱抗道："倒也能长长见识，运气好还能发财，西洋小国遍地黄金宝石。"他爹冷笑："头两次下西洋，全大明的后生争着抢着要进水师。海里头有大鲸鱼，一口吃一条船，死了多少人？前年死的新安村的王瘸子就下过西洋，发了什么财？死了棺材都没有，草席卷着下了地，寒碜死！"朱抗道："老黑说头几次去差了地方，都是些穷国，这次要去富裕的。"他爹啐道："放他娘的屁，他惯会吹嘘。你老实把豆腐做好，比上不足比下有余。等我老两口入了土，你和兰姐儿卖豆腐也能过活。"朱抗嘟噜个嘴巴，一夜没睡。

念着往事出神，脚下一滑，掉进一个雪坑，不深，爬了上来。月光更亮了，照在雪原上，一切如被米酒浇过，柔白醉人。远处跑过一群麂子，隐隐还听到狼叫，很快闪过去几星绿光，又消失了。他靠在一块大石上歇了会儿，膝盖钻心疼。这些年吃的苦头多，身体磨损厉害，这双膝盖就像一辆旧车的毂轴，早破烂不堪。之所以接纳绍祖，就这点考虑，怕自己一个人完不成差事，在于谦跟前说的大话到底是逞强。又撑一截，终于看到那座废弃的小墩，上面已塌，只存下面一层，像座坟包。蚂蚁一咬，这废墩又不像坟包，像茫茫大海中的那座小岛。一想到此，周围一切都沐了血，令他浑身颤抖。他掐掐额头，似乎在给那群蚂蚁发出警告，眼前的血渐渐化去，又露出在月色下发靛色的雪原。

往西看，没有脚印，杀虎堡的夜不收还未过来画卯，或者偷懒，从枯树墩的小台直接向东南回去了。钻进废墩，翻过地上一截枯木，果然有本油纸包裹的小簿。翻开，顶右写着枯树二字，往左数列是月日，底下写着夜不收姓字。枯树墩这边多是"王"，最近几次，都是一个圆圆的"田"字。簿子缝儿有截炭棒，他标了日子，底下也画个"田"字。放好簿子，他坐在木头上，从皮囊里摸出一只烧饼吃，硬邦邦如啃石头。揉揉酸痛的膝盖，用雪敷了敷眼睛，精神许多。起身正要走，忽然听到沉闷而急速的腾腾之声，他太熟悉这种声音，是马儿在厚雪地上奔跑的声响。从破窗中望，四骑正从东向西奔来，月下看装扮，是瓦剌兵。来不及惊慌，他拔出长刀，半蹲在地，望了距离，量了来势，心中已估算出时候儿，还有四十下就到跟前。脑子里的蚂蚁忙碌起来，急敲战鼓，在他两边的太阳穴一下一下捶打。

大明边地夜不收，能撑过三年的都是出类拔萃之士。瓦剌深忌夜不收刺探军情的能耐，经常设伏抓捕。夜不收十死，战死冻死的不过三四，其余多是被瓦剌人抓去，严刑折磨，有变节的，也有不屈被杀的。这四骑绝非路过，瞧他们阵势，是直奔废墩拿人的——你巡人家也巡，或许他们提前潜伏在远处，望朱抗进了墩，趁机突袭。朱抗遭遇过种种危情，可地理形势不同，物候、随身军备不同，并无妙能通用的逃脱之法，每次只能随机应变。硬敌是敌不过的，一步对四骑，毫无胜算，论武艺他算不得高手，他的长处也不是和人放对。直接跑，也休想，不管旱地还是雪地，人都跑不过骑兵，四骑一围，自家就成了羊。而此处，除了这座废墩，四下雪原，无甚挡蔽，只有东边四五里，有片杂树林，若能进入林子，逃脱胜算大增。可这四五里光秃秃的雪路，该如何过去？来不及的，根本来不及。众蚂蚁狠命擂鼓，咚咚十下，朱抗想出了计策。

他将地上那截木头靠在墙角，脱下棉衣套在上头，又摘下毡帽盖顶，再把棉衣两只袖子裹了长刀，斜在地上。完成这番动作，耗了八下鼓。又从皮囊里摸出一只木制地火雷，埋在地下——这是夜不收的傍身玩意儿，谈不上威力猛大，但声响得劲，是吓敌、报信所用。吹着火折子，点着地火雷捻子。十二鼓过去，已能听到马儿喘气声、瓦剌兵的弯刀和马镫的碰撞声。布置好，立即钻出废墩，一头扎在雪中，两手聚来大团雪，将自己严严实实埋住。他控制呼吸，一缕一缕往外轻吁，胸膛平复，四骑已经到了。

他懂简单的瓦剌话，听见他们互相提醒不要大意，又听见说人尚在墩里，谨防暗箭。四骑绕着废墩转圈，这是瓦剌兵的习惯，大军围困敌人时，在外围不停旋转，刺激骚扰敌阵，扯出破绽，然后突击。朱抗听声辨位，两人下了马，缓步向前，另两骑仍旋着。地火雷的捻子用湿手攥过，燃得慢，他算计周密，再过十五下方炸。两个瓦剌兵停在他旁边两步，低声说：已看到墩里的人，有刀。两人拔出兵器，分开左右，拖刀从朱抗眼睛上方轻轻掠过，嘶嘶微响。朱抗心里念着数，三，二，一。只听震天响轰隆一声，地火雷炸了。两个瓦剌兵惊呼着卧倒，两匹空马受了惊，嘶鸣乱跳。

雷炸同时一瞬，朱抗从雪中翻身而起，跨过在地上惊骇的瓦剌兵，奔向最近处的一匹空马，跳上鞍，用匕首狠刺马臀，马儿长嘶一声，四蹄腾起。朱抗乱踢马镫，朝那片杂树林狂奔。身后，三骑紧追不舍，怒极的瓦剌兵大声呼喊，在空荡静寂的雪原层层激荡。终于进了林子，地上雪薄，露出干硬的土地。朱抗回望，三骑尚有数箭之遥，弃了马，使劲一拍，驱马继续往前。自己折向南，借着树枝掩映，一停一走，望见那三骑循着空马去了。很快，瓦剌兵牵着空马又反头回来。朱抗小心绕过地上残存的积雪，弯腰疾跑，一直跑到林子尽头。面前一条大沟，阔二三丈，深七八丈，往东通向一片荒草密布的河滩。沟边有大片积雪，他没收住，留下两行脚印。他慢慢调转身子，踮起脚，踩着一个个脚印又回到干燥处，往右一转，轻轻卧倒于一片荆棘丛中。

三骑在林中乱转，很快绕到这边。一人发现沟边的脚印，下了马，到沟边往下望了望，跳脚大骂。朱抗听不懂他说什么，只明白一个词"逃了"。三骑互相抱怨一番，哒哒走了。朱抗瞧他们消失了，不慌不忙地起来，吃了捧雪，叉开腿，放了一串闷屁，扭了扭身子，全身关节爆竹一般噼啪乱响。

6 杀虎堡

　　黑羊眼皮子打架，差点从凳上摔下去，田氏让他睡会儿，一边，宋锐鼾声震天，她兄弟也睡得死沉，绍祖盘腿坐在火塘边，脑袋一磕一磕的，正打盹儿。她自己坐上去，盯着苍茫沉寂的雪原，寻找任何可疑的动静。不知过了多久，一个声音道："你也歇会儿，我来罢。"扭头一瞧，是绍祖。田氏让开，蹲在地上揉眼睛，轻声道："好么，朱爷帮我夜巡，你帮我盯梢儿。"绍祖学他们样，把下巴抵在那只木架上，温热，一想起这是田氏留在上头的热乎劲儿，竟有些臊得慌。

　　田氏侧躺在木板上睡了会儿，很快又起来。绍祖余光瞧见，问道："睡不着？"田氏没言语。绍祖眼睛酸痛得厉害，光秃秃的雪原上什么也没有，盯一会儿就心烦意乱，这么盯梢儿，跟和尚打坐似的，寻常人还真做不来。田氏递给他一只小瓷瓶："熬的药水儿，往眼里抹一抹就不酸了。"绍祖往手心里倒了些，指头蘸着往眼角抹，清凉，果然好多了。他叹道："真是苦差事，守墩。"田氏道："没听过那句话吗？做人莫做军，做铁莫做针。不过再苦也比种田好，逢上旱涝年景，树皮野草都得抢。"她指指黑羊，"这孩子，刚生下来就遭了饥荒，上头三个哥姐，跟着爹娘逃荒到这里，先后都饿死了。好心人给了他一口面糊，才活了。"绍祖道："十几年前，该是宣德时？那时号称盛世，还有饿死人的事？"

田氏冷笑："果然是儿子家家，谁告诉你盛世饿不死人？盛世饿死的人多着哩！盛世是皇帝的盛世，是以后写到书里的盛世，不是我们老百姓的盛世。"绍祖叹道："这一趟往下边儿走走，真是民生多艰。"田氏道："你京城公子哥儿晓得什么疾苦？吹吹寒风就觉得苦了？真苦头你还没吃过哩！光嚷着为国尽忠，家人都穷死了，还顾什么国？"绍祖道："那乍还能攒五十两银子给兄弟买媳妇儿？"田氏道："那银子是假的，外头一层银，里头是杂铜杂锡。"绍祖道："你可真敢骗，不怕吃官司？"田氏道："胡蕙兰那老贱人是什么好货？骗她怎么了。她只知道验你的金子，绝想不到验我的银子。可惜，这买卖被你搅了。"绍祖道："就不能三礼六聘地在本地找一个？非要买卖可怜人。"田氏道："八礼十聘也没的找。这儿的闺女都往外嫁，没人往这里嫁。"绍祖问为何如此，田氏道："这里是什么洞天福地？紧挨着边境，夏天热死，冬天冷死，十年九旱，鞑子三天两头就打过来，旧话说，有女不嫁天威郎，嫁来一生受恓惶。要不是有马市，这里早荒弃了。"

天微微亮，雪原上铺了一层莹莹朦朦的蓝光，这片蔚蓝随着地势悠悠起伏跳跃，真如海浪。绍祖脖子从架上挪开，已经僵了，轻轻一扭，疼得乱叫。一双粗糙大手抵上来，在他后颈使劲按了两下，顿时舒缓许多。田氏道："僵了不能乱扭，扭坏了半个月动不得。"黑羊也醒了，去天台上抱了几块木头添在火里。田氏小布袋里抓了把米，丢进脏兮兮的铁锅中。说是米，却罕有白色，黑黄混着，加了两瓢水，放在火上。煮开，她舀了一碗，又从一只锡罐里捏出几条黑乎乎的东西加进去，递给绍祖："你客，你先。"绍祖捧着油膻膻的碗，也不知谁用过的，心生嫌弃，放在地上："我打小儿不吃粥，要吃，我也只吃甜粥。"田氏一甩木勺，溅了他一脸汤水："吃，吃你妈的奶去！"绍祖擦把脸，怒道："什么爆炭脾气？我不吃粥关你甚事！"黑羊劝了几句，田氏盛了碗粥上天台喂老蛮。绍祖道："你们怎么能忍她？喜怒无常。"

黑羊笑道："张爷，不怪刚才大姐怒，你冒犯她了。"绍祖道："一碗粥，吃不吃在我，怎么冒犯她了？"黑羊低声道："你可知大姐叫什么？"绍祖摇头，黑羊道："她小名儿叫粥姐儿，吃粥的粥。"绍祖惊奇："还有叫这个的？"

黑羊道："叫猫叫狗的都有，怎么不能叫粥？无非家里穷，给孩子起名图个想头儿。你刚说只吃甜粥，她姓田——你这是调戏她呢？"绍祖唰地红了脸，吐吐舌头："原来如此，怪不得她怒。我上去给她赔个不是。"黑羊摆摆手："免了罢，你再提，她还要怒的。"粥姐下来，绍祖不敢再嫌弃，端起粥呷了一口，跟白水没什么差别，再喝一大口，嚼了嚼，嘴里嘎嘣响，不知是稻壳还是沙石。那黑条儿，本以为是酱菜，一尝，竟是咸肉，囫囵咽了。黑羊和粥姐也吃了，看着绍祖笑："你在京城想吃还吃不到。"绍祖道："你们这日子太苦了，平时可以猎些野兽，打个牙祭。"黑羊道："外头设了几处陷阱，可野兽也机灵呢，同伴吃过亏，就不往这边来了。"粥姐道："有些畜生偏来，又吃不得。"黑羊咯咯笑了，绍祖也笑："我的肉怕不好吃——这碗里的腌肉挺香。"粥姐道："耗子来回跑，肉自然紧实。"绍祖哇地一口吐了："耗子肉？"黑羊笑道："守墩的开荤，就指望它们哩。"绍祖硌硬得朝火堆里吐了几口。

收拾了，绍祖准备去杀虎堡。粥姐道："我跟你去！"她从兄弟身上扒下羊毛大褂、厚毡帽，戴齐整，浑身圆大粗阔，活像个汉子："不能任凭他们泼脏水，你和朱爷是朝廷的人，正好，当面锣对面鼓地咱们说说。"墩里的马早卖了，绍祖骑自己的黄骠马，粥姐骑朱抗的杂花马。天空撒下细细雪末，如神仙搓盐一般，两人向东行。绍祖跟她闲话，随口叫粥姐，被她啐："咱们很熟？叫我小名？你有二十五没？我少说大你一甩手，叫我姐就罢了。"绍祖问："有小名，就没个大名吗？"粥姐道："要大名做什么？你要给我刻碑吗？"顺君德山行了一截，粥姐在马上身子一滑，说马镫子松了，下马调系，让绍祖先走。行数丈，忽听头顶闷雷似响，一块碾盘大石从上方滚落。绍祖惊得浑身一冷，猛勒缰绳，黄马往旁跃出一步，大石砸在正前方，磕出老深的坑。还未回过神，又有几块大石接连滚落，绍祖忙踢马跃上田垄，离山脚远了才放心。望山顶，阳光刺眼，似有一道黑影闪过。粥姐牵马跟上来："好险！山顶雪一化，到处湿滑，常有石头滚落的。"绍祖道："好么，这君德山怕我怪罪，想除了我。"粥姐笑道："你说什么疯话。"俩人出冻田，上大路，奔驰来到杀虎堡。

此堡宏大，另是一番景象。山顶设一大墩，腰阔体粗，上插几面红旗，冻得翻展不开，下方一片扇面儿营地，最外围有木头鹿角、尖锥车、齐腰高的拒马墙，里头一圈丈高围墙，内有石房、土房，也有茅屋、毡帐，还有一圈栅栏，蓄着大群战马。一队旗兵正在营外空地上操练，两两捉对，在武教师的口令下演习厮杀。两人绕过兵阵，被门口戍卫喝住，绍祖正不知怎么说，有个军士上来："可是锦衣卫张爷？"绍祖忙应了，军士冷冷道："朱爷已经到了，请你进去说话。"又拦住粥姐："你是哪个？"绍祖道："她枯树墩的，一起来办事儿。"粥姐叫道："让沈大有出来认他娘！"一个经过的军士道："她你不认得？枯树墩的田老虎，老梁媳妇儿。"那军士瞪粥姐："你引他们来查我们？"粥姐啐道："狗养的引来的。"进了营，军士往来，眼神俱不善，愤愤然低声咒骂。粥姐幸灾乐祸："消息传开了，他们知道你和老朱来找麻烦，往下不好弄了。"

来到正中厅房，朱抗和沈大有正坐着寒暄，见二人进来，朱抗起身介绍。沈大有先和绍祖行礼，又对粥姐道："田嫂子，你又来？我这里也是寅吃卯粮，大家都勒着裤腰带过日子，真没多余的给你。"粥姐大剌剌坐在下首，要人上茶："先给口热乎的。今天不是我找你，现在也不是该我说话的时候。"沈大有招呼绍祖坐下，打量他："真是英雄出少年，往后锦衣卫不得张爷当家？"绍祖笑道："可不敢，当家却守不住家，遭人笑话。"沈大有面愧不言。朱抗道："今天你坐堂，我出去转转。"转向沈大有："沈兄，我在你这里查案，兄弟们不会恨我罢？"沈大有道："朱爷放心，我的兵是有法度的，朱爷是钦差，腰牌一亮，没人敢不服。"朱抗连说打扰，出去了。

绍祖欢喜起来，掇张桌子摆到最上头，要了盏砚台，连同那本小册子、毛笔整齐摆好。粥姐给他端来一只圆凳："青天大老爷，您坐着审。"绍祖懒待坐，一脚踩凳，一手提起笔："沈大人，想必朱爷跟你说了，我等奉圣谕来查事，不管千户还是指挥，皇亲还是国戚，在我们跟前都一样。咱们也不用客套，我问什么，你如实回答就好，彼此方便。"沈大有连连点头："自然，自然。"绍祖一伸手："说说，今年七月初，敌贼如何从你这里漏进来的？"沈大有道："我这里防御严密，固若金汤，苍蝇都漏不进来。"绍祖用毛笔指了指他："沈大人，想好了再回答，我都记着呢，回头要呈给皇爷御览的。"沈大有坚称并未漏人。绍祖不耐烦道:"就说是怎么打进来的!"沈大有懒洋洋地起身,让绍祖随他出去,粥姐也跟着。绕到营地后方,有一溜儿在石头上挖出的台阶直通山顶,上去便是墩堡,底下有铁门关。朱抗正在天台上,一边审问墩兵,一边瞭望山川形势,见三人上来,笑道:"怎么老跟着我?我让地儿,你们忙。"沈大有让墩兵也下去。他体肥,上楼吃力,加之急于辩解,紫糖色大脸憋得发黑,扶墙喘气。

此时大晴,万里无云,绍祖站在台上一望,忍不住喝彩。四野雄浑,碧天通透,远处的山岭、河流、荒原,如仙笔画上去的,层层叠叠,绿色压着黑,混着灰青,又揽着银白,如一首好诗、一篇好赋,清俊爽朗,浏亮明丽。西边的枯树墩和羊角墩晰然可见,东边也有几座烟墩,间隔密集。粥姐也不望景,见火盆里烤着几块饼,全抄在手里,拍拍灰,拣块大的嚼了起来,剩下的揣在怀里。风依然寒冷,吹得各人精神抖擞。沈大有比画:"张爷请看,此处西连枯树、羊角,往东涌泉、葫芦坑、姚家、三岔、马鞍,外七墩都归我管,本来有十个,上头说太密,两年前撤了三个。七月初九夜,虏贼突袭,我命老谭组织防御,激战了一夜,先失陷,又夺回来了。八月十三,我接到大同军令,说上皇在土木遭围,我星夜带人增援,赶上了大战的尾巴,也救不得败局。"

绍祖问:"老谭是谁?"沈大有道:"我副将谭信成,不在营里,前儿个去大同支领棉衣军器了。"他说,那晚子牌时分,忽发现大队瓦剌骑兵南来,约有数千。彼时是秋防关头,日夜操练的,他也不慌,命全军防御,并让墩兵放火,知会东西各墩。虏贼将小长城挖开口子,一声炮响,就开始进攻。沈大有命神机铳手准备,可敌骑还未进入射程,大营前头便闹了起来,数百贼骑竟攻打寨门。如此,腹背受敌,很快失守。"之前操练的防御都是向北防,万没想到给人掏了裆。"他气得胡子乱颤,"死守阵地只会被囫囵个吃了,我带人往东撤,正好遇到涌泉、葫芦坑那边的人,一问,说那边并没有敌兵来。我就知道,虏贼是瞄准了我这处突破,便集合散兵打回来,天亮时候,收复了营地。之前大同的夏回生来查,我也是这么说的。"粥姐道:"真有贼漏过来,凭什么不是东边几个墩漏的?为啥咬定是我们漏的?"沈大有道:"东边几墩都在山顶，山脚又有几处小营日夜值守，那晚并无房贼经过。"他指着西边的羊角墩，"那里的墩兵瞧见有贼从西边来打正门，就是你那漏的！"粥姐连呼扯淡，俩人吵闹。

绍祖打断："你收回营地，没发现敌贼已经突进来许多了？"沈大有道："我怎会不知？刚收回营地，我就派出骑兵追踪敌贼动向。隔日大同来信，说入境的敌兵正往东南去，已派出大军去围剿。我这里重在防御，开了口子赶紧补上，围剿不是我们能干的活儿。后来的事咱们都知道，在乱岭关、美峪所，大宣兵溃败，敌贼又在阳和口、虎峪口、瓦窑口里外夹击，前后突进来几万。中间上皇亲征，在土木给贼围了。"绍祖道："可你这里是第一个口子。千里之堤，溃于蚁穴。你这儿就是蚁穴。"沈大有瞪眼乱叫："第一个口子，是他们枯树墩！"他激动地控诉，"此事最蹊跷的地方，不就是那队攻打正门的贼兵吗？那几百骑是从哪里冒出来的？那会儿正是秋防关头，从杀虎到马鞍，我这几墩严行冈字法，一晚都不敢间断，这些都有夜巡簿可查的。枯树墩我反复叮嘱了，不可懈怠。可那晚，他们压根儿就没在簿上画卯，就没夜巡！"说完，他命底下人把最近一年的夜巡簿拿上来。绍祖问粥姐："七月初九晚上，你们巡没巡？"

粥姐道："从七月初一到初九，是我和王第三亲自巡的，秋防时节，哪敢偷懒？"绍祖又问："那画卯没有？"粥姐道："不画卯要被扣粮的，既然巡了，当然要画。"沈大有道："你画，画个野汉子你！"粥姐暴跳如雷，朝沈大有一拳打去，沈大有闪慢了，脸上挨了一记。绍祖忙扯住粥姐，沈大有怒不可遏，要回击，绍祖两边拦阻，来回呵斥："这是朝廷办案！"又责备沈大有："她一个寡妇，你那话实在难听。"闹着，军士送来夜巡簿："朱爷刚查过一遍。"沈大有哗啦啦翻，找到七月间那本，摊给绍祖瞧："七月初九晚上，他们是不是没画？"绍祖一看，那天只有杀虎堡夜不收画名，并无枯树墩的。粥姐道："这簿子是后来换的。那阵子常下雨，小台的夜巡簿浇透了。我们画卯用炭笔，被水一弄，上头的字成了一团黑。"她指着沈大有："七月中，他说簿子烂了要换，要我们来两个人核对记录，他咬死初九那晚我们没巡，那团黑是泥巴，不顾我叫屈,把记录誊在新簿子上,无非是把纵贼南下的罪过推到我们头上。"沈大有道:"泥巴就是泥巴!一捻就下来了,根本不是字儿!"

绍祖问:"初九晚上,你这里谁巡的?叫上来我问问。"沈大有道:"老孙巡的,可惜那晚画了卯,就给贼杀死了。"绍祖道:"你咬定虏贼是从枯树坡下来的,各墩附近都铺了细沙,那么多骑兵,岂无痕迹?事后去看了没有?"沈大有道:"刚也说了,那阵子经常下雨,我忙得团团转,直到十一日才说去看看,早被雨水冲干净了,什么痕迹都没有。"粥姐道:"初九晚上出事后,隔天一早我就去外头检查,附近三里,我们间错铺了五块沙田,只有狍子麂子印儿,没有任何骑兵痕迹。"她拉着绍祖袖子道:"张爷,兜兜转转费死劲了,这事儿简单得很!就是他没守住,被贼兵从外边冲破,根本没有里外夹攻一说。"沈大有急得乱跳:"狗攮的撒谎!你问问我这里的兵,那晚是不是被夹攻了?"粥姐叫道:"都是你的兵!你事先交代了,谁敢不听?编造什么里外夹攻一说,把里头的贼推说是我们漏的。沈大有,你苍蝇戴面罩——好大的脸皮!我们五个人的小墩,给你这张大嘴擦屁股!"沈大有又要打,绍祖死命拦着,也呵斥粥姐:"你安生些罢!别这么理直气壮,到底谁是谁非,还没定论。"

正吵着,朱抗上来了,和绍祖一边一个扯开二人。朱抗按刀站在中间,示意绍祖继续审。绍祖道:"沈大人,我且信你是里外夹攻,但暂无证据认定是枯树坡漏的贼。"沈大有道:"除了枯树坡,哪里会漏人?他们墩在君德山的缺口,往西往东,山势陡高,走不得人马呀!"粥姐道:"山再险也是个山。"沈大有道:"即便人能翻,马怎么翻?"粥姐一时哑口。绍祖道:"有无可能,是从陕西下来的,偷偷潜到了这里?"沈大有摆手:"几百骑兵,从陕西千里偷袭?这一路的卫所墩堡是吃干饭的?张爷真是信口开河!"绍祖也自觉荒唐,望着西边的山岭,又问:"那挖地道?"沈大有道:"君德山都是大石头,没上万人夫、一年半载,想都别想。就在我们眼皮底下,一只燕儿飞过都得备个案,兔子跑过也得留撮儿毛,谁敢在这儿挖地道?"绍祖使劲挠头:"又或者,伪装成百姓,陆续混进来,初九那晚偷袭?"朱抗点头:"这还有点意思。那晚夹击的,确定是骑兵?"沈大有道:"我亲眼看见了,两百多骑兵,还有零星步卒。"绍祖道："莫非提前混进来一些兵，从哪里买了马，然后偷袭？"沈大有蔑笑："越说越外行了。那些马一看就是北地战马，不是咱们这儿的短腿种！"

朱抗招呼绍祖："走，去羊角墩问问。"沈大有道："何劳二位，我派人传他们过来。"朱抗道："不用，我去墩里看看。"粥姐当先："我和你们过去。"山顶有开出来的平整小路，三人来到羊角墩，墩内二老军是对亲兄弟，蒋大蒋二，畏畏缩缩，黑黑瘦瘦，像是两根焦柴。说明了来意，二人吓得战战兢兢。问他们初九夜战事，所说与沈大有无二，称看见大拨贼影顺着田间小路，从西边冲去大寨正门。粥姐喝他："老东西，不要乱讲话！"蒋大道："田大姐，咱如实说话，不敢撒谎。"蒋二道："的确是前后夹击，大营陷后，我弟兄俩藏在墩底，贼兵也没来搜。"朱抗问："夹击的是骑兵还是步卒？"蒋二道："骑兵，这个看得清，还有马叫。"朱抗在墩里上下转了遭，与枯树墩形制仿佛。见问不出别的，便和绍祖、粥姐回到杀虎堡。

沈大有仍执旧辞，朱抗笑问："沈兄如此咬定枯树墩，何不向上检举他们呢？"沈大有道："朱爷不知，这田嫂子她男人老梁，曾是我手下的得力夜不收，去年出关剿贼牺牲了。之后她要填坑拿份军饷，我好说什么？她那边几个绑一起的，饶一个就都饶了，还好说什么？败就是败了，之后警醒些罢了。都是为国出力，何必计较个你死我活？可朝廷追究，我总不能背黑锅，谁脑袋是多余的？一码归一码，该怎么回事就怎么回事。"粥姐道："你不检举我，是因为你没真凭实据。"沈大有拉着朱抗道："你听听朱爷！这娘们儿一点情也不领的！"粥姐道："你扣我们五个月的军粮，可念着老梁没有？"绍祖道："沈大人，此事尚未查明，你不能克扣他们军粮。"问粥姐该多少，粥姐道："有家室的每月六斗米，没家室的五斗，之前还承诺每月多给我一斗恤粮，一共，"她早算好了，"十三石零五斗。"朱抗道："沈兄，军中有句话，防倭兵没爹，防北兵没娘，可怜墩军最苦，没爹没娘还没粮。他们是你管下，应一体对待。"沈大有道："看二位面上，我把粮补上，但不是这个数儿，她一个寡妇，哪算有家室？恤粮抵了，要减五斗。"绍祖烦躁："缺她一个寡妇吃的！一个爷们儿家，还计较三升两斗！"粥姐又道："忘了，再加两斗，墩里的狗也要吃饭。"沈大有带他们下了墩，命人支取粮米，交给粥姐。粥姐要了辆马车运送，高兴道："朱爷，你的马还你，我坐这个舒坦。"说完洋洋跳上车去了。

  朱抗在营里详看各处防御工事，经过粮仓，为却鼠防潮，基座是碎石砌成，底部黢黑，顶棚门窗崭新，便问："之前烧了？"沈大有道："就是初九那晚，贼打进来烧了，我自己的一袋金豆和五百多银子也给摸走了。"朱抗道："你倒阔绰。"沈大有忙道："家里卖了几处田送来的，我习惯银子在身边儿。"眼看中午，说备了宴席为二人接风。朱抗笑道："你这里不富裕，不麻烦你。"沈大有赔笑："朱爷别打趣我，早上急了些，千万担待。"朱抗执意要走，沈大有一招手，属下捧上木盘，摆着一只小包袱，他塞到朱抗鞍下："朱爷张爷买杯酒吃，嘴上笔下，千万留情。"朱抗丢回给他："咱们不来这个，不冤枉你就是了。"想起什么，又问："听说你这里的夜不收，最近伤亡不少？"沈大有叹道："说不得！连死多少个了，只能旗兵顶上。"问昨晚谁巡的，一军士道："昨晚老蒲巡的，现在还没回来。"朱抗说了昨晚遇贼之事："这几天，让你的人就伴儿巡夜罢，带上火铳弓箭。"

7 沙河村

离开大营,绍祖问:"你盘问那些旗兵,怎么说?"朱抗道:"和沈大有说的差不离。一个个要么横眉怒目,要么油嘴滑舌的,'厌恨'俩字儿就写脸上。这种差事不好干,当年朝廷派御史来辽东查败仗,我们还不是使绊子?知道最后也怪不到真犯头上,只会冤枉无辜,所以懒得说真话——等御史走了,说真话的能好过?今儿个问的话,十句有两句真就不错了。"绍祖道:"我没在军里待过,请教你,杀虎堡这样的,很容易打破吗?"朱抗摇头:"攻防这种事难说,比账面儿上的人头马匹不顶事。只能讲,如果杀虎堡拼死防御,外头的贼兵绝难打破。要命的是里头这两百多骑,从正面冲击寨门,营里一乱,溃败是自然的。"

绍祖道:"也许压根儿就没夹击的骑兵,是沈大有吩咐手下统一口径,好逃脱罪责。"朱抗瞥了他一眼:"枯树墩就不会统一口径?你不要小瞧那个粥姐,此人是豪杰。"绍祖笑道:"豪杰?粗蛮泼妇罢了。"朱抗敛色道:"多少英雄好汉,死就死在小瞧女人!我查了小台簿子,那个粥姐连续十来夜巡的冈字,这胆魄毅力,绝非寻常妇人。"绍祖道:"你不是在废墩遇到了瓦剌兵吗?怎么知道她走的冈字?"朱抗轻描淡写道:"我回去拿袄子和刀,顺便巡完。"绍祖惊愕:"真是老疯子,好不容易逃了命,不赶紧回墩,又折回去完差!"朱抗道:"是你的差,天塌地陷也得办完。"绍祖吐吐舌头:"现在去哪儿?"朱抗看着前方:"进城。"他叮嘱:"打蛇打七寸,眼下就在七寸上,万事小心。咱们是露过脸的钦差,没人敢明着动,但保不住有阴招。只要有一个脱身,另一个就不怕,脱身的跟大同通报一声,轻易就能解救。可如果都陷住,杀了连个响儿都没有。"绍祖笑道:"现在知道有个伴儿好了?当初死活还不愿意带我,这差事如此凶险,一个人怎么做得来。"

进了天威县城,街上店铺鳞次栉比。今年关闭马市后,这里不似往时热闹,但仍多外乡行客商旅,街口太阳地里,乞丐流民如杂草,一丛丛挤着。打听着找到来仪客店——和夏回生分别时,他说店主是他的旧部,为人忠直,在天威一切事宜尽可放心托付。还没进店,二人先注意到外头靠墙的一溜儿箱子,难说是箱子,就是用破木板、泥砖等物胡乱搭砌的小屋。也难称是屋,更像是生药铺的小抽屉,又像是蜂箱,又像是一口口破棺材,格子里头填着稻草破絮,似是墙上长出来无数痦子脓包,令人硌硬,又深感奇特。有乞儿从箱子里跳出来,哭号乞讨,七八条手臂如藤蔓,缠满二人身上。绍祖摸出一些钱给了,才打发开。掀开厚棉门帘,一个红脸汉子正在柜台后面喝茶。朱抗拱手道:"找徐和兄弟,大同夏爷荐来的。"汉子立刻热络起来,说自己就是,一瘸一拐地走出来,一条腿膝盖以下没了,接着一根木棍,点在地上嗒嗒响。问了二人姓名,忙请入座,连喊收拾上房。朱抗问他生意,徐和道:"不好,这里本地居民少,都是各地客商,繁盛时城里也有十来万人,马市一关,往来客人少了大半儿,冬天更冷清了。"

绍祖指着外头:"墙下那些破箱烂柜,是你给乞儿搭的?"徐和叹道:"说来苦恼!那些要饭的凑过来弄的,赶也赶不走,打吧,他们也可怜。拆了那些破烂儿,他们接着堆。这只是前头,后边儿更多呢,直要把我这店弄成养济院,随地屙屎屙尿,脏兮兮的,真是恨死!"他婆娘在厨房里骂:"你恨个屁,三天两头给他们粥吃!城里破庙多了,他们干吗凑在这儿,还不是你惯的!"徐和摊手道:"不给怎么办?都饿死在你门口,晦气。"绍祖笑道:"徐兄心善。"在房中放下行李,朱抗瞧了眼徐和的瘸腿:"本有件事麻烦老兄,看来不成了。"徐和笑道:"传信?夏老哥前几天就来了信,说朱爷要来这里公差,让我万事照应。有信尽管交给我，我舅子辛五是城东马驿的铺兵，去大同两天往返。"朱抗道："方便的话要他中午来一趟，我见见。"徐和忙派一个跑堂去传。

店里新杀了猪，徐和送了一大锅炖肉杂烩："刚杀出来的，二位爷尝尝。"朱抗吃了一碗，绍祖把剩下的全吃了，又狼吞虎咽了半斤面饼。朱抗问："困不困？"绍祖通宵未睡，饱食后热气一蒸，眼皮子乱打架，强撑着："不困。"朱抗口述，要他代笔写信："第一件，抄录枯树墩几人的经历籍贯，托夏爷在都司兵籍核查；第二件，杀虎堡近三年递给大同的军情塘报，也请抄录一份寄回。问候客套的话，你随便加几句。"绍祖飞快写好，用糨糊封了皮，正要加印，朱抗忽然发现怀中的兵部虎头牌不见了。绍祖大慌："令牌丢了？这可怎么好！"朱抗稍作思考，微笑道："定是刚才那帮乞儿摸去了。"叫来徐和，说明此事。徐和嘴里乱骂着出去了一趟，很快领上来一个老乞儿，约莫花甲，乱发灰白，脸上的泥垢皴黑发亮，涎笑着送上令牌："爷刚掉地上了，小人捡来送还。"徐和训他："老破你脖子痒痒了？朝廷的印都敢偷！还不向两位爷磕头认罪！"老破咬死说是捡的："他们说换了钱买饼吃，我晓得事体，赶紧来还。"又打听二人是何官差，绍祖喝道："这是你打听的？"老破还要絮叨什么，被徐和拉出去了。

盖好印，辛五也到了，朱抗下楼，瞧他和绍祖年纪仿佛，面庞黑瘦，一双血红眼睛，气质深沉忧郁，令人睹之肃然。问他："传信大同，下一铺递到哪里？"辛五道："递到葫芦坑，那个墩有铺兵，走塘报一线。"朱抗摆手："不走那条线。马驿呢？"辛五道："马驿直接到徘徊镇，若有朝廷印信，比塘报不慢。"朱抗道："我是兵部职方司的印。"辛五点头："那最好，任意调用驿马。"朱抗给了他信："那就辛苦你送到徘徊镇，从那递出。"徐和也吩咐："朱爷是办案钦差，你万事谨慎。"辛五收好信："不敢大意。"朱抗送了他一块银子，辛五推阻一番收下，徐和婆娘又叫住他，塞给他一包点心，他才快步去了。

朱抗交代徐和："还有件事，劳动徐兄在客人间传句闲话——说朝廷派了钦差来调查土木战败的事，就住你这里。我二人的名字也不必隐讳。"徐和答应着要去，朱抗又拉住他："加几句，说我们不仅查土木的事，地方上有冤屈的,衙门不受理的,官员徇私枉法的,尽可以来找我们主持公道。"徐和攒眉道:"既这么说,小人倒有件事求朱爷。"问何事,徐和道:"是辛五的事。他从小和邻家一个姑娘定了亲,去年初眼看要完婚,那姑娘忽然在街上失踪了。报了官府,寻遍天威也没找着,活不见人死不见尸。老婆丢了,辛五魂儿也丢了,话也少,每天只知道埋头干差。我婆娘看她兄弟不人不鬼的,心疼死了。"朱抗道:"找人的事怕不好办。"徐和道:"只是请朱爷留个心,查案中间顺嘴问问。朱爷有威严,人情大,或许能问出头绪——那姑娘姓秋叫丽明,身材不高,生得好模样儿。"

朱抗问小二要了盆热水,撒了两把灶膛灰,端回房间。绍祖已经趴在桌上睡着了,鼾声阵阵,朱抗扯出羊毛褙给他披上。眼睛疼得厉害,看什么都是花的,用袱子泡了水敷在脸上,在床上仰了会儿。自出发前那晚睡了个把时辰,这一路就没睡踏实。他也惯了,多年来本就睡得少,闭眼就是休息,全为这双招子。想着这两天的调查,把枯树墩、杀虎堡的供词揑合推敲,在脑子里铺开这附近的山川形势,设想七月初九那晚的战事,努力捋出头绪。可很难集中精神,浑身隐隐作痛,又痒,这次见到蕙兰,她的每句话都似麦芒刺儿,浑身扎满,有几个刹那又觉得这是一场梦,自己并未回徘徊镇,绕过去了。

蕙兰说,他走后,自己守了两年,被爹三天两头打骂,耐不住,嫁了个临县贩牲口的。前头生了两个孩子都没养大,第三个是儿子,活了,可丈夫被一匹马尥蹶子踢到后脑死了。日子艰难,她背着儿子去太原,找丈夫的一个老主顾要账,被那人赶了出来。流落街头,得行院鸨母收留,入了烟花行。儿子在院儿里长大,也是个下流坏子。过了三十五,她用积蓄买了俩孤女自立门户,儿子娶了其中一个,生了扣儿。四十那年,儿子死于花柳病,媳妇丢下扣儿,跟着一个江西客人跑了。她回到徘徊镇,今秋蛮子来,手下四个姑娘,抢走了两个,杀了两个。蕙兰嫁人的事他知道,他娘来北京后告诉过。那年那夜,被父亲骂了一顿"狗想屎吃",他不服气,闷头做豆腐,看着那团白花花软塌塌的玩意儿,忽地怒上心头,抄起木杓砸了个稀巴烂,父亲罚他替了驴,拉大磨磨豆,吱吱呀呀磨了个通宵。大早出去卖豆腐,来到蕙兰家巷子,丈母出来要了一斤，塞给他半袋枣，捏捏他胳膊："我的儿，瘦了，改天来家，娘给你炖肉吃。你媳妇儿天天在家绣盖头，刚听见你叫卖，要出来买，被我骂，不要脸，村野地方就没体统了？你别怪娘，马上就成亲了，天天见哩。"

又一夜未眠，月亮晒得屋里滚烫，渺渺浮起白烟。躺床上，往嘴里一个一个塞枣子，吐了一地核儿。悄悄穿上衣服，从母亲藏钱的墙洞里摸了几块银子，出了家门。神魂颠倒又来到蕙兰家外，徘徊不停。闻到一股煳味儿，听到哔哔剥剥声，往外挪两步，只见一团红光冲起，一户人家失了火，紧接着，一片惊呼乱喊，整条巷子都醒了。邻居拿着水桶、挠钩齐来救火，老胡夫妻也来帮手，水井附近挤成蚂蚁窝。朱抗穿过人群，闪进了胡家。西屋已亮起灯，窗户半开，蕙兰正坐在炕上打算盘，理他爹的杀猪账。叫了声兰姐儿。蕙兰唬了一跳，抱着算盘趴在窗口："好贼，你怎么来了？"说："来看看你。"蕙兰伸出一只手："进来。"那边火光映得天都红了，听见人喊，已经烧到了邻家，更乱了。蕙兰吹了灯，拉着他手："今天不卖豆腐？"摇头："不卖了，往后也不卖了，我天生不该卖豆腐。"蕙兰啐他："不卖豆腐以后怎么养我？"说："总有别的法子。"沉默了会儿，蕙兰打他："死人，有话快说，有事快干，火灭了你还能吗？"说完一头滚到他怀里。扶着她肩膀："我要下西洋，你等我一年，最多两年，回来再成亲。"蕙兰惊了片刻，啪啪抽他嘴巴："你敢！疯了你！"掏出切豆腐的小刀，在胳膊上划了一道，鲜血淋漓："没疯，我要走。"蕙兰忙用帕子给他裹住："你要去发财？我不求你发财，卖豆腐也能过。"摇头："我不求发财，就想去。"蕙兰问："到底为个啥？"只道："憋得慌，出去看看。"蕙兰捂着脸哭了。

离开胡家，外面的火灭了，巷子烧毁了一半儿。来到村北头曹家，等了会儿，曹老黑背着行囊出来，上前招呼："哥，带我去南京，我也要下西洋。"老黑骂："狗卵！你说去就去？"朱抗掏出银子塞给他："哥帮帮忙。"老黑推回去："这点钱南京都到不了。"朱抗摸出刀子，一把揪住他："不带我，你也走不得。"老黑急了："朱老二，你发什么疯？真以为下西洋能发财？弄不好要死人的！我是没法子搏一搏！你家又不是过不下去，你图什么？"朱抗哀求："黑哥，不消多说，带上我，我什么都听你的。"老黑道："你不是腊月要成亲吗？媳妇儿不要了？"朱抗道："回来再成亲。"老黑嘴里骂着，看朱抗架势，只好道："往后听我的？"朱抗道："听你的，咱们同乡，谁欺负你我就干他。"老黑笑道："鸡巴哩，我用你护？不过多个同乡总归方便。"朱抗随他走了，胳膊还疼着，脖子里残存着蕙兰的香气。接下来就是蓝色的大海——不总是蓝的，有时候还是绿色、紫色、金色，那个岛附近的海水是血红色。

他无法再闭眼，翻身而起，绍祖还酣睡着。出了客店，骑上马，在熟食店买了两只卤猪头、十斤牛杂碎、两坛烧刀子，用草绳捆扎好，挂在马鞍上，又出了城。上了一处高坡，望望君德山，望望杀虎堡，雾气弥漫，看不远，大片农田荒秃秃龟裂成一块块棋盘。在地里翻翻，辨出冻在土块里的庄稼叶子。问路人最近的乡村是何处，路人指了指，说往南五里有一沙河村。雾中南行数里，渐渐现出一条河，上了冻，薄薄散散的白气中，河边依稀一片人家，几只白色的鸥鸟从河面上掠过。到村口，一些妇女在门口搓麻绳，几个汉子正喊着号子，用木夯砸冰取水，几个破衣烂袄鼻涕糊脸的孩童，还有两条瘦狗，蹲在旁边看。

朱抗下了马，上前打起乡谈："各位老哥，君德山下那一大片田可是你们村的？"几个汉子道："只有几十亩是，其余都是官家屯田，你问怎个？"朱抗道："今年收成可好？我是收粮的，存粮多，好价收些。"一个矮壮汉子道："老客说笑呢，农户人家，哪年有存粮？上头让你有存粮？夏要税，秋要粮，不把你搜刮干净喽？你身后那些地往前都是我们的，被杀虎堡强占去了，说是以国事为重，养兵打蛮子，是为我们。好么，到头来饿死我们，是为我们。"另个歪脖儿的道："以前我们这村一百多户人家，没田种，都跑了，只剩下我们这些等死的。"第三个黑脸汉子说："今年不涝不旱，本来指望丰收。哪儿知道，收了一片灰！"朱抗忙问："怎么说？"黑脸汉叹道："七月里打仗，田全给杂种烧了。县里一亩二钱银子给我们抚恤，二钱！够干驴屎毛的？"朱抗问："那是七月初？"歪脖儿道："七月初九晚上打起来的，那天我娘过寿，所以记得真。我在家听见远处打仗，吓得睡不着。"

朱抗从鞍上解下酒肉："不瞒诸位，我不是收粮的，是朝廷派下来察访民情的公差。还没吃饭，自带了酒食，能否借贵处一聚？"几个汉子闻到喷鼻的酒肉香，连咽口水，看朱抗年老朴实，也都信他。那个自称老郭的拉他来到自己家，门窗虽旧，院中倒整洁，还有一处草堂，他婆娘挺着大肚子，将肉切了几大盘，堆了一桌子。说着话，来人越来越多，村民听说来了公差访察民情，又有酒肉吃，男女老少都来凑热闹。朱抗只喝了碗水，看他们风卷残云一般将酒肉吃尽了。众人酒酣耳热，围着朱抗杂七杂八说了一大通，骂天骂地，骂官骂兵，说县衙和杀虎堡狼狈为奸，欺压百姓。着重说的，是杀虎堡圈地占田事："如今呀，大明的官军不是保家卫国的，是做买卖弄钱的。"

间隙，几个婆娘拉着朱抗哭诉，说家里女儿给人拐走了，求他找回来，还有求他找牛找驴的。朱抗心有主事，随口敷衍过去，问众人："七月初九那晚，在杀虎堡的战事，你们都谁看见了？"众人一时没了声儿，仿佛吓住了，老郭迟疑了会儿道："汉子家不少都看见了，也不敢近前，就在村口望了望，那边烧得通红。"朱抗着重问："可望到有虏贼攻打正门？"老郭点头："是看到有不少，正门打得厉害。"问是不是骑兵，老郭又点头："骑着马。"歪脖儿起疑："朱爷来我们村是访查民情，还是访查那场战事？杀虎堡占田的事你老能不能管？不能管不必闲扯。"朱抗看差不多了，起身道："能管。哪位老乡愿随我去田头指认指认，哪些田是被杀虎堡强占的？"众人都嚷着要去，朱抗道："一个就够，多了惹人耳目。"老郭称自家有驴，可以一起去。

一马一驴来到田头，老郭指着前方："朱爷看见没？从那棵歪脖子树到杀虎堡这一片，都是我们的。初九晚上打仗，这片田都给烧了，也不知道是贼烧的还是官兵烧的。"朱抗道："那阵子不是常下雨？"老郭道："那晚又没下，不然能烧起来。"说着话，天上不声不响飘了细雪，风也大紧，抡着千百条无形的胳膊打人。老郭朝天骂："下，下你娘下，都死了罢！"他喝了酒，情绪激动，眼里泪水打转儿，"到年关了，粮食只够三天的。朱爷，您老跟上头说明白了，好歹给百姓留条活路，没有田，我们吃土坷垃吗？"朱抗问："门口有河，破冰捞鱼不会？"老郭叹道："朱爷玩笑了，那条龙须河都快干了，哪还有鱼。"朱抗问村中可有富户存粮,老郭道:"家家户户一般穷,一升半斗挺不到过年,看来又要饿死一些。"

朱抗想了想,从皮囊中拿出碎银,除去一路花销,还有八十多两,全塞给他:"这是官府让我救急的,你拿回去按人头儿均分了,足够撑到明年开春。种不成地,再想想别的出路。"老郭喜从天降,抱着银子磕头感激。朱抗拍拍刀鞘:"我随时去问,敢昧一分一厘——"老郭发了血誓,擦把眼泪,又道:"还有件事求朱爷,我闺女香芸走失快两年了,刚才我婆娘老哭,也没顾上细说,报县里,县里只说找不到,求朱爷留个心。"朱抗想起辛五的事,很是奇惑:"你姑娘也走丢了?天威人拐子多吗?"老郭道:"我们这里女儿金贵,招歹人惦记。我姑娘是那年元宵节去城里看花灯,再也没回家。"朱抗问了香芸相貌,记在心里,看着老郭上驴去了。

8 知县

绍祖梦见自己倒垂在枯树墩外，粥姐几人在远处拿弓箭射他，身上扎满了，刺猬般，也不觉疼，就觉刺痒难受，梦里极丢脸。老朱也在他们中间，指着他咯咯笑。又一箭射来，扎了他的眼，一急，醒了。老朱不在房内，掀开身上的褙子，暖气腾腾。洗了把脸，下楼问徐和，徐和说老朱出城不知忙什么了。绍祖无聊，又想喝酒，强忍着，立在厨房门口看厨子杀一只大公鸡，倒觉得有趣。等鸡下了锅，又觉得乏味，也不知道做什么，闷得慌，出了客店，信步在街上乱逛。

来到最热闹的靖远街，挨挨挤挤的人，辚辚萧萧的车马，到处都在买卖，银子闷响，铜钱脆响，牲口吠，人直着脖子乱嚷。在柜台后面坐着的也闲不住，噼里啪啦打算盘对账。竟在这里见到一家书铺，难得难得，进去转了圈，多是卖黄历、麻衣命理、肘后杂方的，还有几本唐人诗集，一层老灰。墙角堆着摞到房顶的牛皮马皮，硝过，一股说不出的怪味儿，冲得人头昏。出来闲立，目光里忽掠过两个黑点，是粥姐，坐在马上，黑羊牵着缰绳。绍祖躲在一辆车后，看他们经过，悄悄尾随上去，左拐右转，来到一座阔气的大宅前，一瞧，竟是县衙。没在正门停，又绕，跟着，在后门停下，粥姐下了马，自进去了，黑羊揣着手坐在台阶上，跟那马嘀咕什么。

等了半个时辰，耐性快耗光了，粥姐出来了，上马，和黑羊又走。来到一家肉铺，要了半扇子猪，粥姐在鞍上抱着，如抱个死人，压得那匹瘦马嘴里白气滚滚。又到酒店买了两坛酒，绳子系了，挂在黑羊脖子上，俩人说说笑笑，朝北门去。绍祖好生纳罕，粥姐去了趟县衙，似乎陡然阔了，也不知做了什么勾当。跟了一截，在城门附近，粥姐下了马，和黑羊说了什么，独自往西南折去，黑羊载着酒肉从北门出去了。绍祖跟踪粥姐进入一条小巷，几个孩童在踢毽，老人凑在一块儿负暄闲话，等粥姐经过，在背后指着她交头接耳。她进了一户人家，绍祖暗想："她在城里有住处？看来不是穷人。"拐角处弃了只残缺的石碌碡，跳上去往墙内一瞧，院内收拾得干净，正门挂一面蓝布棉门帘，粥姐掀开门帘进去，听得里面有笑声。东房的窗户开着透气，粥姐和一个男子调笑，背朝外面，坐在炕沿儿上说话，那男子忽然把手插进粥姐衣领里摸她的奶，粥姐大笑，回头要关窗。绍祖忙缩下脑袋，心口一通乱蹦，从碌碡上跳下。问一个孩童，说这里是双喜巷，记在心中。

回到猪肉铺，问屠户："刚才有个墩上的妇人买肉，花了多少钱？"屠户一脸横肉，光着一双油手："关你屁事？"绍祖道："我是南城开馒头铺的，她该我账，有钱买肉，没钱还我，到年关了，咱们小买卖不容易，老兄体谅。"屠户这才道："一两六钱。"绍祖瞥了眼油渍麻花的钱盆儿，里面都是铜钱，只有一小块碎银，看边缘毛刺刺的。他在京城撒漫花费，银子过手多，瞧那边缘铿亮的新白，没有一丝黑，显然是从整个儿的银锭上夹下来不久的。想起粥姐说买英娴的五十两是外银内锡的话，决然是撒谎了。她有钱，而且有不少钱，还与县官有瓜葛。他脑子里生出无数猜测，连同审问粥姐时她的供话，都渺然起来。老朱看人还是毒辣，这妇人着实不可信。

在一家茶馆歇脚，他有些沮丧：枯树墩的话看来是虚的，杀虎堡的话也可能是虚的，两头儿都蒙着雾，再问谁呢？如何问呢？这和他开始想的不一样，京城说评话的说包龙图公案，多热闹，抽丝剥茧，条分缕析，一锄头一锄头挖，一棒槌一棒槌敲打，慢慢破了壳儿，揪出真凶，那叫带劲。可这差事麻烦得多，又不是谁死了找凶手，是为一场惨败找源头。这差事，不是一生二二生三三生万物倒着追溯那么简单，如给一条河找源头，往哪找？黄河的源头在哪儿？反正不是从天上来。闷头往西找，溯到一座雪山，雪山融了水，千万细流汇成黄河。他感觉枯树墩和杀虎堡也只是两条细流而已，黄河泛滥淹死了人，怪罪到雪山？不是没道理，但也不是那么有道理。沮丧一会儿，热情又涨，翻开那本录供词的牛皮册，又看了一遍枯树墩和杀虎堡诸人的供述，线头儿就在那翘得高高的，只要弄明白那批虏贼是怎么下来的，就能打开局面，谁家过谁家责，别想逃脱。

回到客店，门口挤着许多百姓，闹哄哄的，他不知何事，分开众人进了店。徐和指着他："那不是张爷！"围上来几个百姓，缩头缩脑地问："京城来的钦差爷？"绍祖问他们有何事。店外众人畏缩着不敢进来，跟前几个交头接耳："老的姓朱，后生姓张。"一个老者上前跪下："求张爷给咱们做主！"绍祖莫名其妙，忙扶起他："老丈，你们是谁？求我做什么主？"老头流下两行浊泪，说他儿子和人为点小事争执，闹到官府，因没钱打点，被关半年了，要绍祖救他儿子出来。其余几个也杂七杂八诉说，都是衙门冤案错案。绍祖丈二和尚摸头脑不着："我走的虽是钦差，但不管这些民讼事的。"一个婆子从外面进来，也磕头哭诉："他们说，张爷管土木堡打仗的事？我俩儿子是大同兵，也去打了，生死不知。听说死了几十万？孩子爹去大同问，被打断了腿，在家里起不来。张爷帮查查，俩孩子是死是活？"

渐渐，外面的百姓都挤进来，纷纭诉苦。徐和和跑堂来回赶，这些百姓哭闹不肯走。徐和把绍祖拉到一侧，说了朱抗要他满城传话的事，怨道："哪想到惹来这场麻烦！把我这儿当公堂了！"绍祖摊手道："我不知道这事，我们的差事也不是办这些鸡毛蒜皮的。"徐和苦着脸道："鸡毛蒜皮多了也能压死人哩！这态势，张爷要不揽，他们非得把我这店拆了，你也走不得！"这时，外面又吵闹起来，很快，一队歪衣斜帽的士兵吆五喝六地闯了进来，为首的正是之前在徘徊镇见过的岳巡检。他抄着刀鞘四处打，那些百姓吓得乱躲。绍祖喝了一声，岳鹏见着，不似先前恭敬，挺着胸道："奉太爷令，现疑有外乡无赖朱抗、张绍祖，伪冒钦差，在此揽讼生事，招摇撞骗，命将你二人拿回衙门治罪。"

绍祖冷笑道:"岳鹏,你好忘性,记不得你张爷?"岳鹏道:"张爷,你是真差还是假差,当面跟太爷说。咱奉命办事,多多担待——我这帮兄弟欠你一顿酒,也不上绳了,去衙门说话。" 徐和站出来道:"张爷和朱爷确实是朝廷派来办案的,腰牌印信俱在,我可以担保。"岳鹏喝道:"你算什么东西?轮得到你担保?本县紧邻蛮境,万一是瓦剌派来的奸细,你也能担保?"绍祖怒道:"姓岳的,在徘徊镇杀探子的是谁?"徐和又道:"大同郭总兵、沈御史见过他们,抓错了,怕太爷不好看。"岳鹏道:"是骡子是马,衙门里遛遛。现在什么关头?瓦剌间谍到处都是,小心驶得万年船,太爷谨慎还有错?别说郭总兵,就是闹到朝廷,怕也怪罪不着。"绍祖捺住怒气,掏出朱抗给他携带的虎头牌:"皇上钦点的兵部正牌公差,你敢怀疑是假的?这令牌是敢伪造的!"岳鹏道:"金牌银牌也是人打的,我不敢说是真,也不敢说是假,太爷也只想当面问问,验真了,自然赔罪,二位爷的差事,咱们也鼎力协助。"绍祖想起进城前朱抗的叮嘱,万不能跟这些人走,一旦陷在衙门,轻轻一招暂押,说去核查,把你在狱里拖个一年半载,生死还在其次,这差事就完了。他先占气势,高声骂道:"狗差反了!芝麻绿豆的知县,敢验兵部的令牌!"那些来控诉的、看热闹的百姓挤满了客店,小声议论不停。

岳鹏拱手道:"我吃太爷的饭,张爷别为难我,去趟衙门,当面跟太爷分辩清楚。"绍祖斥道:"放你娘的屁!你再说吃谁的饭?你是吃朝廷的饭,吃百姓的饭!"此话一出,百姓轰然一阵,纷纷叫好起来。绍祖得意得势,上前指着岳鹏鼻子:"别在我跟前儿太爷太奶的,我不快活了,明儿就摘他的印!你回去说:想验我,让他亲自来这儿和我对质,让我去衙门?只怕他那狗洞太低,你张爷进不去!"岳鹏气红了脸,一招手,身后士兵拔了兵器:"张爷要不肯走,别怪咱动粗!"绍祖捏紧石子袋,转对百姓道:"你们的事,不能只靠嘴说,赶紧去找人写状子,明早一齐投过来!打架的、吵嘴的、找人的、要账的、丢鸡丢狗的,我和朱爷给你们做主!咱们是朝廷钦差,皇子皇孙犯了事咱也能过问,一个屁县官儿管不得!"众百姓狂呼叫好,喊得房子乱震。徐和也趁机喊:"谁敢拿钦差,就是造反!"百姓也道:"假钦差敢有这口气!"岳鹏瞧群情激愤，不敢强来，说了声得罪，领着土兵灰溜溜去了。

百姓再三确认："明早来这投状子？二位爷都在吧？"绍祖应承了。众人离开后，徐和问："明天怎么收场？"绍祖拍胸脯："查什么不是查？说做主就做主！"过厨房，瞧见朱抗蹲在火塘前吃炒豆，嚼得嘎嘣响。问他什么时候回来的，朱抗道："好一会儿了。你刚才应付得很妙。"绍祖不快："你老糊涂了？在外头放话咱们招揽讼事？"朱抗倒给他一把豆子："你吃，香呢。不这么着，咱们能在县城站住脚？"绍祖想了想，笑了："你这是煽动民心的法子，所谓'鼓天下之动者存乎辞'。这番过后，官府不敢动咱们。"朱抗点头："多亏你应变得好，没想到他们这么快来。"绍祖道："要我说，咱们趁着势头，去衙门教训那知县一通，给他个下马威。"朱抗摇头："不急，这个官儿，羹里不着饭里着。就在他眼皮子底下活动，让他急，让他愁。"绍祖嚼着豆子问："你怎么知道这里冤假错案多？在外头打听了？"朱抗道："随便去大明哪个县，都有这么多冤假错案，何用打听。"

回到房中，绍祖说了遇到粥姐的事："她竟去县衙里打抽丰！你说，知县和枯树墩有什么勾当？"朱抗道："我又不是神仙，怎么猜得到。这团乱麻一点一点解罢！"他也说了在沙河村的见闻，绍祖记录下来："看来夹攻之事没错了，可里头的贼是怎么过来的？不是一二十，是几百，各处都没发现，这太匪夷所思。人或许能藏，马匹呢？莫非是飞过来的？我梦里还想，难不成是这边的山贼勾结瓦剌，伪装成敌骑夹击？"朱抗不赞同："审过角楼的卫兵，那晚来夹攻的就是虏贼，说瓦剌话，发式、模样都合。这里军事重地，什么山贼敢在这附近放肆？"绍祖使劲搓手："还得盯紧枯树墩，定是他们放进来的。"说了会儿话，上床睡下。

递状子的百姓一大早就挤满了客店，徐和引着秋丽明的父母也递了寻女状，绍祖一概全收，闹哄一上午才将苦主们打发去。和朱抗吃着午饭，闲论辛五和秋丽明的悲事，外头一阵吹打，岳鹏带头，前面高擎肃静回避牌，土兵拥着一顶暖轿，停在店门口。轿帘掀开，钻出来一个官，穿戴纱帽圆领官服，正是本县知县樊文辅。

樊文辅四十上下，白面长须，剑眉方口，相貌可谓俊雅。他整理了衣冠，跨过门槛。岳鹏吼一声："太爷到！"慌得那些食客都从后门跑了。樊文辅嘴里说着"朱爷是哪位"，脑袋转了两转，不等人回答，小步上前对着朱抗深深一揖："钦差大人光降敝县，下官有失迎迓，恕罪恕罪！"朱抗拱拱手，樊文辅又对绍祖行礼，绍祖还揖，笑道："大人这是亲自来验我们是真差还是假差？"樊文辅嘴里一串"不敢"，一连躬了十几下。徐和收拾出一张干净桌子请众人坐谈，樊文辅左右瞧瞧："二位钦差是朝廷体面，怎好住这样的地方？还是搬去县衙公馆为好，下官也好朝夕请教。"绍祖道："不消，我们就住这里，自在。"樊文辅又请，绍祖躁恼："爷们儿家，别在这上头磨叽。"樊文辅连说是，又交代徐和："给二位钦差爷换了全新的铺盖家伙，饮食也要精洁丰盛，另起一灶，别跟那些人混着。二位爷招呼什么你尽力办，难办的跟我说，回头一切花销到衙门里报账。"徐和一一答应。绍祖要言语，樊文辅抬手道："张爷别推脱，二位本就是走公差，敝县虽不富裕，也还孝敬得起。"朱抗道："大人有话，咱们进房里谈罢。"转身上楼，樊文辅和绍祖推让着跟上去。

　　在房中坐定，徐和送上热茶，岳鹏领着两个士兵放下几盒礼物，樊文辅摆手让他们出去，笑道："老荆亲手做了几样点心，给二位爷就茶吃。"绍祖大刺刺揭开一盒，上头一层梅花样枣泥糕，拈起一个放进嘴里，连夸香甜："里头可没零碎儿罢？"樊文辅讪笑："张爷打趣下官了！"绍祖再拿起一屉，底下堆叠着十两一个的银锭，摞了几层，光白耀目。未等朱张开口，樊文辅道："二位千万别误会，下官不敢枉法，也无私事相求，这银子是给二位公差所用，幸勿推却。"朱抗道："我们出差带了银子，不用你的。"绍祖也道："拿人毕竟手短，大人也须知道避嫌，咱们不来这一套。"樊文辅不再坚持，探身问："还不知二位此来查办何案？"朱抗笑道："樊兄，咱们说话太啰唆，书外人看着都烦，不如把肠子抻直了，省些唾沫。"绍祖也道："我们来了几天，查了几处地方，你做父母官的真不知我们的差事？"樊文辅讪笑道："略有耳闻，略有耳闻。"朱抗道："七月初九夜里的战事，你可有耳闻？"樊文辅点头："自然，城外发生那么大的事，下官在城内也焦心如焚。"

七月初九深夜，他正在睡梦中，管家急急敲门，说城门守军报，杀虎堡有战事。樊文辅慌忙起身，派值夜皂隶飞马传令四门加紧守卫。原来天威县城没有驻兵，只有县衙皂隶、狱卒、土兵等五十余人，还有一队乡勇百二十多，开马市时在街上来往弹压秩序等，此时敲着梆子全召集起来，分派去城头防备。樊文辅带岳鹏来到东门城墙，眺望杀虎堡，火光冲天，激战声隐隐传来，其余三门陆续回报并无虏贼侵犯。樊文辅稍稍松口气，到底不放心，从城头缒下一个脚健的土兵，前去杀虎堡查看战况。个把时辰后，土兵跑了回来，报说杀虎堡已失陷，官军往东逃散，虏贼正在寨内疗治伤员，休整兵马。等天微亮后，又望见兵动，再派土兵去探，说虏贼并未盘踞大营，已整队往东南去了，人数有五六千，还陆续看到杀虎堡溃兵返回，一时不敢进寨，在近处聚集。樊文辅大骇："过来了五六千？不打县城，往东南去了？他们是要做甚？"提心悬胆等到下午，杀虎堡百户谭信成带了一队兵来城下叫门，彼此认得的，樊文辅忙命开门，请他来到县衙，细叩情形。

谭信成头面狼狈，说寨中粮仓被虏贼烧毁，钱库遭洗劫，如今寨中一粒粮食也无，军士全都饿着肚子，汹汹然不好压制，要县里即刻发付五百石口粮应急。樊文辅知道军情紧急，不敢拒绝，命人清点公库存粮，尚有二百余石，全数装车送去杀虎堡。要谭信成在钱粮簿上画名，谭信成不满意："这点子粮营里不够吃，赶明儿只好带兄弟们进城再讨。"樊文辅生怕大兵入城行凶，只好又从公帑中支出八百两银子赍发了他："谭兄可派人去乡镇购粮，衙门已经见了底儿，想拿也拿不出了。"谭信成又说军中大夫四个死了三个，伤员多，要樊文辅在城中征募医生去营里帮手，此外还需三五十木匠、泥瓦匠，帮助整修防御工事。樊文辅不敢违拗，派岳鹏去城中募集医生匠人送去大营。那两日，省府文书雪片一样递来，说虏贼大举南犯，山西全线警情，各县小心防御。沈大有忙乱了几天才进城，与他商议钱粮事务。问起初九夜的战事，沈大有愤恨不已，说是遭遇前后夹击，里头的二百余骑兵是从枯树墩漏过来的。"二位，咱们私下议论。我并不信老沈的话，初十那天我派岳鹏去附近查看了，枯树墩那里完好无损，不可能进贼。老沈给贼破了营，要找顶罪的，所以那么说。"

绍祖问："依你的意思，内外夹攻是假的，里头就没有贼？"樊文辅道："凡事说有易，说无难。下官有一分眼见说一分话，真假有无不敢断言。"

扯了几句国家多难，樊文辅起身告辞："之后调查有需要下官处，随时吩咐，二位爷闲了也去敝宅坐坐。"朱抗要他将食盒带走。送到店门口，樊文辅又道："听说二位钦差在此揽收讼状，这怕是有些不妥。下官为政若有疏失，二位爷指点教诲就是。恕下官直言，二位爷又不是都察院派下来刷卷释冤的，处理民讼，还是由下官来，二位爷专心调查战败之事。不然传出去，下官的脸面是次要的，失了朝廷章宪就不好了。"绍祖笑道："都是你老大人处分不来的，他们才来求我们。"樊文辅道："非下官推搪，告状的人里头有不少是刁蛮讼棍，万万不可轻信。"绍祖点头道："自然自然，我和朱爷也只是一时起兴，没空料理那些杂事。"樊文辅索要那些讼状，绍祖道："不急，回头我一总送到衙门。"樊文辅无法，拱手去了。天色渐昏，绍祖提议再去枯树墩审问，朱抗笑道："你是松了嚼子的驴？怎么使不完的劲。体谅体谅我老人家，安稳歇一夜，明天再办罢！"

晚饭吃了杂碎面，绍祖在房里来回踱步，嘴里自言自语，梳理各方供词，提着毛笔在墙上上下左右画了四个大圈儿，按方位分别写下枯树、杀虎、县城、沙河，又在中间画了两个小人儿："四个地方，四处眼睛，有的合，有的不合，到底谁真谁假？"朱抗问："中间那俩人是你我？"绍祖道："不然呢？老黄忠赵子龙？"朱抗摇头："你这兆头不好，咱俩像两只耗子，那四个圈像四面网，罩住了咱们。"绍祖笑道："不是耗子，是飞蛾，这四个圈儿是四盏灯，咱们是飞蛾扑火的勾当。"朱抗啐道："越说越惨！"绍祖道："放心，这案子一定办个透亮！我离京前摸过一个极灵验的弹丸，老天会保佑的。"朱抗笑道："三个钱一摸？"绍祖瞪大眼："要了我二两！"朱抗道："看你狐裘肥马公子哥儿，诈你了。"绍祖摆摆手："无所谓，我花钱多，福力也大。"朱抗看他咬着指头专心琢磨案情的样子，心中甚是快慰，轻声道："带你来是对的。"绍祖没听清："你说什么？"朱抗道："我说查案不能光靠脑子，还得靠腿，多走多看，对着几个破圈儿能想出什么来？"绍祖道："反正我睡不着，你先睡，别管我。"朱抗道："你换换脑子，何不把那些人的讼状拿出来瞧瞧？能帮人解忧的就帮人解，对咱们是举手之劳，对人家可是天大欢喜。"绍祖道："有理，反正也是闲。"

翻出那沓状纸，绍祖坐在桌边一张一张读，连秋家那状在内，全是托不学无术的状师写的，篇篇一个口气，文不文白不白酸不酸臭不臭，倒也好笑。绍祖见朱抗坐着无聊，也递他几张："你也帮着瞧瞧，一篇篇跟小说一样。"朱抗道："我眼睛花，字也认识不多，你给我讲讲。"绍祖边看边叹："不识字才好，人生识字忧患始，姓名粗记可以休。"快速浏览了一遍，连称奇怪，朱抗问怎么，绍祖挑出一些来："有一半儿都是告寻亲的，不止秋家，竟有十来家告女儿失踪，说给人拐了，县衙也不理。这种事咱们怎么办？拐卖人口本就难查。"朱抗道："沙河村老郭家也说丢了女儿，状子上说是何时的事？"绍祖核查后道："有两个是小时候走丢的，大概不算，剩下的都是去年春天到今年初失踪的，看来拐子这两年没少来天威。"朱抗又问："其余报失踪的呢？"绍祖道："其余的都是外地男子，有老婆寻夫的、儿子寻父的，还有哥子找兄弟的，也是最近两三年的事，有二三十张。"朱抗道："这里紧邻蛮境，又设马市，往来的人三教九流，有些偷偷混出关去也不好说，家人便以为失踪了。"绍祖道："冤假错案可以交代樊文辅上心处分，这一堆失踪的案子怎么处？咱们也没工夫帮他们找，状子上都骂樊文辅懒政，这也不是懒政的事儿，找失踪人口本就是大海捞针。"

这时，听到徐和在底下骂："死贼，快下来！"房门被人推开，跑进来一个浑身肮脏、脚上缠破布条的乞儿，扑通跪下磕头，臭气弥漫，正是之前偷令牌的老破。徐和跟进来要扯他走："二位爷忙得很，没空理你的事。"老破一个劲儿哭喊"钦差爷爷做主"。朱抗让徐和先下去，关上门问他："你也要告状？"老破点头："没钱写状子，一张纸都买不起，直接来求爷爷。"他自称姓许，山西侯马人："我儿子给人抓走了。"朱抗问："你儿子多大，叫什么，在哪里被抓的，被谁抓的？"老破说，他儿子叫小破，也是乞儿，在城西城隍庙和一大拨乞丐同住。九月初一深夜，他去附近捕鸟，等回来时，破庙里空空荡荡。几个病残说,刚有一群穿黑衣的把大伙儿拉走了,只剩他们。绍祖道:"九月的事?怎么只有你一人来告?"老破苦着脸道:"乞丐无家无亲,谁惦记你在不在?谁肯为你做主?也就我有个儿子,死活都不知道。"他又说,八九月间出了好几次这样的事,城里乞丐人心惶惶,有传言说皇帝在宫里炼丹,要人心人肺做引子,从各地抓乞丐剜了心肺入药。如今他们不敢在破庙里住,都挤在闹市里人家墙底下,晚间还不敢睡觉,就怕被人抓走。朱抗问:"县里不管的?"老破道:"抓人的事说查不着,饭是管的,樊父母设了义粥棚,逢三七日子就施粥,倒饿不死。"

绍祖将这些事都记下来,答应调查,让老破先去。老破还不忘说:"我儿子背上刺了一片老虎下山花绣,绰号十二指金刚。我爷儿俩本是街头卖艺的,可惜他得了瘸病,废了本事。"绍祖送了他点钱,要他买件袄子穿。老破流下两行浊泪:"求求二位爷,把我儿子寻回来。若死了,就拿住杀他的凶手。"绍祖随口应允,回到屋里哀叹:"天底下苦命人怎么这么多。"朱抗道:"你以前天天在京里待着,不晓得外头的事。跟当官儿的说这些,当官儿的还要问你造谣的罪,说这太平盛世,哪有这等事?你告就是刁民,你不服就是逆贼。"绍祖忽而笑了:"你总骂我愤世嫉俗,你还不是这样肚肠?我是热面热心,你冷面热心罢了。"

夜已深,窗外又飘大雪。绍祖要了热水泡脚,说些京城的闲话。朱抗忽道:"你读书多,请教你一个字。"在绍祖洗脚桶里湿了两根指头,往地板上抹了一个大字。这字倒对绍祖,写得也歪扭,绍祖拧着脑袋看了会儿,上"自"下"辛",乃一"辠"字,笑问:"你在哪里见过这个字?"朱抗道:"做梦老梦见,这个字儿跟头牛似的在梦里追我。我问过人,都说不认得,或说没这个字。"绍祖道:"你在军里问人?那些大老粗认得个屁,得亏遇到本公子了,这个字是有的,但是个古字,通假'罪'字。"朱抗问:"哪个'罪'?"绍祖道:"'罪犯'的'罪'。这个字因形似'皇上'的'皇'字,在秦朝时便改成了'罪',如今已不大用了,所以我问你在哪里见到的。"朱抗摇头:"记不得在哪里见过,只是总梦见。"绍祖:"也许有人在通缉文榜上用了这个字,你见到就记住了，所以老梦见。"朱抗念叨："这个字造得讲究，'罪'就是'自辛苦'。"绍祖笑道："我晓得了，这字儿是胡大娘偷偷刻在你梦里的。"

朱抗笑笑："绍儿，你信因果吗？"绍祖正坐道："我最厌恶佛家空啊苦啊的，但因果之说我信。我以为，天地良心便是因果。孔孟也说因果，求则得之舍则失之，这不是因果是什么？只是不像佛家爱吓唬人。"朱抗道："你别掉书袋，我只问你，做好事能弥补罪过吗？"绍祖努着嘴巴摇头："那是哄白丁的话。读过佛典就知道，根本没有善恶相抵一说，造下的恶因会流转不停直到恶报，做一万件善事也拦不住那件恶报。听着可怕，但也没那么可怕，恶报就承担，善报就消受，努力多消受就是。"朱抗沉默好久："我怕报应。"绍祖问："怕负了胡大娘吃报应？"朱抗道："她的恶报早应验了。"绍祖又问："怕那些冻死饿死的村民在阎罗王跟前儿告发你？说你老朱心狠，张公子心善，要善报我，恶报你？"朱抗啐道："鸟！再来一万次我也不管。我怕的是别的。"绍祖拍拍他："谁没做过亏心事？圣人就没犯过错？知道悔恨，也要知道自解，解不开陷死在里头，不算大丈夫。要往外看，自个儿清不清净、涅不涅槃并不重要，重要的是社稷百姓。人饥我饥，人溺我溺。佛家不如儒家，就差在这一节。韩愈骂佛，骂的就是这个理儿。"朱抗笑道："你个小贼倒教训起我来了，可惜我听不懂韩雨韩雷的。"绍祖仰卧枕臂："有德不在年高，你听得懂。"

9 敌探

　　清早寒风从窗户缝里灌进来，炉子不知何时灭了，房中冰窖一般。绍祖裹着被子不肯起来，朱抗从窗台刮了一捧雪塞进他被窝，激得他大骂。正吃着早饭，粥姐来了，一张圆脸冻得通红，睫毛还挂着霜。绍祖道："正想找你问话。"粥姐一挥手："你们的差事先放放。"她盯向朱抗，"黑羊昨晚夜巡，差点给蛮子弄死，这会儿正在杀虎堡疗伤。单这个月，杀虎堡连死了十四个夜不收，已经没人敢巡了，沈大有正在营里发脾气。朱爷，你想想办法，把对过的狗贼除掉。"朱抗问："除了黑羊，还有活着回来的吗？"粥姐道："营里还有三个。"朱抗背上大皮囊，命绍祖收拾兵器，同粥姐一起来到杀虎堡。

　　沈大有正在堂上打人，地上趴了一排兵，屁股已打得血烂。一问，说这些都是营里的夜不收，这两日个个称残告病，不肯夜巡，沈大有故施杖责："这些狗攮的，给蛮子吓破了胆，孬玩意儿！"绍祖道："打坏了他们更没人巡。"叫停了棍，众兵擦眼抹泪儿地去了。沈大有怒气不消："这事儿传到上头丢死人，一个月，连死伤带被抓二十多个！对面儿有三头六臂不成？干脆今晚派出百来人，把对过的探子全抓了。"朱抗道："你兴师动众出去，他们还会露头？要能每晚派出这么多人，那肯定太平，可惜不是那个道理。杀夜不收是故意羞辱你，这是单对单的勾当，人多没用。"沈大有道："可惜我没高手。"粥姐道："朱爷就是夜不收出身，正经高手。"沈大有打量朱抗："朱爷有了年纪，又是朝廷钦差，怕不便干这种差事。"朱抗道："也不跟你客气了，对面的刺儿，我给你拔了。"绍祖将他拉到一旁："我看这事儿不能管。本不是咱们的事，万一出点岔子，正差怎么弄？你是怎么教我来？这是一。二呢，我信你有本事，这次给他们除了祸患，之后对面儿再有高手呢？莫非你还守着杀虎堡不成？"朱抗只说主意已定。

沈大有排设宴席，吃过午饭，朱抗来看黑羊，他背上挨了一刀，屁股中了一箭，并无大碍。问他遭遇情形，黑羊说对面四人，骑马，埋伏在杀虎堡小台附近。他画了卯刚出来，就被四骑追击，背上中了一刀，幸而遇到杀虎堡的三个夜不收赶过来，朝敌放铳，那四骑转去杀他们，自己得了空子便跑，还是被射了一箭，看见那三个夜不收都给贼探杀了。绍祖问："就是你遇到的那四个？"朱抗道："应该是一拨人。"百户谭信成又带来三个幸存的，一个被割了耳朵、剃了秃头，一个给阉了，一个被割了鼻子，三人虚弱得有气无力。粥姐愤懑不已："这是故意羞辱咱们。"朱抗挨个盘询，都说对面四个探子，每次都骑马，刀弓娴熟，神出鬼没，有时在小台附近，有时在半路上，还有一次刚翻过小长城就被他们偷袭："就在咱们眼皮子底下，守墩的都能听见我叫唤，等下来救时，贼都跑远了。"

朱抗有些恼："我不是交代沈大有让你们结伴夜巡吗？"谭信成道："最近都是结伴巡，多时有十人，弓箭火铳都带齐全了，但总被人家打散，分别屠戮，除了死伤的，还有几个被活捉了去。"朱抗问："营里一共多少夜不收？"谭信成道："定员三十，如今只有十二个。大部分都是生瓜蛋子，干满一年的只有三个，缺的从旗兵里勾补，都知道凶险，没人乐意干，全营上下怨气腾腾的。"朱抗命把剩余的夜不收召集起来，谭信成传令下去。

夜不收列成两排，好些刚挨了军棍，塌肩窝胸，脸上满是沮丧痛苦之色。朱抗道："有谁不想干这个的，被迫填坑的，往后站。都实诚些，我保证不追究。"一时没人动弹。绍祖道："朱爷一言九鼎，沈大人和谭大人也不追罚。"终于，陆续七八人站了出去。朱抗挥挥手，让他们退下。剩下五个，个个紧咬腮帮，眼眶都要睁裂，脸上尽愤躁之气。朱抗问一个年轻的："你气什么？"那人吼道:"窝囊!"朱抗笑道:"怎么窝囊了?"那人叫道:"给蛮贼欺负成这样儿,能不窝囊!"朱抗道:"那你敢不敢夜巡?"那人梗直脖子:"我本来就是夜不收!我师父孙老蒜,就是七月初九晚上夜巡死的,这仇我要报!"朱抗点点头:"原来那晚死的是你师父。"谭信成道:"赵金,你已经废了,不好好喂马,充什么好汉!"赵金叫道:"谭爷,不碍事儿的!"

朱抗问他怎么了。谭信成道:"你走两步给朱爷瞧。"赵金红着脸挪了两步,一只腿是瘸的。谭信成道:"他是个好苗子,可惜那晚伤到了筋。瘸子还干什么夜不收?我就派他喂马。这几天嚷得最凶的就是他,空有热心,干不成事儿有鸟用。"另几个道:"派我们,我们手脚齐全!给兄弟们报仇!"谭信成道:"你们是新征上来的,派出去就是送死。"朱抗看赵金眼里泪打转儿,极是欣慰:"咱们官军不缺有血性的!"拍拍他肩膀:"受伤前干了几年?"赵金道:"十六就跟老蒜师父,跟了三年,刀弓火铳都会使——朱爷,别看我腿瘸,跑得也不慢,点我!"朱抗应许:"夜不收靠脑子和眼力,腿能走道儿就成。"谭信成又问:"朱爷要点几个人?"朱抗道:"对过儿四个,咱们不以多欺少,也点四个会会。我,张爷,赵金,再挑一个。"粥姐在旁道:"你老那双大眼瞅不见我?"谭信成道:"你娘们儿家别瞎掺和。"粥姐啐道:"爷们儿家还不是给人弄死了!"朱抗笑道:"田大姐很好,就咱们四个。"

朱抗取出堪舆图,问绍祖要了八块石子儿,摆在上头细细筹划,余人也七嘴八舌出主意。绍祖问骑马不骑,朱抗道:"不骑,招人耳目。"绍祖道:"那怎么对面儿就骑?追起来跑不过。"朱抗道:"各家常规不同,各有好处。"绍祖还是建议骑马,粥姐道:"你快闭嘴罢!挑粪的教起进士念书了!一切听朱爷安排。"朱抗推演许久,忽问赵金:"营里不少耗子罢?"赵金道:"马圈里到处都是。"朱抗吩咐:"抓二十只来。"赵金去了,很快用一只竹笼装了不少耗子提过来,唧唧乱叫。绍祖打趣粥姐:"流哈喇子了。"粥姐拧了他一下。朱抗说了详细打算,三人都钦服。赵金道:"朱爷果然是老手,这次肯定给他们一网打尽。"朱抗道:"纸上谈兵不算数儿,要紧的是临场应变,我也没有十分把握,咱们尽力就是。"议定,粥姐去照料黑羊。赵金左右看看,低声道:"二位爷，田大姐去了，有句话我得提前讲，这是性命攸关的事。"

朱抗要他直说。赵金道："二位爷来调查战败之事，多少人不自在，恨不得你们死。"朱抗笑道："这是自然。"赵金道："底下兄弟们恨，是怕你们殃及无辜；上头的人恨，则是怕你们掀了他们老底儿。"绍祖道："你是说这次夜巡，怕有人借刀杀人？"赵金点头："咱们背上也要开个眼。而且田大姐也在，他们枯树墩干净不干净，谁都拿不准，也要提防。"朱抗笑问："我们来调查，你怎么想？"赵金道："只要如实调查，揪出内奸、误国贼，我自然赞成。但要抓人顶缸代罪，我也恨。朱爷，不瞒你老，多少兄弟都藏着话哩！不信你们，宁肯不说，多一事不如少一事！"密谈几句，赵金也去准备了。朱抗看着绍祖："我揽这事不是逞强，也不光是给杀虎堡出力。"绍祖醒悟道："你要赢人心。"朱抗点头："办成了这事，线头儿会主动找上咱们。"

四人上烟墩，望着雪原指指点点，商议行动细节。赵金领了身簇新的胖袄棉裤，站在风里依旧发抖。粥姐道："这不是谭信成从大同领回来的新袄子么，怎么还打摆子？"赵金道："这袄子不抗风。"朱抗捻了捻袄袖，眉头皱起，用匕首割开个小口，扯出一团稀稀拉拉的棉絮，里面竟裹了许多木屑。绍祖惊怪："袄子里怎么有木屑？"粥姐道："边军胖袄有规制，一件用两斤棉花，棉裤用半斤。这定是哪个步骤偷工减料了，装木屑压秤，还有的直接加石子儿哩。我早先便听说过这种事，只是没见过，这下开眼了。"朱抗叫来两个换了新袄的墩兵，在他们身上摸了摸，同样硌手："不用拆了，一样。"俩兵笑道："朱爷是说袄子里有杂碎儿？咱们早发现了。"绍祖问："也没人跟上头说？"墩兵道："说啥呀，有的穿就不错了。有石子儿的挑出去，自己往里头加些干草、破布头儿。沈爷那么大情面，也才发下来三四百件儿。先紧着我们值守的穿，底下的兄弟轮不上，手脚冻烂的多的是。"朱抗道："这事得较真儿。按规制，袄子衬里上有布条，写着辨验官吏、缝造匠作姓名，还要盖印。你脱下来看看，这批是谁验收的，回头我传信北京调查。"他罕见地发怒了，"还打你娘的仗！这是要把守边的人冻死！"赵金脱下来，翻查半天，并无布条。粥姐指指一处飞线的："剪掉了。不是缝制的人剪的，那样无法过验，定是支领胖袄的做了手脚。"绍祖恨道："那帮狗贼，连袄子里的棉花都要贪？这能贪几个钱！"粥姐道："一件袄子贪一斤棉花，一万件就是一万斤棉花，这也不少钱。"赵金道："他们算有良心，拿了棉花还知道填些木屑。"他又套上自己的一件破袄，才将将不冷了。

天色已昏，四人吃饱饭，整备好装束，从烟墩下的侧门出了关。没走几步天即大黑。翻过小长城，四人一路无话，再走一截，按计划散开。直到小台画了卯，也不见敌贼出现，又行完了冈字，也无贼踪。黎明时分，四人疲惫地回到杀虎堡，都有些失落，拳头铆足劲儿却打在棉花上的滋味儿。如此连巡三天，都未见敌影，粥姐烦躁："狗日的，怎么就不露面了！"沈大有道："或许对面儿知道咱们认了真，避了锋芒。"朱抗道："咱们有什么锋芒？可能是去别处巡了。耐心等，蛮子正是志得意满的时候儿，定会做到底。"因无法料敌何时出现，他又筹划，有月如何行事，无月如何，有风雪如何，无风雪如何。细细跟三人讲解，他有意栽培赵金，跟他说得最细。这天早上，三岔墩来报，前晚两名夜不收给人杀死，接着姚家墩也来报，一名夜不收给敌贼割了耳朵，一问，遭遇了四名敌骑。朱抗忙吩咐："让东边数墩先暂停巡夜，把那四个杂种引回这里。"沈大有依言而行。朱抗叮嘱三人："打起精神，填饱肚子，横竖就是今晚了。"

今晚有月，藏在云团后面，有小风雪，尚能辨清路径。酉牌刚过，四人披上白斗篷，戴孝也似，出关翻过小长城，由粥姐充先锋，独自往小台行，朱抗隔着半里路尾随其后。绍祖拿弓向西北迂回，赵金拿一杆三眼铳也隔半里跟随。两队人像把剪刀，开口时大时小，保持将将能望到对方的间隔。本来安排绍祖打先锋，等出了关，朱抗突然变卦，要粥姐在前。粥姐有些不快，但没作声，绍祖羞耻："我汉子家做起缩头乌龟了，还是我在前头。"朱抗瞪过来一眼，他也不敢说了。等离小台近了，粥姐停下，假作提防状。远处的绍祖响亮地打了声呼哨，开始朝北走，不住向粥姐挥手，佯从枯树墩斜插而来。赵金嘴里叼着线香，伏在雪堆之中，紧握铁铳四处观察。朱抗则藏在东边一个土坡后面，望着绍祖和粥姐越走越近。果然，听到一阵马嘶，敌骑出现了，四匹马分散奔跑,欲把绍祖和粥姐围在圈中。

朱抗不慌不忙,从皮囊里取出装着耗子的竹笼,浇上一罐子油,用火折点着,竹笼瞬间成了一团火球,耗子烧得唧唧哀叫。朱抗瞅准了,尽力抛出,竹笼摔在绍祖和粥姐附近,落地散架,二十只火耗子疯狂乱跑,在夜色中如一簇簇地上的流星,璀璨奇异。火耗子在马脚下痛苦乱窜,吓得战马乱跳。朱抗一声口哨,赵金放铳,绍祖放箭——提前交代了,瞄马不瞄人,齐中两匹,马儿负疼将两个敌探摔在地上。绍祖又抡圆胳膊,发石如骤雨,将他们压在地上抬不起头。另两匹来救,朱抗早奔出,朝粥姐丢去一团绳子,绳子两端有拳大石头,二人拉绳专拦马腿,刚吃上劲就松手,马蹄奔腾,绳子在马腿间很快打了绞,马儿扑通栽倒。粥姐扑上去按住敌探,上了绳。另一匹孤马无援,被赵金悠哉放铳,打中马臀,马儿摔倒,将那人下半截儿压在底下,动弹不得。四人快速聚拢,先将开始二人俘虏,又去绑了马下的,如此将四名敌探全部生擒。全程不过一盏茶的工夫儿,迅捷利索。朱抗在图上演练多次,如何布阵,如何配合,四人都了然于胸,一战告成。

赵金对四个俘虏拳打脚踢,四人跪地一声不吭,脸上尽是悍横之气。朱抗在月下打量四人模样颇相似,用瓦剌话问:"你四人,兄弟?"有一个点了点头。赵金拔出匕首:"割耳朵!割鼻子!断手!阉了!"粥姐道:"我有妙法儿,扒光他们衣裳,挑断脚筋赶回营,要他们每走一步都生不如死。"绍祖看向朱抗:"老朱,你想怎么着?"朱抗道:"放一个回去,剩下三个带回营。"他割开一人的绳索,指着北方:"你,回去。"那人看着三个兄弟,摇头拒绝,另三个呜哇乱叫跟他说什么,朱抗只能听懂"母亲"一词。那人流下泪来,双臂叉胸,对朱抗行了个礼。赵金晃着匕首:"回去可以,留下点什么!"那人不作丝毫反抗,闭眼等待酷刑。赵金揪住他耳朵,正要下手,朱抗叫住:"这是他们野蛮法子,咱们不学样儿。"赵金道:"朱爷想白放他回去?"朱抗握住那人右手,突然寒光一闪,用刀削去他的大拇指,那人疼得大叫。朱抗道:"以后他射不成箭,也就废了。"他把指头扔到一旁,那人捂着手朝北跑去。

赵金用长绳将三贼连在一块儿,走在最前头,高兴地唱起小曲儿。朦胧中又见一队骑兵，在前方高处站定，月光下，如从地狱里上来的恶鬼，无声无息，也辨不清是官骑敌骑，影子在地上投得尖长。众人停下，赵金喊了两嗓子，并无回应，他有些慌："我怎么说来着！"绍祖挺刀高叫："要灭口的，尽管来试试！"骑兵依旧不动。朱抗拿过铁铳，朝那边开了一响，太远，没打中谁，一阵风吹过，那队兵已不见了。众人面面相觑，一时不知是真是幻。经过那片杂树林，绍祖问朱抗："上次你就是在这里甩开了他们？"这话被三贼听到，转头盯朱抗，原来他们听得懂汉话，一人问："你是那个，在这里跑脱的？"朱抗拱拱手，道声惭愧。三贼不住点头："好汉子，你好汉子。"朱抗问他们今晚可有接应，三人摇头："刚才那些兵，不是我们的人，我们的人必来救。"

　　回到杀虎堡，天已亮了。墩上挤满了人，见他们押着俘虏凯旋，欢呼雀跃，还有人放了炮。墩下关门大开，旗兵狂呼着跑出来，当先的是一帮夜不收，把朱抗和绍祖抬在肩上，一声一个爷。不少人上前揪打那三个敌探，朱抗命停手也劝不住，还是沈大有出来喝了一阵，众人才平静些。沈大有欣快："朱爷好本事！张爷好本事！"又夸粥姐和赵金："这次的功劳都叙上。"谭信成问为何少了一贼，赵金说放回去了。朱抗嘱咐："好好审这三人，看能不能问出瓦剌军情，千万看好，营里恨不得扒他们皮，他们不能白死，回头送去大同，和瓦剌交换几个官军兄弟。"沈大有命将三贼押入军牢，好生监管。旗兵将赵金围得严严实实，求他讲述经过。沈大有请朱抗等去堂上吃庆功酒，少不得也问一通。看绍祖盯着酒壶咽口水，朱抗道："你昨晚辛苦，喝两杯不妨。"绍祖还怕他试："能吗？"粥姐啐道："这么大人了，想喝就喝！"绍祖大喜，恨不得连酒壶一齐吞下，灌了几杯，脸红耳热，将昨晚的事添油加醋夸绘一番，听得沈大有连声赞叹。

　　粥姐吃了五碗饭，撑得弯不下腰，死乞白赖了几盘肉、一坛酒，得意扬扬回枯树墩。绍祖大开酒戒，菜也顾不得吃，和沈大有谭信成飞觥递盏，没多大工夫儿就将二人灌得嘴歪眼斜，趴在桌上流涎。绍祖抹抹嘴，冲朱抗使个眼色，二人悄悄出来。朱抗笑道："长能耐了，知道我的意思。"绍祖得意："你一个眼神儿我就懂了，把他俩喝趴下，咱们好查事情。"二人来到旗兵营房。赵金被一群人围着也在饮酒，见朱张进来，轰然一声，差点掀了房顶，拥二人坐上位："朱爷，张爷，真给咱们争气！""二位爷是好官儿，真心为咱们，肯舍命出去。""什么官大爷能亲自去夜巡杀贼？""听小赵说，朱爷还要查办从胖袄里偷棉花的？爷到底边军出身，知道咱们疼热。"朱抗拱了一圈手："各位，我和张爷此来，是想弄明白七月初的仗到底怎么败的，有窟窿堵窟窿，有烂疮治烂疮，除了贪官内奸，决不牵连无辜，也不弄连坐同罪的事。"赵金也道："二位爷是出言如山的，咱们知道什么放胆说。"

众兵喧噪起来，纷纷诉说各种不平事，但听来听去都是零细琐碎，有的说长官酗酒打人，有的说谭信成的心腹将支回的棉衣定价贩卖，有的说军饷不按时发，还有的说不仅胖袄里头有石子儿，军粮中也有砂石云云。倒是赵金说："那天出关练兵，傍晚归营杀牛犒军，众人喝了酒。"绍祖道："沈大有没提这一节，敢是你们全营烂醉，所以给人突袭？"赵金忙道："犒军是常事，那晚值守的并没喝，我们没那么大意。半夜贼打来时，我听到梆子响，想去墩上放铳，又听到正门大乱，说有贼绕过来了，我就去正门帮手，到底没挡住。"又说："我们干夜不收的正愁没个师父教导，朱爷多传授传授我们本事。"朱抗道："我正有此心。"他将多年夜不收心得倾囊相授，众人听入了迷，不知不觉讲到了天亮。

10　失踪者

　　回到客店，徐和拿出厚厚一沓纸："这两天你们没回来，又有好多百姓递状子，夏爷的回信也到了。"回到房中，绍祖拆信给朱抗念，枯树墩数人的军籍已核查，除田粥姐代夫上墩空籍外，其余宋锐、袁黑羊、田荒年、王第三都合卯。翻阅抄录来的近年杀虎堡军情塘报，粗看并无异样。二人又看了些新状子，依旧好多寻觅失踪人口的，绍祖随手与那些旧状叠在一起，许老破又来催请寻儿子，劝了许久才打发他去了。

　　绍祖发愁："除了赵金说的犒军事，那些兵翻来覆去还是老一套。"朱抗道："耐心，查案没有这么快的。昨晚那许多人，谁想告诉咱们一些话也不敢公开说，我预感，这两天会有人来找的。"二人睡了会儿，下楼吃饭，正见徐和抱怨厨子："说多少回了，石炭就剩这些，轻易不要用，后院儿的木头堆天上了，你也不劈，这活儿等我干吗？"厨子委屈："今儿个人多，火候儿跟不上，我就加了两铲子。"绍祖见角落竹筐里有石炭，闲话道："我家厨子说，用这玩意儿烧菜不如木头烧的香，但取暖很好，一盆石炭能烧一天一夜。京里也贵，百斤要七八两银子，人叫它黑金黑银哩。"徐和笑道："京里用的都是从山西运去的，所以贵。以前天威就产石炭，价钱便宜。"他指着北方，"王思贤做知县的时候，在君德山开过矿，挖了几年挖干净了，也就废弃了。"朱抗眼神一亮："开矿应该会留下矿洞？"徐和道："好大一个洞哩，后来防备再有百姓混挖,就把洞口填了。"朱抗问详细位置,徐和道:"山脚下有块小房子一样大的石头,二位爷留意过吗?那后头就是废弃的矿洞了。"

朱抗笑看绍祖,绍祖激动道:"想一块儿了!"二人吃饱了饭,去后院找了两把锄头、两副斧凿,又做了两只火把,一总收拾在马背上,向城门行去。一路上许多百姓对他二人恭敬行礼,连道辛苦。有拦马诉冤的,绍祖要他们把状子都递到徐和客店,好不容易才出了城。迤逦来到君德山下,天色已暗如墨水。那块巨石扎眼,挡了半条路,朱抗从马上卸下家伙事儿,往手心里吐口唾沫,瞄准巨石与洞口合缝处,抡起锄头就敲。绍祖道:"但愿咱们猜想没错儿。"他兴奋至极,脱了袄子大干,很快就大汗淋漓:"咱们这么敲,不会被人听到吧?"朱抗笑道:"我倒想知道谁害怕咱们敲打这里。"绍祖会意,手上更加使劲儿。二人叮叮当当忙活了个把时辰,终于开出来一条可容身的大缝,一股又暖又腥的风从里头倒吹出来,吹得二人有些恶心。

朱抗用火折点着火把,递给绍祖一只,当先闪进去,地势陡然矮了一截,差点摔一跤。绍祖也要下来,朱抗一手攥住他脚踝:"你在外头守着。"绍祖不乐意:"累个半死敲开,还不让我进去看看?"朱抗道:"蠢材,俩人都进来,等人一锅端么!"绍祖仍不情愿:"那你在外头,我进去。"朱抗道:"你会打石子,在外头大有用处,在里头屈才了。"绍祖啐道:"怪会哄我!"将另只火把也丢给他,自己悄悄顺着巨石爬上去,侧身倚在乱石之间,今夜无月,浓浓的黑暗之中自己仿佛也成了一块石头。

洞内温暖,裹着腥臭的潮气。朱抗高举火把晃了晃,火光只能照出很小的地方,行数十步,惊叹这个矿洞如此之大,仿佛进入了弥勒佛能撑船跑马的肚子里。下一个浅坑,忽觉脚下软绵绵的,火把往下一照,饶是他积年老兵,见过无数血腥,也吓得浑身哆嗦:坑中满是盘成卷儿冬蛰的蛇,千百黑白花黄缠成锦团,受了惊扰,急速游走,吐着信子乱钻。朱抗忙跳到高处,喘息半晌才定了神。壁上有不少当年开矿留下的旧火把,一个个都点着了,洞内豁然光明起来。这是个圆形大洞,可容四五百人,地上一堆堆废土,不少坑中都蜷缩着沉睡的蛇。他快步走了一圈,洞壁上刨得坑坑洼洼,有十多条人高的坑隧,但都很浅，一眼能望到头，并非通道。

他大失所望，怕自己疏漏，又举火查看，满心盼着能找到一条打穿山体的通道，依然没寻到，倒是在地上发现了一些干燥的马粪。专心打量，马粪不少，许多蛇窝里头都是。他佯装和绍祖说话，大喊大叫。又在一堆碎石后发现一片白，隐在土中，用刀掘开，竟是一团马骷髅。他在郊外见得多，马骨和牛驴骨头不同，刨掘一通，先后发现四架。正忙活，忽听到入口有动静，几团硕大的草包滚了下来，又落下一只火把，稻草顿时燃起，冒出滚滚烟气。他一闻便知，草里头裹了硫黄硝石等物，是熏人用的。烟雾云卷而来，他忙脱下裤子，往帕子上尿了一泡，紧紧围住口鼻，又用衣襟兜土想掩灭草团。几支箭射下，他只好紧贴墙壁，小口呼吸，算计着工夫儿，等待绍祖营救。这么多年来，他头一次把性命托付给别人，他向来不信别人的，可不知为何，绍祖一个轻狂小辈，却让他觉得踏实，甘于冒险。他想过从城中叫些人直接推开巨石，光明正大地下来看，可那样揪不出心怀鬼胎者，便以自己为饵，引蛇出洞——心怀鬼胎的已经来了，外面欲害他的就是。

绍祖滴溜着一双眼左右警戒，忽听到一阵急急的脚步声，昏暗中，从西边过来一群黑影，未打火把，有十余人，怀抱什么东西。他悄悄摸出一把石子戒备。众人在大石前站定，窃窃私语，听不到说什么。绍祖微微看清，他们蒙面衣黑，各携刀兵，一人探进洞口瞧了瞧，回头道："俩人都下去了，在底下说话。"一人吹着火折，看清他们抱的是草团，正要点燃，绍祖大喝一声，连发石子，弹不虚发，将数人打伤在地。众人登时大乱，点着火把，照见了高处的绍祖，张弓射箭，其中一人趁空把草团引着，踢进洞中。绍祖在乱石间飞转腾挪，忙中又发数子。有几人爬上来围他，绍祖挥臂如轮，不提防被人从后面拦腰抱住，力道极大。他拼命挣扎，脚下石头滑动，和背后的人一齐滚落，摔在路上。那人依旧不撒手，绍祖听得背后的喘息，连环抱他的劲头都熟悉，大吼道："田粥姐！你要反么！"

粥姐索性开了口，对那些人道："还不快上来！"众人一拥而上，将绍祖死死压在身下，用绳子捆结实了。粥姐站起来喘了几声，正要跟一人说话，忽被那人用刀柄打在太阳上，晕厥了过去。绍祖一时愣住，这些人里头似乎并无枯树墩几人，粥姐突袭自己，显然和他们是一伙的，不料也遭暗算。那些人抬起粥姐，抛入冒着滚滚浓烟的洞中。绍祖心中大恐，这些人如此狠辣，自己难逃一死，便叫道："把话说清楚，你们是谁，要我死个明白。"那些人并不理会，一人掏出匕首朝他胸口狠狠攮了一刀，也将他推入矿洞中。

朱抗贴壁站着，先见到一人摔下，掉在烟火中一动不动，以为是绍祖，忙揪到一旁，竟是粥姐，头发燎了许多，昏迷无神。接着，绍祖也摔下来，捂着胸口大叫，朱抗又救起他。随即一阵箭雨倾下，朱抗一手夹一个，忙躲远了。绍祖哀号不已，说自己要死了，朱抗问他哪里受伤，绍祖嚷着胸口给人捅了。朱抗扒开他棉衣一瞧，那沓厚厚的状纸贴胸挡着，穿了洞，皮肤上只有个小口子，打了他一下："小畜生，死不了！"绍祖摸摸胸口，大笑起来："我说不怎么疼哩。"抱着那沓状纸连声叫祖宗，郑重又塞回。看着昏迷的粥姐，大恨，朝她踢了一脚："狗娘们儿！暗算我！"拿绳将她双手捆紧，摘了她佩刀，说了洞外经过。朱抗微笑："这下有意思了。"绍祖看浓烟逼近，啐道："有意思个鸟！你下来找没，可有出口？"朱抗摇头："没出口，这个洞是死的。"绍祖急得跺脚："出不去，要被熏成火腿了！"幸而洞极广大，烟雾一时不能充盈各处。粥姐腰上拴着一只皮水囊，朱抗取下，教绍祖浸透帕子围住口鼻，又撕下一截衣服弄湿了，给粥姐避烟。绍祖道："救她做甚！毒死她！"朱抗道："她还不能死，有话要问。"绍祖咳嗽不停，沮丧万分："还问什么？咱们都要死了。"朱抗道："还有点工夫儿，把事情问明白，就是死，也要带着明白死。"

绍祖被这话触动，忙用水给粥姐擦脸。她终于睁开眼睛，见着绍祖，大为羞愧，眼神挪去一旁。朱抗寻到一处窄长的矿道，顶头乱石堆砌，三人暂躲进去。绍祖声颤："还有多少工夫儿？"朱抗道："一炷香的时间吧。"他说发现了马匹痕迹，绍祖拍手："咱们猜对了！那些漏过来的贼果然藏在这里！"连粥姐也叹了口气。绍祖抬手想打她，又缩回去："姓田的，外头的人是谁？你们到底有什么勾当！"粥姐闭着眼，不住摇头："是我自作聪明。"朱抗给她割断绳子，还了她兵器，平静道："一会儿都是死，不如把心里的脏事儿说出来再死,这副皮囊也轻松些。"轻轻薄薄的烟雾飘进来,粥姐咳嗽了两声:"我要如实说了,我的罪,枯树墩的罪,一概免吗?"绍祖道:"什么时候了还罪不罪的!就当死前留点功德,好升西天净土。"粥姐顿了会儿道:"这里藏了马匹,但没有藏人。"

朱抗绍祖都不解:"藏马没藏人?"粥姐道:"七月初七,我们帮樊文辅往这里藏了两百三十匹战马。初九夜,不知怎么,一群房贼进了洞,将这些马骑出去夹击杀虎堡——第二天,我们才发现这些马丢了。"朱抗问:"为何把战马藏在这里?是樊文辅为瓦剌兵准备的?"粥姐道:"马市交易来的战马要听从太仆寺分拨,各地卫所抢着要,出价争。樊文辅在账目上做手脚,贪出两百多匹,想私卖出去。怕惹人耳目,尤其怕杀虎堡发现了强要,所以不敢关在城里,想藏在哪儿,不知怎么想起了这处矿洞,就在我们墩眼皮子底下,所以送了我们好处,由老宋、黑羊照管,说好每隔一天来看看。初九那晚,我和第三出去夜巡,他们仨在墩里休息,隔天才发现马丢了,听说了正门夹击的事,大家都猜到了,吓得要死,告诉了樊文辅。他也怕,叮嘱我们千万不可泄露,派人重新把洞封死。"朱抗问:"老宋黑羊怎么推得开那块大石?"粥姐道:"二年天生神力,加上他就能挪开一条缝,可以下人。"绍祖道:"你有把柄,所以不时找姓樊的打抽丰?"

粥姐羞愧点头:"老樊有眼线盯着你们,你们又闹出那么大动静——马是我们藏这儿的,可那些兵怎么过来的,我们真的不知道。初九夜里,我们那边没漏人,在阎王跟前我也这么说!"朱抗道:"外头的,可是岳鹏?"粥姐承认了,激动起来:"朱爷,我们帮老樊藏马只贪图银子,万没想到便宜了房贼。我没有通敌,下地狱涮油锅的通敌!我爹娘公婆、三个妹子小姑,都是给瓦剌人杀的,老梁围剿瓦剌兵时死的——血海深仇摆这儿,我怎么会通敌!"朱抗道:"此事原委,为何一开始不跟我们说呢?藏马也算不得死罪。"粥姐急道:"不算死罪就没罪?你说不是死罪就不是?跟你们说了,往上一报,上头要几个墩兵顶屎盆子,我们找谁喊冤?指望刚见面就交代?洞房夜新媳妇儿,谁头一次不臊得慌?要不是马上死了,我会跟你们说?"

绍祖又气又悲："昨儿个还同生共死，今儿个就阴险害人，你的心是什么做的？"粥姐大惭，又深不忿，噙着泪道："你要我怎么办？不是你俩死，就是我们死——没错，我是蛇蝎妇人心，我是头号大恶人，就让我死你们前头罢！"说完，她起身朝洞口跑去，想杀出突围，可没跑两步就吸入浓烟，呛得跪倒在地。朱抗把她拉了回来，又往她面罩上倒水。绍祖急得快哭出来："就死在这儿了么！"

绝望之际，听到幽幽之声："你们撑住，快挖开了。"三人以为听到了鬼声，汗毛倒竖。朱抗拿火把往里一照，薄烟缭绕中，坍塌封死的石堆竟动了动，绍祖忙扒开几块大石，后面是一面泥糊的夹墙，已破了个小洞，有人正在那边用东西敲打。三人如逢大赦，高声欢呼，忙拿兵器帮忙捣墙。很快开了个大口子，对面也有光，是一个蓬头垢面的年轻女子："快些！烟进来了！"三人忙钻过来，来不及说话，七手八脚用土石补墙，又用水和了泥巴，细细将缝隙堵死，终于将烟隔绝在那一头。三人这才回身，此处别是一番洞天，应该也是这条坑道的一截，拓宽挖高许多。几样粗凳粗桌，放着膻膻的杯盘，两侧壁上挖出数间斗室，门洞旁有坑安放油灯。六名女子缩在顶头儿的土台上，衣着破烂，面目肮脏，有几个脸上还挂着伤，年纪最大者约有三十，年轻的不过十五六，惴惴望着他们三人，洞内弥漫着又湿又腥的腌臜味。绍祖欲上前询问，几个女子吓得往后缩。粥姐搁下兵器，缓步上前："你们别怕，我们不是坏人，我是枯树墩的田大姐，他俩是京城来办案的钦差，老的是朱爷，后生的是张爷。"最先营救他们的那女子胆大些，点头道："听见你们说话了，坏人便不救了。"

粥姐到她们跟前："你们是什么人？为何会在这里？这又是什么地方？"这话问出，六个女子瞬时号啕起来，如孩童见母般齐齐扑到粥姐身上，痛哭不已。粥姐环抱她们，软声柔语地安慰。绍祖和朱抗挨个小室看了看，地上有数尺高的土台，上铺草荐被褥，地上还有几副镣铐锁链、几只空空的酒坛。绍祖察觉到什么，浑身微微颤抖。朱抗脸色沉郁，手指死死抠着墙。粥姐在那边和她们小声喃喃，众女哀哀诉说，越说越伤心，个个泪流满面。粥姐脸色煞白，气得胸脯鼓荡，也流下泪来："他们都什么时候来的？"当先那女子道："没定准儿。"粥姐四下望望，不见洞口门户："这里是封闭的，他们怎么进来？"女子指指上方，丈高处有块方形木板："从上头顺着绳梯下来，走时也从这里出去，把绳梯也收回。"粥姐问上方通向哪里，女子摇头："只知道在君德山里，具体方位不知。"朱抗和绍祖想凑近听，那些女子又往后缩，粥姐道："你们就在那里站着，她们怕男人。"粥姐握住那女子的手："好妹子，你叫什么？"她说自己姓郭，名香芸，是本县沙河村人。朱抗听见，心中陡然一动，原来她就是老郭失踪的女儿。

粥姐抚慰她们："放心，一定救你们出去。他俩也是好人，等出去了把有份儿的狗贼全抓起来杀头，一个都不饶！"她来到二人跟前，眼中含泪："猜到了吧？"朱抗点头："是山贼还是什么人？"粥姐咬牙切齿："是杀虎堡的兵！香芸说那些人都是换了便服下来，但醉了酒说话不谨慎，她们听出了身份。有几个常来，大部分是生面孔。"绍祖问："她们都是被掳掠到这里的？"粥姐瞪眼："什么狗屁话，难不成自己来的？和强盗一样，或在城里，或在城外，在僻静处打昏了，蒙了头脸，装进麻袋，直接搬到这里。香芸被掳走时还有神志，记着大概，从山上一个烟墩的密道下来的。"绍祖道："上头敢是羊角墩？"粥姐擦擦眼角："说一年多里已经死了七个姑娘，更早就不知了。原本不只她们几个，死了就把尸体弄上去，不知丢去哪里了。"绍祖气得一拳砸断桌角，乱骂沈大有和杀虎堡。朱抗从皮囊中取出一根长钉，用细线绑住，相了相顶上那块木板，将绳钉递给绍祖："甩上去。"绍祖瞄准了，轻挥猿臂，铁钉结实钉在上头。朱抗捡起绳子一头，拴了只小铃铛，挂在桌角。粥姐招呼女子到这边来："一会儿有人下来，你们装作没事的，我们自会动手。"

等了许久，也不见有人下来。女子渐渐对朱抗和绍祖放下戒备，打听他们职事，生怕他俩不能做主。粥姐道："朱爷是皇上派来的，整个山西谁也没他大，杀虎堡的沈大有朱爷也能办了。"女子们脸上这才露出一丝喜色。朱抗看这里没有粮食灶火，问她们平常饮食，香芸道："没有窗子，这里不能烧火做饭，每天都有人下来，带几个饭团，偶尔有两块肉，饿不死而已。病了也没药，死就死了。"她哽咽道："我们活得还不如狗。"粥姐还问："那拉屎撒尿这种事呢？"香芸脸上泛红，指着角落一小间："那里埋了个瓮，他们定期掏了提上去。田姐，不说这里的事了吧。今天什么日子？外头什么天气？这两年可有什么好玩的新闻？"粥姐道："今天腊月二十，外头冰天雪地。这两年，没有好玩的新闻，外头日子也不好过。"说出来又觉得不妥，"还是你们更苦。"绍祖想起什么，翻出那沓状子，一张张念了寻人状。几个女子一一应了，其中便有辛五未过门的妻子秋丽明。朱抗冷眼瞧去，秋丽明早无人样，一只眼睛青肿老高，口齿残缺，像只小猫儿似的缩着。她们知道家人在苦寻自己，复又痛哭。香芸道："刚才几个名字没人答应的，是已经死了的。"

绍祖看墙上有整整齐齐的划痕，叹道："你们画线来记日子？"香芸点头："能隐约听到上头梆子响，早上敲十五下，晚上敲二十，就过了一天，划一道。从中间开始记的，并不知道详细日子。"绍祖看到其中有道划痕加了个圈，很是特别，想问也不好问，倒是香芸主动道："那天本以为要得救了，我就加了个圈，心里存个念想。果不然，今天你们来了。"绍祖问怎么回事，香芸指着三人进来处道："开始不知道那后头还有地方。几个月前的一天，忽听到有马叫，以为是山下路过的，马叫越来越响，我们就贴着听，越听越真，刨了刨土，真挖开了个口子。我胆子大，先爬了过去，发现是个大洞，四下点着火把，好多马匹聚在一块儿，各处放了干草，竟没一个人。我还以为在做梦，不知道这些马是如何进来的，就找入口，终于找到了，发现已用大石挡住了。我推不开，只好回来。大家想不明白怎么回事，怕兵发现掏墙，赶紧补好。又过了两天，"她指指那个圈，"就是那天，听见这边儿大乱，有人喊叫。幸而当时没有兵在，我们又掏开墙，爬过去一瞧，来了许多人，正给马上绳索。我想求救，可看见他们发式衣着，竟是瓦剌兵，我想求救，姊妹们死活不肯，说关在这里还能活，给瓦剌人发现一定死。我没法子，不能只顾自己连累大家。就躲着，看瓦剌人牵马出去了。本想跟在后头出去，谁想他们用大石头又挡了洞口。我们在洞里转了转，别无出口，只得又回这里，再将墙补好，直到今天听见你们说话。"

听她说完,朱抗三人俱惊呆了,绍祖忙问:"今天划了没有?"这时,听到上方传来幽微一串儿梆子声,香芸道:"这是三更的梆子,这会儿划。"绍祖用指甲在末尾加了一道,慌不迭地贴在墙上,从今天倒数,数回圈处,激动得手指发抖:"七月初九,那天就是七月初九!"朱抗镇定:"再数两次。"绍祖复查两次:"没错!"他看着香芸等:"不经意间,给你们瞧见了一个大秘密。"香芸等面面相觑,问怎么回事。粥姐道:"那晚打仗了,就是你们发现的那些瓦刺兵,打破了杀虎堡,山西全线崩溃,咱家皇爷亲征,给贼抓去了。"香芸慌问:"皇上被抓,大明如今亡了?"三人忍不住笑了,粥姐道:"立了新皇帝,还吊着一口气。"香芸等窃窃私语。朱抗看着粥姐道:"你们猜想的没错,那些马被瓦刺兵用了。"绍祖道:"没有鞍辔,怎么骑马冲锋?"朱抗道:"瓦刺人个个骑术一流,没有鞍辔也能骑。刚才芸姐儿说,他们给马上了绳,打个扣儿就能当笼头。"绍祖又道:"他们本想以步卒夹击,是谁告诉了他们此处有马?你们墩帮樊文辅看马,定是你们中间有鬼。"粥姐道:"樊家人、岳鹏的土兵都知道这里藏马,怎么不是他们报信儿?凭什么认定我们有鬼?先弄清楚那些贼怎么藏的吧!"

说着话,桌角的小铃铛突然响了,朱抗迅速拽绳,将铁钉拉下,和绍祖、粥姐分别藏入三间斗室,对香芸使眼色。香芸低声叮嘱几个女子:"别慌,跟平时一样。"木板掀开,放下一个绳梯,先后下来五人,两人手里抱着酒坛,醉醺醺地上来搂抱香芸等。绍祖在对面想动手,朱抗朝他摇头。那个绳梯又缓缓收上去,上头传来一声:"还有一个时辰天就亮了,算着点工夫儿!"木板重新盖下。几个汉子各搂定一个女子,拖着要进房。朱抗对绍祖点点头,另一间的粥姐早已冲出,举刀就砍,将一个汉子的天灵盖削去一半儿,鲜血乱喷。其余汉子惊得僵立原处,朱抗和绍祖也连杀二人,粥姐又砍死一个,剩下那个吓瘫在地,连喊饶命,粥姐手滑,正要杀,朱抗忙隔开:"留个活口。"几个女子看着满地鲜血,吓得挤成一团,只有香芸在那儿使劲点头,泪流不止。

剩下的这兵不过十六七岁,又黑又瘦,粥姐提小鸡儿般将他丢在角落,喝他:"敢叫喊,剁了你!"这兵吓得浑身哆嗦,竟抽泣起来。问他姓名。他认得朱抗与绍祖，连连叩头，说自己叫王文喜，是杀虎堡的步卒。问他可知道这里的事："谁带头弄的，多久了？"王文喜道："回爷的话，我原本不知道有这个地方，今儿个是我十六生日，"他指着一个死尸，"老葛说带我快活快活，我本不知道做什么，到了羊角墩才跟我说底下有女人，要我尝尝滋味儿。"绍祖踢他一脚："上头都有谁？一会儿你们怎么出去？"王文喜道："上头一个小洞，往上爬一截儿台阶，就到了羊角墩下层。只有蒋大兄弟看守，老葛给了兄弟俩一些钱，便带我们下来。等时候儿到了，蒋大会下来打开板子，顺下绳梯，我们就爬上去。"

粥姐狠抽他嘴巴："狗日的，熟门熟路，再说头次来！说实话，来了几次？"王文喜吓得咧嘴不言。香芸在后头道："这是我第二次见他，第一次他也说自个儿过生日。"王文喜忙磕头："第二次，今天是第二次，爷爷奶奶饶命！"绍祖问："你知不知道，她们都是被抢来的？"王文喜垂头说："头次来就问老葛，老葛让我少打听。这些姐姐们被关在这，我也知道事情古怪。"粥姐又抽他嘴巴："姐姐是你叫的！你们这些狗杂碎，长根鸡巴就造孽！"朱抗又问杀虎堡上下是不是都知道这个地方，王文喜道："好多知道，也有好多不知道，大家都不明说——老葛说，沈大人不晓得这里，叮嘱我嘴巴严些。"粥姐道："不杀你，待会儿去大营，你敢不敢指认都谁来过？"王文喜声音颤抖："田奶奶，我指认不出呀，我就来过两次，"他指着地上的死尸，"都是和老葛这几个。"

11　陷狱

　　一个时辰快到了，众人将尸体拖到小室，吹灭壁上的灯。上面木板开了，伸下一个脑袋喊道："天要亮了，快上来！"绍祖用匕首抵着王文喜，回道："放梯子。"那人顺下绳梯，绍祖当先爬上去，王文喜、粥姐、朱抗依次随后。绍祖冒出身子，一人提着灯笼，是羊角墩的蒋大，立刻将其制服在地。接连上来，粥姐又把王文喜捆了。问上面还有谁，蒋大还糊涂着："老葛，这是怎么说？"王文喜道："老蒋，事儿破了，这是钦差朱爷和张爷。"蒋大要叫，被绍祖一拳擂在脸上，老实道："上头就我兄弟。"绍祖将他嘴巴堵了，一根绳牵着，当先上台阶。粥姐在最后，轻声呼唤那六个女子，顺着绳梯爬上来。

　　向上的隧道挖得糙，磕磕绊绊，到了最上头，仍是一块木板。猛地顶开，蒋二正向着火盆打盹儿，睁眼瞧见绍祖，愣了刹那，拔脚就跑，绍祖一把揪翻。外面天光已泛泛。朱抗给绍祖使了个眼色，绍祖往山下下了一截，回来道："洞口没人了。"香芸、秋丽明等陆续上来，齐齐挤在墩门边，使劲吸着又冷又鲜的空气。她们身上单薄，冻得瑟瑟，粥姐要她们来火边，她们不肯，抓着门框，似乎可以随时跑出去。绍祖扒了几个兵的胖袄，她们不要，说脏，绍祖和朱抗只得脱下自己的袄子给她们披着。粥姐望去枯树墩，一拍额头："糟糕！"绍祖问怎么，她道："岳鹏要杀我，自然也要杀他们。"欲回去，被众女子拉住："田姐姐，别丢下我们！怕！"粥姐急道："都上来了怕什么，朱爷和张爷在呢。"女子死死抱着她不放手。

绍祖见状,只得道:"我代你去看一遭。"粥姐焦急等待。好一会儿,绍祖和黑羊结伴儿跑了回来,俱满头大汗。黑羊说,三更前后,岳鹏带一队人来到墩下,说夜里拿贼路过,想上来烤烤火。彼此都是相识,也没多想,放下绳梯。岳鹏刚上来,便偷袭砍翻了宋锐,又刺了荒年一刀,得亏荒年勇猛,直接将岳鹏掀下墩去。黑羊又赶紧割断绳梯,连连放箭,岳鹏等人在底下攻了许久,无法上来,便逃去了。粥姐问二人伤势,黑羊道:"老宋伤重,不知道能不能挺过去。荒年哥穿得厚,不打紧。"粥姐道:"你先回去陪着他俩,除了我,谁来也不让上墩。我眼下有别的事,完了一起算账。"黑羊答应,又跑了回去。

朱抗审问蒋大兄弟:"这勾当,何时开始的?"二人装哑巴,粥姐用刀鞘狠狠打了他们一顿,二人才软了:"两年多。"粥姐问:"这事定有带头的,拐姑娘进来的,收钱的,都是谁?"二人只说有好几个。粥姐拔出匕首:"再糊弄着说话,现在就杀了!"王文喜在旁道:"老葛几个在底下都被田大姐杀了,老蒋,有话实说。"蒋大道:"抓她们来的,每次都不一样,也认不得。"粥姐一刀划烂他的脸:"认不得!"蒋大痛叫,蒋二忙道:"抓她们的确实不认得,但管事儿的是老海,每隔几天来收钱,分我弟兄几个铜板。"兄弟俩磕头如捣蒜:"俺俩也是被逼无奈,老海说若不肯干,就拨去做夜不收。俺俩老了,那是送死呀。"朱抗问:"底下那地方是谁发现的?这坑道又是谁挖的?"二人道:"旧知县挖矿洞的时候,发现有条大缝儿,为通风换气儿,就从墩里挖口子连通了。后来矿洞废了,就把矿道封了一截,往这里藏女人,都是老海弄的。"朱抗问:"老海上头有人吗?"二人摇头说不知。王文喜道:"爷,老海上头的人,我知道。"要他说,王文喜求情:"打板子我认,只是别把我充去做夜不收。"绍祖啐道:"你也配!"王文喜道:"老海是谭大人同乡,他的总旗也是谭大人拔的,有天晚上,我瞧见老海在廊下和谭大人说什么,还送上一包东西,定是银钱了。"

粥姐将朱抗绍祖请到外头:"眼下好几件事凑一起,总得有个先后,怎说?"朱抗道:"先领这几个姑娘去杀虎堡,问罪拿人。"粥姐问:"岳鹏呢?"朱抗道:"他肯定已逃了,等完了杀虎堡这边的事,再去找樊文辅算账。"一个姑娘听见,钻出来道:"再去见那些丘八,不如杀了我们。"绍祖道:"可是需要你们指认。"那姑娘苦笑道:"指认谁?凡来过的都要杀头吗?我们又记得哪一个?"粥姐叹道:"罢了,不要再逼她们抛头露面了。"朱抗发愁:"总不能没一个当事的苦主,官司不是这么打的。"香芸出来道:"我跟你们去,我来作证便足够。"朱抗敬佩地冲她点头,命粥姐:"你带其余姑娘去徐和的客店,就住在那里,等我和绍祖回去处分。"粥姐应了,又红了脸:"朱爷,问一嘴我才踏实:我们的罪勾不勾?"朱抗道:"若你说的属实,又能作证扳倒樊文辅,就算功过相抵了。"她看了眼绍祖:"昨晚暗算张爷的罪,也能勾了?"绍祖道:"便宜你!只要你说实话,之后配合我们调查,通不计较。"粥姐道:"朱爷的许诺我信,你——"她伸出手掌,"击掌为誓?"绍祖和她拍了一下,被她满手心的茧子刮得痒疼。

粥姐呼唤那几个女子出来:"带你们去城里,和家人团聚。"众人悲欣交集。秋丽明和一个女子脱下袄子,还给绍祖和朱抗,手拉手,忽然跑到一块大石上,流泪道:"朱爷,张爷,田大姐,你们的大恩大德,来生再报。我俩都在寻人的状子里,见着爹娘说一句,孩儿没脸见你们。"说完,携手一齐跳下山崖。众人去救已来不及了,往下一望,二人摔在乱石间血肉模糊。绍祖震惊得一时无措,朱抗也深深惋惜,不知如何向徐和辛五交代。香芸流泪道:"明姐儿和玉姑最要好,在底下就有寻死的念头,多亏有我们劝着。如今上来了,反而成全了她们。"粥姐又哀又怒,掏出绳子将自己和剩余三女的手腕系成一串儿:"给我争气些!不许寻短见,往后还有几十年过,不能为这点子事送命!"她不住地骂,领着那三个下山去了。

朱抗押着蒋大兄弟和王文喜,绍祖护着香芸,香芸用帕子包了头,只露一双泪盈盈的眼睛,顺着山顶小路来到杀虎堡烟墩,又顺阶下到军营。一路许多旗兵望着香芸,有些脸色惊恐,快步离开了。来到大厅,沈大有正和谭信成商议什么事务,绍祖正要发火,朱抗早拔出刀,一个半月望下猛劈,将二人中间的桌子砍成两半。沈、谭大惊，同时握住刀柄："朱大人！"朱抗收了刀，气鼓鼓地不言语。绍祖推蒋家兄弟、王文喜上前，说了矿洞中经历。沈谭俱是一脸不可思议，连问香芸，香芸一一证认。审蒋家兄弟和王文喜，三人叩头服罪。绍祖又命赵金率人去拿老海，消息在营中已传开，找了半日，才在马房草料堆里搜出了老海，揪翻在地，问他话也不吭声。

沈大有怒极，连声命人行军法。军棍如雨，将蒋家兄弟和王文喜登时打死。最后要打老海，绍祖拦道："慢着，他上头还有人，要他亲口招认。"老海这时方开口："一人做事一人当，是我带头，是我抢人，是我弄钱，没别的说！"他跪向沈大有，"沈爷，给你老丢脸了。我死无怨，只是别株连其他兄弟，为国卖命，玩儿几个娘们儿不至于死！"绍祖大怒："这狗贼竟不知悔过！"一旁的谭信成早抄过军棍，将老海当即杖毙。绍祖要沈大有追查都谁去过，沈大有甚为难："带头的、帮凶的、抓现行的，都已处死了，还要抓去过的？事情不是这样办的。况且，要我如何查？要他们互相告发？我这里是盼着兵变么！"绍祖不依不饶，朱抗扯了他一把："不在这上头耗，还有别的事。"

绍祖平复心情，说了矿洞藏马事。沈大有更是惊愕："日子合卯吗？"绍祖道："算了好几遍，合的。"沈大有那副紫糖脸越发黑了，立刻带兵出营，来到山脚矿洞前，给大石套上绳索，众人合力拖开。洞里烟雾散尽了，底下厚厚一层灰烬尚热。众人下了矿洞，朱抗指出马匹聚集的痕迹，沈大有连声咒骂，见地上一堆死蛇，硌硬得要死："这是蛇窝吗？马藏这里不受惊？"绍祖冷笑道："就你心细！这是蛇冬眠之处，藏马是夏天。"回到那条矿道，砸开隔墙，进入囚禁香芸等的密室，有几个知道消息的旗兵从羊角墩下来，正在里头到处看，碰着沈大有等从另一头进来，吓得藏个不迭。沈大有在几间小室内看了看，长叹一声："真是罪过！"命人将老葛等人的尸体搬出去，当下就将这条坑道填实。

朱抗叮嘱沈大有将矿洞封死，和绍祖带香芸离开。在沙河村村口，香芸又哭起来，不敢前进："我辱没了门庭，爹娘会杀了我。"绍祖道："你被歹人欺负，不是你的错，自个儿父母亲骨肉，日夜想你，还托朱爷寻你，不会怪你的。"朱抗也安慰她，香芸这才鼓足勇气跟在二人身后，将头巾裹得更严实些。老郭两口子见着女儿，如在梦中，少不得一番重逢眼泪。老郭询问细由，朱抗不肯多讲，只说当日拐了香芸的已经杀死，他也不再问了。邻居都来看热闹，陪着擦眼抹泪，三三两两细语纷纷，老郭婆娘领着女儿进屋了。老郭留饭谢恩，二人婉拒，老郭死拉着不放，朱抗道："还有公务在身，只吃你一杯茶罢了。"略坐坐，二人告辞回城。

　　回到客店，门口围了一群人正闹得沸腾，作势要闯进去，跑堂来回推阻，见着二人，所有人都围过来："听说在山洞里找着几个姑娘，有没有我闺女？在不在店里？"朱抗应付众人，让绍祖先上去。房中，粥姐正宽慰三个姑娘，对绍祖道："她们又不敢跟家人见面。"绍祖道："不回自个儿家，做什么生活呢？"一个姑娘抽泣道："已经脏了身子，不如就脏下去，倚门卖笑罢了，回家了也嫁不出去。"粥姐啐她一口："屁！嫁不出去就嫁不出去，离了汉子不能活是怎样？就当个老姑娘，也好过当粉头！你看着也不傻，怎么用屁股想事儿！"那姑娘被骂一顿，不敢说了。另两个道："田大姐说的是，宁肯回去被人戳破脊梁骨，也不能走邪道儿破罐子破摔。嫁不出去，给人家做粗使妈子，实在不行剃了头当姑子，不信老天爷能绝了咱们。"那姑娘这才答应了。绍祖拿出状子，核对了三人姓名，下楼点出三家原告，领上来相见。屋里哭成一片，家长对绍祖粥姐磕头不停，绍祖送他们从后门离开了。又点出秋丽明和玉姑的家人，通知了噩耗，两户人捶胸大哭，徐和夫妻听说秋丽明已死，也悲痛不已，说辛五在外公差，尚不知此事。绍祖指点了他们尸体所在，又帮了些丧葬银子，两户人哭着去了。门口越发骚动，余下告失踪的闹个不停，许老破纠集了一帮乞丐叫冤，绍祖只得来到前头连声安抚，好半天，他们才散去了。

　　三人疲惫不堪，稍作休整，又赶去县衙。粥姐说，她刚进城就让徐和去打听了，岳鹏果然不在衙里，说是外出公干了。绍祖冷笑道："那狗贼能逃，他主子逃不了。"到了县衙门口，绍祖高举腰牌，大呼："锦衣卫钦差办案！"吓得皂隶纷纷闪开。公堂上还跪着两个打官司的，上头却无官。来到衙署后面的私宅，撞开门，大呼樊文辅。几个家仆在廊下乱跑："来摘印了！来摘印了！"

绕过一处天井，来到后院。樊文辅穿着官服，去了纱帽，战兢兢跪地，头也不敢抬。朱抗命他起来："给你存个体面，纱帽先戴上，有你摘的时候。"樊文辅起身戴回纱帽，请众人进去说话。来到正堂，仆人送上茶果，三人在太师椅上坐了，朱抗命樊文辅也坐下说话，他斜着屁股坐了。

粥姐满脸怒气，两眼如两只鹰爪，死扣着他："樊文辅，咱们也别绕圈子。君德山矿洞藏马的事，二位钦差已知道了。昨晚岳鹏的勾当定是受你指派，不光要杀钦差，还要灭口我们。"樊文辅蹙眉："昨晚岳鹏有什么勾当？"粥姐怒斥，耐性说了一通，樊文辅惊诧："他要杀两位钦差？怎可能！两天前，我发牌派岳鹏去太原府干事，昨晚怎会在君德山？"他语气严肃，"樊某叨任天威父母、一县之尊长、朝廷之命官，就是两位钦差，也要给樊某几分薄面，你一个代夫充役的墩兵，怎敢如此无礼！"粥姐气得眼中要喷出火来，正要骂，朱抗朝她压压手，平和道："谁要杀钦差，不急着计较。矿洞里的军马，却要你如实交代。"樊文辅更加惊惶："谁敢藏匿军马？下官实在不知。"绍祖道："你在马市中做手脚，贪出两百多匹战马，田大姐已说了。"

樊文辅坚称并无此事，粥姐看他不认，又骂了起来。樊文辅道："凡事讲个真凭实据，不能任一个墩兵信口栽赃。马市一切账目都记录在案，所购马匹分拨各处卫所也有详情，说我贪出两百多匹，也太高看樊某的本事。"绍祖道："那你取马市账本来！"樊文辅传令书办，取来账簿，足足一尺多高。三人倒吸一口凉气——核查这些账得耗费多日，可无铁证，仅凭粥姐指控，确实不好定他的罪。朱抗随手揭开最上面的账簿，发现今年朝廷关闭马市的敕令是六月初二由内阁金发加户部、兵部印，七月初一传抵天威，当日便禁停马市一切交易，之后三日，将城中所有瓦剌人悉数驱逐出境，枯树墩封闭关口："敕令怎么一个月才到你这里？有驿马铺兵，顶多五六天。"樊文辅道："下官接到敕令也觉得晚了，问驿兵，说中途出了差错耽搁了，人送马递的也难免。"朱抗看粥姐，粥姐点头道："闭市是七月初的事。"

绍祖问："瓦剌人出关时，会不会藏了些在咱们这边？"粥姐道："我们那里有名册，进来的人数要存底，出去时一一核对，参差几个很正常，有的瓦剌人死在天威，或者偷婆娘躲起来的也常有，但差出二三百来，那不能够。"问墩内谁负责出入关核查，粥姐道："老宋和第三，忙的时候黑羊也帮手。我讨厌算数儿，不掺和这一茬。"樊文辅缓缓起身，对朱抗笑着一拱手："下官眼下也有件棘手的案子，大人能否帮着参谋参谋？"绍祖啐道："管你什么鸟案子！什么案子比这案子要紧！"樊文辅道："怕不见得不要紧。敢问朱爷，知法犯法是不是罪加一等？"朱抗道："自然。"樊文辅道："那皇命钦差谋害良民，是不是要从严重办？"朱抗两腮剧烈抽动了一阵。樊文辅唤管家，很快，樊顺领着一队皂隶，围着一个汉子进来了。

那汉子戴厚棉帽，低着头，看不清面庞，似非常惊恐，一直躲在众人后头。樊顺推他上前："冤有头债有主，太爷给你撑腰。"那汉子抬起头，朱抗屁股下的椅子挪动，吱吱响。绍祖看那人，整张脸肿胀发黑，高高隆起的额头点醒了他——这是在徘徊镇遇到的门楼儿，大名叫孟六的，朱抗旧友。孟六解下围脖，绍祖吓了一跳，他颈间缠着一圈白布，渗出殷红的血迹。孟六解开布条，脖间一道极深的伤口，红惨惨的，抹了黑绿的药膏。他想开口，咳嗽了几声，疼得捂住脖子往后仰倒。樊顺扶住他："慢慢讲。"孟六指过去，用沙哑的嗓音道："朱抗，杀我。"

绍祖惊讶非常，看朱抗，他胸膛剧烈起伏，扫了眼粥姐，她也一脸困惑。樊文辅上前，亲自帮孟六将布条裹好，咂嘴道："你真是命硬，被人断了喉还能活下来。"转身看向朱抗："朱大人，这个叫孟六的是我县徘徊镇人，前日来告状，指控你本月十二日深夜骗他离家，在三河沟附近突施黑手，开了他脖子，抛在一口枯井中。孟六大难不死，用土敷了伤口，从井里爬了上来，怕你发现，不敢回家，躲入邻村朋友家中——朱大人，此人状告可属实？"他上前一步："下官看他是个不知礼法的乡民，怕是诬陷钦差，朱大人可当面质问他，若果然诬告，卑职立刻将他杖毙在此。"朱抗双手握着椅子把手，想起也起不来，眼神垂低，一时哑然。

绍祖凑到他跟前，低声问："怎么回事？那晚，你不是说带着母亲骨灰去下葬吗？"朱抗苦笑了笑，依然不言语。那边，粥姐站出来："樊文辅，你从哪里找了个刁民陷害朱爷?"她怒瞪孟六:"老货,你说朱爷伤的你,有什么真凭实据?谁不会空口咬人!"孟六从腰里拿出一张纸,带着血迹,皱破了,由樊顺小心展开,大声念道:"今收京城火药局监造炮铳火药若干,棉衣靴帽若干。锦衣卫副千户朱抗押运无缺,付字勘合,听其销差。皇恩浩荡,军民感戴。正统十四年十二月初十日,大同总兵官右都督郭登书。"绍祖一时怔呆,这是他们离开大同时郭登给的交割文书,由朱抗随身携带,竟在孟六手中。樊文辅笑道:"这文书,他告状时还不肯交上来,说怕官官相护,毁了这证据。他自说,朱爷动手时,他在朱爷身上乱抓带出来的。"粥姐有些气馁:"这孟六肯定干了不法事,那晚我也在徘徊镇,有队瓦剌探子出没——朱爷杀他,定是他与探子有瓜葛!"樊文辅道:"只要朱爷解释清楚,下官立刻办他。皇上委派的钦差,事关朝廷体面,这是能诬告的?"朱抗撑着膝盖,吃力站起,孟六缩到樊家人后头,露出一双污浊的小眼睛。朱抗昂头道:"他所告不错,是我干的。"

绍祖和粥姐霎时委顿。樊文辅故作讶异:"朱爷,开不得玩笑——这个孟六可是与瓦剌探子勾结,所以才杀他?"朱抗摇头:"我杀他,只是我想杀他。"孟六在后头道:"朱大哥,为甚呢!"朱抗望过去,眼神凶狠:"你不该活着。"绍祖把他拉到一侧:"到底为何杀他?"朱抗闭口不言。又把他拉远些:"不说清楚,咱们的差事就完了!你在樊文辅管内犯法,还能活?"朱抗只说:"我只恨手不够硬,让他活了。"樊文辅在那头道:"朱爷,你若认罪,下官只好无礼了!"一帮皂隶抄着铁链虎视眈眈。粥姐登时抄起椅子,作势要打。朱抗来到粥姐跟前:"此事是我做的,没别的说。"他拱起手,"妹子,你是胳膊能走马的豪杰,男子汉都比不上的。答应我,帮着绍祖把差事办完。"

粥姐惊道:"这是何必!他的罪——"朱抗道:"我的罪我担,他的罪他也逃不脱——你答应我。"粥姐咬着嘴唇踌躇半晌,答应了。朱抗把长刀、皮囊丢给绍祖,伸出手,皂隶上前将他绑了。绍祖指着樊文辅:"他杀人未遂,罪不至死。你依法度办案,我管不得,但你敢用私刑害他,不仅我饶不得你,锦衣卫饶不得你,于部堂也饶不得你!"樊文辅讪讪道:"朱爷是皇差,犯了法也是戴罪命官,上头文书没下来,下官不敢专擅。"他一挥手:"把朱爷押入监牢，好生照看。"朱抗对绍祖道："记着我的话，天地颠倒过来，是你的差事也要办完！"皂隶押着他下去了。樊文辅转过身子，两手揣在袖里，安然坐回椅中，骂家人："不长眼睛的！茶都凉了，也不知换一换。"

绍祖深为颓丧，又愤怨，颓丧这差事没了老朱，就像爬山断了条腿，愤怨老朱言而无信，不顾差事去杀人，一时间脑子里刮起旋风，关于此案的针头线脑打绞成一团，想继续审樊文辅也不知如何开口。粥姐也没了心绪，诸罪樊文辅不认，岳鹏也不知所在，无凭无据，空打嘴皮子仗，藏马事自己毕竟也有份儿，不好挺直腰板儿和樊对质，她也沉默着。不想樊文辅主动道："前头的话续上。张爷，藏马之事，本官并不知晓，指使岳鹏谋害钦差，更是子虚乌有。张爷给朝廷办案，哪能听信一面之词？樊某叨任天威四年，虽无大绩，却从未做过有负朝廷的事。"粥姐骂道："好官贼！你倒会赖皮，敢不敢像朱爷一样，做过就认？"樊文辅道："朱爷做了认，本官没做认个什么？"绍祖叫了声好："姓樊的，今天这阵你赢了，劝你谨慎着，咱们后会有期！"

出了县衙，粥姐有些羞："我答应了朱爷，和你把差事办下去，你要不乐意，那我站开。"绍祖叹道："之前的恩怨，一笔抹了罢。只要你诚意相助，我自然乐意。"粥姐道："死了几十万的一场大败，确实该好好查一查。况且我是有罪的，不答应也没法子。"绍祖道："还有个不情之请：咱们并肩查案，吃住行止该在一处，互相照应，你不如搬来客店——墩内事务，宋锐虽重伤，但荒年守黑羊巡，怕也能应付。不行我知会沈大有，拨几个墩兵过去协助。"粥姐道："我回墩瞧瞧，然后去客店和你会合——话说前头，我是穷人，查案一切开销都算你的。"绍祖忙道："这是自然。"

12　马市

回客店跟徐和说了老朱的事，托他每日去牢里送饭。徐和道："一应饮食包在我身上，送去了亲自看着朱爷吃，绝不让别人过手。"回到房里，绍祖想着这两天的事，生生死死，黑黑白白，宛如梦幻，心绪越发郁闷。睡觉又做噩梦，清瘦如柴的季小姐在他跟前悲泣，诉说阴间凄寒。浑噩中，被粥姐在门外叫醒，徐和挨着绍祖的房给她备了一间。绍祖洗了脸，和粥姐一起吃了早饭："墩里的事都安排好了？"粥姐道："不用你操心。说说，这差事接下来要怎么办？"

绍祖失落："蛇无头不行，这差事的头是老朱。我想用什么法子把他弄出来，哪怕以戴罪之身先办差呢，咱仨一起。"粥姐道："他心甘情愿认罪，怎么弄出来？或者你往京里报，要皇上特赦？皇上派你们来查事，倒把钦差杀人的罪免了，让外头怎么想？把国家法度当儿戏呢？到那时，你们还查得动吗？谁还信服你们？你别比我戴罪立功，我没到杀人那地步。"绍祖点头："你的话有理，只是，老朱不在，我心里不踏实。"粥姐啐道："真是小丫头卖豆腐——人软货也不硬！朱爷是有本事，可没他这天也塌不下来！再说，爹没了，娘还在呢！你怕个卵！"绍祖撇撇嘴："我的姐，你说话怎么这么粗。"粥姐笑道："想听细的找我弟媳妇去，叫什么娴的。"绍祖连叫可恶。

商议正事。粥姐道："眼下首要事就是扳倒姓樊的。藏马的事他要赖不认，咱们就想办法拿到别的证据——你记得朱爷追问他为何闭市敕令那么晚送达吗？我冷眼瞧，老樊那会儿慌了，这里头必有鬼。"绍祖道："敕令早送到晚送到有什么要紧？"粥姐道："傻子，你可知马市开放一天，银钱交易有多少？这天威什么风物土产都没有，就占个地利，来这里当知县的，不知在朝廷用了多少银子，全瞄着马市的油水儿呢。闭市敕令晚到一天，当官儿的钱袋子就能多进好几百银子。"绍祖惊道："竟有这样的好处！为敛财故意拖延闭市，瓦剌人继续进出，中间用了什么诡计，人留在这边，七月初九偷袭？"粥姐道："朱爷就是这个意思。"绍祖猛想到一个人，立刻叫徐和："让你舅子辛五来一趟。"徐和道："张爷寄信吗？老五干不得了，我叫别人。"绍祖问："他怎么干不得了？"徐和道："明姐儿自杀后，他就差一个疯了，信也送不成。"绍祖道："那我们去找他，打听点事。"徐和道："看徐某薄面，二位凡事宽容。"粥姐道："放心，不难为他。"

来到城东驿站。四五间破旧木房，一圈驿马，地上尽是踩黑了的雪泥。铺兵背着包袱匆匆进出，换下来的马匹呼哧喘出团团白气，几个兵正坐在台阶上解绑腿，吵嚷轮值不公。问辛五，一老兵指着马棚："里头挺尸呢！天天噇酒，公文送得颠三倒四，废了！"进马棚，辛五正躺在墙角的干草堆里怀抱酒坛酣睡，胸前吐得腌臜。他越发干瘦，面无血色，像具干皮死尸。推他，他微微睁开血眼，又一通呕吐。粥姐已知秋丽明是他的妻子，心怀同情，要来一盆热水，用袂子给他清洗头面，又把他发髻整好。辛五清醒两分，眼里滚泪："你们不该救她出来，不出来，她也不会死。"绍祖要说什么，粥姐冲他摇头。辛五哭道："可她死什么？我不会嫌弃她。"二人宽解他一番，辛五擦把泪，又磕头："谢你们救她离了那地狱。"粥姐扶起他："死人死了，活人活着，日子还要过下去。"辛五深吁两口气，点点头："二位怕不是专门来劝我的，有事请说，有能帮的，也算我代明姐儿报恩。"

绍祖道："想问你，你们驿站马铺每天递送的文书都记录吗？"辛五道："只记来者收者，秘密公文我们也不知里头内容，只按日期上录。"绍祖问谁管事，辛五叫来驿站的书记，是一个缺了条胳膊的老兵充任，托上一本簿子，字迹歪扭。翻到七月初一，此日只有一封京师文书传至天威县衙，六月初二兵部佥发，旁注小字"加急二百"。粥姐道："从京师加急二百里送天威，不过五六日吧？"辛五点头："是这个工夫儿。"粥姐道："那怎么耗费了一个月？是你送的吗？"辛五点头，又摇头，脸上复现痛苦神色，似乎又在为丽明哀伤。二人不想紧逼他，拱手告辞，辛五却道："咱们出去说。"

来到驿站旁的茶坊，辛五坐下道："你们为何打听这封公文？"绍祖道："我们怀疑樊文辅马市贪墨，发现这封公文的送达日期很蹊跷。"辛五叹道："我换帖的把兄弟大眼儿，就死在这封公文上。"绍祖一惊，叩问细情。辛五说，六月初七那天下午，他往杀虎堡送信，在城门洞里遇着大眼儿，在马上聊了两句。大眼儿说从徘徊镇领了封京师加急送去县衙，约好一会儿在驿站会合，晚上同去大眼儿家喝酒。辛五送完信回来不见大眼儿，等到晚上他也没回驿站，以为他直接回了家，便径去他家，谁知也不在。辛五猜测大眼儿因事绊在县衙，等到二更，还不见他人影儿，他娘也着急了，托辛五去县衙打听。辛五来问，值夜皂隶说今日并无驿兵来送信。辛五深感奇怪，隔日又在驿站打听，都说未见到大眼儿，再去县衙问，依旧说没来过。大眼儿竟离奇失踪了，他娘急得乱哭。辛五又托姐夫徐和在客人间询问，如此寻找数日，只是没有大眼儿踪影。他甚至以为在城门洞相遇是自己魔怔谵妄，亲自跑了趟徘徊镇马驿。那边存了底，初七当日大眼儿确实领走了公文。辛五去县衙质问，依然说没见，巡检岳鹏还动手打了他。

"直到月底那天，岳鹏忽然来驿站，说砍柴的百姓在老虎林发现一具尸体，穿衣打扮是驿兵，怀疑是失踪的大眼儿，要我们派人去认。我跟着去了，尸体在一处深沟，已经腐烂。大眼儿门牙缺了一块，能辨出是他，身边装信的竹筒还在，里头文书完好。仵作说死了快一个月，当是坠马掉入深沟，脑袋磕在石头上死的。我说这不扯淡么，初七那天我在城门洞和他说话了，怎么他没去县衙送信，反而跑回老虎林摔死了？岳鹏骂我犯癔症，还说大眼儿和我交情好，当日我见的可能是大眼儿的鬼魂儿。我想细验大眼儿尸体，岳鹏不让，把尸体带回县衙，通知了他老娘。他老娘当下就昏了，晚上断了气。大眼儿的信筒由我带回驿站，里面是一封京师加急文书，我大胆拆开看了，是通知关闭马市的事。七月初一一早，我把文书送到县衙，大眼儿尸体烧了，给出一罐骨灰，我连同他娘一起葬了。"辛五擦拭眼角。

粥姐道："你兄弟死得这样不明不白，你为何不往上告？全城人都知道张爷和朱爷在揽事，你怎么不来递一状？"辛五道："我那天见着大眼儿了，可谁信我？还不明白吗？"他瞪圆火眼，"是县里弄死大眼儿的，故意拖延文书抵达时日。马市多开一个月，利息有多少？就算上头追责，樊文辅也能撇干净，说是驿兵出了岔子。往上告？只怕我就是下一个大眼儿，我死了，丽明回来怎么办？"他又淌泪，"前阵子葬了她，我本想给大眼儿申冤，完了这最后一件心事。可我人散了架，没了劲头。今天恰好你们来找。"他苦笑道，"你们怕不知道，和丽明一起自杀的玉姑，是大眼儿的远房表嫂——瞧，天底下的事没有不相干的。只要相干，就没有清白的，账是要算的。"绍祖问："当时给大眼儿验尸的仵作叫什么？住哪里？"辛五道："山里红，本是看外科的大夫，在衙门兼任仵作，住北市一带。"

叮嘱辛五保重，绍祖粥姐立即来到城北马市，这里一大片空地，本是圈马地，如今荒着，尽是白莹莹的积雪。一群孩童在其中打雪仗，笑声欢天。向临街铺子打听，得知山里红住后头的马皮巷。二人寻到山家敲门，敲了半天，他婆娘开了，粥姐谎称家里有人生病求医，他婆娘道："当明儿来，不在家。"说完就关了门。粥姐要撞进去，绍祖拉住："不至于。"一转身，忽见巷口走来一个黑瘦汉子，斜挎一只大药箱，臊眉耷眼地从二人身前走过。绍祖试探着喊了声："老山！"那人肩膀一斜，丢了木箱，拔脚就跑。绍祖和粥姐急追，绕了两条巷子，终于在那片空地左右堵住他，跃身将其扑倒。几个孩童以为他们在玩耍，笑嘻嘻扔过来一阵雪球。

粥姐喘着白气，先抽了他两嘴巴："狗日的，你跑什么！"山里红畏畏缩缩："认得钦差大爷，怕。"绍祖笑问："你怕什么？"山里红道："前街老柳爹没治好死了，以为张爷替他出头来了。"粥姐骂道："好会装的贼！"她把山里红拖到僻静处，询问驿兵许大眼儿案。山里红道："驿兵？我没验过驿兵。"绍祖踢了他一脚,他只是不认:"城里一年死多少人?也不光我一个仵作!"绍祖道:"我们若不知道点什么,能直接来找你?"粥姐用刀在雪堆上掏出一个洞,扯掉山里红的棉衣,光溜溜地将他按进雪洞。山里红冻得大叫,想出来,被粥姐用膝盖死死抵着,两手刮来更多雪:"再不老实!"山里红抖得筛糠也似:"想起来了!是验过一个驿兵!夏天时候,在老虎林!"

绍祖问:"怎么死的?"山里红道:"坠马,摔沟里折断了脖子。"粥姐道:"不是脑袋磕在石头上?"山里红使劲点头:"对,磕石头上死了。"他在雪堆里只露出个脑袋,冻得脸发紫,粥姐还使劲踩踏,把雪弄得实些。山里红不住告饶:"放小人出来,穿上衣服回二位的话,不敢撒谎,真要冻死了!"绍祖怕闹出人命,正要拉他,粥姐拦住:"穿衣服说话不算数儿,还是光着身子说话可靠。"山里红坚称自己所说属实,粥姐倒有耐性:"好么,那咱们就耗着。"山里红嘴唇渐渐发黑,眉毛胡子全是冰碴儿,眼神慢慢散了光。绍祖怕了:"别真冻死他。"粥姐看山里红实在嘴硬,也有些顾忌,正要拉他出来,忽然一个总角的小儿从附近经过,望了这边一眼,跑近前一瞧,大喊一声爹,上前抱着山里红的脑袋大哭,连问怎么回事,扒拉雪要救他父亲出来。绍祖心中不忍,也要帮他。粥姐推开绍祖,一把揪住那孩子的后衣领,提狗崽般抓在半空,瞪着山里红道:"再不说,让你儿子看着你死!"

山里红淌了泪,实在无法了:"那驿兵不是摔死的,致命伤是从后背贯心一刀,后脑勺的伤是死后用石头砸的。"粥姐见他软了,便刨他出来。他哆哆嗦嗦穿上棉衣,安抚儿子:"爹没事儿,别哭了。"他搓手跺脚,原地跳了几十下,才微微缓过来,让儿子先回家。绍祖叫住那孩子,给了他几个钱:"你是个孝顺孩子,去买果子吃。我们跟你爹玩闹呢,不要怕。"那孩子撇着嘴去了。山里红道:"那天岳鹏说老虎林有具野尸,要我去验,还送了我五两银子,叮嘱我那般那般说。一看,尸体烂了,但致命伤不是摔的,是刀伤。我就猜到这人肯定是岳鹏的仇家,老岳杀死后抛尸在此,伪装成摔死的。这种事之前也有的,我懒得多管闲事——他一巡检,我惹得起?况且是他的仇人还是太爷的仇人,我不想知道太多。"问他岳鹏在城中可有家室,山里红道:"他在这里有个小的，年初得病死了，正房在太原——张爷，您老不会为这个办我吧？"绍祖道："你串通岳鹏作伪，冤死无辜，以为自己清白？"山里红忙道："有赎罪立功之处，张爷随时差遣。"绍祖放他先去了。

二人肚饿，在一家饭馆吃刀削面。绍祖道："如今透亮了，樊文辅不惜杀人来延闭马市，贪墨了两百多匹战马，而那些瓦剌兵，也定是那期间混进来的，不知藏在哪里，就没出关。"粥姐道："开市的日子，我们那里只记每天进出的人头，不记马匹货物。记人的簿子在闭市后交给县衙留存，我们这边儿、县里都要核查的，进出人数大体相合才会盖印。之前我就说，差十几二十个很正常，可怎么能差出几百人呢？"绍祖道："那就是你们墩有鬼，你们算合卯了才会给县里。"粥姐骤然变色："你别胡叱！我们墩里谁是鬼？"绍祖道："那怎么解释人头上的差错？"粥姐道："谁说那些兵一定是通过马市混进来的？你别见风就是雨，不一定怎么回事呢！"绍祖探过身子："初九晚，瓦剌兵来矿洞取马，定是有人提前告知。你说过，照管那些马的是老宋和黑羊，关口核查的也有老宋和黑羊。"粥姐挥手："黑羊不可能，老宋——如今他重伤，话也说不得。"

二人先来县牢看望朱抗，说了调查进展。朱抗欣慰："果然这条线有问题。为获利，害死一个驿兵，把闭市文书拖延。"粥姐道："光凭这件事就能摘了他的印。"朱抗道："他一样可以把罪过全推到岳鹏身上，自己撇个干净，眼下又找不到岳鹏，强办他不是不能，但没必要，咱们这边急，他那边也慌，定会露出更多破绽。"绍祖带气："人没破绽，咱们自家倒破绽了！那孟六到底什么罪让你不顾差事也要杀？果真他有大罪，就忍不得吗？"朱抗平和道："半路杀个猪狗还要忍耐？杀个猪狗又能误什么差事？只是没想到他这般命硬。你要怪，就怪我匕首钝了。"绍祖还追问，朱抗不想多谈，命他："你去户房要了马市的交易账簿，看能不能找出线头儿——矿洞的马，定是多笔交易中漏出来的。"绍祖絮叨着去了。粥姐道："他这人娘们儿气，心慈手软，磨磨唧唧，今天要不是我整姓山的，审不出后来的话。"朱抗道："所以要你跟他做搭子唱戏。你比他有魄力、有手段，但绍儿也有他的好处，他心比你热，气比你盛，一时灰心,很快就能奋发。况且办案也不光靠心狠,心软也有用。"粥姐笑道:"朱爷哎,生长在这种地方,谁的心能热起来、软起来。"

绍祖来到户房,看到黑黢黢的窗扇心就凉了一半儿,果然书办道:"昨晚没看好烛火,钱粮账目都烧成了灰。"绍祖正要发作,主簿出来了,喝退书办,自称洪缜,欠身道:"张大人息怒,请去里头细说。"绍祖来到小厅坐下,瞪眼拍案:"无端失火,这借口忒扯淡!"洪缜关好门窗,手蘸茶水,在桌上写了四个字:隔墙有耳。绍祖一皱眉头,低声道:"怎么说?"洪缜大声辩解,一边在桌上写:皆樊耳目,另有隐情。绍祖会意,二人装模作样唱起戏来。绍祖佯装作罢,离了户房。洪缜擦了水字,跟在身后送,进入一条甬道,前后无人了,才道:"樊文辅命卑职销毁账簿,卑职早料到有这一天,早私下抄录了一份。"说完从怀中取出一本簇新簿子,"今年马市交易详细,都在上头。之前那一大摞是他吓唬你们,其实只有一本。"绍祖收好:"枯树墩关口的记录也在上头?"洪缜点头:"他们交上来就钉成一册了。"绍祖大喜,打量他一番:"你是出淤泥而不染了?"洪缜忙道:"不敢当,只是受着皇恩、吃着国家俸禄,不敢欺心。"

回到牢中,光色昏暗,绍祖给朱抗瞧账簿,朱抗道:"我看不清,你带回客店瞧罢。"说着话,徐和送饭来了,朱抗道:"你二人一起罢,徐兄每次送许多,也吃不完。"绍祖道:"我俩吃得晚,不饿,你自己吃。"他提议,写信托于大人在户部调阅今年马市账目,抄录发来,与这份账簿核对,从有参差处着手调查。朱抗赞他聪明,命狱卒拿来纸笔,二人合计着措辞,当下写就。绍祖本要提孟六的案子,朱抗制止。粥姐在旁道:"你们说的于大人,是于谦?"绍祖点头:"你也知道他老人家?"粥姐道:"听说要没于大人做定盘星,今年连京师也得陷了。"绍祖叹道:"可幸是有一个于廷益,可惜只有一个于廷益。"待朱抗吃完,收拾了食盒,辞别出来,徐和在外头等着,上前问:"老五好些没有?下午去驿站找他也不在。"绍祖道:"他心绪很差,你和你婆娘多宽慰他。"递上信,"烦将这信送驿站发出。"

晚间查阅马市账簿,二人震惊于每日流水之巨:光六月间,瓦剌便贩来一千余匹战马，分等开价，再购入锄头铁犁布匹茶叶等物。绍祖道："蛮子又不耕地，怎么买这么多的锄头铁犁回去？"粥姐道："他们买回去不是耕地，而是全熔了打兵器。瓦剌人不会炼矿，所以都从咱们这里买铁器。"绍祖惊道："朝廷知不知道？这岂不是养虎为患？"粥姐道："朝廷当然知道，可不给他们铁器，他们就不卖马，两边各取所需。天威开马市是在正统三年，先头两年彼此还实诚，之后咱们使坏，铁器里混锡，蛮子发觉了，也在马匹上动手脚，弄些病残的过来，互相捉弄。蛮子喜欢买酒，肯花大价钱，真以为他们酿不出好酒来？是因为酒坛子过关并不查，坛子里装满了铁箭头。"绍祖更惊了："箭头？谁卖给他们的？"粥姐道："百姓从战场上捡的、杀虎堡士兵偷出来的、铁匠自家打的，什么门路没有？你以为咱们的士兵和百姓都是良善的？你以为每次打仗他们只有受苦受难的份儿？好多都是贪图一时的小利，看不到长远的害处。我虽然也见钱眼开，但从不弄这种脏钱。"

官府将购来的战马，每月一次分批发送至陕西、山西、北直、山东等地卫所，每月运出与送达的数目都有出入，想也难免，路途中马儿有病亡逃失的减损。绍祖问徐和要了算盘，着重看六月的账目，噼里啪啦地打。粥姐看着稀奇："你家开六陈铺的？竟会用算盘！"绍祖道："少时跟师父学打石子，师父要我先学打算盘，练指头灵劲儿。"弄了一通，皱眉嘀咕："六月间共买马一千零二十三匹，分给陕西、北直六个卫所墩堡。后面抄附卫所收马回文，数目出入有点大。"他又算了一遍，诧异道："几处卫所收到的马匹，跟运去的竟差出两百八十多匹！都备注说路上病亡逃失。"粥姐道："这差出来的，除了真病死逃失的几十，剩下的两百三决然就是矿洞里的那些——上面应该记了押送马匹的，是不是樊顺、彭国宝、莫仁、周福义几个？"绍祖点头："就差写上你。"粥姐打了他一下："樊顺是管家，其余几个是衙门土兵，樊文辅要在其中做手脚太容易了。可这种账是死账，他咬定说路上死了两百多匹，隔了半年如何查证？即便有我和香芸作证见过，怎么证明是这差出来的一批呢？"

再看枯树墩统算的经关人数，七月初一马市关停，封闭关口，至初三日将来买卖的瓦剌人全部逐出关，与之前出入关、滞留关内的人数细细核算，直忙到四更时分。绍祖两只眼乌鸡一般,手指头打得发麻。粥姐也连连哈欠,下去厨房捅开火,热了一锅腊肉粥,和绍祖分着吃了。绍祖终于算出:缺额三十八,其中十二人是汉人,趁马市开放自瓦剌走回,十一人病死,五个瓦剌奴隶自愿入籍编户,十人不知下落,大体也合粥姐的推断。他很沮丧:"还以为算出来差两三百呢,那样就对上了。"粥姐伸懒腰道:"鸡巴毛炒韭菜,乱七八糟!咱们查案跟铺子伙计算账没什么分别,于大人怎么就派了你两个来?这么多事,得派几十个人才好分理。"绍祖道:"这种事在精不在粗,加上你也够应付。"粥姐摆手道:"我可不敢当,去睡了,你也赶紧的。"

隔日大晴,二人吃了饭,正商议回枯树墩看宋锐伤势。徐和上来道:"不少百姓挤在门口,催问办案的事。"绍祖厌烦:"没完没了了,我的差事本不是这些芝麻谷子——定是许老破纠集人闹,那个老东西最执着。"徐和叹道:"提起老破,还没跟张爷说,他昨儿下午死了。"绍祖一惊:"死了?"徐和道:"给野狗咬断了脚脖子,又得了风寒,浑身发烧。我叫大夫看了,没撑过去。"绍祖哀叹:"可惜他儿子还没找到,我也没闲工夫找人。"粥姐道:"救出香芸她们也不是芝麻谷子事,既然甩了大话,就腾出个把时辰升个堂。老宋伤着也跑不了,不急这一会儿。"绍祖取出剩下的那些状纸,随意选了两张,让徐和将苦主叫上来。一个龙钟驼背的婆子,破衣烂鞋满脸冻疮,冷得不住抖;一个褴褛少年,瘦得鸠形鹄面。绍祖命徐和上些热乎饭菜,婆子和少年狼吞虎咽,恨不得把碗也嚼碎了咂汤水儿。

先问婆子:"你状上说,你丈夫兄弟三个都在天威失踪了?"婆子说,她夫家祖上烧炭营生。两年前,丈夫哥儿仨弄了一千斤炭来这里卖,官府说炭里杂了石头混斤两,就逼他们赔补,一百两银子,赔不上不放人。婆子接信儿来县牢要人,回说兄弟三个全病死了,已埋去城外乱坟岗。"几十年烧炭营生,最诚信的,卖官府敢掺石头?活不见人死不见尸呀!"婆子呜呜哀泣。粥姐劝解两句,婆子道:"万恶呀,老郑眼罩子都被抢了。"粥姐问:"什么眼罩子?"婆子道:"老郑瞎了只眼,我给他做了个眼罩,干巴巴个肉窟窿丑呀。一个丘八戴的就是老郑的。"粥姐道:"当兵的被箭射瞎戴眼罩的不少,你咋知道是老郑的?"婆子急道:"我一针一线缝的我看不出?牛皮的,用黑线绣了只眼珠,用油抹得亮亮的。"她指楼下,"就在这里,拉着那兵问,我家老郑人哩?他打我,抱着他腿要人,他就拔刀,害怕呀,我就跑呀。"

那少年插话:"那天我也看见了,郑大娘被打,我上去劝,也被打。后来又见着那个兵几次,在这里喝酒。郑大娘不敢问,要我问,我哪敢呢?我爹也找不着呀。"他自称姚牛儿,十五岁,老家交城。父亲是给官矿开铁的,几年前去浙江谋生,回来时带了个姓钟的叔子,俩人凑了笔本钱,来天威做生铁买卖,来了就没回去,音信全无。他娘带他来寻,过老虎林那条河,冰碎,他娘掉进冰水里一激,受寒死了,他独自流落在这里。他跪倒:"大爷大娘,求你们找找我爹!"粥姐一口啐他脸上:"烂嘴的,你叫谁大娘?"她指婆子,"这才是你大娘!"绍祖憋着笑:"你叫她姐就罢了。"少年哭泣:"亲姐姐,我家里还有八十岁的爷爷,寻不着我爹,我死,爷爷也得死。"粥姐道:"别哭了,帮你们找就是。"绍祖摸出几钱银子,给了他俩,一老一少感激涕零地去了。

粥姐摊手道:"怎么找?多半已死了。"绍祖想了想,叫来徐和:"常来这里喝酒的兵,记不记得有个独眼的,戴眼罩?"徐和笑道:"张和尚么!杀虎堡的老旗兵,早几年养了只海东青,没驯好,一只眼给挠瞎了,张爷问他做什么?"绍祖道:"打听点事。他在杀虎堡?"徐和点头:"沈大有常派他来城里买货。"粥姐腾地站起:"原来是张和尚,走,这就去拿他!"绍祖拉住她:"瞧你这爆炭脾气,鸡零狗碎儿太多,回头去杀虎堡顺便问一嘴。咱们还是先去你们墩,把进出关记录给宋锐看,探探他的虚实。"

绍祖将黄马让给粥姐,自己骑朱抗的老花马。粥姐来回相相,要换,绍祖道:"你没眼力怎么?我这是好马,让给你骑。"粥姐道:"肥膘膘愣憨憨跟它主人似的,我不待见,骑花马罢!"绍祖道:"也好,大娘理应骑老马。"粥姐一鞭子朝他甩去,绍祖笑着躲开。路上,粥姐闲话:"你和朱爷搭伙,你得听他的罢?"绍祖道:"大部分时候听他的,我敬老。"粥姐道:"我顶替了朱爷,骑他的马,干他的事,自然你也得听我的。"绍祖笑说这是歪理。刚出城,黑羊迎面驰来,惊惶惶道:"正要找大姐,老宋伤太重,眼看就不行了。"

13　乱坟岗

奔回枯树墩，荒年放绳梯接三人上来，粥姐撩开他衣裳看看伤口，已结痂了，稍放下心。下到中层，老宋躺在火塘旁，张着嘴巴一动不动。边上一汉子道："刚断气儿。"粥姐瞥了他一眼："什么时候回来的？销差没？"汉子道："凌晨刚回，去大营见了沈爷，赏了二两银子。"黑羊介绍："这就是第三哥，我们墩的夜不收。"第三长了副刀凿剑刻的面容，棱角分明，嘴周一圈短须，颇有几分英气，对绍祖拱手："听黑羊说了查案的事，张爷辛苦。"绍祖问："你这趟长差，都探到什么了？"第三道："猫眼儿海子附近的几个部落转去了东边。接连几场暴风雪，死了好几万牲畜，人也冻死不少，开春前他们无力南下了。此外，听说两国要和，也先对咱们老皇帝挺客气，扣押着无非是想讹些财宝。"绍祖指着宋锐尸体："他死前留话没？"第三道："发癔症，说要下油锅了，喊怕，说后悔。前言不搭后语的。"

他从墙角抠下一块砖，里面是个暗格，拉出一包散碎银子，有五六十两，摊在地上："他死前用手指着这里，说不出话。我看有块砖是活动的，发现了银子，等着给你们看，又放了回去。"粥姐道："这老畜生平日最抠搜，原来攒了这么多私房。"黑羊道："宋大哥有家小吗？把银子寄回去。"粥姐啐道："一个充边老军犯，狗屁家小，有家小也不给，你去送？"黑羊不敢言语。绍祖问："他的尸体怎么弄？"粥姐指派黑羊："你去杀虎堡报死讯，说明缘由，在簿上勾了他名儿，要点丧葬银子。"黑羊去了。绍祖叹道："他到底怕什么，悔什么，也来不及问清楚了。"粥姐幽幽道："莫非真是他？"第三摘下火上的铁壶，给绍祖倒了碗茶。绍祖问："开市期间，你和老宋、黑羊负责清点出入人头？"第三道："岳鹏也常带土兵来帮手。瓦剌人野蛮，动不动就吵闹。"他看向粥姐，"岳鹏那畜生的事我已知道，迟早杀他报仇。"

黑羊回来，说销了老宋军籍，但营里不肯发丧葬银，说老宋不是战亡，没有抚恤，还说埋去乱坟岗就是。第三道："寒冬腊月的，地比铁还硬，怎么埋？"粥姐道："那也得埋，总不能把他挂外头晾腊肉。"黑羊道："大姐你积点口德罢！老宋都死了，你还调侃他。"绍祖上墩顶小解，老蛮朝他吠了两声，绍祖瞧见它的狗窝新修过，上头蒙了一大块牛皮。正好黑羊上来，便笑道："你们倒豪奢，给狗窝上牛皮。"黑羊道："砖缝儿漏风，它也冷，我在底下找着一张整皮，就给它用了。"绍祖道："从瓦剌人那里扣的罢？"黑羊笑道："他们最不缺牛羊皮子，还有狐狸皮、貂皮，一卖上万张，为了通关快些，塞我们些好处也不新鲜，张爷这也要计较不成？"

绍祖脑海中闪过什么，忙问："他们的皮子怎么运过来？"黑羊道："打成厚卷儿，一边儿一个担在马背上——马也是要卖的，正好一起。"绍祖下到墩内，在火旁搓搓手，拿出那本账簿，细看六月交易，果然在二十九日记载：瓦剌孛来部有批马货入关，各样兽皮两万余张。这是当月马市最大的一笔交易。绍祖问："今年马市最后一笔买卖，你还记得吗？"第三道："有点印象，军马和皮货。"绍祖问："货物检查了吗？"第三道："我们只查人头，不记货物，货物是进城之后在马市里清点。"粥姐道："虽然不记货物，但为防人偷过，遇着大宗东西不是也要翻检翻检吗？这批毛货没查？"第三道："老宋懒得查，记了人头就放过去了——黑羊，你记不记得？咱俩要翻检，老宋还骂咱们多事。"黑羊道："好像是有这么一回事。"

绍祖拿出匕首，裹在衣襟里做样儿："我怀疑，那些皮货里藏了人，七百多匹马，藏两三百人，轻而易举。"粥姐看了眼老宋尸体："莫非真是他通敌放人？这样，去打听是谁负责在城里清点货物。"绍祖道："没用，过了你们这关，他们从毛货里出来，大摇大摆进城，也没人管——我想，他们只有这个法子混进来。马市关闭后他们没出去，所以前后记录的数目大体合卯。"黑羊一拍脑袋："想起来了！那天是最后一支商队入关，我忙了会儿，大姐要我进城买酒，回来时黄昏，我肚疼，在一棵树后头屙屎，正碰上那队蛮子刚过完关，在那片乱坟岗停马收拾，围成一大圈，鬼鬼祟祟不知做什么。等我经过，他们还跟我打招呼。地上尽是摊开的皮货，问他们做什么，他们说晾皮子，这不扯淡吗？老阳儿快落山了晾什么皮子？我当时也没多想，催他们赶紧进城，再晚城门就关了。张爷这么一说点醒我了，他们当时是把皮货卷儿里藏的人放了出来！"粥姐惊呼："我也想起来了，他们那天没赶进城，在外头扎营了一夜，隔天才进城。做完他们这笔，两天后马市就关了。"绍祖拍手："定然如此了！"第三问："可马市一关，立刻把他们都驱逐了，那些混进来的藏在哪里呢？"绍祖道："就剩这个不清楚。"粥姐望望外头，晴着，起身道："把老宋埋了先。"

　　用片草席裹了老宋尸体，留黑羊荒年守墩，把老宋搭在马上，携了铁锹锄镐，行了数里，来到那片乱坟岗。在其间转了转，一时难寻空处，坟与坟紧紧挤着，像是雨后的野菌，抱团儿冒出，最终在边界处找到一块平地。第三抡动锄镐，嘣嘣硬响如凿石头，费了好大力才掘出一点小坑，粥姐让绍祖接手，绍祖干了会儿也累得要命："该让荒年来，他力气大，三五下就破开了。"粥姐骂道："放屁！我兄弟该给你使唤的？他伤还没好。"绍祖和第三轮番开凿，粥姐用铁锹铲土，有路过的百姓指着老宋尸体闲问："这是亲人？"粥姐摇头，百姓道："既不是亲人，大冬天费这力气开土。"绍祖道："不破土怎么下葬？"那百姓指西边："那里有条大沟，城里冻死的乞丐都直接扔沟里。"忙到傍晚，才开出一个可容只身的土坑。三人累得汗透了衣裳，寒风一吹，冷得打摆子。将老宋尸体放进去，填了土，堆成一个坟头。第三带了他的酒葫芦，祭些冷酒，把葫芦压在坟头上。粥姐蓦然伤感，落了两行泪："老宋，你也是苦命，死在这种鬼地方。让你入土为安，咱们也算尽了心，你在那边儿好吃好喝，下辈子投胎去好人家。"

　　三人拜了，绍祖踮着脚四处眺望，粥姐问他找什么，绍祖指着杂三间四的坟头道："黑羊说那帮瓦剌人在这一片卸货，你又说他们在这里过夜，附近空地很多，怎么偏在这里？"一阵疾风吹过，绍祖帽子没戴牢，被吹掉了，在坟头间乱滚。去追帽子，好不容易抓住，忽地咔嚓一声，身子矮了下去，连忙跳了上来。粥姐笑他："把别人坟踩塌了，造孽！"绍祖却发了愣，眼前这坟是处空穴，外头搭了层木架，拂开土瞧，竟是一只粗柄大伞，蒙了层牛皮，糊了泥土。底下一个三尺深的坑，伞撑开，直是一个小帐篷。他大声呼唤，粥姐和第三上前来，看到此景一齐震愕。三人都意识到什么，在附近寻找空穴，很快找出来十几个，都是下掘深坑，大伞做撑，外覆泥土，伪冒成坟头样。粥姐拉出一把完好的伞，拨弄消息，这伞便收拢起来。第三道："不用找了，肯定有上百座空坟。那晚他们不进城，在这里扎营，就是趁夜色挖坑，把那几百人藏进去。"绍祖道："那是六月二十九，直到七月初九晚上，他们才出来突击杀虎堡？"第三道："瓦剌兵最能吃苦，选出来的敢死之士，带上饮食，在这里躲几天不难——谁会留意这片乱坟呢？"绍祖坐在土堆上，心中百感交集，这桩悬案如此无意而轻易地被一阵风一顶帽子所破解，他自然高兴，可说不清为何又无比失落，仿佛天神在用小棍系彩带逗弄小猫狗的自己。看看无垠的铁色天，风声荡荡似嘲笑，这种遭逗弄之感越发强烈。他身心交瘁，别过粥姐和第三，悒悒回城了。

粥姐看着一片空穴感慨数句，捏捏第三肩膀："伤好了？真是贱骨头，就这么急着卖命？"第三笑道："不碍事，天天在屋里闷着更难受。"说着，掐了下粥姐腰，粥姐打他："没出关还能胡扯军情，贼胆真大。"第三道："你跟着他查案，竟不跟我说一声？还是黑羊告诉我，矿洞藏马的事你也交代了。"粥姐道："藏马的事咱们不是主犯，我在洞里要被毒烟熏死，也指望不上你。"第三道："你就不该蹚这趟浑水，明儿跟张绍祖说，不干了。"粥姐不肯："是他们请我干，我怎么不干？你还管起我来了。我看这差事很有必要，土木堡死了几十万，死的那些，和咱们有什么分别？"第三挥手道："你查就查，只是别把咱们搭进去。"粥姐道："他们许诺将功赎罪。"第三道："徘徊镇的罪能赎吗？"粥姐心烦意乱："那晚到底是谁命你们埋伏？老沈本派你去瓦剌，你怎么跑去了徘徊镇？敢是他另有阴谋？又或者是老樊？你一直不说，那晚是要连我也杀了么！"

第三道："他俩来查案，多少人想要他们死呢。我是听令行事，也给你赔罪了，那晚不知道你在镇上。"粥姐道："那晚多凶险，不说我，你就不后怕？白白被张绍祖打伤肩膀。他是好惹的？一颗石子能要命！"第三踢出一脚雪："别提这个！今儿个我就压着火，忍着没捅他！"粥姐抱住他胳膊："老三，你实对我说，那晚到底怎么回事。"第三挣开她，瞪着眼："你查案上瘾了，去出首我不成？"粥姐骂道："土贼，出首你我等到现在？"第三道："那就别问。"粥姐道："你有多少见不得人的事？就瞒我。"第三嬉笑着搂过她，亲了个嘴儿："我见不得人的事，就是咱俩的事。"粥姐捶了他一下。许久，又道："我最近恍恍惚惚，心里不踏实。"第三道："就快踏实了。人现成房子现成，出了正月就办事。黑羊和二年，也该告诉他们。"粥姐忙道："先别，老宋刚死，说这个晦气。"

回到墩里，黑羊和荒年正在火上烤羊腿，说是沈大有派张喜送来的年货，还有两坛金华酒、一袋米，尤其问粥姐好。粥姐冷笑道："他知道我接了朱爷的差，也要讨好我了。"第三道："送上门的肉，不吃白不吃。"拉粥姐坐下，众人围着吃了一回。说了乱坟岗的事，黑羊老大震惊，跑到天台望了望，下来道："狗贼倒会想！"粥姐拾了几块羊骨，上天台喂老蛮。老蛮早闻到肉香，嗷嗷乱叫，把骨头放进盆里，它咯嘣咯嘣嚼得快活。粥姐摸着它冰凉光滑的背毛，听着底下第三和黑羊说笑，心中忽然不是滋味，望望苍茫昏晦的雪原，再望望方正模糊的县城，浑身顶不自在。她在矿洞中跟绍祖和朱抗坦白了，但未坦白全部。朱抗把差事转给她，是信她了，看绍祖言行，也信她，这两个汉子不难糊弄，可她并不得意，反而羞愧、懊恼。她下来穿了皮袄，拿上刀，说出去夜巡。第三道："我去罢。这段日子辛苦你和黑羊。"粥姐摆手："你歇着，我想走动走动。"第三又说一起，偷偷挤眼。粥姐道："我带上老蛮。"她解开铁链，一手抱着老蛮，一手拽着绳梯，下到地上。一人一狗走了数里地，心里才舒服些。

除掉那四个探子后,夜巡平安,粥姐两个时辰便回来。黑羊和荒年都睡着,第三守夜。说了会儿话,粥姐在火边小憩了一会儿。过辰时,粥姐欲进城找绍祖。第三问今天办什么事,粥姐道:"见面商量,我们是一截篙子行一截船。"到了客店,昨日那婆子又来缠绍祖,绍祖只得答应今天帮她查问。送走婆子,粥姐笑道:"后悔了吧?没事儿找事儿。"绍祖道:"人间悲苦太多,能给人解一点就解一点。天天嚷着报国,国在哪里?这些百姓就是国呀。"粥姐做了个鬼脸:"读过书的是不一样,一套套大话。"

14　冒功

正吃午饭，一个旗兵跑进来："张爷好，正好田大姐也在，沈爷请二位赶紧过去。"问怎么了，旗兵道："上次救出来的那几个姑娘，家长来营里闹，要钱。"绍祖道："这种事叫我们做什么？"旗兵道："赖着不走，打也不是骂也不是，银子谈不拢。"粥姐和绍祖相视摇头，赶来杀虎堡。

厅上，四个老汉枕臂睡腿躺成一片，沈大有怒斥："边防重地，岂是你们撒泼的！再不走，军棍打死！"四老汉哭说女儿受了委屈，要去大同、京师告状，杀虎堡官兵强奸民女。沈大有看着绍祖甚是无奈："一早就在营里哭，大不吉利！"绍祖认得其中一个是香芸父亲老郭，上前道："怎样你们才肯走？"老郭道："张爷做主，自家孩子给糟蹋了，天大的委屈，往后怎么嫁人？少不得要养到老了——每家三百两，少一个子儿不谈。来！打死咱们，有本事连家里婆娘也弄死，只要剩一个，天上下刀子也要去北京告状！让皇爷看看，大明官军什么德行！"沈大有怒道："首犯从犯都已正法，也给了你们抚恤，怎么还来纠缠！三百两，做梦！"绍祖把沈大有拉到一旁："减一些，打发他们去罢，这样闹成何体统。"沈大有道："每家最多再给二十，不乐意让他们去告！"绍祖又劝老郭："凡事见好就收，香芸妹子也苦命，你揭她伤疤要钱，忒不体面。"老郭抗议几句，最终软了。沈大有命人取银来，几个汉子分得了，嘴里兀自叨咕。粥姐指着老郭骂："真是好爹！我要是你闺女，非得抓烂你这张老脸！"老郭等跑出去了。

沈大有请二人落座："朱爷怎么回事？听说他给樊文辅抓了，因为什么杀人？"绍祖道："也没杀死。"沈大有打听调查进展，绍祖不想多说，转问："你手下可有一个张和尚？"沈大有道："告诉我朱爷事情的就是他，'和尚'是诨名，大名叫张喜。"绍祖道："叫他来，有事问。"沈大有命人去传。很快，张喜跑上来，三十出头年纪，身材瘦小，果然是个独眼，斜勒一只皮罩。绍祖看向沈大有："借贵堂一用？"沈大有背着手出去了。粥姐猛一喝："跪下！"张喜应声跪倒，摘了帽子，露出大光脑袋，在地上乱磕："钦差爷，小人在军中一向谨慎，不知犯了什么事？"绍祖道："问你，你这眼罩从哪里来的？"张喜以为自己听错了，指脸问："这个？这是孙老蒜送的，就是赵金的师父。七月打仗那晚，老蒜给蛮子杀了。"绍祖又问："他是从哪里弄的？"张喜挠挠大脑袋："他说是杀了瓦剌探子，从探子脸上扒下来的。他和我交情好，看我瞎了只眼，也没个好皮罩遮丑，就给了我。"绍祖皱起眉头："那是什么时候的事？"张喜道："一年多了罢？夏天里。"绍祖要他下去，张喜爬起来，一把扯下眼罩。绍祖问："你做什么？"张喜道："小人看张爷喜欢这个，摘了送上。"绍祖啐道："谁要这个！还不下去！"张喜连忙跑了。

绍祖犯难："眼罩怎么会在瓦剌人身上？他怕是胡扯。"粥姐想了想道："调军功簿，杀了贼要请赏，会记录在案。"绍祖命人去传堡中记室，带军功簿过来。很快，戴头巾、穿长棉袍的记室进来，抱着一只竹箱，放在地上，拱手"之乎者也"一顿。绍祖道："把去年夏天的簿子找出来，查点事情。"记室在箱中翻出一本："去年全营的军务事都在上头。"绍祖翻着瞧了瞧，事务不分巨细都记着，极繁杂。粥姐道："杀贼请赏的事，是单独开列吧？"记室又从箱里翻出一册："这几年的军功都记在上头。"绍祖很快翻到去年五月十三日的一条记录，说本堡夜不收孙老蒜夜巡，在关外马蹄坑处，发现瓦剌巡兵百余骑，立刻回营报信。把总谭信成率五百兵邀击，尽数围歼，获马七十五匹，弓箭刀枪若干。我方仅亡夜不收一员，旗兵轻伤八人。捷报传至大同，大同又奏朝廷，圣主大喜，擢谭信成百户，赏银三十两，老蒜五两，参战旗兵各一两。

粥姐让绍祖念给她听,脸上现出哀情:"果然了。"绍祖问怎么,粥姐苦笑道:"死的那个夜不收,就是我丈夫老梁,就是那场仗。"绍祖留下簿子,让记室先去,安慰粥姐。粥姐悲伤:"那天的事我都记得:做了些枣糕送去墩里,老梁不在,宋锐说他来大营催要军饷。等到半夜老梁还没回,我让黑羊来这边探问情况,说关外有警情,老梁跟着上阵了。清晨,马蹄坑那带浓烟滚滚。让黑羊再去问,黑羊说在马蹄坑打了一仗,火烧蛮兵,老梁被个死蛮子拉了一把,掉进坑里一起烧死了。我去收尸,都烧成炭了,哪分得清谁是谁?"绍祖叹道:"梁大哥真是背运。"粥姐擦擦眼角:"那场仗我一直觉得不对劲,一百多贼骑来马蹄坑做什么?突袭人太少,巡警人又太多。如今看这记录,更觉蹊跷了,瓦剌兵向来强悍,围歼他们一百多,怎么咱们只死伤七八个?"绍祖道:"瞧你说的,还不许官军硬气一回么。"粥姐摇头:"我猜,这里头肯定有冒功!"

绍祖不解:"冒功?"粥姐道:"决然是冒功——北线墩堡,哪个不冒功?杀一个蛮子,跟上头说杀了十个;杀十个,跟上头说杀了一百。上下串通一气,升官拿赏,天下太平呢!"绍祖道:"你们也干过?"粥姐道:"有银子拿怎么不干?第三和黑羊春天时杀过两个蛮子,往上头报了五个,可惜,屁也没闻到,赏金定是被沈大有侵吞了。"绍祖道:"杀贼报功,得有贼人尸首呀!哪能想报几个就几个?"粥姐笑道:"你还真是个雏儿!这是什么难事?"她手一挥,"你知道城外乱坟岗有多少尸体吗?挖出来换身衣裳就是蛮子。小心的,还会给尸体打个辫子扮成蛮贼的样子。胆粗的,管那么多,报上去就是。上头谁耐烦一个个查验死尸?我们还算好的,假里有真,还有的一个贼没杀,全挖死尸来冒充哩!"绍祖摇头喟叹,急传谭信成,军士说他领兵出去操练了。

在营里吃了午饭,等到半下午谭信成才回,没脱戎装就来相见。绍祖问起去年五月十三的捷胜,要他详叙经过。谭信成问为何打听这场旧仗,绍祖道:"查案查到了,问问。"谭信成面不改色地说了一通,如何出兵,如何设计包围,如何放火,历历如真,不乏自矜之意。绍祖命他点几个参战军士来盘问,谭信成大是不快:"张爷想说什么不妨直言。谭某这个实授百户是一刀一枪搏出来的！凭你钦差还是差钦，羞辱不得我！"粥姐径道："老谭，我们怀疑你杀贼冒功。"谭信成暴跳如雷："血口喷人！这仗不是我一个人打的！怕你盘问不成！"又瞪绍祖，"若盘问过了，我并未撒谎，这事要怎么收场？"绍祖看他气盛逼人，不欲纵他，呵斥道："我想怎么查便怎么查，查错了是你行运，查对了乖乖听办！沈大有都不敢和我这样说话，这杀虎堡姓谭了么！"谭信成气得脸色发青，敢怒不敢言，转身去叫人。绍祖道："你老实站着！点几个名字，让人叫过来。"谭信成说了几个名字，军士立刻去传。

四个老兵进来，跪下行礼。问那场旧战，四人磕磕绊绊回忆着说了，还提及梁贵的死，和谭信成所言无甚出入。谭信成不忿道："要不要再点几个来问？"绍祖也有些不自在，让他们去了。坐在椅中叹气："看来没有冒功——一团糨糊！咱们到底在查什么？为一只眼罩弄来弄去。"粥姐笑道："瞧你那样儿！乱个什么？瓦剌兵怎么进来的、怎么藏的，都已知道了，案子破了个大窟窿，剩下的就是扫荡后院儿——抓家贼。"绍祖郁闷："漏贼的事，樊文辅可以推给你们墩，还是没有直接的证据办他贪马，白费劲！"粥姐道："天天说我急，我看你才急。我虽没查过什么案子，可剥过豆子、搓过麻线、挑过跳蚤，都一个理儿，扎着头慢慢弄就是。一锹挖口井？一口吃个胖子？饭一口口吃，孩子一点点长，真以为跟你打石子儿一样，张手就中？"绍祖被她一顿训，也振奋些，笑道："那你说，接下来怎样呢？"粥姐道："接着琢磨接着等。咱们查出了马市隐情，樊文辅也坐不住——你也别认定谭信成的话是真的，这种老兵油子我见多了，那场仗指不定怎么回事哩！"

天黑，又飘起雪花，外头寒风尖啸，绍祖拿了那册军功簿，告辞离开。沈大有道："老谭找我抱怨，说你们冤枉他冒功。去年那场仗，赶上我摔伤了腿，他带人打的。战后叙功，我也知道边军的毛病，亲自去马蹄坑看了，就是一场火攻大胜。那场仗没算我的功，我秉公直言。"绍祖拱手道："别的不说，多谢沈大人配合我们调查。"沈大有又索要军功簿，说只可在营里查询，不能带出："这是军中规矩，张爷体谅。"绍祖只得还了他。

正要进城，粥姐忽问："你累不累？"绍祖说不累，粥姐道："那场仗关系到老梁的死，我必须弄清楚，我直觉，谭信成一定在撒谎。"绍祖道："你想如何？马蹄坑那里也没痕迹了，怎么查？"粥姐道："耗子偷油，见好不收。冒功的人决不会只干一次。咱们不能只盯着马蹄坑这场仗。"这话提醒了绍祖，他一拍脑袋："怪我大意，把军功簿还了老沈，万一他做手脚怎么办。"粥姐道："你是不是说过一嘴，大同那个夏回生回信附了一份杀虎堡的塘报？那里头应该也记录军功的。"夏回生回寄的塘报放在大皮囊中。二人停在城门洞，取出塘报，翻到今年所录大小军功十余次，战果较丰的有两次：八月末，沈大有率兵在将军台胜了一阵，杀敌三百二十一，获马八十三匹；九月中，谭信成在香瓜岭再胜一阵，杀敌九十七，获马四十四。绍祖拿出堪舆图，正要找这两处地方，粥姐道："不用查，我知道，香瓜岭在枯树坡西北，将军台再往北十五里，两处都是偏僻地方——这两场大胜我也听说了，幸亏时候不远，或许还残留些痕迹，咱们连夜去看看。"

二人转去枯树坡，荒年架好木板，二人骑马跨过裙墙。第三问他们去何处，粥姐只说夜巡。路径复杂，时而骑马时而步行。今晚月亮有缺，光色却明，映在雪上亮得发彩。二人不太言语，路途不近，绍祖想破破闷，便问粥姐一向经历，粥姐不太愿意说。她也想聊天，一时却不知聊什么，就让绍祖背诗："写雪的，我听听。"绍祖背了首《北风》，粥姐挤眉道："这诗浅白，我懂，讲大雪天儿，俩人偷情私奔——张绍祖，你调戏我？"绍祖瞪大眼："天爷！哪里读出是私奔？"粥姐道："和我相好，拉手同行，不是私奔是什么？"绍祖道："是'惠而好我，携手同行'，什么'和我相好'？这诗和私奔无关，是讲国家朝政黑暗，百姓冒雪逃亡，极肃杀的。"粥姐不信："你哄我，哪里有逃亡的意思？就是私奔。"绍祖笑道："这不是我杜撰，是朱熹讲的。"粥姐道："管你竹席竹帘儿，我按我的解。"

又背了几首，粥姐咀嚼细玩："'月黑'这首好，'欲将轻骑逐，大雪满弓刀'，经历过的才写得出。"绍祖还要背，粥姐止住："就你能耐，歇歇，礼尚往来，我回你一首。"绍祖道："你也会背？"粥姐清清嗓子，哼唱云："三冬天受不得凄凉况况，雪花飘雨花飘风儿又狂，夜如年独自个无人伴。拥炉偏觉冷,对酒反生寒。有那锦被千重也,可是孤眠人盖得暖?"绍祖点头笑道:"这小调儿倒好听。"粥姐道:"早年间跟城里一位姐儿学的,还是江南调儿。"雪路漫漫夜漫漫,兴头不退,粥姐想听关于下雪的故事。绍祖想了想,说古代有个王大名士,冬夜里下大雪,他忽然很想念一个外地的朋友,便连夜坐船去看望他。船行了一夜才到,可在朋友家门口儿,他又让船家掉头返回。粥姐问:"他怎么回去了?忘带礼物了不成?"绍祖笑道:"别人也这么问他,他说'乘兴而来,兴尽而去'。"粥姐愣了会儿,摇头:"扯淡,这些大名士不愁吃穿,光会矫情。就好比咱们现在,能乘兴而来兴尽就回吗?下田种地的能乘兴出门兴尽就回吗?那个姓王的到底是闲。"绍祖咯咯笑:"你解得好。"

说着话,终于到了将军台,这里着实荒僻,山沟疏林,二人骑马徘徊良久,除了一些遗弃的兵器盔甲,并未发现别的痕迹。粥姐冷笑:"果然,这场仗是冒功。"绍祖问她如何知道,粥姐指着那些兵器:"都是咱们官军的家伙,怎么丢盔弃甲的反倒是打了胜仗的?就没一件瓦剌兵的玩意儿,若打扫过战场,怎么光收拾瓦剌兵器,不收拾自个儿兵器?杀敌二百往上的报功,大同是要派人下来查的,留下这些兵器,就是给大同的人瞧的。大同来的官儿要么是拿了贿赂,要么就是蠢货,被骗过了——走,咱们再去香瓜岭看看。"

去香瓜岭的路崎岖难走,老花马今日跑多了路,喘得厉害,粥姐不忍骑它,换了绍祖的黄马,绍祖牵着老花马步行。这里人兽鲜至,厚厚的积雪没过膝盖,一片柔软晶莹,除了咯吱咯吱的踩雪声、马儿喘息声,万籁俱寂,静得人心头发痒。绍祖问:"你怎么就认准八九月的这两场仗有冒功?"粥姐道:"你想想,七月初杀虎堡陷了,漏下那么多贼,上头虽没治沈大有的罪,他心里能安生?肯定趁战事还没完,赶紧挣些军功给上头看。"绍祖连说有理。路上又飘雪,氛氲萧索,人马郁郁。粥姐在马上忽道:"绍祖,正经问你,你心里可有秘密吗?"绍祖笑道:"什么秘密?"粥姐道:"别人不知道的事。"绍祖叹口气:"秘密,都是见不得人的丑事吧。"粥姐点头:"好事哪叫秘密。"隔了会儿,绍祖道:"我有秘密,常心里愧疚。"粥姐道:"你害过人?"绍祖道:"不敢说害,只是怪我。别追问了吧。"粥姐轻声笑道:"我也有秘密,也不想说，咱们扯平了。"绍祖怪笑道："你的秘密我知道。"粥姐脸上发烫，双手攥紧缰绳："你知道？说来听听。"绍祖摆手："还是不说了。"粥姐计较起来，逼他说。绍祖道："说出来你得和我翻脸。"粥姐道："我不翻脸，你说。"绍祖道："我真说了？"粥姐急道："娘们儿家！"绍祖道："不是娘们儿家，是汉子家。"粥姐心里一咯噔，差点摔下马，不由摸摸刀柄。绍祖说了之前在城中跟踪她的事，粥姐按捺住呼吸，佯笑道："我那相好，你瞧见模样了？"绍祖摇头："只看见背影，你俩并排坐着——哎呀，我也害臊，你别介意。"粥姐松了口气，笑道："这也算我的秘密，不过我也不羞，锦被千重，可是孤眠人盖得暖？谁不想有个知疼知热的？我死了，老梁第二天就能找娘们儿去，我也犯不着给他守。"绍祖大笑，连说赞成。粥姐心里温暖起来："反正以后我不会害你的，说心里话，我很感激朱爷信任我，也感激你信任我。"

一直行到天亮才到了香瓜岭，这里比将军台还要荒芜，一片尖尖的小山岭，一棵树也无，裸露着黑色岩石，像一柄铡刀躺在雪里。粥姐说，以前这里有人家，所产香瓜极美味，后来打仗烧了村子，就杳无人烟了。岭下多坑堑，覆满雪，黄马脚底打滑，陷下半截身子，亏绍祖眼疾手快，扯缰绳拉了上来。二人把马系在石头上，分头查看，很快，绍祖发现几件带血破衣，蒙了层冰，牢牢冻在地上，又发现几样兵器，仍是官军的。粥姐发现一匹死马，肚子早被野狼掏空，剩下一张坚硬的皮壳，兜着风在里头转响，地上的血迹也冻住，红得鲜亮。粥姐道："你晚上不是背诗么，胡天八月即飞雪，这里就是的，九月时这一带就冰雪天地了。"二人发现无多，有些失望，正要走，粥姐望见前方一片扎眼红，在晨光下晶晶闪耀，宛如红色的瓷片。走上前，二人惊呼，是一片冻住的血流，二尺来宽，红得殷紫，早上了冰，那样光滑细腻，如匹昂贵的缎子，血似乎还在冰下潺潺流动，竟有些美丽。

二人用脚踢开积雪，追溯这片血冰来向。扫开数丈远，上了一块大石，石与石之间有大堑，雨雪注满，早成了冰壕，盖着薄薄一层盐似的雪粒。绍祖隐约看到了什么，跪下来用袖子拂开，一股风灌吹进来，将那层雪粒扫净。绍祖和粥姐看清了脚下的景象，震愕得说不出话来。冰壕中，结结实实封存着无数尸体，赤身裸体，或站或倒，或蜷或曲，可怖的是，不见一颗头颅，脖颈处遭斩断，露着红白杂色，红是血肉，白是骨头，浑身肌肤那样鲜新，像是屠户家一扇扇刚宰好的猪肉。一股股鲜血在冰中细细蔓延，如千万条红绳，绽出夭夭灼灼的桃花。他们姿态各异，停留在某个瞬间，仿佛是一个时辰前才死的，刚上冻不久。绍祖生平不曾见过这等诡奇而惨烈的景观，浑身剧烈发抖，扶着石头干哕起来。粥姐也跪在冰上，想伸手抚摸冰面，却似靠近熊烈的炭火，又缩回来，嘴里念着"天，老天"。

绍祖终于镇定些，苍白着一张脸，扶起粥姐，二人紧紧依偎，许久说不出话。粥姐道："冰天雪地，他们懒得把尸体弄回去，只割了脑袋回去叙功。"绍祖小心翼翼地在冰上行走，生怕惊动这些悲惨的亡魂，细察这些尸体，想找到什么线索。倏忽，他瞧见一个背面朝天的死者，也无头，身体干瘦，整片背上老虎刺青，双臂张开，像是在水中游泳般，看他双手，各有六根指头。他想起那个乞丐老破说过，儿子小破遍身猛虎下山花绣，绰号十二指金刚，想来正是这位了。那头青色的猛虎昂首而视，直要穿过冰层，跳出来撕咬他。他握紧拳头："去年马蹄坑，杀敌一百余；将军台，杀敌三百二十一；这一阵，杀敌九十七。若都是杀民冒功，沈大有和谭信成十恶不赦！"二人想砸破坚冰取出尸体，奈何冰太厚，用刀凿许久只弄出一个小坑。粥姐道："先回杀虎堡拿人！"

二人策马往回赶，中午时回到小台处，正要拐去杀虎堡，忽见枯树墩天台有个黑影挥舞彩旗。粥姐道："那是有急事的旗，先回墩里看看。"来到墩下，黑羊顺下木板，二人牵马过关。黑羊道："徐和昨晚来了，说有件十万火急的事等你们，要你们回来了立刻去店里。"粥姐看绍祖："怎么说？先去大营还是回店？"绍祖道："反正谭信成不知道咱们昨夜的事，听着店里的事更急。"二人速速赶往县城，火急火燎回到客店，天色已暗。徐和在门口接了马，低声道："房里有个杀虎堡的老兵，昨晚半夜来的，说有要事告诉，碰上张爷不在，他也不敢走，就躲在房里。"又对粥姐道："他说只肯见张爷，田大姐别跟着了。"粥姐对绍祖道："也罢，熬了个通宵我也累，去我秘密那歇会儿，你自个儿上去，我晚些来。"绍祖笑道："不急。"

上楼推门，反闩上了，里头问是谁，绍祖说了。门开，是个五十上下的汉子，矮短身材，非常壮实，面目有些印象，应该在杀虎堡见过，张口浓烈酒气："张爷可回来了！"绍祖看桌上有坛酒，笑道："你倒反客为主，在我屋里逍遥。"汉子打着恶臭的酒嗝儿，在火盆边蹲下。绍祖问有何事，汉子道："昨晚偷偷溜进城，等了一夜，要跟张爷坦白一件事。"他自称钟望，浙江庆元人，之前在姚家墩任墩兵，上了岁数，两个月前调来杀虎堡大营做伙夫。绍祖铺开纸张，准备录供。钟望笑道："张爷这笔一提，我这心也提起来了，这是要升堂呢。"绍祖只得放下笔："你说，我不记了。"钟望道："想问问张爷，怎么打听起去年前马蹄坑的那场仗了？"绍祖道："查贪赏冒功，发现那场小捷杀敌一百多，我方几无伤亡，觉得蹊跷，就审了几个人。"钟望道："张爷糊弄我哩。查贪赏冒功，还查到一只眼罩子了？"绍祖先不言，看他怎么说。

钟望长吁口气，肩膀塌在胸上："这一年，睡不踏实。"他抬起眼睛，血丝通红："谭信成，确实是冒功。"绍祖问："其实杀了几个呢？"钟望朝火盆里吐了口唾沫，刺的一声："杀了八十六人，一个贼也没有。"绍祖心中已有数了："那杀的是什么人？"钟望道："城里的乞丐，又从乱坟岗挖了几十具尸体，凑了一百多——去年大旱，又撞上时疫，城里城外死了好多，不缺新尸。"绍祖追问："哪来的一百多套瓦剌军服呢？还有俘获的马匹。"钟望苦笑道："尸体摞成堆，在马蹄坑烧了，回来说把蛮子围在坑里火攻剿了。沈大有事后去查看，百来块焦炭罢了。至于马匹，谭信成自家就是管马的，改改马册记数，就说是俘获的，谁还一匹匹去验？至于出战的兵，谭信成就带了六十几个，哪有后来报的五百？沈大有伤着腿不便动，都任谭信成调拨。"绍祖问："你这么清楚，当时是跟着谭信成打了这场仗？"钟望淌下两行老泪："我没跟着——我是其中的百姓，要饭的。"绍祖更加纳罕："你怎么活下来了？还成了兵？"

钟望叹一声，娓娓叙说。前些年，他家乡浙江庆元发生大事，有个叶宗留，率数百乡民于深山盗矿，钟望全村都跟着他干这营生。正统十一年初，叶宗留竖旗自封钱塘王，领众要反。钟望看苗头不对，和一个矿上结识的朋友老姚偷偷逃了。不敢留浙江，老姚是山西交城人，便带他回乡挖铁矿。干了阵子，官矿拖欠工钱，二人商量说天威马市兴旺，就动身来此营生。绍祖一听，猛想起来告状的姚牛儿，忙问："你这朋友老姚，是不是有个儿子叫牛儿？"钟望也惊异："张爷怎么知道？"绍祖道："他来这里找爹，沦落成小乞丐了，寻父的状子递到我这里了。"钟望连声叫苦，说老姚已经死了。他们到天威后，在一家铁匠铺帮工。老姚给铁水烫了腿，残废了，自己外乡人，也被赶出来，二人衣食无着，回乡不得，只好沿街乞讨。一天，巡检岳鹏召集乞丐，说关外五十里的小官山新发现一处银矿，县衙征募人去挖矿，管饭，还有工钱。众乞儿快要饿死，但凡手脚能动的都答应了。当下岳鹏赏了他们酒饭。过了两天，八十多人由知县管家樊顺带队动身。樊顺取出几十套衣帽，说关外冷，这是库房旧衣，赏他们了。老姚见识广，认出这是瓦剌军服，问了一嘴。那时马市还开着，樊顺说要出关得装瓦剌人，不然被官军知道出去挖矿，必勒索好处。傍晚从枯树坡出关，樊顺领队绕圈子，半夜时来到马蹄坑附近，忽然伏兵四起，打起火把，是杀虎堡的兵。众人以为解释两句就罢了，想请樊顺说，谁知樊顺已不知何在了，只好推出老姚解释：这是要去小官山挖矿。不知怎么，杀虎堡的兵闹起来，大喊杀贼，众兵掩上，将八十多人全杀了。

"我胸口中了一刀，没死透，被人拽着要丢到坑里烧。我求饶，那人停了手，用乡音问我：'你是庆元人？'我一听是老乡，告饶得更紧了。那兵问我家村子，我说了，他很惊讶，竟和我邻村，叙了两句，祖父辈儿还有交情。他偷偷把我藏在一片乱草里，用随身的药给我敷了伤口，又把我身上的军服扒了。隔了一天，他回来扛上我回到杀虎堡，不知用了什么手段，把我入了军籍，拨到姚家墩守墩。这兵是夜不收，叫白善蒲，前阵子夜巡死了。"绍祖问："你的事军中还有别人知道吗？"钟望道："赵金知道，他是个有良知的，有次喝酒，我心里难过，就跟他说了——昨晚来，就是他撺掇的，说二位爷正直，这件事我是亲历者，应该由我说出来。"

绍祖道："听你所说，这是樊文辅和谭信成设的圈套，杀民冒功。"钟望苦叹："我们这种贱人的命，和蚂蚁有什么分别？死了也没人惦记。事后想，樊文辅在城里设粥棚，吸引附近村乡乞丐进城，就是为了抓他们冒充虏贼，给杀虎堡挣军功。杀虎堡的大片屯田由樊文辅打理，转租给农户种，中间牟利。"绍祖想着将军台和香瓜岭所见，确然如此了，怒火难遏："你为何不检举樊文辅和谭信成呢？八十多个就这么冤死了！"钟望撇嘴道："我大难不死，又在军里安牢了身，干吗找不自在？樊文辅谭信成，哪一个我能惹？"绍祖道："好亏心的话！你那朋友老姚，还有别人，他们就该死的？你难道不想为他们讨个公道？姚牛儿为找他爹，冻得浑身烂疮。"钟望擤擤鼻涕，蹭在衣服上："张爷骂得对，我就是个窝囊废。"

绍祖不忍再责备他，只问："你能作证，让我办了这些人吗？"钟望道："来的时候，想请张爷主持公道，还喝酒壮了胆，可说完又不想了。"他嗓音颤抖："张爷，你斗得过他们吗？谭信成是沈大人的心腹，沈大人是郭总兵的外甥……我不想死。"绍祖道："你是此案见证，我必保你。"钟望攥着头发饮泣："盖了草，倒了油，就烧。还没死呢，在那叫，打滚。我在草里藏着看，老姚往上爬，脸上的皮都掉了……"听得绍祖也心伤："杀虎堡的兵，竟没一个有良心的！"钟望道："有良心的也有，在那拼命劝姓谭的先别动手，谭信成哪里听？杀人时，那个大汉到处拦，哪拦得住？急得他要跑回去告状，谭信成砍翻了他，把他丢进火坑……"此时，隔壁房中脚步响，接着房门被撞开，是粥姐，不知何时回来了。

她一把揪住钟望："那大汉叫什么？长什么模样？"钟望吓得发抖，言语不得。绍祖道："田大姐和我一起办案，你直说。"钟望道："哪知道姓名？只记得大高个儿，络腮胡，嗓音很粗。"粥姐一屁股坐在地上，拍腿大哭，嘴里连叫苦命老梁冤死老梁。绍祖也震悚，原来梁贵不是被人拉下去烧死的，而是被谭信成害死的。他蹲下来抚慰粥姐："你节哀，等会儿咱们就去办了谭贼！"好一会儿，她才不哭了："之前以为是老梁运气低，现在好，冤有头债有主了，该死的一个也不饶！"钟望许是内疚，鼓足勇气道："我随你们回营，豁出去了，我出头告他！"

话音刚落，只听咻的尖刺一声，钟望忽然打了个寒战，僵立原地，脖子里多了根横来的弩箭，血水滋滋外冒，他看着绍祖，张了张嘴，扑通栽倒。绍祖惊愕万分，看窗户纸破了个洞，一把推开窗，粥姐吼声"小心"，把他往下一拽，第二支弩箭射来，嘣一声钉在门上。绍祖摸出石子，往外一张，后院大槐树上有个黑影正往下滑，他忙发石子，打在树干上。那人拔脚飞奔。绍祖转头道："让徐和请大夫救人！去前头抄截！"话毕，踩着窗台一跃，攀住大树，也滑下去，拼命追击。

那人翻过矮墙，跑到巷子里，粥姐已从另一头赶来，那人只好掉头跑。绍祖在后头连发石子，那人后背竟垫了木板，打上去扑扑闷响。粥姐体重，跑得慢，绍祖又不熟悉附近地势，那人翻墙跃户，专从人家房顶跑，不时朝绍祖丢瓦片。绍祖一个不提防，额头被打中，瞬时血流满面。抹了把眼前血，人已经跟丢了。除了附近人家此起彼伏的狗吠，声籁全无。绍祖恨得直抽自己嘴巴，和粥姐赶回客店。住店的都醒了，挤在走廊上喁喁议论。徐和在房内，正端着簸箕往钟望尸体旁撒炉灰，吸掩地上成片的鲜血。

15　投诚

绍祖望着死透的钟望,颓丧得眼神无光。粥姐蹲在钟望身边,先探他鼻孔,又摸他胸口,大叫道:"活着!还活着哩!"徐和在旁道:"田大姐,我刚试过气——"粥姐喝他:"还不快去叫大夫!还活着哩!"徐和连忙去了。粥姐撅断弩箭,用帕子给钟望缠了脖子,不住说:"钟兄弟,千万撑着!"将他抱到床上,盖上被子,把着他手腕,对门外看热闹的众人道:"脉搏弹手呢!有救!"绍祖也以为钟望还有气,上来把脉,脸色一变,正要说话,粥姐悄推他道:"傻子!别言语!"绍祖惘然,不知她打什么主意。

徐和领着一个大夫上来,正是山里红。粥姐把看客们都赶出去,让徐和也出去,关好门,拔出匕首:"巧了呀!"老山乱抖:"田奶奶,这是怎么说?"粥姐晃晃匕首,嘴努床上:"救人。"老山在钟望鼻下一探,又把了脉:"呀,已死了。"粥姐道:"死了也要救,该上药上药,该包扎包扎。"老山云里雾里:"死人还折腾什么?"粥姐用匕首拍拍他脸:"要你救你就救!"老山无法,解开钟望脖间的帕子,打开药箱,用镊子将断箭取出,撒上金创粉,抹了层黏答答的膏,用布条裹了。粥姐又道:"开服养伤的方子。"老山不敢多问,提笔开了。粥姐道:"下去给徐和,要他去抓药——我还要你往外头散个话儿,尤其去衙门散一声儿,说把这人救回来了,伤情平稳,已能慢慢言语了。"老山不明所以:"这是何意?"粥姐道:"照我说的来,不然,你那崽子长不到明年。"

老山唯唯诺诺。粥姐道："上次验尸你耍奸，这回再耍一次，也算功过相抵。"让绍祖拿医金给了他，老山提着药箱惶恐去了。

粥姐微笑道："傻儿子，猜到娘的用意了吗？"绍祖眼珠一转："杀钟望的定是谭信成，你放出消息，是想乱他阵脚。"粥姐摇头："昨晚那刺客，不是谭信成，是岳鹏。"绍祖惊道："岳鹏？你别认差了。"粥姐道："认不差，那狗贼惯会用弩，身法也快。他没逃，就躲在城里——店中往来客人有多少樊文辅的眼线，你一举一动他都知道。昨晚钟望说了，杀乞丐冒功是樊文辅和谭信成的交易。"绍祖道："他们知道钟望没死，定会再来，咱们守株待兔？"粥姐点头："谭信成的罪是钉死了，不急抓他。眼下，先利用钟望套岳鹏。岳鹏落网，樊文辅也就倒了。"绍祖夸了几句，问她昨晚何时回来的。粥姐道："二更我就回来了，没扰你们，贴墙听了大半儿。"绍祖看着钟望悲叹："他也苦命，都怪我不小心，被人灭了口。"粥姐道："等着吧，鬼会自己往太阳底下走的。"

徐和送上汤药，绍祖让他下去。两人大开门窗，各执兵器，绍祖在门口，粥姐在窗前，全神防备。等到黄昏，鸦默雀静，绍祖手里的石子尽被汗水湿了。又等到三更，窗外雪花密密，不时听到巷子里野狗连吠和积雪压断树枝的脆响。忽而，粥姐低声道："来了。"她缓缓拔出刀，绍祖凑来窗边，斜望下去，马厩旁有个人，鬼鬼祟祟，来回逡巡，不时往这边看。绍祖捏着石子，随时出手。那人挪到窗下，从地上捡起什么，挥手朝上抛来，二人连忙闪开，只是个小土块，打在窗棂上。接着，底下轻呼："张钦差可在？"辨声，不识。绍祖看粥姐，粥姐道："先回他。"绍祖小心探出脑袋："谁？"那人扑通跪在地上，依然不敢高声："张爷拉我上去。"绍祖又看粥姐，粥姐道："怕甚，拉上来再说。"

行李中有绳索，顺下去，那人抓住，绍祖和粥姐将他提到窗口，一把揪住，压翻在地，灯下一瞧，是个后生，不过十七八岁，长得粉白清秀，隐隐觉得在哪儿见过。后生自道："我是樊顺的儿子樊兴。"二人想起，在樊家见过两眼，搜他身上无兵器，便放他起来。樊兴跪倒："求张爷救护！"粥姐冷笑："这是唱的哪出戏？苦肉计？"樊兴忙道："投诚，是投诚！我老子给樊文辅打了个半死，腿都断了。"粥姐和绍祖对视一眼，樊兴竹筒倒豆子般解释："客人里多有樊老贼眼线，见钟望来找张爷，等了一晚没去，定有要紧消息，所以报信老贼，老贼便派岳鹏来偷听刺杀。岳鹏没离开县城，一直躲在樊家。今早听说钟望没死，老贼大为恐慌，支使他再来，岳鹏不肯，又派我爹，我爹哪里敢？抱怨了几句，他就说我爹骂主子，叫来皂隶上夹棍，要不是奶奶头里拦着，得当场打死。岳鹏看事情要破，晚上带士兵反了，我出来的时候，县衙已经放起火来。"粥姐闻言，从窗户翻到房顶，朝县衙方向一望，果然有火光。回到房内，绍祖对樊兴道："樊文辅是有意打断你爹的腿，怕你爹告密。"樊兴恨道："樊老贼一应罪行我也清楚，我可以出首作证。这老贼捉乞丐给杀虎堡冒功，强占民田，马市贪墨，随便拈出一条都是掉脑袋——只求二位，论罪的时候饶我爹一命，他好多事都是老贼逼迫。"

说着，樊兴瞧见床上钟望的胳膊垂了下来，又望望他脸色，惊诧道："死了？不是说救过来了吗？"绍祖道："昨晚便死了。"樊兴一时说不出话。粥姐着重问他："去年夏天，你爹带乞丐借口去小官山挖矿，在马蹄坑被谭信成围了，你爹跑了，其余人全被杀了。这事是樊文辅和姓谭的串通好的？"樊兴点头："不止那次，今年还有几次。"粥姐再问："你敢不敢和姓谭的当面对质，把内情说出来？"樊兴昂首道："有什么不敢！"绍祖道："你爹和岳鹏是樊老贼两大臂膀，罪过深重，想保你爹的命，你还得说些别的，就怕你不知道。"樊兴道："我爹的事都跟我说的，他疼我，说樊文辅这次必栽，要我早早准备后路。张爷尽管问，我绝不敢隐瞒。"

绍祖问起今年马市账目："我查过，所买战马和分派各卫所的差出两百八十多匹，这些马怎么回事？有两批是你爹押送的。"樊兴道："这事儿我熟，是我跟我爹押送的。今年病死逃失的只有五十多匹，其余两百三十匹是樊老贼在账上做手脚贪出来的，本打算一部分卖给马贩子，一部分高价卖给急缺的卫所——那些卫所光有钱，却排不上队。因为怕杀虎堡发现抢夺——沈大有总抱怨战马不够，就把这些马藏在君德山的矿洞里，等贩子来领，可是没两天就打仗了，那些马给蛮子发现，也弄去了。"绍祖又问平时和杀虎堡一应勾当都由谁出面,樊兴道:"县衙这边就岳鹏和我爹出头,只和谭信成勾当。钟望这事今早也知会了姓谭的。"粥姐问:"沈大有呢?没和你们直接交易过?"樊兴摇头:"这种事沈大有不露面。"

正说着,徐和急急敲门。绍祖开个门缝问他何事。徐和道:"县衙出事了,巡检岳鹏反了,已经打破了北门,往关外逃去了。"绍祖忙问:"樊文辅呢?"徐和摇头:"不知死活,百姓正忙着救火。"绍祖当机立断:"先去杀虎堡!不能让谭信成跑了!"带上樊兴,用令牌叫开城门,和粥姐奔来杀虎。营内灯火通明,乱成一团,先找沈大有,旗兵说他在后面营房。过来一瞧,沈大有正抱着地上一人哀叹,说谭信成莫名自刎而死。粥姐拉开沈大有,谭信成颈间的伤口还在汩汩冒血。她照尸体狠踢两脚,又拔刀要割下他脑袋祭夫。沈大有大惊,命人拿粥姐。绍祖上前揪住他:"好个军贼,今年将军台一战,你也杀民冒功!"沈大有连叫荒唐:"大同来人核过了军功,你凭什么冤我!拿证据来!"绍祖一时无法,将军台并未发现可靠证据。粥姐给他递了个眼神,绍祖先松了手:"去年马蹄坑,今年香瓜岭,谭信成的两场仗都是冒功。香瓜岭的尸体、樊兴,皆可作证。"

沈大有瞪大眼睛,连说不信。绍祖叫来樊兴,要他把樊文辅与谭信成的密谋说了一遍,指着尸体:"这狗贼定是听说钟望没死,岳鹏造反,所以畏罪自杀!"沈大有愣了许久才道:"既然有人证,我没别的说。马蹄坑、香瓜岭两事,老谭带去的人,要如何处置?"绍祖道:"他们之前串供撒谎,欺上瞒下,自然全办了!"沈大有道:"两场仗带了那么多人,全办?我这里要完!"绍祖瞪他:"那你想如何?"沈大有道:"老谭已死,他是带兵的,有罪推他身上,底下的人不要根究。"粥姐怒喝:"沈大有,你让死人背锅!你敢对天发誓自己没鬼!"沈大有怒回:"什么誓不敢发?你们要连我也办?试试这里会不会大乱!"他把绍祖请到一边:"牵涉几百兵,怎可能全拿?张爷,你好好想想,底下人一旦激变,连这堡都送给北边了。"绍祖道:"冒功从犯决饶不得。这堡你当家,外外防不住蛮贼,内内镇不住军贼,你的脸还要不要?"沈大有道:"脸面管不得,杀虎万不能乱。上次为那几个姑娘办淫贼,已经让底下人心汹汹了，这次再较真儿，必定大乱。我不是包庇，只是形势如此。张爷，我也不让你难办，这样，我拿出二十个参与的旗兵给你交差，如何？"绍祖权衡片刻，沈大有的话并非无理，只得暂时答应。又说了梁贵被谭信成杀死的实情，沈大有对粥姐欠身："不知道嫂子有这样的冤屈，恕罪。"

这时，一个旗兵跑进来："枯树墩放火号！"众人出去一瞧，枯树墩的天台果然放起火来。沈大有惊呼有贼情，粥姐道："不是贼情，定是岳鹏要逃往关外，从我们那过。"来不及跟沈大有解释，借了五十骑兵，绍祖和粥姐朝枯树坡赶去。近了，月光下，只见荒年和第三立在墩外，提着长刀气喘吁吁，四下五六具尸体。荒年左腿受了处刀伤，无大碍，忙问："黑羊呢？是岳鹏不是？"第三指着雪原："是岳鹏，黑羊追去了。"绍祖命第三留守，和粥姐向北追击。

今晚月光亮堂，地上脚印清晰，一路追到杂树林。灌木丛中闪出一人，正是黑羊："姐，岳鹏刚跑进去了，我怕你们跟错，在这等着，不知他出林子没有。"粥姐命骑兵绕林子外围搜寻，吹角传信。他们三人打起精神，进入林中，正碰上数人迎面走来，抬着一人，近了，把那人往地上一扔。数人一齐跪下："对面可是钦差张爷？张爷听禀，是岳鹏带我们反的，咱们跑不动了，把岳鹏献上，求张爷放条生路。"粥姐上前查看，被捆的确是岳鹏，嘴里塞着干草，问道："你们是士兵还是囚犯？"三个说是士兵，两个说是囚犯："回不去了，求张爷放我们往北去。"黑羊道："你们要给瓦剌人做狗？"几人道："做狗总好过做鬼。"绍祖厉声道："你们都是有罪的，怎能容你们去敌国！"数人苦苦告饶。绍祖命黑羊捆了他们，黑羊不动，看向粥姐。粥姐轻声道："放了吧。"绍祖不许，粥姐一反常态，竟有些求他的意思："留下岳鹏够了，他们回去都活不成，何必呢？"绍祖道："那就纵放他们去瓦剌？"粥姐道："哪里不是活呢？"绍祖只是摇头。粥姐给黑羊使眼色，黑羊对那几人道："还不快跑！往南绕，北边全是兵！"几人听了，拔脚就奔。绍祖追了两步，又作罢，叹了口气。

收了队，带上岳鹏返回枯树墩，天已亮了。粥姐和绍祖也不歇着，押岳鹏回县城，抓捕樊文辅。赶到县衙，已烧得七零八落，灰蓝色的烟缕缕往天上冒，公堂内，衙役皂隶在拾掇狼藉。杀虎堡的兵护着樊兴也到了。绍祖命军士先围了樊家私宅，一人也不许放走。又亲将岳鹏带到县牢，锁在朱抗监房的栏杆上，笑道："这两天的调查突飞猛进，回头跟你细说。不能让你天天养膘，你来审他。"朱抗大喜："昨晚大乱，听说他带人反了。得亏你拿他回来，可得好好审审。"

绍祖出来会合了粥姐，闯入樊家。院子里一片寂静，地上有几摊血迹，五个死人并排列在廊下，身上盖着布。往里走了两进，听到阵阵哭声。绍祖喊了一声，家人都出来跪着。问樊文辅，一个养娘说岳鹏反叛，老爷受惊中了急风，如今瘫在床上。绍祖冷笑："好巧么，他好福气！"冲进内室，樊文辅的妻妾忙往屏风后面躲。绍祖掀开帐子，樊文辅头发蓬乱，一脸蜡黄，嘴眼歪斜，了无声息地躺在那儿，漫起一股臭味。抓起被子一瞧，下身已溺湿了。山里红从外头进来："小人刚看过，樊大人确实中风了。"粥姐指着他："敢撒谎，死！"山里红连称不敢。绍祖也懂两分医理，抓起樊文辅手腕号了脉，又掰开眼皮和嘴巴瞧了，对粥姐道："果真是中风。"粥姐问："能说话不能？"绍祖摇头："舌头已僵了，瘫了个透。"粥姐朝樊文辅脸上啐了一口："死老贼。"又惋惜，"好多话问不成了。"

屏风后面传出妇人的哭声："张大人，我家老爷冤枉。"粥姐一脚踢翻屏风，后面两个妇人，一老一少，老的那个满面泪水，跪地喊冤，少的那个容貌艳丽，头上满插金钗步摇。养娘道："这是李奶奶和宋新娘。"粥姐喝道："你说冤就冤？你家老樊干的事，人证物证齐全，冤枉谁！"李夫人让养娘带小妾去后面："没她的事，别吓着了。"小妾去后，李夫人才道："老樊有罪，没什么辩驳的，可是，"她朝前跪了一步，望着绍祖："张钦差，老樊为何犯下这些事，你可知道吗？"绍祖道："他能为什么？不过贪钱好利，有什么可说！"李夫人拭泪道："张爷查案，也要查清来龙去脉。老樊知法犯法，有莫大的苦衷呀！"绍祖正要详问，樊兴大哭着进来，说他爹伤势太重，没挺过去，刚刚断了气。李夫人极是不忍，忙命人料理后事，态度间对樊兴深为愧疚。正巧家仆进来传话，主簿洪缜请绍祖议事。

绍祖来到外边，洪缜客套了几句，看着里头道："樊大人得了瘫病，卑职要往上递本说明，听说樊大人关涉张爷的案子，不敢专擅，来问问张爷，看怎么处分。"绍祖道："樊文辅已是犯官，如今由你暂署县务，你递你的本子，我递我的本子，不必凑一块儿——樊家人就由你看管，不准一人出走。"洪缜应了，又道："昨晚岳鹏打破县牢，逃了许多囚犯，只有朱钦差没走，可敬得很。"他转低声："既是卑职暂署县印，朱爷的事，宽一宽也好说——他的案卷，卑职压着尚未发出。"绍祖微笑道："你是机灵的。"

来牢里看朱抗，岳鹏已关去别处，朱抗正背着手踱步。绍祖说了昨晚樊兴出首、谭信成自尽、樊文辅中风等事，问他审岳鹏情形。朱抗道："他不大说，只想快死。这几年他为樊文辅干的脏活儿，不用招供也能治罪。只是，"他顿了下，"徘徊镇郊外埋伏之事，我问他知不知道，他说不知道，瞧他不像撒谎。"绍祖道："我问了樊兴，他也说不知，看来不是樊文辅派的人。"朱抗道："此事先搁着，几个炮仗堆一块儿，一个响，别的也会响。"他从栏杆间伸出手，拍拍绍祖肩膀："好绍儿，干得好，我就说你能的。"绍祖道："多亏田大姐，钟望真死假活这计策，妙得很。"又问："樊文辅诸多罪状，该查他来龙去脉吗？"朱抗道："什么意思？"绍祖道："听他老婆口气，他做这些勾当，有人指使。"朱抗道："那就一总查清楚。"绍祖搓手迟疑："就怕追根溯源没个尽头，总往上捯，追到哪一环才停呢？这和土木之败又有什么关系？枝枝权权没完没了的，我有些糊涂。"朱抗道："这一步步也有个因果，能追溯到哪里就到哪里，又不是咱们凭空生事。"

绍祖又道："要我说，你出来罢！樊文辅倒了，没人计较你的事，洪缜也露了意思，绝不多问。"朱抗啐道："屁话！国家法度是儿戏么！"绍祖道："法度也有权情，你出来，加上粥姐，咱三个麻利儿把所有事查清楚，到时再论法度也不迟。"朱抗语重心长道："绍儿，你还不明白吗？大明为什么银样镴枪头？就是因为没人把法度当回事，贪赃枉法的，逃战通敌的，所以大乱大败。我有罪，就该关在这里——这差事离了我也能办。"

16　李夫人

　　粥姐也来牢中问候，朱抗着实夸了她几句："我没看错，你是得力的。提住这口气，务必查到底。"粥姐道："咱大字不识的粗人，哪会查案？跟着张爷乱撞罢了，他才是扛旗子的。"聊了几句，和绍祖一起出去。绍祖问她："我走后，樊文辅老婆说什么？"粥姐道："她不肯跟我说，一定要跟你说。"牢门口，狱卒正挥棍驱赶一个婆子，那婆子拉着一个小丫头，高喊没天理，看见绍祖，喜叫："好了，张大爷来了！"绍祖一瞧，竟是胡蕙兰，那丫头是她的孙女小扣儿，不知何时从徘徊镇来的，忙喝退狱卒。三人见过，粥姐不尴不尬地站到一侧。

　　胡蕙兰指里头："老朱蹲监呢？"绍祖点头。问每天谁送饭，绍祖道："有人管，不消担心。"胡蕙兰道："以后我送吧，来就是为这个。"绍祖笑道："大娘，你可知老朱犯了什么事？"胡蕙兰点头："老六跟我说了，老朱要杀他，没杀成。那老畜生脖子里皱多，割不烂。"绍祖假意惊道："亲娘咧，他杀你老公，你还给他送饭？莫不是要报仇？可不敢让你送。"胡蕙兰啐了一口，把扣儿拉到身前："我和老孟是搭伙过日子，什么老公老母的。我敢害老朱，这孩子谁拉扯？"绍祖笑道："我说笑的，孟老六如今在哪里？"胡蕙兰道："能哪儿？跟镇上养伤，咳嗽一下要死要活的。"绍祖问："你知道老朱为何杀他吗？"胡蕙兰挑眉道："还用想？吃醋呗。"绍祖忍不住笑："算起来是动手后才和你重逢的,他本不知老六和你一对儿,不能为这个。"胡蕙兰有些失望:"我当面问他。"绍祖交代了狱卒,允许胡蕙兰进出看视。又问她二人住何处,胡蕙兰道:"有地方住,不用你管。"拉着扣儿进去了。

回客店路上,绍祖笑道:"胡大娘这人有趣,对老朱一往情深。"粥姐道:"朱爷忠厚良善,不枉人家念他的情。"绍祖道:"你又知道了。老朱这人跟口井似的,你觉得一眼看到底儿了,那只是水面儿,底下不定多深呢。他凡事藏心里,鬼知道有什么秘密——杀孟六这事儿他就不说明白。"粥姐道:"谁心里没点子脏事儿?你是干净的?"绍祖笑了笑,没言语。

年关将近,街上卖年货的多了,喧吵震耳。街角架起杀猪宰羊的石台,屠户穿着皮围裙,袖子撸到胳肢窝底下,几个学徒按着猪,刀子进,刀子出,猪乱叫,血滋滋流。主顾端着铁盆在猪颈下忙不迭地接,两手都是血。大铁锅里烧着沸水,在猪后蹄开个小口,用细铁棍伸进去一通捣,松开皮骨,嘴对小口吹气,把猪吹得球般鼓胀。下锅烫,刮净毛,又开膛剖腹,红的紫的白的黑的,乌七八糟往下掉,一股新死牲畜内脏的热臭气四下漫滚。乞儿和野狗挤一堆儿在旁环伺,拿破碗去刮溢到地上的猪血,偷下水往怀里藏,被主顾打骂。绍祖看杀猪入了神,嘴巴都闭不上,粥姐不住偷笑,去旁边货摊上买了些芝麻糖、炸麻花、核桃仁儿、柿饼、黑枣等物,装了一大包。瞧见米店门口,一个戴脏头巾穿破棉袍的穷文人摆了张歪脚桌子写对联,一边呵着冻墨,一边抖弄秃笔在红纸上龙飞凤舞,围了不少人看。粥姐凑进去,说自己是墩上的,要买一副过年贴,让那先生看着写。那人不假思索,大笔一挥,写的是:虎堡健儿拥锁钥,龙城飞将护雄关。

粥姐给了五个钱,托着联儿问绍祖什么意思。绍祖解释一番,粥姐咯咯笑道:"我们那个小破墩也算雄关了?我们几个墩兵,也能比肩汉朝的大将军了?真臊得慌。不过别说,人都爱听好听话儿,我还挺受用的。"绍祖笑道:"不必谦虚,你们名副其实。"粥姐指着头两个字道:"只是,你说这是'虎堡',不该是我们'枯树'吗?我又不去杀虎堡贴。"绍祖道:"你跟他说墩上的,他就以为你是杀虎堡的,而且,'虎堡'才合适,'枯树'和'龙城'不对仗。"粥姐问对仗是什么，绍祖想了想道："咱俩就是对仗，什么都是反的：你是女我是男，你黑我白，你伶俐我愚蠢，你矮我高，你暴躁——我没那么暴躁。"粥姐没接他的话，卷起对联儿放进怀里："这两天累得很，也翻过了一个大坎儿。咱歇一歇，别老绷着。我回墩里看看，还得去马蹄坑给老梁烧个纸，念叨念叨谭贼的事，你也回去好好睡一觉，瞧你那俩大黑眼圈子——明儿我再来上工？"绍祖笑着答应。粥姐告别出城。

回到客店，告状的百姓又堵了门，绍祖将那些状子都还给他们，让他们去县衙："如今是洪主簿署事，新官新气象，有什么冤案错案疑难案，大胆去告。"百姓兴冲冲去了。绍祖把那婆子和姚牛儿叫到房中，说他们要寻的家人两年前出关做买卖，遭遇瓦剌兵，尽被杀了，着重对婆子道："杀虎堡官兵闻讯去救，已来不及了。那个兵顺了你丈夫的眼罩，你如果想要回来做个念想，我给你要去。"婆子擦擦眼泪："不要了，尸体在哪儿呢？"绍祖说就地掩埋在关外。姚牛儿傻愣着，一脸恍惚。绍祖拿出一大包银子——提前让徐和用那些马蹄金去银铺兑的，塞给牛儿："小子，你帮我干件事：马上过年了，沿街问问那些乞丐，有家难回的分他们盘缠，没家的给他们用度，有病的治病，挨饿的买米。谁敢抢，你就说我办谁。你们也回家去，不要在这里遭罪了。"姚牛儿接了银子，搀着失魂落魄的婆子去了，连谢都忘了说。

绍祖倦怠不已，倒在床上睡去，一觉睡到隔日中午，才觉精神健旺些。肚里饥饿，下楼吃饭，徐和指着门口一个土兵："他说樊家人请你说话，我看他事情不急，没叫醒你。"绍祖问："谁找我？"土兵道："李夫人请张爷去坐坐，让小的传话。"绍祖说知道了，让他先去。吃过饭，伏案详录下这两日经历，半下午时，粥姐到了。绍祖笑道："你来得正好，樊文辅老婆有话交代，咱们一起去听听。"粥姐懒洋洋歪在椅子里："急什么，再让那婆娘等等，我还没吃晚饭。"徐和送了一锅肉汤泡饭，还有几样小菜，二人吃到天大黑了，才步行前去。粥姐道："房贼怎么过来的已经查明白了，内奸就是老宋，谭信成畏罪自杀，樊文辅也倒了，这案子算到头儿了罢？"绍祖道："到头儿？早呢！樊文辅这边或许有隐情，而且，初九那晚还有许多存疑之处，都得慢慢理。"

到了樊宅，一个养娘打着灯笼在门口迎接，引他们来到正堂。李夫人上前见礼，绍祖还了揖，看她两鬓星星灰白，长眉细眼高鼻，无首饰，未施妆，脸上微露哀色，不乏端庄之相。养娘上了茶，关门下去了。李夫人瞅粥姐，脸上有不屑之意："田大姐不是正经官身，怕有妨碍。"粥姐欲发脾气，绍祖道："她是朱爷指定帮我查案的，旁听不妨。"李夫人不卑不亢，语气坚毅："张爷听禀，我家老爷并不是你成见里的贪官污吏。"绍祖道："怕不是我的成见，樊文辅贪墨虐民诸罪已经坐实，夫人护短了。"李夫人道："若是老樊迫不得已呢？"绍祖问："怎么个迫不得已？有谁逼他杀乞丐吗？"李夫人长叹一声："杀虎堡实是养虎堡——养在身边，动辄要吃人，不给就反咬。三年前，官兵就杀过百姓冒功，老樊查了出来，去大营和沈大有对质，沈大有死不承认，老樊就向大同写信告发，最终石沉大海。没多久，谭信成就带着一队兵进城闹事，烧了几十间店铺，抢了多少东西，老樊一个文官，惹得起他们？后来谭信成直接开口，那些乞儿迟早饿死冻死，不如给他用了。我听说了，要老樊千万别做这种缺德事，谁知他还是背着我造孽。"

粥姐接腔道："到底是你家老樊懦弱，或者别有所图，给官兵献乞丐，有别的利润呢。"李夫人道："我也不是什么都知道。"她拭了眼角泪花："老樊是个老进士，寒窗三十年才拿了功名。我与他十八岁结发，再了解他不过，他本性纯良，只是名利心太重。中了进士，选了庐州府理刑官，勤政廉洁，可翁姑接连百年，他山东人好面子，丧事办奢了，落下不少亏空。丙寅年初，丁忧完，他想拿个肥缺，在京里找太监路子借了三千两，上下打点花尽了，才谋到此处的缺。他说天威县虽处极边，可这里开马市，和瓦剌人交易，中间油水大，指望做几年，填上外头的窟窿。谁知上任知县，福建的王思贤，钱粮账目作假，任内竟短了五千多两公帑，留下个烂摊子，老樊不肯做冤大头，拒不出结接任。如此僵了个把月，王思贤找门路托了王振，吏部命老樊不可拖延，立刻接印，任内若补不上，前途不说，老命怕都不保。就这样，刚上任，又背上五千多官债，只得设法从马市里弄钱。"

李夫人正要继续说，绍祖抬手道："夫人且慢。"他借纸笔写了个条子，叫仆人送出。很快，一个土兵进来，又把纸条呈上："洪大人吩咐过，张爷若有事要县里办，除非用印，别的不用经过他。"绍祖道："那好，你去牢里把朱抗提来，我要连夜审他。"土兵去了。夜已深，李夫人命厨房做些夜宵。绍祖笑道："多谢夫人，我食量大，饿得快，不必麻烦，下两箸子面就罢了。"厨房送来两碗肉汤面，粥姐先拿过一碗，蹲在椅上吸溜着吃，绍祖也学样儿，捧碗大嚼，很快一扫而空。土兵带着朱抗到了，手脚还戴着镣铐，土兵道："朱爷不肯脱。"绍祖一抹嘴："李夫人有大篇的话说，你也听听，省得事后再跟你重述，费时费力。"朱抗道："我是犯罪之身，你们说话，我哪能听？"绍祖啐道："还假正经上瘾了！我要审你的，夫人说完我再审。"朱抗盘腿坐定。土兵出去，将门掩上。绍祖为朱抗续上前面的话头，请李夫人续讲。

正统十一年夏，刚上任不久，一日，有个盛从骏马的官员造访。老樊见他气度华贵，不敢怠慢，邀入内室说话。李夫人听说来了位不速之客，很是好奇，便躲在暖阁偷听。那官径自坐下，揭下唇上的假胡子，原来是个太监，自称刘圭，代王府内务总管。代王，乃太祖第十三子朱桂，驻藩大同。老樊大惊，重新礼见。刘圭说代王派他来天威寻一味珍奇药材："一种黄壳儿带翅儿的大虫儿，罕见，医书不载的，叫黄德虫。"老樊糊涂："不曾听过这种虫子。"刘圭道："寻常人谁听过呢？不过也好找，这种虫儿专生在马粪里头，一丛一丛的，飞得快，眼神儿不好抓不住。"老樊听得云缭雾绕。暖阁里的李夫人已明白，派丫鬟将他叫来："这太监找你打抽丰呢！那虫儿就是金银，生自马粪，就是生自马屎——马市！"老樊骂道："这没卵贼，打什么哑谜呢！"李夫人笑道："他们就爱装腔儿。都知道马市赚钱，他又是王府的，不能让他光手走，你随机应变罢。"

回到厅上，老樊告了得罪："下官问了家人，本地果然有黄德虫，不知公公要多少呢？"刘圭避而不答："天威知县虽是县官儿，但比部堂官儿还吃香哩。老兄能谋到这个差，想必也花了不少心思，司礼监中可有什么亲故？"老樊道："下官祖上三代务农，本是一介寒儒，中进士做官儿是皇恩浩荡，在朝廷里没有亲故。"刘圭又问："那你上任时，旧知县王思贤没吩咐你什么？"老樊如实道："为接印的事闹得不好看，王大人不曾吩咐什么。"刘圭摇头道："老王不厚道，他是有意坑你呢！"老樊不解，叩问其详。刘圭自顾自道："如今多事之秋，活人要吃饭，死人要抚恤，大同的军饷哪里够？代王是太祖爷派来藩卫北境的，看当兵的吃苦，能好受？这几年，从禄米里前后匀出好几万石粮食送给大同卫——这可是白送，以后不追讨的。去问问大同兵，谁不感恩戴德？可顾了底下人，自个儿倒紧巴了。现如今，王爷一顿只吃四个菜，两荤两素，酒也戒了，世子嫔妃只有两个菜，厨房炒菜都要掐着放油。皇亲天胄，朴素到这地步，简直有玷国体。找皇上要呢，云南那边打麓川，江浙那边打叶宗留，山东河南不是旱就是涝，收成不好，国库也吃紧——"他从怀里拿出一本簿子，放在桌上，"黄德虫，先来一千只罢。"老樊暗暗松口气，一千两银子不算多，这两月马市利息就有数千。他出来吩咐樊顺，樊顺很快捧来一盘大银锭，盖着红绸布，放在桌上。

刘圭伸出一根指头挑起绸布望了眼，点头道："这个官儿不好做，两国为敌，这马市说关就关，或者动辄来几个御史查账，官印烫手，脑袋也朝不保夕。"说完，把那本簿子推过来。老樊翻开一瞧，密密麻麻全是人名，有的认识，有的不认识，皆为京师各部官员，有百余人，人名后写满银两数目，多者五六千，少者二三百。他霎时明白过来，这是打点人情的账本。刘圭道："王思贤的正本没给你，幸好在我们那儿留了副本。"他拍拍那盘银子，"给你一千买去，大便宜。"老樊倒吸一口凉气，原来一千两只是买这份账簿，上头的名单还要一一照拂。他忍不住道："僧多粥少，这些人怕不能一一孝敬。"刘圭怪笑道："放心，粥是够的！北境几处马市，属你天威最有兴头，每年开八个月，少说也有十来万的进账，若你手段高，弄到二三十万也非不能。这批名字已是精简后的了，你别看他们品级有大有小，一个萝卜一个坑，一个坑不浇水，一封信可能就送不上去，一笔送去审核的账目可能就驳回，皇上跟前，可能就多你两句坏话——锅里炖着肉，却不给人喝汤，人家不得把这锅砸烂？"

他又变了脸色，"或者，樊大人想做当世名臣，干脆把这账簿递到皇爷跟前，尽可以试试，看能不能递上去。"老樊连忙离席："下官不敢。"刘圭起身道:"大同的代王、太原的晋王、潞州的沈王,虽不在本子上头,但要放在心头。这三藩也有个轻重次序,你自己掂量罢。"他拍拍老樊肩膀,"你呀,不该和老王闹掰的,他是捞钱圣佛,有一肚子的无上妙法可以传授。回头见着了我要责备他两句,卸任也不跟你说这些,前船要做后船眼呢,差点让老兄吃大亏!"他拱手告辞,老樊卑躬屈膝送到大门。李夫人在小阁里听得清楚,早命樊顺发给刘圭的随从每人二两津润。

绍祖打断道:"那本账簿如今在哪里?"李夫人回了卧房一趟,拿出一本边缘残破的簿子,用帕子托着:"岳鹏反叛后,老樊心慌,在火盆里烧,一急,就中风倒了,簿子我抢出来了。"绍祖翻开看看,皆是人名与金银数目,给朱抗看,朱抗叹息不绝。李夫人道:"如今做官儿的哪个不贪呢?我也不避讳,老樊贪墨的事情,我是晓得的,但杀人之事,我向来反对,可他并不听我的。"绍祖道:"老樊是活不成了,夫人心里也有数,不如把知道的都说出来,来日定案酌情,家小也能保全,回乡下安度晚年。"李夫人道:"请张爷来就是这个意思。所谓无欲则刚,有欲则陷,老樊弄起来就不知道收手,直到今年夏天,因瓦剌频繁南扰,皇上大怒,关了马市。"绍祖问:"老樊故意拖延闭市,是不是受了瓦剌贿赂?"李夫人摇头:"与瓦剌人无关。"

六月初,樊文辅听到风声,又要关闭马市。因与瓦剌频有战事,朝廷常闭市惩戒,每年总有类似流言,老樊也未当回事。初五那天,忽有个豪商登门拜访,这豪商叫李通海,四十余岁,天生是陶朱范蠡之辈,三百六十行,凡有利润的生意他都染指,尤其盐铁粮布四项,最是隆盛。他从河南购粮纳去大同,换取盐引再去江浙贩盐,又来山西转运铜铁石炭,还从四川戛收绸缎去岭南换药材再往北地发卖。此人头脑极聪明,性子极和顺,手段极高超,人情极广博,做一行赚一行,产业田地遍布大明两京七八省之地,身家千万,各地官员都奉他为上宾。人都说大明自开国沈万三后,第一会经营弄利的就是他。老樊任知县后,他来过天威数次,投身马市,获利颇丰。他对父母官不吝孝敬,与老樊交情甚好,以兄弟相称。这个大财星降临,老樊自然倾情接待。酒过三巡,李通海面露忧色:"樊兄可听说了,朝廷要关闭北境所有马市。"老樊道:

"怕是流言，每年夏天贸易最兴旺，不会关的。"李通海从袖中拿出一封信，老樊瞧了，信上说因瓦剌来京使节狂傲无礼，皇上下令闭市，户兵双印文书不日发出。信末署名他知道，当朝户部侍郎，主管马市事宜的，看来没错了。

老樊叹气："可惜了好光景，咱们买马虽溢价，但能在别的东西上找补回来，到底是利民的事。朝廷既然决定了，只得听从。等公文下来，我就闭市清人。"李通海笑道："老兄是个老实人。"老樊听他话里有话，忙屏开仆人："李兄有何高见？"李通海道："据我在瓦剌那边的人说，有三四支部落都打算本月来交易，其中仅孛来一部，想卖的战马就有近千匹，一同进来的还有许多毛货药材，我这次带了十二万银子，打算趸去山东、南直发卖。城中客商无数，都等着卖东西给瓦剌人，光这里头所抽税金，足够吃下这些马，还有不少盈余。"一番话说得老樊眼神放光：牧管天下军马的太仆寺每年给每处马市拨一万两银子作"市本银"，专用来向瓦剌买马，但这点银子买不得多少，需从其他交易中抽税贴补，这其中多有欺瞒的余地，在市场加些杂税，在案头做些假账，翻手便有厚利入囊。他有些怕："可是故意拖延闭市，是违抗圣意，将来事发，可是要抄家处斩的。"李通海笑了："老兄不必瞻前顾后。"他又取出一封信，老樊看后再一惊，这是代王府刘圭写给自己的，诉苦王府用度不支，暗邀孝敬之意昭然，又言代王素念尔勤谨忠敬，来日定不负美情云云。老樊叠好信，悄问："代王也有拖延的意思？将来会保我？"李通海微笑点头。老樊心里有了底，举杯笑道："如此，我便从命了。"说些闲话，李通海告辞而去。回到卧房，老樊跟夫人说了此事，夫人问："公文很快就下来了，你怎么拖延？"老樊道："那就不让公文下来。"夫人啐道："胡话，朝廷的公文你还打回去？"老樊只说已有盘算。

过了两天，驿兵许大眼儿将闭市公文送抵县衙。老樊看了，果是命见文当日关停马市，清逐北人。他早已安排好，命岳鹏将大眼儿拿下，关入牢房。老樊存了个心眼，想观望几天，若真如李通海所说，有瓦剌大主顾来，便大胆拖延，若无主顾来，就立刻闭市，免得朝廷问罪。过了两日，枯树墩来报，有两支瓦剌商队请求进关贸易，军马数百匹，毛货药材无算。樊文辅大喜，立刻传令他们进关,将公文重新封好,放回大眼儿随身的信筒中。晚间,将许大眼儿打晕装入麻袋,驾车出城,行至老虎林,岳鹏持刀杀死大眼儿,丢入沟中,布置成坠马身亡的假象,月底,大生意做毕,才装作新发现大眼儿尸身,接文闭市,瞒天过海。

李夫人道:"事后,老樊告诉我这些细末,我哭了一场,知道他已经走火入魔了——可是,延闭马市毕竟是李通海引诱,此人很可能是瓦剌间谍。他与瓦剌生意密切,与各部首领都有人情,蛊惑代王,让老樊延闭马市,就是为了让瓦剌兵混进来,七月初才闭市,初九便打仗了。他手段通天,什么事做不得?你们调查战败,不该查他吗?"绍祖三人互相看看,都觉理通。绍祖问:"关闭马市后,李通海去了哪里?"李夫人摇头:"他大江南北到处跑,没个落脚地方。"问他家乡,李夫人又摇头:"老樊问过,他说自己是四海人,意思是四海为家。他向来不说家事,连他家中妻妾儿女都不晓得。不过这样一个豪商巨贾,和各地公卿都有往来,打听他的下落并不难。"绍祖道:"越是这样的越难打听,总要有个头绪才行。"

李夫人一时也想不出,绍祖详问:"他在天威,除了毛货药材,哪种生意做得最多?"李夫人想了想道:"他什么生意都做的,我记得,就那阵子,老樊对他不满,说他为赚钱忒不择手段。我问何事,老樊说李通海竟然卖了上万的烟花炮仗给瓦剌人。"绍祖不明:"烟花炮仗?给蛮子过年吗?"朱抗道:"蛮子不会配炼火药,常向汉人买烟花炮仗,回去收集使用。"绍祖又问:"他从哪里收的?"李夫人道:"我一个妇人家,大门不出二门不迈的,怎么可能什么都知道?城里做炮仗的能有几家?您查案也勤力些。"绍祖被怼,有些不高兴,嘴里嘟囔:"你老公犯了事,反倒讥讽我。"

17　养济院

天色已明,送朱抗回牢,绍祖瞥到他胡子花白了不少,心里酸楚,又问他到底为何杀孟六,朱抗只说:"这件事上我没有冤屈,你也不要往京里传信,让于大人为难。这差事你俩也能办下去。"绍祖道:"你一开始怎么教导我来?什么天地颠倒也要办差的话。"朱抗瞪他:"你要抱怨,就离了这儿!"粥姐打圆场道:"朱爷不想说就罢了,反正这罪也不重,我们努力为你挣功,将来功过抵干净。"说着话,胡蕙兰带着小扣儿送早饭来了,二人便先告辞。

今天难得无风雪,太阳暖煦煦的。绍祖沐着阳光伸了个懒腰,问道:"城里谁家做炮仗生意?"粥姐道:"昨天进城,路过一家店门口正放鞭炮,去问问。"行至庙前街的一家肉铺,正是之前绍祖跟踪粥姐买肉的那家。店主正在肉案后面忙活,粥姐招呼了一声老鲁,老鲁笑道:"嫂子要几斤?"粥姐道:"今天不买肉,找你打听点事。"老鲁将一双油手在抹布上一蹭,挪开挡板,请他们进来说。二人将马拴在门柱上,进来坐下。老鲁喊了声浑家,他婆娘从后头出来,端上两杯茶,水面漂着七彩油花儿。老鲁看着绍祖道:"京城来的张钦差?你名头响呀!之前来我这儿装卖馒头的,打听田嫂子买肉。"粥姐瞥来一眼,绍祖尴尬笑笑,端起茶杯,忍着恶心喝了一口。粥姐道:"老鲁,昨儿个你放了几挂炮仗?"老鲁道:"去年过年买的,放了一年怕潮了,就试了两挂,怎么?"粥姐问从何处买的,老鲁道:"观音巷老顾家。天威城就他两口子会搓炮，你们要买？晚喽，他家搬去大同了。"粥姐问为何搬家："听说他今年赚了不少？"老鲁道："他五六月间得意，有人给他牵线卖瓦剌人炮仗，几万几万的，雇了好些伙计，我婆娘也去帮手，手搓断了都赶不上供。下半年打仗，上头管得紧，不让做了，他就去了大同。听说弄了个作坊，专给军里合火药、造西瓜炮——嫂子，听说姓洪的现管事儿？你帮咱搭条线，眼看过年了，关照关照咱生意。"

粥姐随口应允，拉着绍祖出来："看来得去趟大同了，你去牢里跟朱爷请示一声。"绍祖挥手道："一个囚犯，跟他请示什么。咱们歇一晚，明早走？你要不要跟墩里说？"粥姐道："也不用跟他们讲。"回到客店，休息了一夜。清早，二人上马出城，赶去大同。

下午到了徘徊镇，依然住庞家店。绍祖一掀门帘就叫："娴妹呢？"英娴正蹲地上给炉子通火，瞧见绍祖惊喜："张大哥，你怎么来了？"又见粥姐进来，吓得往后退。粥姐笑道："弟妹白胖了许多，在这里享福呀！"英娴白了她一眼："谁是你弟妹！不和你讲话！"绍祖笑道："我们去大同办事，在这里住一宿。你这阵子都好？"英娴道："都好，老爹和妈妈极和气的。我惦记你，跟县城来的客人打听你的消息，有个婆子和一个姚姓小哥儿，提起你就掉眼泪，说你是大善人、好官儿，送银子助他们回家。我听着也高兴。"英娴麻利上了饭菜，又问："朱爷怎么没一起？"绍祖道："他有别的事。娴妹，烦你收拾两间空房给我们住。"英娴笑道："好说，你俩安生吃饭，别再打起来。"

吃了饭，绍祖来厨房闲话，英娴道："张哥，我打听到我爹的消息了。"绍祖为她欢喜："在哪里呢？"英娴道："说离了京城，回陕西老家了。"绍祖道："那你不赶紧回去找他？"英娴道："老爹和妈妈年纪大了，店里太忙，我多帮他们几天。"又指着楼上笑，"你俩不是水火不容吗？还能搭伙走公差了？"绍祖道："她人不坏，就是脾气暴了些。"英娴噘嘴道："买人给兄弟做媳妇，能是好人？"绍祖笑道："这不也没买成么，别记仇了。她看着粗蛮，其实心思精细，又知错能改。我瞧着，见到你她也臊得慌呢。"英娴笑道："你这么向着她，是看上她了？"绍祖正色道："不要乱说。"英娴拍拍嘴巴："我失言了。我给你烧些水洗脚。"绍祖等水烫了,舀在桶里,提上楼,敲粥姐门。粥姐说已睡下了,绍祖道:"给你提了洗脚水。"粥姐道:"不洗了,困了。"绍祖道:"赶了一天路,哪能不洗脚呢?"粥姐骂道:"洗你娘!给我远着!"绍祖只好提桶离开,瞧楼下,英娴笑弯了腰。

清晨,绍祖和粥姐吃了早饭,英娴蒸了一锅肉包子给他们带上。正要走,门帘掀开,钻进来一个汉子,是孟六,衣裳破烂,棉帽上几个大洞飞出棉絮,脖子里还缠着黑腻腻的布条,脸上越发沧桑,在柜台上排了几文钱,买一碗酒。见着绍祖,他赶紧埋下头。绍祖上前拍拍他:"老孟,你伤好了就喝酒?"孟六哈着身子:"结痂了,结痂了,谢张爷垂问。"绍祖问:"老朱为何要弄你,你想明白没有?"孟六嘴里"是,是"说着,也不答什么。英娴从酒缸里舀碗酒推过来,孟六要拿,被绍祖张手扣住。粥姐在门口道:"走了赶紧!欺负他个什么劲。"绍祖道:"问些话。"直勾勾看着孟六。孟六舔舔嘴唇:"我日想夜想,还是不明白朱大哥为啥杀我。"绍祖问:"以前有过节?是不是你忘了?"孟六使劲挠手上皲裂的冻疮:"没过节呀,我向来把他当大哥敬重。下西洋的年月,船上缺吃的,他还分口粮给我。几十年没见,竟要杀我。张爷,朱大哥跟你说没?"绍祖摇头:"他不说,所以才问你。"他松了酒碗,正要走。孟六捧起碗喝了一大口,冷不丁道:"前几天我突然想,也许曹黑哥也是朱大哥杀的哩。"

绍祖一皱眉:"曹黑哥又是谁?"孟六道:"老黑也是镇上的,当年带我们一起参军下西洋。"粥姐牵来马,在门外催:"再磨蹭,我先走了!"绍祖叫道:"正说话呢!"问孟六:"你为何觉得是老朱杀了老黑?"孟六道:"我们那会儿往回开,一天深夜,朱大哥和黑哥在甲板上说话,忽然朱大哥喊黑哥落了海,大家费力捞起来,黑哥身上十几个大血窟窿,已死了。他们都说是海里的鲨鱼咬的,可我瞧着,那血窟窿是用刀子捅出来的。那时怎会想到是朱大哥下手呢?我那会儿病得重,被抬到一艘装病残的船上去了,后来听说那艘船失了火,烧死好些人,朱大哥没死,调去三宝爷那边了。前几天忽然想起这茬儿,我才重新起疑了。"绍祖道:"你想着,他为何要杀老黑呢?"孟六摇头:"不明白。都是兄弟相称的，穿一条裤子的交情，按说不该呀，他敢是有疯病？"绍祖不知再问什么，提着行李出去了。

大同城里张红悬彩，街上行人摩肩接踵，双手提满年货，孩童最是开心，拿着纸扎的风车、糖人儿、木头刀剑嬉闹。运粮食的、拉石炭的、贩骡马的车队在街上走不动，急得车夫乱骂，百姓只是笑。二人寻了间客店，放下行李，在店里吃了两大碗猪肉馄饨，跟掌柜打听："城里可有给军中合火药的作坊？"掌柜问："二位要做什么？如今大同境内不让放炮仗，买不到的，今年要过个哑年了。"粥姐说是寻亲戚。掌柜道："城西龙王庙后头有两家，一个姓顾，一个姓鲍，不知哪个是你亲戚？"

来到龙王庙，这里人家稀少，十几株干巴巴的大榆树，四下几片荒囤。庙后有条巷子，冷清得怕人。顶头几户，房塌墙倒，长满枯草，再往里走也无人气，从断墙望进去，门窗墙面烧得黢黑。走到巷子头，才依稀听见人声。站在马镫上一瞧，里头一对男女正用大筛子筛草灰，弄得头脸肮脏。粥姐下马敲门，妇人开了，打量他二人："跟你们上头说，上次一千斤火药的账还没结清，不接新活儿。"粥姐道："我们不是军里的，这是顾老爹家吗？"妇人道："我家姓鲍。"说完就要关门，粥姐推住："巷子里就你一家，老顾家在哪里？也是合火药的。"妇人骂了几句脏话，朝里头喊："他爹，顾老狗搬去哪儿了？"她丈夫搓着手过来："谁找他？"绍祖道："我们是他天威县的亲戚，有事寻他。"汉子道："听说他在养济院里烧饭。"粥姐奇道："他不干本行，怎么当厨子了？"汉子冷笑道："瞎了只眼，断了条腿，还干什么本行？再他娘干，整个大同城都给他炸了！"他婆娘愤怒控诉：几个月前，老顾家作坊失火爆炸，大火把这条巷子烧了个精光，他婆娘孩子也死了。大火烧到他们家，引着了半桶火药，炸塌了厢房。她依旧生气，骂个不停。

打听了养济院所在，二人来到城西南的狗脊坡。坡下原是一座二郎神庙，已荒废了，官府改成了养济院。离老远就闻到一股酸臭味，门口排着老长的队，皆是破袄光脚的乞儿和缺腿少臂的残疾老弱，手里端着破碗破盆，抻着脖子往前熬。前头，火堆上架三口大锅，里头熬着一些烂菜叶和碎骨头，黑绿的油花儿随滚水溜溜乱跑，腥酸气奔涌。一个穿官袍的汉子在旁站着，脸上无须，当是太监，一众小厮手执长鞭横眉怒目。每口锅后头站着一人舀粥，忙得满头大汗。其中一个瞎了只眼，半张脸全是烧疤，手也不灵动，哆哆嗦嗦，往人家碗里舀粥总漏不少，惹得人抱怨："老顾，又不是吃你家粮，你心疼个鸡巴！那手抖你娘哩！"老顾也回骂，用大勺子乱敲抢过来的胳膊。小厮甩了几下鞭子，啪啪乱响，队伍才安生些。小厮指着后头骂："吃过的走，再去后头排的打死！抢别人粥的，也打死！"

绍祖和粥姐远远站开等待。三锅菜粥施完，还有不少人没吃上，捧着碗苦苦哀求。老顾将骨头捞出来，装进一个篮子，用勺子敲敲锅沿儿："刮个底儿吧！"那些人一拥而上，直接上手，将三口锅刮得干干净净。那太监一脸烦躁，骂了老顾什么话。老顾又喊："代王千岁舍粥七天，一天两顿，吃饱了也给王爷念声佛。"一个乞儿叫道："这是哪门子粥？这是王府的泔水，好歹也搁些米！做善事还抠抠搜搜的！"太监骂了一句，命人牵过马骑上，解下腰间一个口袋，边走边撒下许多铜钱。众人又趴在地上乱抢，那些小厮踩着他们身子过去了。几个乞儿捧着铜钱来到老顾跟前，点头哈腰的，老顾笑嘻嘻拿了钱，提了装骨头的篮子，一瘸一拐地往院里走。

绍祖和粥姐跟进院中，太阳地里还躺着一些动弹不得的，也不知是死了还是睡着。马系树上，给了一个乞婆几文钱，要她好生看着。尾随老顾绕过残破的正殿，来到后面厨房。老顾掏出钥匙开了门，放下篮子，端着一大碗干饭出来，上头堆着几块肥肉，坐在草墩上吃。二人近前，老顾吓了一跳，碗护在怀里："找谁你们？"粥姐笑道："顾老爹，可还认得我？"老顾摇头："你谁？"粥姐谎道："枯树墩的，你住天威时，找你私买过火药。"老顾道："只卖过杀虎堡，不认得你。找我做甚？"粥姐道："找你打听点事，没想到你遭了灾。"老顾叹了口气，使劲扒拉饭菜，几口吞干净了，一抹嘴："有什么话说？"绍祖道："听说今年马市，你生意做得红火？"老顾往地上吐了口唾沫："干我们这行，最忌讳'红火'俩字。"绍祖问："你总共卖出去多少？"老顾瞪着眼："问这做什么？我上了税的。"绍祖道："我们要查县官儿贪墨的案子，查账查到你这块儿，问问你的证词。"老顾拍腿道："该查！樊文辅是个大贪官儿！"他想了想道："今年马市，出了三十多万头儿炮仗，一千瓣虎下山、五百瓣小春雷，还有几样大的，是钟馗乐还是鬼抱头记不清了，都是大几百瓣。"绍祖道："这么大买卖，赚了不少罢？"老顾叹道："这位爷，你可知道县里抽税有多重？樊文辅心黑手黑！我雇了一帮伙计，还有料钱，没落下多少。落下的，一场大响儿全没了，把老婆孩子也搭了进去。"

粥姐道："今年七八月，官军吃了大亏，你也知道罢？"老顾道："谁不知道？不过这关我屁事。"粥姐微笑道："上头查呢，说今年蛮子的火炮火铳极厉害，从咱们这儿买了许多火药回去，查呀查，查到天威马市这一环，都说从你这里卖出去上万斤。"老顾脸色煞白："二位，这话可当不起！我卖的是炮仗烟花，不是卖火药，蛮子说买回去放羊吓狼的，怎么是做火药打仗呢？"粥姐冷笑道："老顾，明人不说暗话，蛮子买炮仗做什么，你我心里透亮。"老顾忙道："慢着！这事重大，不能这么说。交易炮仗不是我上赶着做的，是一个大商客罡我的货居中买卖，而且官府抽税的。我做烟花炮仗又不犯法，买卖也不是我做的，凭什么问我的罪？蛮子买了铁回去打成刀剑和咱们打仗，是不是也要把卖铁的问罪？"

绍祖笑道："你别慌，没说要问你的罪。你刚才说是一个商人居中交易？"老顾道："姓李，叫李通海，在天威一打听就知道，马市各行买卖里都有他。"绍祖道："你可知他的底细？"老顾摇头："就见过一照面儿，打了合同。他是个信诚的，钱上没坑我——上个月遇着他的车驾，我上前告苦，他还记得我，可怜我惨，送了我二十两银子安家，不知道被哪个狗日的乞丐偷了，弄了个狗咬尿泡空欢喜，我如今活得连狗都不如。"粥姐绍祖齐道："上个月遇到了？就在大同城？"老顾点头："他和代王亲近，常来大同，就住在王府里，也不知如今走了没有。"

粥姐把绍祖拉到一旁："看来要去代王府里打听了。而且李夫人不是说么，马市贪墨有这位王爷好大的份子呢！李通海引诱樊文辅拖延闭市，也有代王的意思，这是故意欺瞒朝廷，违抗圣旨，罪过不小哩！"绍祖紧拧眉头，面露难色。粥姐推他:"怎么,一说查亲王,怕了?"绍祖道:"亲王是我们能办的?"粥姐啐道:"尿样!你不是钦差吗?圣谕不是尊卑照查吗?怕个鸟!"绍祖苦笑道:"我的姐,再圣谕钦差,亲王毕竟是亲王,没朝中大员奉着圣旨亲来,只凭咱两个?一个校尉,一个墩兵,问罪亲王?痴人说梦。"粥姐急道:"那就放过他?"绍祖道:"当然不放。代王之罪,我想回京如实上奏,由皇上裁断。不然,闹破了,这大同城就是咱们的棺材。老朱已经陷了,咱俩再有好歹,这差事就完了——王府是要去,但不能提贪墨违旨的事,只问李通海。"

老顾送二人出来,前院吵闹,一堆乞儿在墙根底下抢什么。墙那头,忽又抛过来两袋粮食,那些人疯了一般争抢,弄得满地都是白花花的米面,连着土往嘴里、衣服里塞。老顾骂道:"这帮畜生一样的,活着有什么劲!"粥姐问:"墙那边是什么人家?这样个施舍法儿?"老顾道:"说来才怪呢,是个老头子,逢年过节就往这边扔粮食,你做好事却帮倒忙——这些畜生抢着打架,还闹出过人命。"绍祖笑道:"天下什么人都有,也是奇事。"

18　侯门深似海

　　回客店安稳睡了一夜。隔早吃了饭，前往代王府。走了一截，遇到一队官兵押着三辆大车，满载獐子、麂子、鹿、野猪、野鸡、野兔还有米面等物。绍祖嫌他们行得慢，从旁超过去，忽听人叫："张绍祖？"绍祖回头，车队领头骑马的，竟是夏回生，忙下马行礼："夏大人，巧了。"夏回生命车队暂停，下了马，拉绍祖到一条小巷："你怎么在这里？朱爷呢？"绍祖道："他在天威，我来大同继续查案。"夏回生看看身后的粥姐："那妇人和你一起的？"绍祖点头："她本地人，凡事通窍。老朱点她一起办案。"夏回生问差事办得如何，绍祖简要介绍一通："正要去代王府，打听那个李通海的底细。"夏回生听说乱坟岗一节，又惊又喜："原来如此！我正好去王府，一起罢！"绍祖笑道："正愁没个引荐呢。"指着那几车野味："这是孝敬的年礼？"夏回生道："关外军队猎的，分些过去。大同就这一个亲王，凡事都得先顾着。"

　　曲折来到王府，递了书子进去。一个胖墩墩的太监出来，指挥仆人将野物卸了。绍祖一瞧，这太监正是昨日在养济院舍粥那位，夏回生认得他，口称刘公公，想必他便是李夫人说过的刘圭了。刘圭道："小爷听说你来，很是高兴，让你进去吃杯茶。"夏回生请过绍祖粥姐道："他二人是京里来办案的，有事参见王爷。"刘圭问："你叫什么？大过年的办什么案？"绍祖出示了腰牌道："下官锦衣卫校尉张绍祖。有富商李通海关涉案情，查知他上月来过王府，所以来拜谒王爷，访一访当时的事。"刘圭道："李通海？他一个做买卖的，能关涉什么案子？"绍祖道："等见了王爷，下官自会详说。"刘圭又指粥姐："你们锦衣卫官差还有女的？"绍祖谎道："这是家姐，下官办差，她都跟着的。"刘圭道："汉子家办案，还要娘们儿做军师？她不准进，你跟着来。"

粥姐跳脚道："你这太监，凭什么我不能进？"刘圭大喝放肆，夏回生道："你去门房里等着便是。"粥姐还絮叨："果然阎王好见，小鬼难搪！"绍祖劝她："不必争这个，先委屈你。"粥姐压低声音："死人，我是担心你！"绍祖把她拉到墙下，四面望了望，指着王府内一座楼檐下悬挂的铁马："瞧见那个铁片片没？"粥姐点头。绍祖道："你盯好了。如果我有事，就发石子打铁马，听见了，千万不要进来救我，那是一并送死，赶紧跑去行都司求救。"粥姐道："杀了你怎么办？找他们收尸？"绍祖道："他们不敢杀我，顶多囚禁。"粥姐道："你也是皇帝家的？亲王还不敢杀？"绍祖笑道："别担心，我有把握。"

兵器卸在门房，绍祖和夏回生随刘圭穿过阔大的前院、一幢幢琼楼玉宇、忙着各处打扫的仆人，来到靠西的一处便殿，这里是小王爷的书房。刘圭先进去禀奏，夏回生道："一会儿我先走，在此查案有需要的，去行都司衙门找我。"绍祖称谢。过了会儿，刘圭掀开门帘招呼二人进来。刚跨过门槛，便闻到一阵缈缈香气，是名贵的荷露香，地上铺着厚厚的织锦花卉地氍，蹲着两只五六尺高的仙鹤踏龟铜炉，袅袅飘升细烟。穿过一道珍珠帘来到里头，又是一股异香，绍祖也不识得。一张铺紫蒙红黄梨大榻，朱仕壥身穿深绛盘龙便服，没穿鞋，露出宽散的白袜，靠着一张黑檀曲几看书。几个如花似玉的婢女垂手侍立在侧。窗前吊着一只木架，一匹脚上拴着细链的绿毛鹦鹉站在上头，叫出声来："磕头，磕头。"

二人跪下行礼，绍祖顺势瞥了眼朱仕壥手里的书，是一册《太平广记》。朱仕壥年纪和自己差不多，肤色极白，无须，有些胖，似是白粉团就的，说话也柔声细语。他先问候夏回生几句，打听军中事务，夏回生一一答了。朱仕壥问："可有瓦剌军队的塘报？"夏回生道："派去的夜不收回来说，贼军未有挪营迹象，也先从行帐地召来歌女数十，日夜饮歌，看来能过个安生年。"朱仕壖道："之前跟郭总兵说的孤家欲移藩河南一事，他可上奏朝廷了？"夏回生道："这等大事，非臣可知。"朱仕壖笑了笑，又问送来了哪些野味，刘圭在旁代答了。朱仕壖命赐茶。侍女端过来一杯，夏回生喝了一口，口颂金安，便告退。朱仕壖吩咐："大过年的，夏大人辛苦，带他去库里领些好酒。"夏回生连声谢恩，下去了。朱仕壖坐正身子，双脚垂下，侍女上前为他穿了鞋。他来到窗前，从瓷罐里抓起一把谷子，托在手心里喂那鹦鹉，鹦鹉喜得乱蹦："谢千岁！谢千岁！"啄了两颗，却扭头不吃了。

朱仕壖嗅嗅手里的谷子，一把扔在侍女脸上："一股霉气，也不知道换的！"侍女忙捧着瓷罐下去了。这时，一个管家进来禀道："奏殿下得知，小的送年礼给杨惟一，他全扔给旁边养济院了，还骂了小的一顿。小的说这是王爷敬老，赏赐你过年的，他还说了几句大不敬的话。小的禀过殿下，派人拿他问罪才好。"朱仕壖摆手道："一个老不死的疯子，和他计较什么？"管家恭敬退下。绍祖听见杨惟一的名字，心头一紧，想打听也不好开口，依旧跪着。朱仕壖这才转身问他："刘圭说，你是京城差来调查李通海的？"绍祖道："臣张绍祖，忝任锦衣卫。有富商李通海惑诱天威知县樊文辅，不遵圣谕，私开马市，疑其暗邀虏贼南侵，攻陷杀虎堡。查知此贼曾于上月在龙府盘桓，故臣冒渎天威，造府拜问。"朱仕壖背着手道："早两年先王抱恙，急需几样西域的珍奇药材，李通海献上来了，所以先王器重他，把皇庄的事务给他打理，好像赚了些零碎银子。先王薨后，孤家不待见这个人——一个做买卖的，出入王府成何体统？上个月他来，是路过大同，念着旧恩，要拜先王神主，拜完也就去了。孤家不知他的来历，也不知他的去处。"绍祖听父亲说过，老代王朱桂乖戾暴躁，子孙辈都不爱他，现听朱仕壖满口讥讽，心里也笑。

朱仕壖道："如今世风日下，经商的都能出入公卿之家了，还穿绸子戴头巾，太祖爷那会儿能有这样的事？先王也是老糊涂，敬重这样的好利之徒。孤家听说，李通海和太原晋藩、潞州沈藩，交情都不一般，或许那两位爷知道此人下落。"绍祖行礼道："谢殿下指点。"正要退下，朱仕壖又道："樊文辅已定了贪墨之罪？"绍祖不好实答，只说尚在查究。朱仕壖微笑道："来日扭送大理寺论罪，别忘了添上我这里的账——他每年孝敬我不少哩。"绍祖一时不知如何说。刘圭在旁猛喝："张绍祖，你从天威来大同，是查李通海还是查王爷！"绍祖忙道："不懂公公的话。"朱仕壪道："你不懂他的话，孤家跟你说。于谦派你和朱抗查土木战败，怎么查到我这里了？"绍祖半张嘴巴欲言又止。刘圭冷笑道："你们的差事，打量别人不知道吗？"绍祖鼓起勇气道："我的事是钦命皇差，除了皇上和于大人，别的任谁也无权过问。"刘圭又道："听你口气，将来是要连我们王爷也要劾一本了？"绍祖道："我只负责如实查案，结案后的论罪，由于大人和三司依律勘夺，皇上必也会公正处分。"

朱仕壪大怒："反了！你拿于谦压我么！"早有一众侍卫跑了进来，将绍祖摁倒在地。绍祖叫道："我奉命查案，如实说话，凭什么拿我！"刘圭在他身上一摸，从靴筒里提出一把匕首："大胆逆贼！这是要行刺王爷么！"绍祖长刀匕首及石子袋都卸在门房，此时反应过来，刘圭欲以谋逆罪名陷害。命悬一线，他也豁出去了，趁侍卫松懈，猛地挣脱，摸出腰带间藏好的一枚石子，朝着窗外远处角檐儿上的铁马打去。那鹦鹉架就在窗前，石子疾速掠过，将那鹦鹉削去几片羽毛，势头不减，精准打在铁马上，咣啷一声脆响。

侍卫复上去扑倒他，用绳子捆了结实。受伤的鹦鹉唧唧惊叫，朱仕壪心疼地抱在怀里，气得脸色发白："拖去院中，乱杖打死！"侍卫揪起绍祖拖来院中，抄起大棒正要下手，绍祖仰头大叫："谁敢杀英国公之子！"连喊数声。朱仕壪在殿内听到，忙跑出来："慢着！你刚说什么？"绍祖冷笑道："边藩私用刑罚，杖死国烈重臣之子，皇上晓得，试试！"刘圭在旁骂道："死贼！你不过真定府军户家的贱种，如何攀扯英国公！"朱仕壪却脸色大变，命暂停施刑，扯着刘圭回到殿内："京城的消息确不确？"刘圭道："确的呀！说他是真定府军户出身，他父亲和朱抗在浙江剿过倭。"

朱仕壪命传府内纪善官，纪善很快来到。问他："你在京城多年，可知英国公有几子？"纪善道："英国公有三子，长子名忠，次子名懋，三子名昭。张忠是宣德癸丑科进士，因素来体弱，向在礼部挂个闲职，懋、昭二子尚年幼。"刘圭问："没有在锦衣卫当差的儿子？"纪善摇头："不曾听说。"刘圭一拍手，正要出去，纪善忽道："倒有个庶出的，名延，很晚才归宗，曾在国子监就学，杨先生在府里时跟臣闲话提起过，那公子不用大名，以字行世，表字什么祖。"刘圭道："绍祖？"纪善点头："对，延为绍祖。他没功名，也无甚才名，所以很少人知道。"朱仕壝命他下去，发起了愁。刘圭道："只说他怀刃谋刺，先打死了，管他爹是谁！"朱仕壝喝道："放屁！英国公有文皇帝亲赐的免罪铁券，又殉国在土木，朝廷刚追了定兴王，尊隆无比。杀他儿子，皇上跟前怎么交代！"刘圭道："不杀他，马市的事难解。给樊文辅的那本账簿上虽未列上王爷，但他能没有私账？"朱仕壝想了想道："先关押起来，孤家想想如何处置。"刘圭命侍卫将绍祖押入监牢，好生看守。

且说粥姐，在外头百无聊赖地等了许久，忽听见铁马脆响，朝大门里一望，一个侍卫正朝这边跑来，喝守门的："刘公公令，拿下那妇人！"三五人跳出来，堵住粥姐去路。粥姐拔刀砍伤了两个，捉个空子飞奔，众人紧追。好在街上人多，粥姐钻入闹市，很快将追兵甩开。惦记绍祖安危，也不歇脚，径来到城北的行都司衙门。大门紧闭，擂了半天，一个老衙役开了，说今日衙门已歇，初六开衙，不理公事。粥姐擦擦一脸汗："夏回生在哪里？"衙役道："今夜轮他巡城，这会儿不知在哪儿。"说完要关门，粥姐伸手挡住："郭总兵呢？"衙役道："在城外军营，有急事去营里报。"

粥姐犯难，夏回生入夜才巡城，若去军营求救，自己女流，又无印信，绝难进入大营。况且王府追捕，能不能出城还两说。耽搁久了，绍祖怕遭毒手。她心如火烧，也不敢回客店，没头没脑地在街上乱撞。过了中午，饿得头晕，在一间小店吃羊杂面，也尝不出滋味，一肚子愁绪。门外，一辆骡车缓缓停下，大幔下摞满高高的箱货。赶车的是两口子，细瞧，是龙王庙姓鲍的那家，也是搓炮营生，寻老顾时打过照面。二人没瞧见她，进来吃面。店家问："又往军里送火药？"老鲍道："不是火药，是烟花炮仗。"店家道："今年不是不让放炮吗？违者重罚，谁这么大胆？亏你们也敢接！"老鲍媳妇道："代王府里要的，王爷想听响儿，军里敢放屁？"店家笑道："好么，明儿除夕夜，我们去王府墙外看热闹。"

粥姐听得明白，蓦地心生一计，忙算了账，趁老鲍夫妻不注意，掀开车幔钻了进去，推开几箱烟花，蜷好了。没一会儿，听见老鲍甩鞭子，车动了。粥姐透过幔子看天色越来越暗，渐渐一点碎亮都不见了。车停了。听见老鲍和人打话："梅老爹吉祥。货都齐了，三千支天女散花，三千支美人笑，五千小春雷，一万虎啸天，一万惊玉皇，线香有十斤，小人还另外孝敬五百闹天宫，二十捆蚁上树，二十盒蟠桃会，给小王爷、小郡主们玩。小人浑家还做了炸甜糕、泡螺酥各三斤，给老爹尝新，知道老爹牙口不好，炸得透烂的。"那人笑道："还是你老鲍会来事儿。把车拉去后院，让小厮们卸货，忙完了你来账房领钱。"车又动，粥姐掀起幔子一角，进了后门，过一条甬道，拐入一处小院。屋里灯火明亮，老鲍叫喊小厮。粥姐怕一会儿露馅儿，忙从车上跳下，闪入一丛长竹中藏定。看小厮们将炮仗都搬下来，一个老管家拿着单子分派，命他们送去各处。老鲍浑家去厨房和几个婆娘聊天，老鲍自去讨账了。

粥姐不知绍祖死活，正想问谁，只见一名丫鬟一手提灯笼，一手提食盒，进了座半月门。粥姐出了竹丛，将长刀掩在长裙下，三两步赶上，笑问："妹妹给谁送饭？"丫鬟瞧了瞧她："你是厨房的？"粥姐道："刚进来没几天。"丫鬟道："今天有人送野味，给刘公公开了小灶儿。"粥姐道："我正要去那边，怕黑，和妹子就个伴儿。"丫鬟笑道："正好，你帮我拿灯笼。"粥姐问："今天府里打死人了听说？"丫鬟道："厨房那些婆娘天天瞎传，哪打死人了？拿了个行刺的，关着哩。"粥姐问："关在哪儿？"丫鬟道："厨房后头的柴房。府里人犯了错都关那儿，就是牢房。你刚来，可要谨言慎行。"粥姐连声答应。到了一座别院门口，丫鬟提过灯笼自进去了。

粥姐折返，不过半月门，攀上矮墙，猫着身子绕到厨房后头，是马厩和柴房处。柴房门口两个侍卫，一个道："老耿说王爷下半夜要弄死这人。"另个问："毒死？"那人摇头："不知，反正子时换岗，不干咱们事。"粥姐闻言大急，自忖本事平常，没把握对付二人，耐心等待时机。一个厨娘来到后头："饭中了，哥儿来吃。"一人道："你先去，吃完换我。"另个去了。粥姐在暗处溜下墙，悄悄摸到那人身后，猛击他后脑，打昏了，解下他腰带捆了，用土塞了嘴巴，拖到角落。还不敢进去，又等，另个侍卫吃完回来，见不着同伴，叫了两声，粥姐又跳出来将他打昏，拉到一处。推开门，绍祖浑身捆得粽子也似，正在草堆里睡觉。粥姐上前打了他两个嘴巴，绍祖惊醒，见是粥姐大喜："你怎么来了！"

粥姐割开他身上绳索，二人出了柴房，翻过墙，顺着甬道往侧门走。绍祖忽停住："城门关着也出不去，再说，事儿没办完，走不得。"粥姐道："你问清李通海的事没？"绍祖道："他们说不知那人底细，怪我查案牵涉王府，所以拿我。"粥姐道："代王的罪让皇上追究，咱们惹不起躲得起，专查李通海罢了，在这里要死的！"话音未落，只听厨房那边大喊："贼逃了！"四下人声大乱。正不知去何处躲避，粥姐道："跟我来！"拉着绍祖跑回刘圭住的别院，闪在一座假山下，听得刘圭厉声命人抓贼，仆人杂役都跑去了，正堂里只留了两个丫鬟伺候。绍祖恨道："这阉狗，我撒撒气！"在地上抓了把碎石，一跃跳到廊下，冲进正堂。粥姐紧跟上。刘圭见着二人，一时吓得动弹不得。那俩丫鬟也战兢兢缩去角落。刘圭扬来一杯酒，夺路要跑，绍祖两块石子打出，正中他膝盖，重重摔倒在地，痛号不已。粥姐一脚踩住他嘴巴："再喊，杀了！"

绍祖命两个丫鬟钻到柜中，不许出来，喝问刘圭："真定府军户出身是我随口编的话，只在唐家岭跟曹吉祥那个阉狗说过，是不是他命你在徘徊镇外埋伏我们？"刘圭闭眼不吭声。绍祖在房里翻箱倒箧，搜出一沓书信，拆开看了看，其中不少樊文辅的信，内容都是随孝敬银子送来的当月马市账目。还有几封署名曹吉祥的，原来孝敬京官的马市银皆由刘圭发送曹吉祥，再由曹在京分派。其中一封，是上个月曹吉祥命他铲除京城二差朱抗、张绍祖。绍祖大怒："果然是曹狗差你！"揪着他问："你一个王府太监，没有兵权，埋伏的事是谁帮你干的？"粥姐在旁心中发虚，原来王第三在徘徊镇的勾当是由这条线传令，她担心刘圭说出刺杀者牵连到第三，幸而刘圭并不言语。

此时，有仆人在外瞅见，大呼起来，很快，侍卫赶到。粥姐刀指刘圭，众人不敢上前。代王亲自到了，离得远远的，指着绍祖呵斥："张绍祖，你要造反不成？"绍祖笑道："殿下莫随意加罪，打个太监就算造反，这王府姓刘不成?"朱仕壐大怒:"凭你这话,孤家可杀了你!"粥姐道:"你本就打算后半夜杀他哩。"朱仕壐命侍卫拿人,绍祖击发石子,专打他们臂膀,一个个都掉了兵器,无人敢前。朱仕壐连喊反了,命人射火箭。刘圭大叫:"殿下莫放,救老奴一命!"绍祖打开柜子,先放了那俩婢女,踢翻桌子挡箭,很快桌子烧了起来。粥姐急道:"这么耗着,都死!"绍祖道:"不行冲出去挟持了他,叫开城门,去军营躲避。"粥姐啐道:"狗屁主意!那是真造反了!"她焦急地四下看,忽发现墙角处几只大箱子,正是老鲍造的烟火,分到这边的。她灵机一动,忙拖过来打开,是天女散花、美人笑和惊玉皇,抓起一把递给绍祖:"放炮!"绍祖道:"你急昏了?这会儿过年?"粥姐拧他耳朵:"蠢材,你忘了么,今年大同严禁放炮!"绍祖恍然过来,忙凑火焰点着了烟花,丢到外头。烟花噼啪溅射,打出璀璨耀目的火束。侍卫护着代王后退了一截,朱仕壐一时哭笑不得:"黔驴技穷!"他亲自端起弓朝堂内发箭。绍祖和粥姐顶着箭雨,不断引着烟花炮仗往外扔,一时跟娶亲送葬一般,爆裂炸响,满天金树银花,震耳欲聋。

刺鼻的硫硝味儿四下飘散,又香又呛。外头的不敢进,里头的不敢出,僵持住了。忽有仆人进来禀报:"殿下,巡夜的兵马进来了!"只见一队士兵赶了过来,带头的正是夏回生,来回大喝:"谁敢燃放炮仗!"瞧见朱仕壐,忙上前行礼:"殿下受惊了,是谁在府内放肆?"朱仕壐不尴不尬:"怎么?过年还不许放炮?"夏回生道:"郭总兵三令五申今年春节严禁烟炮,一是为节约火药以助军用,二是怕蛮贼借炮仗声突袭,墩兵辨不清炮铳响,将误大事!"绍祖在堂内大呼:"夏老兄!王爷要杀我哩!"夏回生看此一片混乱,满脸困惑:"殿下为何要杀张绍祖?"朱仕壐道:"他白日要行刺孤家,晚间又挟持刘圭造反!"绍祖拉着粥姐来到廊下,大喊冤枉。刘圭烧得头面焦烂,爬了出来,连呼救命。夏回生护着绍祖来到代王跟前,命他跪下:"张绍祖,你怎敢触怒殿下?还不快请罪!"绍祖顺水推舟,俯身请罪:"惊扰殿下,臣万死。只是身负皇命查案,迫不得已。"朱仕壐恨道:"你查案查到孤家头上了么!"夏回生也假意问:"你不是来王府打听什么富商么,还要查什么?"

绍祖掏出曹吉祥给刘圭的信："天威马市贪墨一案，刘圭大有干系，又设诡计欲在徘徊镇杀害我与朱抗。"朱仕壪夺过信看了看，咬牙不语，他猛抄弓射出一箭，正中刘圭额头，刘圭登时毙命。绍祖大惊，粥姐更是乱叫："这是要灭口么！"朱仕壪高声道："孤家并不晓得什么马市的事，一切皆是刘圭欺天罔地，胡作非为！这等奸贼，留他做甚！"绍祖还要说什么，夏回生轻朝他摇头，绍祖叹了口气，垂头不语。粥姐见势如此，不待绍祖叮嘱，也不闹了。朱仕壪丢了弓："你们快离了我这里，晦气！"夏回生道："府上若有不识法度的私藏烟炮，可得好好查办，万不能再有响动了，不然郭总兵处实难交代。"朱仕壪沉脸道："孤家晓得，何用你说！"绍祖索要自己扣在门房的兵器，朱仕壪命人取给他，自回寝殿了。

夏回生护着绍祖和粥姐出了王府。在街上，三人连出几口长气。夏回生抱怨："张兄弟，你也忒莽撞！怎么在王府闹了起来！"绍祖笑道："也不是我想闹，身不由己。"粥姐道："姓夏的，你好意思！去行都司衙门找你，狗毛也没找到！"夏回生道："今日衙门放假封印，我也忘了。"

19　国子监先生

夏回生领兵去了。粥姐问:"这下安生了?"绍祖笑道:"安生了。他把罪推了个干净,也不必害咱们了。"粥姐道:"那就凭他混过去?"绍祖道:"当然不成,回头详细写进奏本,看皇上不把他废成庶人!咱们呀,保住贱命就好!"回到客店,二人累极,沾着枕头就睡着了。天亮后,绍祖先起来,将近来调查进展与代王之事详写成信,派店家唤来驿兵,寄送于谦。今日除夕,店内外贴红挂绿,喜庆非常。粥姐道:"赶不回天威了,就在店里囫囵吃个年夜饭罢。"绍祖想了想道:"我要去见一个人,你怕是要自己过年了。"粥姐不乐道:"你见谁?为查案吗?"绍祖道:"不为查案。"粥姐又问:"难道是你相好,不便带着我?"绍祖挠头笑了:"你想跟着吗?"粥姐啐道:"让你娘一个人过年?好狠心的儿子!"绍祖笑道:"那就带你去罢了。"

半下午,年货店忙着关门过年,赶着买了些礼物,还有两坛酒、两袋米面、一方猪肉和两只肥鸡肥鸭,一总驮在鞍上。绍祖领路又回到养济院附近,粥姐道:"你要做善人,周济贫苦吗?"绍祖道:"不为他们——好大姐,一会儿见了这人,你不要乱说话。他脾气不好,动辄骂人的。"粥姐道:"他骂我我回骂就是了,他不骂我我也乖着。"绕来养济院后头,一处荒凉小院,两扇破木门,土墙上贴着一副红艳艳的对子,纸边溢出些糨糊,写的是:一个南腔北调糊涂人;三间东倒西歪破落屋。举手叩门,这门摇摇欲坠,吱呀乱响。绍祖小心推开,站进去一步,三间小土房,椽子烂在外头,纸窗补了十来块,东墙下堆些木柴,挤着一株干遒枝劲的老梅,墙阴处攒了些残雪,门口一只小板凳,四下空荡荡的。绍祖喊:"可是杨先生家?"

喊了数声,百衲门帘掀开,一个小哥儿走了出来,睟面盎背,穿得旧,却很干净:"谁找先生?"绍祖看他气质不似仆人,作揖道:"在下张绍祖,是杨老师在京里的学生,闻知老师在此,特来拜望。"小哥儿回揖:"张相公稍待,我进去说。"粥姐牵着两匹马进来,往下卸礼物。绍祖看这破屋外也贴着一副新对:不才空怨,不才明主弃;多病少欢,多病故人疏。正嗟叹着,小哥儿出来了,脸色有些局促,上前拱手道:"杨先生身体抱恙,怕不便相见。"绍祖皱紧眉头,进退不得。粥姐道:"生病了正该进去看看,有什么不便见的?礼物都卸了,也不留我们喝口茶水?"小哥儿不住致歉:"先生严命,二位见谅。"绍祖道:"既然如此,我们就告退,这些年礼是学生一点孝心,请兄代为致意。"这时,屋里传出洪亮一声:"东西拿走!老朽命薄,当不起张大公子的厚礼!"那小哥儿吐着个舌头,不敢言语。绍祖给粥姐使了个眼色,两人转身出去。

"修文,把东西给我丢过墙去!"门帘掀开,一个老者拄着拐杖颤悠悠地出来了,穿身酱色直裰,外套一件洗得发白的棉褡,极矮,极瘦,头发灰白,一副大胡子垂到胸前,如挂了一片雪。修文忙上去搀扶:"先生,您怎么起来了。"绍祖见状,两步上前跪倒:"学生张绍祖,见过杨老师。"杨惟一用拐杖指着他,冷笑道:"张大公子快请起,老夫不是你老师,当不起你的跪。"绍祖双眼含泪,跪地不起:"学生当年轻薄顽劣,唐突了老师,老师千万原谅学生则个。"杨惟一挪到一侧,不受他的跪,只说:"老夫才疏德浅,吃冷猪肉的老头巾、老而不死的乡愿罢了,哪敢怪罪英国公之子?快快请起,去市井人多处宣讲你的君民之道罢!"绍祖不敢抬头,脸红到了耳朵根,嘴里只是致歉。杨惟一又是一通讥讽,言难入耳。

粥姐看不过去,上前道:"你这老先儿,我听出来了,你是他老师,他是你学生,以前他得罪过你,七八尺长的大汉子,如今跪着给你赔罪,你怎么得理不饶人呢？仗着自个儿年纪大，就在这儿倚老卖老装架子么！"杨惟一大怒，绍祖忙回头道："大姐！不干你的事。"杨惟一指着她道："哪里来的泼妇，我教训晚辈，容你插嘴么！"粥姐怒回："老东西，不看小绍面上，我揪光你胡子！我论理讲几句，就被你骂泼妇，还教子弟的先生，你教个什么！"杨惟一气得一阵喘，修文忙为他抚背："外头冷，先生进屋坐着。"给绍祖使眼色，绍祖也上来搀扶，被杨惟一打开手，却没再赶他，扶着修文进去了。绍祖招手让粥姐也进来，粥姐骂他："你也是个没脾气的，别人不受你赔罪，你掉头就走罢了，还上赶着，贱骨头！"绍祖道："好姐姐，你少说两句吧！这是我的授业恩师，打我骂我都是该的。"

屋内一片萧索景况，三五样缺角断腿的家具，西屋一面土炕，铺着薄薄一层破褥，抵墙一只矮架堆满了书，全是古旧的，旁边摊了本《杜工部诗集》，用朱笔勾出"不眠忧战伐，无力正乾坤"两句。修文扶杨惟一上炕躺下，拉过一条满是补丁的棉被盖上。杨惟一大喘了一阵，渐渐平息，闭目睡去。修文朝绍祖努努嘴："咱们去那屋说话。"绍祖伸手摸了摸炕，热乎着，这才随修文来到东屋。这里有张砖块架起的木床，两只矮脚凳。修文重新和绍祖施礼："不才匡修文，杨老师在此收的学生。"绍祖恭敬回礼。修文又给粥姐施礼，粥姐不知如何回礼，只扬了扬手。绍祖问："听老师咳嗽声，是犯了痰火疾？"修文叹道："正是。这病也平常，只是先生性情，兄长也知道的，心火炽烈，加上消渴的老病，很是棘手，日益加重。"绍祖问吃什么药，修文取来药方，绍祖看了道："也只好如此治。只是每日激愤，吃药也没用。"修文红着眼圈道："自从代王府出来，先生脾气就越发暴躁了。八月里土木大败，上皇北辕，先生急得昏厥数次，吐了好多血。好不容易缓过来，这病就沉重了，药也不大吃，跪着求半天，才肯喝一口——张兄勿怪弟直言，先生这病势，怕不远了。"绍祖问："先生家人不在这里吗？我记得师母早逝，却有两个儿子。"修文流泪道："张兄不知，去年春天济南闹时疫，先生两位公子接连染病下世了，也未留后。先生如今是孤家寡人。"他擦擦泪，"我父母也见背多年，和先生相依为命。"绍祖长叹数声，默默垂泪。

粥姐看不得，清脆拍了下手："年三十儿呢，别哭唧唧的。你们老师还没死呢，死了再哭也不迟。"绍祖低声喝她："你不说话没人当你哑巴！"粥姐笑道："哑巴也得过年，也得吃年夜饭。东西该买的都买了，拾掇出来，摆一桌，大家也乐一乐，愁眉苦脸的晦不晦气！"修文擦泪笑道："姐姐说得对，今天除夕，咱们把烦恼丢后头，一起乐呵呵过个年。只是，"他面有愧色，"我只会煮米煮菜，不会做别的。"绍祖看着粥姐："你去？"粥姐抱着胳膊道："凭什么我？我娘们儿家就该做饭？"修文笑道："姐姐在旁教我，我来做。"粥姐点头道："这话还中听。张绍祖也别闲着，一起忙活。"绍祖不乐意："我连淘米都不会的，只会添乱。"粥姐踢了他一脚："不会就学！这里没人惯着你！"

三人将年货搬来厨房，绍祖拉箱烧火，修文煮饭洗菜，粥姐杀鸡切肉，厨房里热气腾腾。修文笑叹："几年来，家里还没这样热闹过。"三人边忙边闲话。修文道："其实我早听过张兄的大名，今日终于得见。"绍祖道："怕是我的恶名罢。"修文指着西屋道："杨老师常说老兄的事，教导我，要以老兄为戒。"粥姐在旁咯咯乱笑，朝绍祖丢了一把鸡毛："绍儿，你以前到底干过什么？给老杨恨成这样？"绍祖红着脸："我——也没做什么。"粥姐啐道："怎么可能，你瞒我。"修文笑道："张兄没做过什么伤天害理的事，只是学问上和老师龃龉。"绍祖叹道："年少轻狂，后悔莫及。"修文道："要我说，兄当初那番大论也非无理，只不过石破天惊些。只是兄后来顶撞老师，出言不逊，着实有伤雅道。"绍祖点头称是，不禁对这个同学少年心生敬意。粥姐道："我怎么还糊涂呢，他当年到底做什么了？"修文道："杨先生早年是京城国子监教授，主讲孔孟经义。张兄的才情禀赋，是监生里出挑的，先生极是喜爱。后来不知怎么，张兄心思大变，常发惊世骇俗的大论。有次，先生出题制艺《苛政猛于虎》，张兄竟在文中说自古国君乃国贼，始皇帝为贼之宗祖，太祖创业亦是贼功，苛政千年未绝云云。先生骇然，忙烧了卷子，私下训导张兄。张兄不服，醉着酒，竟跑到学堂大声背诵。吓得先生忙命学生捆了他，堵了嘴，罚跪了一整夜。"他忍不住笑道，"听先生说，张兄跪着，哼了一宿的《西厢》。自那之后，张兄愈加狂傲，先生训他以君臣之道，他竟骂先生是老头巾、老乡愿。"

绍祖埋头拉风箱，烧得灶膛里火苗乱窜："老师奏了祭酒，只说我饮酒误学，将我逐出国子监。监生里有个嫉恨我的，将我的言论写成本密奏给朝廷，眼看要捅出大娄子，杨老师挺身而出，作证我并无君贼之论。加上先父斡旋，我才无事。先生得了个教导无方的罪名，后来听说被贬出京城，却不知来到了大同。"修文道："老师先回老家任教谕，没多久，皇上钦命，着先生来大同代王府做了长史。"绍祖道："正要问呢，先生怎么离了王府？我听府里人口气，两下闹得很僵。"修文道："张兄不知，先生做长史后，尽忠尽力。老代王克剥本地军民，杀百姓，抢民女，无所不为。先生屡屡劝谏，惹得老代王暴怒，杖责先生，关押，断饮食，先生硬骨头，从不低头。老代王又飞丹炼药求长生，吃金丹薨后，先生深为自责。小代王继位，也是个声色之主，先生照旧死谏，小代王不听，加之两位公子去世，先生心灰意冷，就辞了长史。因身子不好，便滞留大同。小代王敬先生是忠臣，年节时常送钱物，先生说都是刮来的民脂民膏，一样也不要，全扔去隔壁的养济院。先生素来清贫，我是农家子弟，多亏朋友照顾，托我写些寿文墓志，得些笔润，将就买些柴米奉养先生。"粥姐在旁听着，不禁赞叹："你们老师，是个好人哩。"

忙活个把时辰，收拾出七八样菜。天已大黑了，雪花纷纷，旁边养济院也闹喧喧的，附近人家传出饭香，只是没有爆竹声，气氛寡淡淡的。三人将饭菜捧入西屋，杨惟一已醒了，盘腿坐在炕沿儿，瞪着一双眼，也不言语。摆好桌凳，修文和绍祖躬身请他入席。杨惟一只肯扶修文的胳膊，下了炕，却不入座，单瞅粥姐。粥姐察知其意，脸上气得泛红："老先生，你意思是不许我同席吃？"绍祖颇尴尬，想说什么也不好说。还是修文笑道："我和张兄是学生，等于儿子的，田姐姐大几岁，是大女儿。自家人吃饭不讲客套，要我说，先生坐主位，我们三个孩子家混坐罢了。先生以为呢？"杨惟一静了会儿，终于去凳上坐下了。三人也入座，粥姐初时脸上忿忿的，很快又说笑起来。

三人举杯奉酒，杨惟一喝了一口，绍祖勤勤为他布菜，他沉着脸不大吃。粥姐道："没见你老师缺了半嘴牙？带骨头的肉能吃？"她抄过杨惟一的碗，往饭上浇了一勺热乎乎油汪汪的鸡汤拌匀，又拣了几块炖得酥烂的肉压上去，捧在他跟前。杨惟一端起来吃了两口,脸上难得地露出一丝笑意:"这位姐儿好厨艺。"粥姐道:"工夫紧,瞎收拾的,你老爱吃多吃些。"绍祖松了口气,暗暗对粥姐挤眼睛。

酒过两巡,杨惟一冷不丁问:"你来这里做什么?"绍祖忙放下碗筷,起身垂手道:"学生奉命来这里办差。"杨惟一冷笑道:"你?能办什么差?"绍祖道:"兵部要查土木战败的事,于节庵公命学生随锦衣卫朱大人来山西稽查。朱大人在天威有事绊住,托这位田大姐随我来此。"杨惟一道:"英国公殉国成仁,千古高烈。望你也收束收束心性,克绍箕裘,干父之蛊,为国为民做些实事。"绍祖鼻子一酸,滚下眼泪:"学生领教。"杨惟一命他坐下:"看你脸色竟无酒气,稀奇了,当年自诩的国子监第一鲸饮,豪气不在耶?"修文忍不住笑,粥姐听不懂,只顾吃饭。绍祖道:"办案以来,不敢贪杯,怕误事。"杨惟一捋须道:"夫子——唯酒无量,不及乱。除夕夜,吃两杯不妨。"绍祖又敬酒,杨惟一欣然喝了。粥姐在旁问:"你们刚说殉国的英国公,是谁?"修文讶异道:"你和张兄结伴,竟不知英国公是他父亲吗?"粥姐一瞪眼:"那英国公,是大老官儿?"修文笑道:"都称'公'了,自然是大官。"粥姐又问:"多大?"修文道:"极大的。"追问:"跟大同总兵比呢?"修文笑道:"大同总兵小巫见大巫耳。"粥姐吐吐舌头,看着绍祖道:"藏得好呀!知道你是公子哥儿,没承想是这么大的公子哥儿。"绍祖不好意思:"也不值得夸耀。"

杨惟一忽问:"你和那位季小姐,成亲没有?"粥姐顿时来了精神:"张绍祖,你有老婆的?"绍祖脸上大红,对老师轻叹道:"先生不知,五年前,学生离开国子监不久,季家小姐便病逝了。学生请报恩寺的和尚念了三天经。家母请人为学生算命,说不宜早婚,所以至今尚无婚配。"杨惟一道:"那姑娘命薄,可是,当初若嫁了你,命也薄。我若有女儿,也不肯许给你的。"绍祖低着头不敢说话。粥姐问:"那个季小姐是什么人?"杨惟一道:"礼部季侍郎的千金,京城有名的才女。"他问绍祖:"我记得,本来是说给你大兄的,后来令先尊变了主意,许给了你。"绍祖点头:"是先尊的主意。"杨惟一叹道:"你不知,当年英国公数次交代我,须对你严加管教。他老人家最疼爱你了。"绍祖又落了泪。杨惟一又问调查的事,绍祖怕详细说了,以老师脾性定会大动肝火,病上加病,便只说怀疑李通海乃瓦剌间谍,眼下正追拿他,可惜问到代王府,线却断了。

杨惟一道:"那个李通海,我见过的。当初先王在时,他常来王府,有时会和我聊一聊。你们不可小觑了此人,能把生意做到泼天大的,定非庸常之辈。他的心胸见识,很多读书人都比不上。我听先王说,他祖籍安徽哪里,先人好像是太祖爷时候的尚书,也可谓书香门第,不知为何到他这一代转为行商了。"绍祖道:"他行商牟利是自然,但蛊惑樊文辅延闭马市就是为求财不择手段了。"杨惟一道:"我记得,他有个侄子一直跟在身边。"绍祖和粥姐同时诧异:"侄子?"杨惟一点头:"他侄子那会儿十五六岁,说是父母早亡,从小带在身边四处行商,意思是培养他——我猜李通海并无子嗣。后来他想让这孩子也读读书,听说老夫教过国子监,肚里有两滴墨水,就求了王爷,把他寄在王府,伴着几个王子王孙随我上课。这孩子资性聪明,谦逊好礼,我很待见。教了他大半年,李通海派人来大同,说给他定了亲,将他接去完婚了。我还指望他回来,谁知再也没见过,眨眼也快三年了。"绍祖忙问:"他这侄子叫什么?住哪里?"杨惟一道:"叫李琪,临走说自己是上门女婿,丈人家方氏,是山西有名的粮商,住太原府清源县新安集,去年还写信来问候我。"绍祖和粥姐相视大喜,李通海这团乱麻终于露出了线头。

吃到三更,众人都微醺了,撤了席。绍祖和粥姐也不回客店,绍祖和修文在炕上陪老师睡,粥姐在东屋睡。杨惟一今夜高兴,精神大耗,又咳了一夜,绍祖和修文又是端茶又是捧盂,衣不解带伺候了一晚上。清早,粥姐起来,和绍祖、修文一齐给杨惟一磕头拜年。杨惟一已经起不得身了,喉咙喘如雷响,眼神也没了光,三人暗暗心伤。

雪下一夜,还未停,外面又是一片银装素裹的世界。院里的梅花簇簇开放,红得刺眼,散开一阵幽香。粥姐收拾了早饭,杨惟一喝了口米汤又吐了,带出许多黑色的血块。粥姐把绍祖拉到院中:"你怎么说?"绍祖忧愁:"老师这样,怕命在须臾了,我留下尽尽孝。太原,我去不得了,差事不能拖延——

你自个儿能走一趟吗?"粥姐道:"我也这么想。放心,我能干。"绍祖欠身道:"大年初一带累你也歇不得,兄弟给你行个礼。"粥姐笑道:"我很想问你,你想不想那个季小姐?"绍祖纳罕道:"怎么突然问这个?从未谋面,谈何想念呢。"粥姐撇撇嘴巴:"虽没成亲,也算你没过门的娘子,你不想?"绍祖道:"只为她可惜伤感。"粥姐感慨:"听杨先生形容的,那样一个才貌双全的妹子,我听了都心动,真是老天嫉妒,生死不由人呀。"

当下收拾了行装,绍祖把黄马借她,粥姐别过杨惟一和匡修文,出了城。绍祖送出十里外,把身上的银子都给她,粥姐不要:"你老师万一好歹,家里那光景是能办得起丧事的?你留着吧,我有。"绍祖看她只穿棉袄,便脱下自己的大狐裘给她。粥姐接来披上,又暖又香。别过,独自南下奔赴太原。

20 农庄

一路想着漫漫心事，路也赶得快。保藏的秘密在她五脏六腑间乱撞，像困兽在陷坑里挣扎，寒风中，撞得她腔子里阵阵发热。第三的事她不好跟绍祖说，暗暗希冀最终能混过去，甚至自己也不愿想，仿佛一想，那些事就会变成虫儿从耳朵里飞出去，被人家发现。和绍祖结伴儿前，她很少觉到愧疚的滋味儿，可如今日夜都悬着心，害怕，羞耻，这让她烦躁，又莫名上瘾。夜住晓行，数日后来到太原，街上已开了市，百姓熙来攘往，比大同更繁华闹热。在客店听人闲话，皇帝刚换了年号，不叫"正统"了，改为"景泰"，今年是景泰元年。

来到清源县新安集，打听做粮米生意的方家，无人不知，指着前头鼎沸处："瞧见那处大庄院吗？那就是方家，女婿姓李，儿子满月正摆酒哩！你是娘家亲戚？赶紧去吧，就要开席了。"粥姐先到村口杂货店，买了两匹花布、三十个鸡蛋、两斤红糖，包好了，牵马来到方家门口。好气派庄院，外面围种了数百棵龙爪老槐，枝杈精神如剑戟，里头房舍千百，到处悬红挂彩，亲朋进进出出，一派喜庆。到了正门，礼宾的亲戚热情地上来牵马："周家庄的二姨娘？等老半天了。"粥姐含糊答着，挂了礼，自进去了。宽敞的院儿里摆了五六十桌酒席，坐满了乡亲，一个英俊后生穿梭其间招呼客人，欠身打躬个不停，定是李琪了。瞧见粥姐，他上来笑盈盈问："大姐是？"粥姐一时不知怎么说,李琪也不问了,笑道:"来了就是客,先坐。"为她找了个空位,去忙别的了。

菜肴流水般上来,粥姐也饿了,随众人开吃。没一会儿,新为人母的出来了,抱着婴儿,裹着鲜艳大红襁褓,来给众人瞧。大家夸赞个不停,李琪在旁不住答礼。散了席,他说村西头搭了戏台,请了太原的班子来,领村民去看。粥姐懒怠看戏,闲听一帮老太说家长里短。等到黄昏时分,这些老太也家去了,只剩下十来个亲戚穿梭收拾,见粥姐独坐,为她端来热茶。终于,李琪回来了,一脸疲惫。粥姐上前道:"相公可是李琪?"李琪点头:"大姐不是村里人吧?"粥姐笑道:"不是,蹭了顿饭。"李琪笑问:"大姐找我何事?"粥姐道:"来跟你打听个人。"李琪脸色微变,竟主动道:"打听我叔叔?"粥姐倒有些惊讶:"是,找他问些话。"李琪又问:"谁让你来找我的?"粥姐道:"杨惟一老先生透的消息。若这里说话不便,咱们换个地方。"李琪道:"没什么不便。"他请粥姐在厨房外的草棚里坐下,他娘子抱着孩子往这边望了一眼,进屋去了。

李琪问:"娘子贵姓?"粥姐道:"姓田,我兄弟是锦衣卫公差,去天威查案,眼下有事绊在大同,遣我来打听——这是他的腰牌。"说完掏出牌子递过去。李琪看了腰牌,还给粥姐,微笑道:"天威的案子,怎么派锦衣卫干事?怕是我叔叔牵涉的事,惊动了朝廷?"粥姐道:"案情机密,不便透露。你可知李通海的下落吗?"又出乎粥姐意料,李琪直接道:"家叔就在后头住着,我带你去见。"粥姐胸口乱跳,一万个想不到,神龙隐云的李通海竟然就在这里,如此容易地寻到让她心里很不踏实,怕李琪有诈,不由摸了摸腰间的匕首。起身跟随李琪穿过角门,进入一片庭院,她两只耳朵竖得直直的,眼珠子乱转,提防黑暗中的任何细微动静。李琪道:"他老人家染了风寒,在这里养病半月多了,怕过给孩子,今天也没露面。"粥姐问:"你们一家祖籍哪里?"李琪道:"安徽歙县的,不过家叔很小时就出来经商,在两京数省都有住所,也算四海为家。"他看粥姐有些紧张,微笑道:"我是杨老师的学生,不会耍阴招害人,我叔叔也没干过伤天害理的事,案子必有误会,当面说清楚便是。"粥姐不敢放松警惕，胸口闷闷的，她预期来此查案，少不得又是一番潜行夜踪、打斗折腾，须冒生命危险，就像在代王府那般，谁知这样寡山淡水，心里竟有些失落。

　　庄院极大，往后走了四进大院还未停步，到处悬挂灯笼，照得四下如白昼。有些亲朋未走，家仆往来穿梭伺候。上了一条回廊，好似踏入了一条长河，顺着脚下的木头漂流，蜿蜒曲折，总不到头，两边皆是树木、假山、房室、池塘、亭台，营造精巧，高深幽邃。因是冬天，一切所见都冷冷清清，虽有灯光散照，却皆如假的。过一处小池，水已冻住，几条胳膊长的大彩鲤困在冰里，一动不动，在灯笼光的照耀下凄美绝伦，粥姐想起香瓜岭所见，不由背颤。空气愈加冷厉，四周越来越静，灯笼的光也没那么亮了，偶然撞见一两个仆人，垂手立在旁边让二人经过，一声不吭，如阴间的小鬼儿似的。粥姐一时间早失了东西南北，只是顺着无尽的路往下走，四只脚连串咚咚闷响。粥姐浑身阴寒，有些毛躁，忍不住道："怕是皇宫也没这么深，这是龙潭还是虎穴？"李琪道："乡下富豪，就爱营造这些有的没的，我倒不喜欢。"粥姐问："你是倒插门儿？"李琪笑道："不瞒田大姐，我丈人方家的生意也是家叔扶持的。丈人去世前，催家叔完了这门亲事。我和拙妻也算青梅竹马，从小便认识的。"说着话，终于走到了回廊尽头，下了几级台阶，从一个半月门一转，来到一处窄小的院落，房屋低矮，从窗户里透出黄柔柔的光，像是下人住的地方。粥姐浑身紧绷，把匕首藏在袖子里。

　　李琪呼唤了一声，一个丫鬟掀开厚厚的棉门帘，喊了声大爷。李琪问："叔叔好些未？"丫鬟道："还有些咳，热退了两分。"李琪把灯笼递给丫鬟，请粥姐进去。房内温香浓郁，地上有一只青铜狻猊香炉，香烟从狻猊口中袅袅飞出，旁边架上还有一只大铜盆，里面烧着红通通的炭火。李琪请粥姐在交椅上坐了，转去里头。丫鬟上了香茶，粥姐也不敢喝，桌上一大盘黄澄澄的橘子，挖出最底下的剥开吃。刚吃两瓣儿，李琪出来："叔叔正和账房算账，请大姐进去，大姐要问什么话尽管问。"粥姐又进入一间暖阁，比外头富丽些，却不俗。有一副老红木桌椅，前方悬着一挂乡下常见的草珠子门帘，后头还有地方儿，绰绰影着一张罗汉床，床上有小桌。除了李琪，还有两个人，看不清身形面目，正低声商议什么，一人不时咳嗽，另一人手下的算盘噼啪作响，李琪在旁侍立。粥姐也不好打扰，在帘外静静等待。一碗茶的工夫，账房先生从榻上下来，说了几句"是"，打了个恭便随李琪出来。草珠子串儿瀑布般晃动，闪出的空隙，粥姐瞧见李通海模糊的侧脸，有胡子。李琪让丫鬟送账房先生出去，对粥姐道："家叔病还未痊，就隔着帘儿说话罢。"里头，李通海咳嗽了几声，开口极温厚的声音："听琪儿说，娘子是天威县公人？找李某何事呢？"

粥姐摘下腰牌，要李琪递进去："本是墩兵，现随锦衣卫钦差查去年土木大败的案子，追查到天威杀虎堡的漏子，再三探究，发现和李爷有些瓜葛。"李通海在灯下看了腰牌，命李琪送出来："我六月底就离开了天威，土木大败是中秋，与我有何干系呢？"此时，丫鬟又换了一碗热茶送上，粥姐已放松许多，屋里热，渴极，端起来喝尽了，明说了瓦剌商队用计渗入并夹击杀虎堡之事："知县樊文辅交代，是李爷你怂恿他延闭马市，又与瓦剌宰来部交易战马皮货。"李通海又咳嗽，长久沉默后，轻声道："我不知道有这番事，你们是怀疑我通敌不成？"粥姐道："不疑也不会来了。李爷认不认樊文辅的话？"李通海道："拖延闭市并不是我的主意，至于通敌一说，更不敢当。"顿了下，又道："土木之败，查来查去，最后的罪魁祸首竟是一个做买卖的吗？"

粥姐道："不是这个意思，这案子错综复杂，一环有一环的疏漏，一人有一人的罪过，樊文辅有罪，杀虎堡有罪，大同有罪，你也有罪。"李通海笑道："我并不晓得自己有什么罪。"粥姐顿时光火："有人作证是你引诱樊文辅拖延闭市，还跟瓦剌做火药、铁器的生意，这还不够么！"李琪在旁道："大姐别急，有话慢慢说。"粥姐看二人都和气，也不想使硬："起动李爷，明天随我回大同，我兄弟再详审你。"李通海幽幽道："怕是去不得。"粥姐站起来："怎么去不得？风寒又不是瘫！"李通海疲惫地叹了口气。透过帘子，瞧见他歪在榻上喘息，李琪唤丫鬟，丫鬟端来汤药，李琪接过，进去服侍李通海吃了，出来道："家叔又发热了，精神不济，有什么明天再谈罢——大姐就住家中。"粥姐道："我打地铺睡这里。"李琪笑道："他老人家病着，还怕跑了不成？我全家上百口都在这里，又逃去何处呢？这案子我听了半天也晓得了，会给你一个交代。"

李珙和两个丫鬟送粥姐出了别院，黑暗中曲曲折折拐了几个弯，过了几扇小门，来到一座清寂的小院，李珙说是来客住的。房中一应家伙俱全，李珙告了安置便去了。床上的被褥有些阴潮，丫鬟送来一只热乎乎的汤婆子，也退下了。粥姐脱了厚衣裳躺在被窝里，抱着汤婆子，倒十分舒适。悬着的心也落下，李通海叔侄不似恶人，若想害自己，今夜无数机会可以动手，不必如此客气。不知绍祖如今在做什么，杨惟一还活着吗？绍祖敬重老师的样子让她很感慨，到底是斯文人——她也想有个敬重的人，做个心底的秤砣，给举止态度定个准则，有教养的样子看起来让人高兴，可自小儿她谁都不敬重，也没人配她敬重，转念一想，又觉得粗野些也挺好，管你惟一惟二，痛痛快快耗一辈子罢了。又想第三，不知道这个冤家想不想自己，憨兄弟荒年也叫人操心。胡思乱想一通，眼皮子打架，拥紧被子很快睡着，冰凉的匕首在枕头底下早已温热了。

早上起来，天气比昨日还要阴冷，粥姐在院中舞了一回刀，出了层汗，肚里咕噜乱叫，也不见有人来送饭。推开门出去，是一条细长的甬道，她不记得昨晚的路，信步朝一头走，顶头却是高高瘦瘦一堵死墙。折返，路渐渐打了弯儿，竟越走越窄，最后成了尺宽，挤都挤不过去，直如一把合拢的剪刀。她不禁脊背发凉，忙往回跑，回到院中，四下细看，只有这一处门，跑进甬道，左右只有两向。一时间，她以为自己尚在梦中，可冷风呼啸，天色青黑，背上的汗蒸开，皮肉挨着棉袄如贴在铁上般冷。她急了，大喊了几声，无人回应。院墙不高，她翻了上去，四下一望，次比如蜂窝的房屋数不胜数，制式几无差别，远处有一处园子，还能望见几处和这里差不多的小院，不知哪处是李通海住的。李珙的农庄阔大如此，令她惊叹不已，而昨夜进来的路，早已记不清。

她在墙头疾走，跳到后方的过道，往右跑，又是死墙，往左，是一扇人宽的小门，裹着铁皮，紧紧闭着，肩膀快撞碎了也撞不开。下起雪来，她又攀回墙头，望见三条巷子外，两个丫鬟提着什么东西在走，大声呼喊，二人似没听见，说说笑笑地去了。忽又望见了李琪，进了附近一处小院，看到那棵大树，粥姐想起来，正是李通海所居，又大喊，李琪全然不理。眼看那里不过一箭地，粥姐就是无法过去，从此墙跳到彼墙，总有宽处跳不过去，也总有滑溜的高墙爬不上去。拖着沉重的身子下到巷子，不是死门便是死墙，或有活门，进去了又是同样的院子，空无一人。推开大门，又是一模一样的巷子，幽长可怖。粥姐满头大汗，急得眼泪都要出来，嗓子喊哑了，乱跑乱撞了一两个时辰，每次攀上墙头望那小院，依然在一箭地外，总是在四周打转，只是无法靠近。她像只没头的苍蝇，见门就撞，撞开了就进；见墙就攀，攀上了就找巷子。在这座奇特的迷宫中慢慢陷入绝望，如一头陷入沼泽的豹子。巷子如蟒在扭动，地砖一伏一伏，想起小时候母亲和奶奶一起缝被罩，还是小丫头的自己跳上去，让母亲和奶奶兜着玩，兜到房梁上撞了头。不是地震，是这庄园本建在大海上，李琪藏的好秘密。死去的人开始出现在巷子里，一刹换一群。死去的人太多了，男的女的老的少的熟的不熟的都来了，在巷子里列队，走过去就成烟散尽。天又骤发紫红，十万五千条闪电一亮一亮，十万五千团火焰从云里燎下来。巷子又变幻，一个穿官服的络腮胡黑脸汉坐在顶头，是阎罗王。牛头马面老王八狗腿子按她在地，墙头站着个披头散发的大声宣读她的罪状。罪状不少，但不重，打人骂人偷人买人算什么重罪？不服不服。那人念得也没底气，还偷偷笑，看出来了，是张绍祖这畜生，不救我还罪我，操你娘的岂有此理！地砖飞空，脚下虚空，掉入酆都地狱。剑树刀山火车炉炭，罪人们血肉破烂，碾成席薄肉饼又加血水发面饧面很快复团为人再重新丢入碾子下。有调皮鬼儿叫她瞧来，演用大棒打人后脑，闷响，眼珠即飞出，吊在胸前晃荡。还有用烧红的铁刷刷人皮肉的，浑身皮肤已成血瀑布，肉丝儿飘飘如春柳。那汉子硬，一声不吭，是老朱，小鬼儿都拱手赞叹汉子你强。叫老朱，老朱也不理她，瞪着眼专心吃刑。问小鬼儿自己什么罚，小鬼儿说要捆她手脚浸沸粪河。粪成河，还能沸，打仗时守城所用金汁耶？听来肮脏又痛。抵粪河边，她挣脱朝后跑，进一小城，城门千重，连串儿撞去，撞开最后一道门，又回到自己住的院子。推开卧房门，绍祖的狐裘大褂还在床上，她大叫了一声，扑在床上动弹不得。

睡了两个时辰，她又出去乱撞，依然如早上的情形。她想了法子，一路用匕首在墙上刻记号，可无论怎么转都会转回原处。她又把贴身袄子拆了，弄了一团线，在巷子里绕，可一会儿便打了绞，如何走过来的？哪里走了回头路？不知道，自己像是一只贴地飞行的风筝，自己和自己绊在一块儿。她怀疑自己中了什么邪咒，被困在了梦里出不来，怕极了，恨极了，急极了，撕扯头发，掐皮肉，把脸埋在铜盆里呛水，等着梦醒的一瞬间，但并不是梦，千真万确不是梦。她渐渐冷静下来，站在墙头上细细筹算，想弄明白自己这处小院正处于什么阵中。从说书的那里听过九宫八卦阵，可用黑煞天王阵破，可九宫是什么，八卦是什么，天王阵又是什么，自己通通不知。要是绍祖在就好了，他读书多，应该能识得这房屋的阵法，肯定有生门的。渐渐，农庄里亮起星星点点的灯，越发冷了。她摸到厨房，灶台上有火石，点了油灯，一只陶罐里有米，在铁锅里煮了两把，吃饱了，用热水灌了汤婆子。在被窝里，她觉得自己衰弱了许多，有什么可怕的力量压在她身上，她又抛弃了什么阵法的念头，认为这就是一记邪咒。她默默祈祷，无法凝神，脑子里全是蹦跳的麻雀，床变成漩涡之舟，身子随之急速盘旋，索性放任了，随便沉入何处吧，如一片羽毛，如一根枯草，再胖大身子迟早也是羽毛枯草，人在世间本无凭借，不是悟话，是丧气话，仍衰弱地期待明早一切恢复如初。

如此过了三天，虽不缺吃喝，粥姐却近乎疯狂了。她试了上百次，只要脚着地，不管路径如何曲折，总会回到自己的小院。而李通海所住处，看得清，听得见，却无法接近。除非长出一双翅膀，别无他法离开。没有人来，这里像是阴曹地府，她忍不住怀疑自己是不是已经死了，在这里等待阎罗王的审判。或许，困在这里就是审判后的酷刑了，比刀山油锅沸粪河还可怖。她哭了几次，真耐不住，钢铁性子在这境地也得软成泥，如果李琪要她磕头才放她离开，她一定毫不犹豫地跪下。猛然间，她又想，这不是李琪施的惩罚，是谁？老梁，一定是老梁，除了他没别人。老梁恨自己，和王第三胡搞时老梁的冤魂就在旁边看着。不贞的淫妇，天威城里那小院儿是老梁用多年积蓄买下来的，给你俩做偷情淫窟了,第三还觍着大脸在那儿养伤,亏他睡得着。是了,肯定是老梁耍阴招,贿赂了什么懂邪法的阴兵阴将,搬运屋墙,造了一处腻歪的迷宫来困住自己。先面壁十年再说,弄个老梁神位,日夜对着忏悔,自己不该这样儿,不说一辈子守寡,咱家老梁也没那样不讲理,可哪怕守三年呢?是个意思。三年都耐不住,见了俊朗的王第三就忍不住了。回想,是自己主动勾引的他,死皮赖脸跟他巡夜,在那片杂树林脱他裤子。骚,到底是骚,得忏悔,忏悔了老梁的阴兵才会把墙挪开,把门打开,把路弄宽,放自己离了这座庄子。她很震惊,自己竟软弱到如此地步。米是好东西,吃饱了又硬气起来,才不弄什么神位,在深夜对着夜空咒骂:老梁你个狗日的敢,老梁不敢,绝不是老梁,老梁你在地下好好安息。

　　早起她又到墙头望,肯定有暗门,就在墙上某处。忽然从那头走来一个披猩红裘的女子,年轻貌美,怀抱一个婴儿,是李琪的妻子,满月宴上见过的。粥姐如见了神仙,纵身跳下,往前伸着手连喊"妹子妹子救我一救",那女子见了她,尖叫了一声,转身便跑。粥姐紧追不舍,又是弯弧的甬道,那女子脚步不慢,闪过弯,等粥姐追过来,影儿都不见,顶头是来过无数次的死墙,还用匕首刻了记号。粥姐喘着粗气,想着刚才那一幕,是狐鬼的幻象不成?她更加怀疑自己已是鬼魂,地上有影衣服有缝都不作准,拿匕首在手背上一刺,冒出血来,疼得钻心,还是生人。回到床上,她便起不来了,头晕发热,睁眼闭眼全是李琪妻儿,母子都穿大红。尤其是那小儿子,满月的婴儿能有什么模样,可小鼻子小眼儿小嘴儿就在她眼前晃,那是小桃儿——死去的女儿,三个月时死了,不知道是什么病,早上醒来就发现桃儿脸蛋发紫,没了气儿。老梁哭着指责是她睡觉翻身压死的,她不认,差点杀了老梁。桃儿就睡在她和老梁中间,也许是老梁翻身压死的,但也可能是自己。不能想这个,有个算命瞎子说得好,桃儿在人间的造化浅,一不留神被夜游神收了做玉女去,这些年靠这个念头才睡得着。她浑身汗透,不住颤抖。汤婆子漏了水,被窝成了冰窖。

　　早上放了晴,阳光从窗户打进来。她无力起身,吊着一口气,大概要死了绝,想过自己冻死在暴风雪中,想过被瓦剌兵杀死,真没想过这样被活生生困死。听到什么动静，脚步声，不是一个人的。房门开了，滚进一阵凉气，迷迷糊糊睁开眼，是绍祖，还有李珙。她想骂，却骂不出声，身体酸软不已，胳膊都抬不起来。绍祖摸摸她的额头，对李珙说了什么，他没生气，他怎么还不杀李贼？丫鬟往她嘴里灌了一碗药，莫非张绍祖也坏了，和李珙一气儿了？又昏沉睡去。再醒来时还是早上，太阳刚刚升起，地上打了铺，绍祖拥着被子睡在上头。粥姐觉得精神清爽些，坐了起来。绍祖也醒了，笑道："你烧成炭了！"粥姐一言不发，趿着鞋就往外跑，绍祖在后追："干吗这是！"推开院门，又进入甬道，朝左跑，看墙上，没有任何记号，迎面撞见一个丫鬟端着食盒走来，一膀子撞翻了。绍祖从后头扯住她："你做什么？"挣开，继续朝前跑，右手边一个小门，一推，迎面是一座小亭，池水结了冰，她惊呆了，从未来过这里。她疯了似的又跑，从角门出去，见到一群仆人在太阳地里闲话，又见门钻，终于回到李通海住的小院。李珙刚从屋里出来，讶异道："田大姐，你怎么不穿棉袄就出来？"粥姐上前要打，被绍祖抱住，她咧嗓大叫，要进去抓李通海，绍祖道："先回去躺着，好好告诉你。"

粥姐坐在床上，指着外面流泪："怎么能走出去了？怎么没有死路了？"绍祖道："你在说什么？你烧了好几天，差点死了。"李珙也进来，粥姐破口大骂，李珙道："那晚送你来这儿，隔早你便发烧了，癔症得厉害，若非我派人照顾，你活不到今日，怎么反骂起我来？"粥姐使劲摇头："我没烧，我昨晚才烧的，前几天我明明白白的，是你用了什么邪阵，把我困在这里。"李珙连说荒谬。绍祖也道："你是病糊涂了，以为是鬼打墙。"粥姐低头看自己的手背，确实有一块血痂，更加激愤，认定自己所历非幻。李珙道："大姐瞧瞧自己贴身衣裳，都是新的，丫头前两天给你换的，你都记不得了。"好一会儿，粥姐才平静下来，但心中依然不信。她支走李珙，问绍祖："你怎么来了？"刚说出这话，鼻子一酸，眼泪差点掉下来。绍祖道："初二凌晨，杨老师去世了。处理他的丧事花了几天工夫，匡修文送他灵柩回山东，我便南下找你来了。"

粥姐道："你说李通海走了？你没拿住他？"绍祖一脸落寞："我连他的面都没见到，赶到这里时他已经去了。"粥姐瞪大眼睛："那你不追！走了要犯，李珙也得抓了！"绍祖轻叹："李通海的事，到此为止。"粥姐困惑："这是放屁呢？"绍祖掏出一封信："这是于大人的回信，加急送到了大同。信里说，樊文辅延闭马市一事，是受户部一位侍郎暗中怂恿，那侍郎近日因事下狱，家中搜出了与樊文辅的通信，正好来信跟咱们说。至于李通海，或是李夫人攀扯无辜，或是她不晓得真相，吃老樊骗了。"粥姐眉头拧成了麻花："这是于谦亲笔？"绍祖点头。粥姐道："那李通海征收老顾的炮仗卖给瓦剌人之事呢？"绍祖道："于大人说，炮仗铁器也允许贩卖，不能因为今年两国交战，就回头罪人。"粥姐愣了会儿，摊开手道："这条线白查了？"绍祖道："于大人吩咐，还是主查杀虎堡，不能怪罪什么商人，话里头有责备咱们的意思。"

21 战俘

休息两日，粥姐病愈，辞了李琪，和绍祖返回天威。回望这座庞大的农庄，粥姐心存余悸，她依然认为自己那几日的经历并非高烧癔症，那一幕幕可感可触，可昨天反复查看小院四周，实无甚蹊跷，她不想耽溺在这上头。打量他瘦了不少，问杨惟一丧事。绍祖含泪说，杨先生易箦之际，叮嘱他和修文："我死后，一不许僧道超度，二不许奢靡花费，三不许苫块守墓。这房子是我数年前用薪俸买的，可惜破了，大略只能卖二十金，够买棺材寿衣以及香蜡祭品，但要把棺材运回济南祖坟，就不能了。可先将棺材寄在这里，绍祖有差在身，去忙你的，劳动修文，回我故乡知会亲族，将我家十来亩薄田卖了，或者族里再帮添些，然后来运我归葬。其余事务，我不及盘算了，你二人酌情处置。绍祖，修文，你们要正直做人，做人就是做学问，读书写字还是其次。敬天地、忠国家、存良知、仁百姓——我一生学问不过这四句话，为我弟子，牢记在心。无论以后纱帽还是布衣，勤念着天下的贫苦人。做官要廉洁奉公，爱民如子；做民要为善去恶，培养正气。你们立住了，多些人立住了，大明或还有救，这天下，也还有指望。"绍祖和修文痛哭应允。

初二城里丧铺还未开门，绍祖跑了多处才弄齐一应物事。门口挂了白，养济院的乞儿或拿几陌纸钱或拿一把香来祭拜，代王府听说，当晚派执事官送来二十两帛金。修文、绍祖商议，这也是君臣一场的礼节，便收下了。绍祖将身上剩的六十多两拿出来，又卖了房子所得十八两，悉数交给修文，让他不要去济南卖田筹钱，直接将棺材运回故乡便是："我这里写下一封书子，你去敝府投给管家老娄，让他给我母亲。我信里说明了，她会再助你银子回济南。先生家的余田留着供给四时祭祀。"修文道："你在外办差，身上没钱怎么好？"绍祖道："我公差，哪处衙门不能吃？不必担心。"叙说一番，粥姐也喟叹："可惜杨先生不是宰相，不然大明百姓的日子肯定好过些。"

将到太原城，在一家村店打尖。正说着闲话，忽见一队骑兵从小路上过来，后面用铁链拴着五个汉子，头脸青肿，肮脏不堪，光着脚，冻得烂疮冒血，看他们发式衣着，当是瓦剌俘虏。领头将官吆五喝六地命店主上酒菜，大兵驱赶了几桌食客，瞧绍祖这桌靠近火炉，上前要占，绍祖拍了拍腰间的牌子，那些兵大惊，连说打扰。那将官儿对绍祖一拱手，自坐开了，吩咐把俘虏拴在门柱上。酒菜上来，他们大吃大嚼，鸡鸭骨头丢得满地都是，顺口往地上唠痰。绍祖看不过："你们干净点儿，恶心巴拉的。"那将官抹抹油嘴，笑道："这位锦堂爷，您担待呀！咱们吃饭就这样儿，天天爬沟钻洞地打仗，不比您干净体面。"一句话堵得绍祖不知说什么，粥姐笑道："别跟他们粗人计较。"绍祖乜了眼那几个俘虏，哆哆嗦嗦挤成一团，瞅着饭菜直咽口水，可怜兮兮的。粥姐问："这几个蛮子哪里捉的？"将官道："去年打仗，有队蛮子在南边儿折了，一直关在榆次，这是押去大同。"粥姐又问："和北边儿交换俘虏？"那将官忙着吃酒，也不理了。

店主婆从厨房里端出一锅粥，嘴里念着佛，要给俘虏吃，几个俘虏争相拿手往嘴里舀。将官见了大怒，上前一脚踢翻铁锅，骂婆子："老瞎眼的，这是瓦剌兵，杀了咱们多少人，你还给他们吃！"婆子道："都是爹生娘养的，看着可怜。"将官啐道："杀咱们汉子抢咱们娘们儿的时候，你咋不可怜！"那婆子叹了一声，缩回去了。绍祖想说什么，却说不出口。那将官提起刀鞘将俘虏一顿乱打，打得他们哀叫连连。粥姐道："有能耐上战场打，打俘虏算什么本事？"那将官登时暴跳，绍祖起身劝和："罢了，不值当的。"问俘虏可有会说汉话的，一个年轻的、缺了左手的道："我会说。"绍祖问他几日没吃饭了，他说整整三天水米未进，路上已经死了四个了，他指着官兵，又怒又怕："他们天天打，我们几个怕撑不到大同了。"将官在后头叫："狗蛮子，不打你打谁！"绍祖道："上头命你押解他们去大同，定是要换人的，你磨死他们一个，就少换咱们一个，这道理你不懂？"将官啐道："扯鸡巴蛋，管不得那么多！"绍祖唤店主拿几个馒头，护着他们吃完了，那将官不好阻拦，嘴里骂骂咧咧的。俘虏感恩戴德，给绍祖磕头。将官吃完，丢下银子，气愤愤地率兵走了，五个俘虏拴在马后头拼命跟着跑。

在太原城歇了一夜，隔早上路，午时过一处山坳，听见有人痛苦地呻吟，循声一找，在枯草丛中发现一人，正是瓦剌俘虏中最老的。他一嘴血，牙齿全都敲没了，双脚脚筋也给割断，躺在那儿奄奄一息。问怎么回事，他汉话磕巴，大意是跟不上马跑，被毒打，丢在这里等死。绍祖和粥姐都很愤怒，想救也救不得，老兵很快断了气。二人快马加鞭，追了两个时辰，终于在阳曲城中寻到了这帮骑兵。绍祖怒斥那将官："大同郭总兵我认识的，你残害俘虏，小心军法处置！"将官不服："是蛮子自己病死了。"又挑衅般将剩下四个打了一顿。绍祖推开他，也不及和粥姐商量，直接道："剩下的路我们跟着，一直送到大同，敢再虐待俘虏，试试！"那些骑兵闹腾起来，一个说："我家兄弟四个，三个战死在大同，蛮子是什么好东西！你老锦衣卫的，管这闲账！"绍祖道："我就管了！以为我有罪的，去大同告我！"四个俘虏听说绍祖要护送，个个欢喜。

之后数日，绍祖和粥姐时刻跟随，马队太快就押慢些，打尖儿休息也给俘虏吃饭，绍祖还买了四双棉靴给他们。一番举动招致骑兵憎恨，不和他俩说话，吃饭也坐得远远的。粥姐笑他："你多少有点儿妇人之仁了，饭也罢了，还买鞋给他们穿。"绍祖道："刚离开北京时，没人比我更恨他们，可查案以来，我觉得凡是当兵都苦，咱们这边苦，他们也苦。说书的常有两句，兵器改为农器用，征旗不动酒旗摇。太平难呀！"粥姐道："谁不想太平？但不是我们这种小虾小蟹说了算。"相处久了，和四个俘虏也熟悉了，年纪最小的那个叫霍蒙，刚十九岁，父亲是瓦剌人，母亲是汉人，故而会说汉话，剩下三个不大会说。绍祖问他左手怎么断的,霍蒙说打仗时给砍的。很快,还有半日路程就到大同了,这晚住宿村店,把俘虏关在马圈。夜里,绍祖来后头方便,正碰上粥姐提着裤子从茅房出来,二人撞在一块儿,嘻嘻一笑。月亮圆了大半个,粥姐道:"明儿就送到了,十五前能回天威过个元宵。"绍祖道:"咱们也算攒了些功德。"

马圈中冒出一个脑袋:"张爷,田大姐,还没睡呢。"绍祖问:"你们冷不冷?"霍蒙道:"有干草,不冷。"绍祖和粥姐正要回房,霍蒙道:"刚听见二位说什么天威,你们是从天威来的?"粥姐道:"你问怎的?"霍蒙道:"我就是从天威杀虎堡下来的,这两天无意听二位说话,似是下来查打仗事的。"粥姐和绍祖眼神一对,提了盏油灯来到马圈中,俘虏让出地方,推过两个木墩给二人坐。粥姐问:"你们都是杀虎堡下来的?"霍蒙摇头:"就我,他们是从大同下来的,军里临时编了一队,往紫荆关去,后来被明军冲散,我们就往南跑,最后被地方上抓了。"绍祖问:"七月初九夜里下来的?"霍蒙点头:"我在大队,从关外打进来的。"绍祖问他们如何夹击了寨门,霍蒙道:"我们性命都靠二位保全,按说不该隐瞒,但军情不敢乱说。"粥姐笑道:"你不好说,我们说,说对了你点头总行?"说了乱坟岗藏人、初九夜突袭杀虎正门事,霍蒙笑道:"原来你们都查清楚了,那我也无须隐瞒了,就是这么回事。"核查那晚细末,霍蒙也不是什么都说,但大体与调查无差。粥姐道:"你们真是可恶,打破了杀虎堡,还把粮食烧了,军马割了腿。"霍蒙道:"姐呀,两国交战还讲什么仁义?而且那些军粮——"他住了嘴,"不是我说,杀虎堡的官兵比我们更可恶呢。"

粥姐问他怎么,霍蒙道:"杀虎堡的官兵把女人关在地洞里奸淫,你们知不知道?"粥姐道:"查出来了,人也救了。"霍蒙瞬间精神了:"其中一个鹅蛋脸的、鼻子两边有斑的,就是杀虎堡附近村子的,她可还活着?"粥姐一皱眉:"香芸?"绍祖惊道:"你怎么认得她?"霍蒙只问:"她如今可好?"绍祖正要回答,粥姐按住他胳膊:"救上来了,可惜当下她便跳崖自杀了。"霍蒙震惊,脸上哀伤不已。粥姐道:"你问她做什么?"霍蒙长叹:"她既死了,这事说出来也不打紧。"他说，太平时，两国军中常往来使者，去年六月末，他作为军中通事随一位军将来杀虎堡，与沈大有谈判交换俘虏，之前零星交战，两边各有散兵被抓，想和平换回。大同对墩堡将领有指令，类似事宜可自行处置，沈大有痛快答应，并设席款待瓦剌军使。将与将吃酒，霍蒙会说汉话，人又伶俐，在杀虎堡也有相识的，被他们拉去帐中痛饮。霍蒙带了几把好匕首给他们，喝高兴了，一个相熟的总旗叫老海的，说带他畅快畅快。领他来到羊角墩，稀里糊涂下了坑道，顺着绳梯来到一个地洞，霍蒙被眼前一幕惊得酒醒：几个年轻女子被关在这里，墙上掏出几间小室，一股恶臭。老海要他挑一个，霍蒙怔懵发呆，老海把香芸推给他，自己去旁屋逍遥。

  霍蒙看香芸泪眼婆娑，心里大不忍，"我有个姐姐前年病死了，她俩长得不像，可那会儿我突然想起姐姐，她最疼我。"他安慰香芸，自己不会欺负她，问她名姓，怎么落入这里。香芸说了被掳经历，霍蒙愤慨："你们官军真不是东西，这样的货色，怎么指望打仗！"香芸看他正气，跪求他解救。霍蒙无奈道："我是瓦剌的军使，如何救你们呢？"想了想，又安慰说："我明天跟正使说明此事，要他跟沈大人求情。"香芸不信，扯着他衣服："你把隔壁的兵杀死，带我们出去。"霍蒙不敢："两国正在箭弦儿上，我这时若杀你们的人可就闯下大祸了。而且上头还有兵，带你们出去也走不脱。"香芸哭道："那就盼着你们打过来，救出我们。在这里生不如死。"这话正中霍蒙下怀，原来此番交换俘虏，也为打探杀虎堡虚实，作为北线金汤般的墩堡，杀虎最难破，一旦攻下，可以瓦解整个大明北线。他不好和香芸说这些，只道："这里防御最严，多少年都打不下，况且你是汉人，怎么反撺掇我们来打？"香芸愤怒流泪："他们这样折磨我，是哪门子自己人？谁害我我恨谁，杀虎堡全死了才好——你们瞅准时机，这里也不是不能破。"霍蒙听她话里有话，忙问如何，香芸道："昨天来了一个沈大有的贴身侍卫，说定在七月初九全营出关练兵，晚上牛酒犒军，到时带酒肉送我吃——那晚，你们来打。"霍蒙并未回应，劝慰她一番。老海在外头催促，香芸又悲泣，霍蒙道："我会尽力救你们出来。"香芸呜咽："我不指望了。"霍蒙伸出手："咱们击掌为誓。"香芸苦笑着与他击掌。

粥姐绍祖惊骇："你把香芸的话，告诉了上头？"霍蒙点头："隔日我就跟正使说了这节事。正使不肯找沈大有处分，还笑我没历练，说那些姑娘是正经军妓，故意装惨诱我们来攻，好中他们埋伏。我说香芸愤怒是真，怨恨是真，不像撒谎。正使要我不可乱说。回到瓦剌没几天，军中忽下密令：初九一早急行军，准备夜袭杀虎堡。我也不知是不是正使跟上头说了，或许，上头就信了香芸的话。"二人沉默片刻，粥姐又道："可你们打下杀虎堡，怎么没救出她们呢？"霍蒙叹道："那晚我受了重伤，托人去救，乱糟糟的，谁有那个闲心？天没亮我们就转移去别处了，这事就耽搁了。"这时，一个俘虏用瓦剌话说了些什么，指指霍蒙，比划着用右手砍左手。

粥姐问这是何意，霍蒙道："我和她击掌为誓，要救她们出来，可我失言了，打下了杀虎堡却没顾上营救，我不能违背誓言，就自断了一只手，算是惩罚自个儿。"粥姐站起来道："你是个好汉子，杀虎堡的兵痞兵贼是不少，可也死了多少热心报国的好健儿。"说完愤然离开了马圈。绍祖也要走，霍蒙拉住他："张爷，为报你的大恩，还有件事跟你说了罢！——杀虎堡，有我们安插的人。"绍祖问是谁，霍蒙摇头："具体是谁，不是我一个小兵能知道的，但确实有人往来传递消息，不然藏在乱坟岗的如何知道初九夜里夹击？我们本计划中旬动手，临时提前，谁把这消息告诉了他们？张爷，反正仗打完了，给你吐这个信儿，助你立功升官儿吧！"

第二天，把俘虏送到大同，处置妥善，绍祖和粥姐离开。路上，二人都不怎么说话，各怀心事，面色忧虑。闷了大半天，绍祖才道："要追究香芸吗？"粥姐摇头："我不知道，你想追究她吗？"绍祖道："'情有可原'这四个字儿，是不是不合适？"粥姐道："我能明白她的恨，你能吗？"绍祖叹口气："此事说大不大，说小不小，我不敢定夺，回去要跟老朱商量。"

仍在徘徊镇庞家店歇宿，却不见英娴。老庞说，前几天来了个客人，偶然说起怀来一家新开的客店，主人叫吕小山，正是英娴父亲。英娴闻知立刻要去，老庞正好有亲戚上北京贡药材，顺路带她去了。绍祖听了，为英娴高兴，又有些怅怅，不知以后还能否再见。路上这两日，粥姐寡言，心事重重的样子。绍祖如今身无分文，路上花销都由她垫，本以为照她悭吝的性子定会絮叨，谁知她半句也不曾抱怨。当晚，又碰到孟六，只隔半个多月，喝得身子缩了一截，衣裳更破烂，脸上更苍苦，活像个七八十的老光棍。见到绍祖，他主动上来招呼，涎脸讨钱买酒。绍祖说没钱，他在那死缠。老庞给他倒了一碗："老六，胡蕙兰离了你，你就活不得了？再这么混，没人可怜你。喝了就走，别搅我生意。"老六端着碗小口小口抿，见绍祖要上楼，叫住他："张爷，你之前不是问我，朱大哥为何杀我吗？我前天做了个梦，醒来后忽然明白了。"绍祖靠在柜台上听他说。老六一口气喝光了酒，摸着碗不言语。

绍祖让老庞再打一碗，算他账上。老六又喝一口："朱大哥要把我们杀个干净。"绍祖奇道："你们？"老六点头："下西洋那几年，我们一队五六十人，都给他弄死了。"绍祖惊问："他为何杀你们？你有证据说是他杀的？"老六哀伤道："我梦见了曹黑哥，又梦见那岛上的事，一下子就明白了——朱抗，他容不得我们这帮人里还有人活着，所以才弄我。"绍祖越发糊涂："岛上的事？什么岛？什么事？他为何容不得你们活？"老六苦笑："你去问他，有些话不该我说——这几天我日想夜想，朱大哥做得对，我的确该死。"绍祖再要给他买酒，他不喝了，摇摇晃晃离了客店。

绍祖正要睡下，墙壁咚咚响了两声。庞家店的墙是木板壁，外刷白灰，中间灌填混了秫秸碎的泥巴，模糊听见粥姐在那边说话："睡了没？"如在水下岸上人说话一般。绍祖乏了，不想答应，蒙上被子睡。又听见咚咚响，没一会儿，一些沙土掉在脸上，绍祖从桌上端来灯，墙上现出一个洞，匕首尖儿冒了出来，旋了旋又退回去，那边出现一只眼睛："死了？不答应！"绍祖道："有话过来说，坏人家墙做什么？"粥姐又用匕首捣了捣，洞更大了，能看见一角脸："懒得过去，被窝里暖和。"绍祖盘腿坐好："什么事？"粥姐道："你躺下，别瞪着我，我也躺下说。"绍祖往那边瞄了眼，粥姐背靠墙，在洞里露出一只橘色的、透明的耳朵："心里乱腾腾的，我有事瞒着你。"绍祖问什么事，粥姐说说不出口，从洞里递过来半截麻花："在太原买的，剩了一根，一人一半儿。"绍祖接过来咬了一口，香酥甜美。粥姐在那边也吃着："这麻花好，几根面得缠一块儿，才能炸出这酥脆劲儿。"绍祖笑道："听你话里有话。"粥姐道："麻花能有什么话？绍儿，你有瞒着我的事吗？"绍祖道："什么叫瞒着？咱们认识不过俩月，我以前的事你一概不知。但要说故意瞒你的，那没有。"粥姐笑道："这话是了。累了，睡罢。"她吃完麻花，拍拍手，捡了几块土坷垃，把洞塞上了。

  十一下午，二人回到天威。这日一早便下大雪，比今冬的雪都要大，雪片如手，如行在白米粥里，三尺外见不到路，俩人的马滑到路边沟里数次。城里人气热，积雪薄些，也没过马蹄。样式纤巧的灯笼花盏悬了出来，点心铺子在门口支了摊，用大笸箩摇元宵，旁边大锅里滚着沸水，一碗五个三文钱。回到徐和客店安顿下，粥姐要热水在屋里洗了个澡，绍祖也洗了。听徐和说，吏部下了文，洪缜署了正印，前几天刚贴出邸报。黄昏，雪势还不见小。吃了徐和送的两碗元宵，粥姐要回墩里，绍祖去狱中看朱抗，二人分手。

22 金豆

来到县牢，正碰上胡蕙兰带小扣儿来送饭。胡蕙兰道："绍哥儿辛苦，衙门过年都放假，你还出公差。"绍祖笑道："我们哪管什么节庆，差事不能停。"胡蕙兰拉住他："你知不知？再过几天，要把老朱押去大同提审。"绍祖皱眉："不在县里审？"胡蕙兰摇头："大同府来人办事，听说了老朱的案子，说他是京城公差，得去府里审。那个姓岳的巡检前天就押走了，洪大人通融，让老朱安稳过了元宵再去。"她淌下泪，"他这案子，不死也是个千里充军。老大岁数，再充就死了。"绍祖问："老朱跟你说了为何杀孟六吗？"她摇头："老王八，不能提，提了发脾气哩。等去府衙，再硬着不说，铁头大板打死呀！"

朱抗胖了，虽在牢里，一点也不狼狈，头面整齐，还换了身新棉袍。绍祖讥道："我在外头风吹雪打的，你倒养尊处优。"朱抗道："身上放了肉，她又逼我吃。"胡蕙兰打开食盒，里面三层吃食，都端出来："吃饭不好？问问街上的乞丐爱不爱吃饭？从小牛粪里长大的东西，老了倒装起大爷了。"朱抗道："干夜不收没胖的。"胡蕙兰骂道："收收收，收你娘！你这会儿是囚犯，爱吃吃，不吃拉倒。"绍祖笑了一回，三人和朱抗隔着栏杆坐下同吃。朱抗道："樊文辅一家过两天要走，你知道吗？"绍祖道："案子还没结，怎好让他走？"朱抗道："他是回京戴罪治病。"绍祖道："他少不得吃一刀，还治个什么。"朱抗问他这些天忙什么，绍祖说了："不知道那李通海有什么人情，于大人都让放过。"朱抗想了想道："怕真没干系，于大人是铁面无私的。查案就是这样，不可能放下钩子就钓起鱼。"他夹了一大块肉给小扣儿。小扣儿道："大爷你吃，我奶说人家要打你板子，吃了肉不怕疼。"胡蕙兰用筷子敲了下她头："吃你的，屁话多！"朱抗摸摸她脸蛋儿，笑道："别担心，我不怕疼的。"

吃完饭，胡蕙兰收拾了食盒带小扣儿先去了。朱抗递来一封信和一本薄册："年前要户部账目那封信，于大人回了。"绍祖看信，于谦赞朱抗得力，又说"绍祖少年心热，亦可助臂，兄当悉心调教"云云，后面说了一件事：工部侍郎王思贤，因十一月京师整修城墙贪墨巨银并纵烧本部账房致三人死亡案，连同其他数官被判斩决。临死，王思贤供出任天威知县期间大行贿赂之事。于谦信上说，"王犯所供，不乏勋贵内监，关涉重大。人多谓其丧心病狂，攀连清白，害乱朝政"，王思贤信誓旦旦并非诬陷，说当年行贿有本详细账簿，装在铁匣中，藏于天威县衙正堂东北角地下。于谦命朱抗找到此账簿，来日返京带回。

朱抗道："我让洪缜帮忙挖出，这本簿子，就是刘圭给樊文辅那份抄本的正本。我把两份账簿合成一份，看看天威两任知县的好功德。我算数不好，想托徐和梳理，他又太忙，最后是你胡大娘花了几天工夫弄清爽了。"他从草堆里抽出一本厚册，"这是合一起的，后面附录了两知县的大功。"绍祖翻到最后，上列王思贤任知县四年间，共行贿金二十万七千四百九十四两，贿及一百二十九人的名单及每人所得数目，其中代王所得就有六万多；樊文辅任职三年多，亦行贿十八万五千余，光山西三藩便有十二万。绍祖瞠目结舌："马市虽赚钱，可王思贤和樊文辅怎么能做出这么多空账？"朱抗又拿出一本册子："这是你向洪缜要来的户房钱粮账目，后面开列了马市一项的税金，也是你大娘用算盘打出来的。"他将三本账簿摆在一起："一本知县行贿账，一本马市收税账，一本户部赋税账。我和你大娘把收税和赋税依年度比较，发现相差不过数百两，可能中间有些人情花费，也正常。"绍祖道："就是说，樊文辅上缴朝廷的账并无差错，"他拍拍那本行贿账，"那这几十万银子，是从哪里来的？"

朱抗道："你说到点子上了。我开始以为，这几十万都是瞒着朝廷的杂税，每笔买卖多抽几分利，积少成多，但不光如此。洪缜前天来看我，闲聊间，我夸他之前做主簿账目干净，他说樊文辅从未要求他做空账，但他听说，有一笔银子，樊文辅是不给他入账的，也不算税金。"绍祖问什么银子，朱抗道："洪缜称为'盐铁银'。每个来马市的瓦剌部落都要送县里一笔，不然不和你交易。瓦剌大小上百部落，一年来数次，这笔钱相当可观。"绍祖不明白："瓦剌人就任凭县官宰割？他们怎么不向朝廷告状？"朱抗笑道："妙就妙在这儿。洪缜说，盐铁银不是王思贤创的，也不是樊文辅创的，是瓦剌人自己进贡的——所以知县才敢不入公账。"绍祖更加糊涂："瓦剌人为何要发这好心？"

朱抗道："所谓马市，是大明怀柔瓦剌的法子，向来我们吃亏，他们得利。他们用病马、瘸马、老马滥竽充数，价钱比时价高出三四倍，朝廷为安抚他们，一概全收。"绍祖道："我也听说过马市之弊，本就是羁縻之术，朝中好多大臣都反对开市，说是剜肉医疮。"朱抗继续道："行贿的这几十万银子，你以为是瓦剌人的钱？这是羊毛出在羊身上——是他们抢掠边民所得，拿出一部分进贡，再由王思贤、樊文辅贿赂那些京官鼓动开市，如此马市才能长久，盐铁布匹等物才能源源不断进入瓦剌。"绍祖恨道："这是瓦剌拿咱们的本钱，赚咱们的利息。百姓以为钱粮被瓦剌人抢了，实则转了一圈，到了自家官儿手里。"他翻着那些册子，长叹道："这案子怎么能完呢？只除非把大明翻个个儿，花费十年八年，兴许才能理出个头绪。"

朱抗道："行贿这账本不仅记送出去的，也记收受的。瞧这一笔。"他指了一行，是正统九年五月二十日，杀虎堡谭信成送王思贤三百两，"我好奇谭信成为何送礼，就托洪缜查那个月的文书。户房早年的文书没烧尽，记载那个月末，王思贤以沙河村人口浮逃耕地荒芜为由，将该村田地两百五十多亩并给杀虎堡作屯田，开具地契文书并申明上司。"绍祖道："就因为这节事，沙河村的村民才流散出去的？"朱抗点头："王思贤勾结杀虎堡侵占民田，收获的粮食也不入公库。沙河村百姓跟我提过此事，线头儿在这里。"绍祖道："谭信成不过是传话办事，背后肯定是沈大有的主意。"朱抗道："只是姓谭的死了，死无对证。"绍祖翻那账簿，杀虎堡一页确无沈大有的名字。朱抗道："你和田大姐查谭信成冒功案后，我怀疑他是瓦剌间谍，杀虎堡军籍册上只说他是河南郾城人，从大同左卫调来的。我便给夏回生去信，问这人详细底细。前天老夏才回信，说了件大事。"绍祖忙问什么大事，朱抗道："谭信成的亲堂伯，是个太监。"绍祖睁大眼睛："谁？"

朱抗道："代王府的刘圭，净身后改了姓。"绍祖惊呼："是他！""而且，"朱抗道，"刘圭还有个干爷，咱们也见过的。"绍祖眼睛一转："曹吉祥？"朱抗微笑点头，指指账簿："上面并无曹吉祥的名字，代王那十几万两，最后能落下多少？中间是谁得的？"绍祖道："自然是老曹了。"朱抗又摇头："他肯定得了，但大头不是他——你忘了曹吉祥也有干爷的。"绍祖长吁一声："王振……"朱抗道："你捋捋这些人。"绍祖道："曹吉祥命刘圭除掉咱们我知道，接刘圭命令办事的，是他堂侄谭信成？"朱抗笑道："你还记得吗？我们初去杀虎堡，谭信成不在，说去大同支领棉衣军器了。算路程，应该是我们到徘徊镇那晚，他留下一队心腹，换了发式军服在镇外埋伏。我就说那伙人的军靴不对劲，又有火器，原来是杀虎堡的。"绍祖抓耳挠腮："那你说，老沈知不知道这件事？"朱抗道："估计他不知道，不然不会那般配合我们查案。"绍祖赞道："老朱，你哪里姓朱，你姓诸葛呀！坐在牢里运筹帷幄，写写信算算账，查出多少事！"朱抗道："我总不能真闲着，坐监也能出把力。"

正说着，一个汉子进来，提着一瓶酒、一只熟鹅，恭敬问候朱抗，是沙河村的老郭。他看到绍祖有些尴尬，把吃食递过去："朱爷是我们村大恩人，没朱爷照顾，这个冬天难挨。我打听了，过两天要把朱爷挪去大同。张爷，朱爷的案子可有什么法子没？咱们穷人大本事没有，要跑腿卖力气的，随时吩咐。"绍祖道："多谢你费心。"老郭打听调查进展："杀虎堡到底怎么陷的？"绍祖不答反问："你家香芸都好？"老郭悲叹："张爷还不知，除夕夜里，芸姐儿在茅房里吊死了——闺女是个烈性的。"绍祖惊悲冲心，一时呆傻了。老郭去后，朱抗让绍祖把鹅酒送给其他犯人。绍祖缓过神，说了战俘霍蒙所供香芸之事，朱抗也讶异："还有这节隐情。"绍祖哀伤："香芸不像是会寻短见的，怕是被她爹娘逼迫，老郭上次还去大营要钱。"

朱抗道："别人家务事，我们不好管。倒是那俘虏说的内奸，是个大刺，如今查到这个份上，也该把这根刺拔出来了。"绍祖道："已经拔了，枯树墩的宋锐。"朱抗笑道："藏了些私房就是奸细？一句供词、一样证据都没有，凭臆测就断他是奸细？那种老兵我见多了，实在不像。"绍祖无法反驳。朱抗道："我有个钓奸细的法子，简单一招引蛇出洞。"说了打算，绍祖赞成一试。朱抗嘱咐："这法子，不要告诉田粥姐。"绍祖困惑："你还疑她吗？"朱抗冷峻道："我一直都不信任她，我托她跟你办案是为制住她，看她会不会露出马脚。"绍祖颇为不快："疑人不用，用人不疑，她是可靠的。"朱抗正色道："你记着，这差事只有两个人可靠，就是你和我，别的都是外人。你当初许诺听我的，就按我交代的做。"

绍祖只得应了，又道："我在徘徊镇遇到孟老六了。"朱抗忽而发狠："他最好死了。等刑满了，我还要杀他！"绍祖道："他跟我说，你们早年下西洋，在什么岛上的事。"朱抗忙问："他说了那事？"绍祖摆手："没详细说，只是猜测，为那事你才杀他，还说你们那队人，被你杀了个干净。我听这话重大，逼问他，他说要我来问你。"朱抗牙齿咬得紧紧的，脸上尽是怒色。绍祖道："若他犯过恶，你杀他有缘由，这案子就能解。想想胡大娘，你一把年纪，再充军，猴年马月能重逢？可怜她对你一片痴情。"朱抗道："各有各命，管不得她！"绍祖道："那你告诉我，老六说那些人都被你杀了，可是真的？"朱抗捶着胸脯叫道："是我杀的！你快去告官！"绍祖从未见过他如此激动，低头往外走。朱抗叫住他，把那本行贿账簿丢过去："另两本不打紧，这本好生保管！"

隔天，绍祖来杀虎堡见沈大有，打量他许久，笑问："老沈，你是奸细不是？"沈大有呛出茶来："我堂堂千户，亲舅舅是大同总兵官，怎么会是奸细？我要通敌，还守这里做什么？打下天威，连同杀虎堡送给瓦剌就是，也先不得封我个蛮子王。"绍祖笑道："逗你的。可你手下里有奸细，你知不知道？"沈大有道："这用你说？上千人，我是知根知底的？守北境的，哪支队伍里没几个吃里爬外的杂种？有些官儿喜欢查这事，弄得鸡飞狗跳，人人互相检举，逼得不是内奸的也成了内奸。我也恨奸细，但不爱折腾——人心惶惶的怎么操练打仗？弄过头了，他们直接给你咔嚓了，开关投敌。张爷这么问，是查出谁了吗？"绍祖摇头，低声跟他说了打算，沈大有道："好说。"叫来一个传令总旗："去传，忠勇威三队六百人，拨二百骑兵，两天后，十四日寅时整队出关，把蛮子在下水海子的几个部落全拔了。"总旗不敢信自己耳朵："爷，还没出正月就打仗？冰天雪地怎么行军？"沈大有踢了他一脚："这是突袭，你想不到，蛮子也想不到。这几天，除了夜不收，任何人不许出关，违者处斩！"总旗下去传令了。绍祖又传来赵金，他上次立功升了小旗，夜夜带人巡警，干劲十足。绍祖附耳交代一番，赵金点头："张爷放心。"

　　绍祖告辞出来，在营里遇到粥姐和黑羊来领月粮。粥姐道："怎么突然说要打仗？这么冷的天，马都跑不开。"绍祖随口道："大同密令，要沈大有突击一场。两边正在和谈，咱们想把老皇帝接回来，这是给瓦剌示威呢。"粥姐道："这几天咱们做什么？"绍祖道："什么都不做，歇一歇，你想在墩里还是来客店？"粥姐道："我在墩里待着吧，有事你叫我。"绍祖说了香芸自尽的事，粥姐也震惊，泪水漾漾无话。绍祖问黑羊："你们墩现在怎么巡夜？"黑羊道："大姐刚回来不累她，我和第三哥巡，偶尔荒年哥和第三哥一起。自从上次的事后，现在夜巡都要俩人。"绍祖道："这样好，互相有个照应。"二人提上月粮，粥姐看了看他："你怎么不穿袭子就出来？冻病了还干什么差事。"绍祖道："刚才屋里热我就脱了，你们快去吧。"

　　回到客店，绍祖给母亲写了封家书，正好辛五来看他姐，在厨房叙了会儿，辛五精神好转，不似先前消沉，说戒了酒，重新开始跑差。绍祖将家书托他送出，辛五问大眼儿的冤案查实没有，他想为许家申领恤金，绍祖又写了封短信，要他去县衙找洪缜料理。闲了一天睡觉养神，去牢里和朱抗闲话，出来时天透黑了，各处灯笼点起，红光绿影，肥厚的雪片也染映上色，如天雨桃花瓣儿，煞是好看。街上许多放花灯的，有放到天上的，有在地上乱转的，璀璨耀眼。绍祖身上困窘，徐和的房钱还无着落，老朱的银子周济了沙河村，出去一趟粥姐垫了不少，总得还上。无法，取出贴身戴的五蝠玉佩，乃宋代古物，想寻个当铺抵些钱救急。转了两条街，找到一家小铺。正要进去，忽瞧见老郭在里头，伏在柜台上和掌柜说话，模糊听见说什么金豆。门口几个孩子在放一种叫烧耗子的小花炮，不响，用香点着了在地上乱窜，怪有趣，绍祖蹲在他们中间，侧耳听里头说话。

老郭说："就剩这两颗了，本想以后买棺材的，这不急用，老哥再添些。"掌柜道："咱们认识才给你二两，实则还差几分哩，你去金银铺，不狠坑你的。"老郭道："所以才来老哥这儿。"又求了会儿，掌柜只是不添："年前你们村的孙歪脖儿也来我这当金豆儿，竟拿出来六颗，你们藏得深呀！天天哭穷，家里却有金子。"老郭笑道："谁祖上没点积藏？又不是成千上万的。"问城里可有好医生，掌柜介绍了两个："给谁看病？这么晚也出不得城。"老郭道："我媳妇不自在，过了年搬来城里亲戚家，方便看病。"掌柜道："哪个亲戚？你老姨家？"老郭道："可不是，就在胡子巷，老哥有空来喝茶。"聊了几句，老郭带着银子走了，也未瞧见绍祖。

绍祖进店，拿出那块玉佩，掌柜在灯下看了两眼，喝彩道："开门儿的好东西！苏杭的老工，是皇家之物了。我做买卖向来实诚，不开虚价，我愿出三十两。"绍祖道："那就三十吧。"掌柜道："小爷不去其他店问问？我是小本生意，开三十，不是说这玉只值三十，若肯卖，我能出半百。"绍祖道："我只当不卖，懒得比较，让我几个月期限罢了。"掌柜笑道："爽快！就算一年期，本价外，每月二分利钱，过时不奉。"说完写毕当票，兑了银子。绍祖收好，看天平里还放着那两颗金豆，便道："刚看到有人当这金豆，是没落的财主吗？"掌柜笑道："他要是财主那我就是沈万三了。乡里人，说是祖上留下的，前后当过四五次，也就八九颗。"绍祖要过金豆瞧了瞧，又放回去，告辞了。

打听着来到胡子巷，有十来户人家，一众孩童追逐玩耍。一家家瞧，忽见一户门开了，正是老郭，提着一只桶往街上倒脏水。邻家婆娘骂："这是你们村儿里？往街上瞎胡倒，赶明儿结了冰，摔了人怨你？"老郭不敢言语，缩头回去了。绍祖来到墙下，趁人不注意，翻身跳过来。一间屋里亮着灯。他伏在窗下，窗纸有缝，一张炕上两个妇人，一老的，数着佛珠念佛；一中年的，是老郭婆娘，挺着肚子，一脸难受相。她问："你去看朱爷，他怎么说？"老郭道："姓张的在，我没好问，看那意思还没查到。"婆娘道："可小心着，查到头上，这孩子也别生了，都是死。"老郭道："你别操心，好好养身子，明天请大夫给你瞧。"妇人问："朱爷分的银子没剩下？"老郭道："闺女丧事花完了。"婆娘抱怨："要你买那么好的棺材！整天憨愣愣的，沈大有给的二十两也有本事给人抢回去。"老郭道："那是营里的兵痞，不给就弄死了。"婆娘问："还剩几个豆儿？"老郭道："反正饿不死。"

说了会儿话，老妪催睡觉，吹了灯。绍祖绕来厨房，灶里还有余火，锅里温着什么，揭盖一闻，炖的羊汤。灶旁一团干草，便蜷缩在里头打盹，也不敢睡熟。挨到天蒙蒙亮，听见老郭咳嗽声，忙起来躲在门后。老郭端盏油灯来到厨房，把灯放在架上，揭开锅盖，尝了口汤，又盖上继续炖。从布袋里倒出白面，和水，开始揉面团。绍祖猛跳上前，从后面捂住他嘴巴，匕首搁他喉咙上："叫一声，你媳妇也活不成。"老郭吓得乱抖，使劲点头。绍祖推开他，关上厨房门。老郭惊悚："张爷？你怎么在我家？"绍祖一脚踩在灶台上："你问我？"老郭神色慌乱，瞥了眼案板上的菜刀，绍祖摸出石子迅猛甩出，打在菜刀上迸出一串火星，菜刀在案板上乱转，石子弹到墙上没了进去。

老郭怕了："张爷有事找我？"绍祖道："你常去牢里找老朱打探什么？怕我们查到什么？"他逼近两步，直视老郭眼睛，"你的金豆子，又是哪里来的？"老郭道："我看望朱爷不为打听事，就算问两句也是聊闲天儿。金豆儿是我爷爷留下的，我家祖上也富过。"绍祖不屑道："咱们省些唾沫，昨晚你两口子说话我都听见了。再扯淡，我揪你去县衙，一套夹棍先断了你腿。你尽管充硬汉，只怕你媳妇不硬，那肚子不硬。"老郭两眼乱眨，忐忑不已。绍祖逼问："七月初九那晚，沈大有丢了笔私财，其中有袋子金豆儿，还以为是瓦剌兵顺走了，如何在你手里？那店主孙歪脖儿也有的，你俩一个爷爷？"老郭定了神："张爷，你和朱爷来到天威，济民行善的名声响在外头——这名声立住难，毁容易。"绍祖道："我们公正查案，查到什么就是什么，何曾为了名声！"

老郭道："若查案把沙河村查绝户了，也不怜惜吗？"绍祖一顿："什么意思？"老郭昂起头："沙河村二十二户人家，男女老少一百多人，都碰了那些金银，你要把我们全处死吗？"绍祖惊骇："沈大有丢的金银，你们全村瓜分了？"老郭撸起袖子，站回案板前揉面，揉成一大团，放在灶台上饧，将手里的面一点点抠回盆里，没多会儿，泪如雨下："饿得吃不上饭，冷了没衣裳，病了没钱医，死了没棺材，收了粮食被官府缴去大半儿，养的牲口被征去军营拉车，有金银干吗不要？杀虎堡抢了我们的地，我们就不能拿回价钱吗？"绍祖问："那晚瓦剌兵打了下来，官兵都跑了，你们是怎么拿到金银的？"老郭随口道："蛮子给的。"绍祖再一惊："给的？你们通敌不成？"

老郭笑道："张爷，别说吓唬人的话。"他也不隐瞒了，说那晚杀虎堡打仗，全村害怕，收拾行李准备逃走。两个村民跑去看庄稼，见起了火，官兵四散而逃。瓦剌骑兵发现了田垄里的二人，抓到营内。二人吓得半死，瓦剌将领借通事审问了一番，倒不为难他们，说也先太师最是仁慈，要救大明的百姓，外头庄稼烧毁了，让一人回村叫人，要把营里的军粮赔送给他们。一队瓦剌兵押着那汉子回村，纠集了村民，半逼半诱，拉着板车回到军营，把军粮都装了车。那将领并不放他们走，推出几十个杀虎堡伤兵俘虏，要村民杀死他们才能运粮。老郭等吓得腿软，将领见他们不肯，便威胁杀村民，逼得没法，妇人们先动手，汉子跟上，将那些伤兵都杀了。那将领心满意足，率兵离开。连夜，村民把军粮运回村中，烧了粮仓，又在营房里搜了些财物，从沈大有的床缝里翻出金豆碎银，带回来均分了。天明后，杀虎堡败兵才渐渐归拢回营，对村民所为一概不知。老郭道："我们割指头发过誓，要活一起活，要死一起死，谁也不是带头儿的，谁也没站干岸儿。张爷你要办，就把沙河村全办了。"绍祖悲怒："你们为拿粮，竟然杀伤员？"老郭道："我们不杀，瓦剌人能让他们活？不杀，连我们都是死，那些军粮，也得一把火烧了。杀了，能活，还有粮食拿，这笔账很难算吗？"绍祖木在原处，成了哑巴。

这时，他婆娘在屋里喊："还没中？"老郭扯着嗓子回道："快了！"又叹："你知道了也好，整天悬心吊胆的滋味儿不好受，暗中打听你们的调查，生怕这事破了。"绍祖道："你知不知道偷盗军粮是死罪？更何况杀伤兵！"老郭反问："那官兵侵占民田、强奸民女是不是死罪？"绍祖道："这事重大，我压不住。"老郭摸摸面团,饧好了,又搓剂子,拉面条,添了火,锅里的汤滚了,一整只羊脑袋上下浮动,两只眼睛白得吓人。下了面,沸了几沸,盛到碗里撒了盐巴,绕过绍祖端出去了。回来,将剩下的面团揪成疙瘩丢进锅,加凉水滚三道,舀出两碗,拿双筷子递给绍祖:"张爷别嫌弃。"他抱着碗,蹲在地上哗啦大吃。绍祖心中哀痛,看着面疙瘩,凄然掉了泪,一口一口往嘴里送。

"我不说虚话——给我三个顶缸的,只说这三人偷粮盗财,其他村民,我用性命担保,决不追究。"绍祖放下碗,信誓旦旦。老郭抹抹嘴:"全村一起杀的,一起偷的,要死一起死,要活一起活。"绍祖束手无策,来硬的,又不忍心。此时门开了,是那老太,对老郭道:"你媳妇难受得打滚儿,还不去请大夫。"瞅了眼绍祖,"这是哪个?"老郭起身道:"我就去。"绍祖道:"不急请大夫,我先看看。"来到里屋,老郭媳妇捂着肚子呻吟,见着绍祖一惊,不安地望了眼老郭。老郭道:"张爷说他懂医术,先瞧瞧。"绍祖问几个月了,说八个月。把了脉又看舌苔,伸出手掌:"我大胆了。"妇人挺起肚子给他摸。绍祖探了探:"没大碍。"老郭道:"没大碍天天肚子疼?"绍祖道:"一天吃几顿?"妇人道:"六顿。"绍祖道:"吃撑了,去药铺抓几味消食健脾的药,花不了几个钱。"口述了药方,老郭很快买回,煎成汤,妇人喝了,放了一串大屁,果然肚子不疼了。又问绍祖怀的是不是儿子,绍祖恨道:"你姑娘刚死,倒盼上儿子了。" 婆娘道:"芸姐儿烈性,我们做爹娘的心里疼,脸上却有光。"

在院中,绍祖苦笑:"你们无非吃准了我和老朱良善,反掐住我们。这好名声,倒给我俩手脚上了铐。"老郭不言语,拿了把扫帚扫院子里的雪。绍祖站了会儿,实在不知怎样,正要走,外面进来一人,身材瘦长,歪着脖子像只病鸡,一手提只小红灯笼,一手拎包点心,进来就喊:"老郭勤谨呐!"老郭抬头笑道:"你这老狗。"歪脖儿道:"这不过节,孩子闹,非要我进城买灯笼,顺脚来看看你,你媳妇都好?"老郭努努嘴:"张爷来了。"那人扭头看到墙下的绍祖,唬了一跳。绍祖道:"老孙,听当铺的说,你常去当金子,没看出你是个财主。"老孙忙道:"祖上留的,祖上的。"他把点心放窗台上,隔着窗户问候了老郭媳妇,又问老郭:"弟妹还是吐?"老郭道:"想吐也憋着,不然可惜了的。"老孙腰板挺直，点头道："是，吐了白吃。"绍祖笑道："吃多了吐一吐也好，肚里积了食也难受，刚才不是吐了许多吗？"老孙脸霎时白了。绍祖道："你们聊着，下雪地滑，不要乱跑，容易摔着。"

绍祖惦记别的事，赶回杀虎堡。明日十四，准备出征的军士枕戈待旦。子时刚过，沈大有再传命令，说接到大同军令，取消突袭。军士一阵咒骂抱怨，很快又欢呼，脱了铁甲回营房烤火。等到天亮，赵金一脸冰霜地回来了："那两个部落不见任何防备，看来消息没传过去。"沈大有看着绍祖笑道："我这里是干净的。"绍祖有几分失落。赵金又说："还有件事，回来时在山沟里撞见两个私逃出关的男女，我给抓了回来，路上粗审了审，说是樊文辅的家人，现拴在外头，请二位爷示下。"绍祖大奇，命将二人带上来。

二人跪地求饶，男的是樊顺儿子樊兴，女的是樊文辅小妾，名叫宝雁。吓唬了几句，樊兴老实交代，二人私通已半年多，如胶似漆，见樊家败了，就趁夜私奔。沈大有笑道："奴才勾搭主子，你倒好本事。"绍祖打开他们随身包袱，全是金银珠宝，约值千金："私奔为何要出关？这是要逃去瓦剌？"樊兴撇嘴道："去别处不安心，这里紧挨着关口，想着干脆去瓦剌。听说那里收留汉人，给种子给牛，田地随意开垦。"沈大有骂道："混账东西，你这是投敌叛国知不知道！"樊兴吓坏了，和宝雁使劲磕头。绍祖道："那里收留汉人是做奴隶的，拿铁链穿了脚踝骨做牛马，你俩去了生不如死。"沈大有问："你俩怎么出关的？从哪个墩？"樊兴道："没敢过墩，从君德山翻过去的。"沈大有惊道："你俩瘦弱弱的，能翻过君德山？"绍祖看二人手指头都带血，脚上的靴子也磨得破烂，感叹道："你俩倒是心坚。"对沈大有道："既然是樊文辅的家人，带回县衙审罢。"

23　蜡丸

奸细没揪出，倒抓到一对鸳鸯，绍祖押二人悻悻回城。路上，樊兴又求放他们去，绍祖道："她名分是你主子，你俩私通本就不伦，还偷了家财私奔。樊文辅犯了重罪，家产要清算充公的，怎么放你？"樊兴道："张爷，伦不伦的话不必讲，我俩两厢情愿，金银退还，放我俩走行吗？"绍祖摇头："我才缓过神，之前你来客店投诚，大概不是为你老子，而是为这妮子，弄倒樊文辅，你俩才如意。"樊兴忙道："当时真为我爹！"绍祖笑道："彼此心知罢。你俩也不用怕，这点事不至于死罪——私自出关打一顿；偷情么，看你家夫人怎么处置罢。"这对小鸳鸯泪水涟涟，无话可说。绍祖将二人送到县衙，让洪缜知会樊家。去了大牢，和朱抗说引蛇不成，朱抗道："不急，再用别的法子试试，是蛇就会出洞。"

在牢里待了一下午，出来时天色已晚，樊家养娘叫住他："奶奶请爷家去说话。"绍祖一时无事，便随她去。李夫人在堂上摆了一桌肴馔，和绍祖见过，请他入席："家里也没爷们儿能陪，得罪张爷吃个寡酒罢。"绍祖客气道："夫人不必拘礼，只当我是子侄辈儿，一起坐，方便说话。"李夫人也便坐下，为绍祖布菜。绍祖意思了几筷子，问樊文辅病情，李夫人说不见好转："京里有名医，朝廷准我们回去，治治老樊也好录口供。"绍祖说了追查李通海的事："拖延闭市不是他怂恿，老樊在夫人跟前撒谎了。"李夫人道："查清了？真没他的事？"绍祖不好说于谦的意思，只说无可靠证据。李夫人叹了声："那也罢了。请张爷来，还为别的——昨天家里出了件丑事，张爷都知道了，"她欠欠身，"想请张爷在洪大人跟前说几句话。"绍祖猜知她意，便道："樊兴宝雁的事，洪大人自会依律处置，我不好添油加醋。"

李夫人道："张爷误会了，我不是托你害人，是托你救人。"绍祖不明，李夫人道："家门不幸，出了这样的事，我一开始也气得要不得，可静下来一想，此番回京，老樊病好不好，死罪难逃，我半截身子入土的人，还指望什么呢？只恨没生个一男半女，给樊家续上香火。宝雁，我昨天才知道，已有两个月的身孕了。"绍祖纳闷："夫人意思是？"李夫人堕泪道："宝雁肚里的孩子是谁的种，谁也不知道。可我想，樊兴这孩子既是家生子，也姓樊，不如就认他做个螟蛉，成全了他俩，以后也有人给老樊烧纸。"绍祖讶异："夫人不恨他们？"李夫人拭泪道："恨有用吗？老樊的罪，怕也不至于满门抄斩，他死了，这个家还得支撑下去。张爷，求你跟洪大人说一说，打几板子就罢了，这种私通案子，我家主都不计较，他也不用太计较。"绍祖点点头："夫人既这么说，我从命就是。"

当下告辞，来到一条街外的洪家，见了洪缜，说了李夫人的意思。洪缜笑道："家主婆都这么说，我又何必结冤家，出关的板子已经打了，我现在就派人去牢里放了他俩。"绍祖道："不是放，是押回樊家，由李夫人交代他们话，不能再给他们跑了。"洪缜道："自然自然。"又说新上任须录囚刷卷，压不住朱抗的案子，大同府严命提审。绍祖道："不怪你，这也是没奈何的事。"

回店睡了一夜，次日已是元宵节。正吃早饭，黑羊上楼来，笑道："张爷早。今儿个不是过节么，朱爷当明儿也要解去大同，田姐说晚上聚聚，给朱爷饯行。"绍祖道："他在牢里，怎么聚？"黑羊道："洪知县刚上任，施了项仁政，今晚允许犯人家属去牢里探视，隔着栏杆吃个团圆饭。而且今夜只闭三门，开放东门，方便百姓游乐。大姐让我先来买东西，跟你说她晚上来。"正说着，一个戴眼罩的汉子进来，对绍祖行礼，是总旗张喜。他呈上一张帖子："今天过节，沈大人备了宴席，请张爷和朱爷去营里坐坐。"绍祖接过帖子瞧了,笑道:"都凑今天请客。沈大有不知道朱爷在牢里吗?"张喜道:"咱先去的县衙,沈爷也给洪父母写了信,说明天才押解朱爷去大同,不如先送到营里,他饯行一番,明儿从我们那儿动身。"绍祖问:"洪缜怎么说?"张喜道:"洪大人说诸事方便,给公文加了印,派了两个差人,已经送朱爷过去了,一个姓胡的婆子带着一个小丫头也跟着。"黑羊道:"我们还说和二位爷聚呢。"张喜笑道:"一起来罢了。沈爷吩咐了,今晚除了值岗的,每人都有酒肉吃。"绍祖对黑羊道:"那你回去跟粥姐说,直接来杀虎堡吧。"

吃过午饭,时候还早,绍祖乏得慌,在房里睡了会儿,像万斤大车陷在泥塘,死死沉在一连串的梦里。先是梦见父亲打仗,自己在天上飞,底下就是土木堡,一片惨烈。万人之中瞧得真父亲,身穿白袍,骑马挥舞长剑,杀死许多敌兵,却没一滴血。忽然父亲的坐骑绊倒了,老人家摔了出去。他急得乱喊,飞下去救,却穿入地面,转瞬间,来到剪刀胡同老庄开的赌档,只有一张赌桌,玛瑙色盆儿老大,枯树墩几人在赌,骰子拳头大,砸在盆儿里咚咚响。他上去玩,把把都是三点,粥姐趴在他背上看赌,梦里感受得她一对奶软软的。想回头看她,转不过身,使劲扭,扭到一条回廊里。大府深院儿,那头儿有个窈窕美人,穿石榴红轻纱裙,是季小姐,朝他招手。进了季府花园,上了熙春楼,季小姐伏在他怀里,说往后私会不能了,病了。她又进了一道黑门,久不出来。他敲门,里面问是谁,他脱口而出一句西厢词:"我是散相思的五瘟使。"忽有人拍自己肩膀,一回头,是杨老师,喝他:"干的好事!"猛然间,他醒了,有人敲门。

从床上起来,窗外昏了,不知睡了多久。开门,是孙歪脖儿,提着几包卤味和一坛酒,神色恐慌,脖子歪得更厉害了,着实滑稽。老孙哈腰:"张爷午觉呢?打扰,打扰。"绍祖让座,他不敢坐,把酒食放桌上,搓着手道:"张爷最近忙呀,瘦了这许多,这回给朝廷立了大功,回京就做大尚书,明年就是宰相。"绍祖笑道:"托你的福,做个小尚书就够了。"老孙凑上前:"张爷,昨儿个,老郭跟您老说什么了?"绍祖喝口茶漱漱嘴,吐到痰盂里,盯着他:"你审我?"老孙忙说不敢,一屁股坐在对面,押着脖子:"我们村拿军粮的事……"

绍祖起身道:"我还有事,没工夫听你絮叨,回头我找你吧。"说完,提着酒食就往外走。老孙跟在后头:"可不能等着您找我,您找我,能有好事吗?"绍祖呵呵笑着,也不理他,去马厩牵了马往城外走,老孙跟在旁边,见街上人多,也不敢言语。绍祖将酒食给了街角新来的乞丐:"你们也过个节。"老孙心疼得直咂嘴,依旧跟上绍祖,到了城外。

天上飘雪,势头渐大。看四下没人了,老孙才道:"俺们实在走投无路,快饿死了,才敢拿那些粮食,再说他们占了我们的田——"绍祖道:"光是军粮的事?杀伤兵这节忘了?"老孙跪下哭道:"张爷发发慈悲,饶过我们一村老小吧。那晚实在没法子,瓦刺人逼我们杀,不杀我们也都得死。"绍祖下马扶他起来:"我跟老郭说了,你们给我交出三个人,不然我没法儿跟上头交代。"老孙擦眼抹泪,绍祖心中越发不忍:"那晚去看战况的是谁?"老孙撇嘴道:"我和老汪。"绍祖问:"去营房拿金银的是谁?"老孙道:"也是老汪,然后各家分了。"绍祖问老汪是谁,老孙道:"上个月病死了。"绍祖冷笑道:"你拿死人糊弄我?"老孙擦泪道:"张爷,活人我顶一个数,就说是我和老汪杀的伤兵,剐了我,能不能放过全村?张爷机智无双,总能编顺些。"绍祖心头一热,没想到孙歪脖儿竟是个好汉,只说:"你先回去和家人好好过节,不急这一两天。"老孙踏着雪一深一浅地去了。

天快黑了,绍祖正要策马奔去杀虎,忽听后面有人呼唤,一个樊家小厮骑马赶上,气喘吁吁道:"张爷要我好找!徐和说你出了城。我们奶奶要你赶紧家去!"绍祖道:"有话明天说吧,我还有事。"小厮急道:"家里进了刺客,樊兴给人杀死了,姨娘也受了伤,奶奶要我急请你去。"绍祖吓了一跳:"刺客?"他直觉事情大有蹊跷,忙调转马头回城。城里已热闹起来,到处张灯结彩,花灯如星河,大人孩童往来闲玩。到樊家,李夫人正在堂上急得乱转,见到绍祖,一把拉住,嘴唇哆嗦着说不出话。问怎么回事,李夫人道:"昨晚俩人从牢里出来,我拉着他们说了一宿的话,见我说不计较,俩孩子高兴得要不得。早上去睡,到下午了都没起来,我让丫鬟去叫,丫鬟刚进后院,听见里头惨叫了一声,丫鬟喊了一嗓子,从窗户里跳出一个黑影,翻墙逃去了。丫鬟忙来叫我,撞开门进去,兴哥儿贯心一刀,来不及救了,宝雁脖子上挨了下,活了下来。"

绍祖忙来后边看视,山里红正在床前给宝雁疗伤,在她脖间缠了厚厚一层布。问伤情,山里红道:"这姑娘命大,能活。查了脉,胎象也稳当。"李夫人感谢不迭,送了医金,山里红去了。宝雁知道樊兴已死,满面泪水,张着嘴巴痛苦哀吟。李夫人心疼落泪:"哪来的仇家呢?老樊的仇人也会冲我来,怎会杀他俩呢?屋里值钱的物件儿都没动,也不是劫财。"绍祖叫来目击的丫鬟,问可看清刺客模样,丫鬟说那人穿黑蒙面,身手极快。又问宝雁:"那人说话没有?"宝雁摇头。绍祖发愁,问不出有用的线索。忽而,宝雁抬起胳膊,指了指外头,嘴里念着兴哥儿,说了荷包二字。绍祖问:"荷包怎么?"李夫人以为她要兴哥儿的荷包,命人去摘,丫鬟说兴哥儿腰上没有。宝雁急得比画了几下,绍祖恍然道:"那人摘走了兴哥儿的荷包?"宝雁点头。问荷包里有什么,宝雁从腰间摸出一只鸳鸯戏水荷包,李夫人打开瞧,是些透糖和碎银:"这是兴哥儿的,你荷包里是香饼儿,你俩换了?"宝雁挤出声音:"以为要死,牢里换了。贼,拿了兴哥儿的。"

绍祖拿过荷包,把里面的东西倒出来,一堆小玩意儿中有一颗圆滚滚的蜡丸,揉碎了,里面裹着一张小纸条,写着:"十四晨突袭下水部。"绍祖直觉一道闪电从脑中劈过——这正是军中奸细在向瓦剌人通风报信。果然老宋不是奸细?或不是唯一的奸细?问宝雁这蜡丸是谁放进去的,宝雁一脸迷惘,显是不知的。绍祖定神想了想,又问:"你和兴哥儿出关,被赵金抓住前,遇没遇到别人?"宝雁点头:"讨了山,先遇到一队收操的兵,抓住我俩,绑了要带回营。兴哥儿弄断了绳子,我俩脱了身。跑到半夜,又遇到几个巡夜的。"绍祖追问:"巡夜的几个?在哪儿遇到?认得模样吗?"宝雁嗓音沙哑:"五六个,天黑,不认得哪里,看不清样子。给了一包银子,放我们走。"说完连连咳嗽,吐了一片血。李夫人忙道:"她脖子受伤,不能多说话。"

绍祖明白过来,凡从汉地投奔瓦剌的,一定会被细细搜身。宝雁遇到的两拨人,一队收操的旗兵,还有几个夜巡的,其中便有奸细,弄了蜡丸想报信,却忌惮耳目,恰好遇到兴哥儿和宝雁出关,便偷偷将蜡丸放进了兴哥儿的荷包里，指望二人北去遭遇瓦剌兵，搜出来传信。不想二人被赵金抓了回来，奸细恐慌，怕蜡丸被发现，想灭口，打听二人从牢里出来，所以来家刺杀，摘了兴哥儿的荷包，正碰上丫鬟过来，来不及细查便逃走了。如今只消去大营把昨晚收操的旗兵和夜不收召集起来，轮番审问，即能揪出内奸。又想到，那奸细眼下肯定已发觉拿错了荷包，必回来寻找。他想起粥姐用过的妙法，何不反其道而行呢？忙叮嘱李夫人如此这般，夫人不解："宝雁没死，怎么要停床？"绍祖道："夫人不要多问，按我说的来，保准抓住那个刺客。"李夫人看他信心十足，命家人准备。

兴哥儿尸体摆在正房，众人又合力把宝雁抬出来，放在一边。宝雁昏睡过去，一概不知。给二人都蒙上一层白布，支了供桌，点上长明灯。绍祖让李夫人回前院，留下四五个丫鬟，穿素衣，在灵床旁哀哀哭泣。他则躲在床底，手攥石子，静待那人再来。约莫过了一个时辰，微微听到头顶瓦片响，忽然，丫鬟一片惊叫，绍祖在床下望见两只黑色长靴，忙滚身出来，朝那黑衣人大喝一声。那人见有埋伏，跃起逃走，绍祖打去石子，晚了一步，追击他翻过墙头，来到街上。此时风歇雪停，十五月明，四下光亮如昼。此处是个大坡，人家稀少，十来株光秃秃的杂树。绍祖瞧见雪地上有两行脚印，拔出刀，寻了一截，脚印便消失了。

倏而一声刺响，绍祖耳朵一抖，团身滚开，一只飞刀射在地上，溅起一片雪粒。正要起身，树上飞下一条黑影，一脚踢在他后背，绍祖往前扑出去老远，嗓子眼儿里冒出血来。刚抬头，那人又甩刀，寒光直袭面门，绍祖来不及躲闪，只好用左臂承挡，飞刀入臂，疼得他大叫，狼狈乱滚，躲在一棵大树下。两只飞刀先后即到，插入树身。绍祖憋口气，咬牙拔出飞刀，缠紧袖子。朝后瞧，那人站在月光下，提长刀，身材高瘦，黑袍，大帕紧裹头脸，只露一双眼睛。绍祖接连甩出三颗石子，那人并不躲闪，用手臂来挡，砰砰砰三声脆响，戴了铁护臂。他武艺精熟，刀法远胜绍祖，十来合后，绍祖前胸后背棉衣被划烂，棉絮乱飞，背上火辣辣疼，血往下淌，冰凉刺骨。绍祖看用刀吃亏，又发石子，那人或用护臂挡，或飞身腾挪，尽躲过了。绍祖心里一丝犹疑，招式破绽百出，又吃那人当胸一脚，重重跌在地上，刀也脱了手。

那人上前踏住他胸膛，绍祖双手紧紧扳他靴子，却挪不动，想掏匕首，压在后腰。那人倒垂长刀，高高举起，对准绍祖脑袋扎下。绍祖浑身散了劲儿，胸中空有无限愤郁，闭目等死。电光石火间，只听两声箭飞来，那人忙跳开，箭也没准头，偏在旁边。接着，一阵敲盆打瓦声，男子妇人大叫，绍祖趁他走神，躺地朝他面门发出一石，那人抬臂挡开，不敢恋战，拔脚向闹市逃去。绍祖挣扎起来，欲追，体力虚脱，又摔倒在地。两个拿弓的土兵跑上来，绍祖大喊："快追！抓住有重赏！"土兵飞跑上前了。绍祖坐地喘息，这才看到墙头上李夫人领着一群男女，呐喊鼓闹。夫人道："见你和那贼相打，我去叫了值宿的土兵赶来相助。"绍祖连声喊牵马，很快，小厮牵来黄马，骑上朝闹市奔去。

夜游的百姓挨挤不开，处处欢声笑语，灯海灿烂。绍祖撞翻几个摊子，努力往前拱了数箭地，一个土兵受伤坐在地上，指着前头："往东门去了！"绍祖急驰，城门洞里乱成一团，那人胡乱挥刀，吓得百姓踩踏拥挤。绍祖欲发石子，发现已用尽，正好街边有滚元宵的摊子，一笸箩冻得硬邦邦的元宵晾在外头，绍祖在马上抄了一捧，装满袋子。那人已出城门，丢了刀，拼命奔逃。绍祖紧追不舍，月色下，那人如野狼般矫健，在荒田之间迈步如飞。绍祖暗叹此人膂力超凡，和自己打斗那么久，又是徒步，不见一丝疲累。见他往君德山脚下跑去，那里乱石多，易躲藏，忙丢出元宵子，可惜背上有伤，剧痛之下没准头。那人颇狡猾，变换步法，一会儿跑一会儿停，一会儿左转一会儿右跳。绍祖数子落空，只得快马加鞭，先下到山脚小路，断他去路，逼他在田里奔驰。

眼看他要上大路，连发三子，又将他赶回荒田。一番追逐，过了沙河村那片田，往下一个缓坡，等绍祖到了坡上，已看不见那人。前方正是杀虎堡营寨西侧，一溜儿丈高土墙。绍祖下了马，借月明，循着雪中脚印一直来到墙下，消失不见。打量墙体，有两个蹬出的浅坑。绍祖浑身疼得阵阵发麻，一摸，腰里都是血，挺住气，重新上马。绕到寨门，问刚才可有人进出，守卫说天黑后无人进出。绍祖分派："每面围墙外头站两个人，有人翻出就敲梆子，正门不准放任何人出去。"守卫接令。绍祖缓缓往里走，警惕地四下看。

24　奸细

杀虎堡内灯火如昼,大小营帐传来饮酒猜拳声,过了辕门,迎面碰见张喜。张喜一把揪住缰绳:"祖宗,这是去哪儿了?众人等了老半天,派了三趟人进城催,都说找不着。"绍祖下马进入正堂,摆了十来桌宴席,坐得满满当当,最上头一桌是沈大有和朱抗、几名将官,角落一桌,瞧见粥姐、第三、两个公差、胡蕙兰和小扣儿。沈大有起身迎来:"张爷,可算到了,就等你呢。"绍祖伸手朝前叫了声:"老朱!"眼前一黑,栽倒在地。

众人七手八脚抬起绍祖,发现他背上全是血。绍祖喃喃:"奸细混进了营里,快搜!"沈大有忙命戒严,搜捕陌生贼人,又传军中大夫。朱抗抱起绍祖,来到沈大有卧房,军医赶来,扒开衣裳,背上几道深伤,皮肉外翻。粥姐惊得直咬指头:"谁能让他吃这么大亏?"朱抗道:"山外有山,能让他吃亏的人多着呢。"粥姐问大夫如何,大夫道:"失血太多一时晕了,性命倒无妨。"热水清洗了伤口,用针穿羊肠线缝了几十针,敷上金疮药膏,绕背用布条裹了数匝。将他臂伤也料理了。折腾半天,绍祖才苏醒过来。屋里挤满了人,绍祖喝了碗热酒,振作些,点名道:"老朱、粥姐留下,别的出去。"粥姐从床头翻出一件袄子给他披上:"你缓缓气,慢慢说。"绍祖叙说在樊家遭遇刺客事,刚说完,沈大有进来道:"还在搜。有片营房着了火,烧死了十来个兵,应该就是奸细放的。"粥姐道:"犄角旮旯,鸡窝狗洞,都别放过。" 朱抗道:"不要瞎忙。这贼就是前晚遇到樊兴二人的,没巧法儿用笨法儿,把前晚出操的兵和出巡的夜不收都召集起来,让绍祖辨认。"沈大有道:"夜不收没几个,可前晚收操的那队兵一百多号人呢,得认到什么时候?"绍祖道:"八尺左右身长的、瘦的先挑出来,我自有办法。"

沈大有传令召集人,绍祖道:"不用叫黑羊,他没这本事。"三更时,前晚出巡的各墩夜不收共十四人都到齐了,身材八尺的有六人,其中有在席上的王第三。粥姐心里怦怦乱跳,上前问:"前晚你和黑羊可遇到有人出关?"第三点头:"碰上老曾四个,在小台聊天,发现一对儿男女经过,我和黑羊要抓回来,老曾他们贪银子放了。"粥姐道:"怎么没跟我说?"第三道:"这些破事儿有什么好说。"粥姐让他站去后边。那一众旗兵也到堂上集合,除去身材不符的,尚余三十多。绍祖扶着粥姐,专心打量这些人。沈大有发愁:"一个个审?"绍祖道:"不必。"他命众人散开,席地而坐。又命每人身后站两个旗兵,挺刀防备。安排定,绍祖令:"你众人,脱靴!"这些人嘀咕着乖乖脱靴,摆在面前。绍祖下来,一只只查看。粥姐跟在一旁,低声问:"你在那贼靴子上留记号了?"绍祖不言,查看完毕,见第三没在队中,叫他上前:"前晚你没遇到宝雁兴哥儿?"粥姐代说:"遇到了,还说抓回来,肯定不是他。"

绍祖命他脱靴,看靴帮上有黑泥,笑问:"你一直在席上?"粥姐道:"他跟我一席,一直在。"胡蕙兰在后头道:"他出去了一趟,好久才回。"粥姐忙道:"他说在堂上拘谨,去别的营房喝酒了。"绍祖拉粥姐往后退两步,倒提过那只右靴,使劲抖了抖,掉下一张小纸片,皱巴巴的。绍祖捡起纸片,举在空中:"这纸片,就是奸细给瓦剌人报的信,写着十四日突袭下水部。"他转向王第三,厉声道:"那贼将我打翻,一脚踩着我胸,我趁他不注意,将这张纸塞进他的靴子里!"话音未落,王第三一个猛虎扫尾,撂倒旗兵,夺路而逃。朱抗大呼拿人,众兵一拥而上,将他压倒在地,捆了起来。绍祖将那张纸扔到他脸上:"慌逃的贼,顶多换衣裳,绝想不到换鞋。一张纸条,你察觉不到,却能要你的命!"

粥姐声颤:"是不是弄错了?"绍祖摇头,她又问第三:"你是不是和谁换了靴子？是不是捡来一双换的？"第三只是冷笑，并不作答。粥姐抓着他衣领摇，要他说话。沈大有命人将她拉开，粥姐坐地大哭："说话！说你冤枉！"沈大有命将第三押入军牢严加看管。绍祖见粥姐伤心，安慰她："知人知面不知心，你不必难过。"粥姐道："他是调戍来的，有官文，之前一直在甘肃充役，怎么可能是奸细？"朱抗道："既是调戍来的，这里应该存着他的官文。"沈大有立刻唤记室，记室搬来一箱文书，翻检出当年王第三带来的官文。沈大有细瞧："相貌年甲、日期官印都无差错，还立过军功的。"绍祖怒道："那纸你们亲眼见着从他靴里掉出来的，我做手脚诬陷他不成！"粥姐道："没说你诬陷，他和你打斗是实，但他不是奸细。"绍祖大叫荒唐，和粥姐吵了起来。朱抗冷眼瞧那记室，满头汗，双手拧在一起，喝他："这中间有什么勾当，趁早说了还能酌情，敢欺瞒，你这双招子见不着天亮！"记室扑通跪倒，磕头如捣蒜："王第三当年带的官文，原文上的年甲相貌和他不符，他说是代死去的亲哥调戍，爹娘死了，来军里混碗饭吃，求小人周全。小人见他可怜，就为他伪造了这张官文，大人饶命！"朱抗质问："只是可怜他？"记室认罪道："他许诺每年孝敬一半饷银。"

绍祖冷笑道："老沈，你这里有多少这种事？这个王第三是冒名的，真正调戍来的王第三，定是被他杀了。"沈大有气得一脚踢翻记室，当下革职下狱。粥姐抓过那张文书，满纸字认不得几个，眼泪啪嗒啪嗒掉在上头，也无话可说了。绍祖见粥姐如此，忽明白过来什么，拉过朱抗道："王第三在城中双喜巷有宅子，你过去查查，也许有证物。"朱抗点头："我这就去。"他对押解自己的公差道："上下，这件钦案马上就了结了，张爷这伤情你们也看到了，通融则个，放我去收个尾巴。中午前我必回来，可使得？"公差道："朱爷为人咱们信得过，尽管去。"朱抗指着胡蕙兰和小扣儿道："她二人，烦差爷看顾。"公差道："不消说。"朱抗骑上老花马，粥姐牵着黄马也跟出来，此时她已平静许多："我带你去。"二人离了杀虎堡，赶回城中。此时，天已微亮。

绍祖休息了会儿，来到军牢。第三手脚锁铐，坐在监里养神。绍祖轻叩栏杆，他睁开眼，笑了笑。绍祖也微笑："你好本事，才智、心机、武艺，都在我们之上。"第三抬抬锁铐:"还不是被抓了。"绍祖问:"你是汉人,为何给瓦剌做奸细?"第三摇头不语。向他核对之前事体,是否每次夜巡与敌探沟通军情,孛来部乱坟岗藏兵是否由他设计,是否向藏兵密报突袭日期、矿洞马匹等事,他一概不答,只认了徘徊镇伏击事:"谭信成已死,我也给你拿了,漏网的放过罢,都是听令行事。"绍祖道:"这节事,老沈真不知?"第三道:"他本派我出关探敌,是谭信成悄悄留我,命我率人在徘徊镇伏击。"绍祖犹豫片刻,再问:"你和粥姐相好,是利用她?"第三笑道:"你知道我俩的事?"绍祖摇头,又点头:"想来可笑,那天我在墙外偷瞧,只看到你背影,那会儿可不知道,你才是床头捉刀人。"第三道:"我的事她并不知道,利不利用的话不必讲。"

跨入院子,粥姐眼泪就不住流,将门帘狠狠拽在地上。翻检,从灶膛里找出两柄三眼火铳、十来斤火药、一罐铅弹,墙上挂着一套鞍鞯,朱抗细摸了摸,用刀割开鞍皮缝线,藏着一块铁腰牌,上刻八思巴文,认不得,却认得狼头纹样。他在辽东见过,这是瓦剌仿大明造的职事牌——狼头牌,相当于大明军中总旗。他递给粥姐:"没冤枉他。"粥姐气得照墙擂了几拳,打下片片土。朱抗道:"不必为这种人伤心。"粥姐抽泣:"我是为自己伤心,好不容易遇到个合意的,却是个贼。老梁在天之灵晓得——"她抽自己嘴巴,"我有罪!"朱抗止住她:"还不是自责的时候。我今日就要走,你和绍祖还要给这案子收尾。"粥姐堕泪道:"我还怎么见他?我脸皮都没了。"朱抗笑道:"很多事是要老着面皮应对的。绍祖也不是刻薄人。"粥姐舀水洗了把脸:"那晚在徘徊镇,是第三带人伏击,骑马跑了的就是他——我当时并不晓得。他被绍祖打坏肩膀,躲在这里养伤,连黑羊他们也蒙在鼓里。"朱抗点头:"榫合上卯了。"粥姐想回墩告诉黑羊荒年,朱抗道:"先回大营。我下午就要上路,这些事你跟绍祖说。"

收拾了证物,二人出城。路上刮起风雪,四下苍茫如烟,眼睁睁看着前头一个孩子被大风吹离了地面,摔出去老远。百姓缩着头,快步往家跑。到杀虎堡,日色都瞧不见了,巳牌时分黄昏也似。进了营,二人冻得手脚僵硬,在火边烘烤。公差道:"这大风雪走不得了,等明天罢。"朱抗道:"惭愧,我耽搁了。"公差笑道:"多亏朱爷耽搁,不然这会儿咱们在路上前不着村后不着店,可不要冻死。"朱抗笑着伸出手:"昨天承情揭了封皮开了枷,今日戴上罢。"公差道:"朱爷再松爽一天罢,明儿再上不迟。营里有几个老相识,我们哥儿俩和他们聚聚。"朱抗再三谢过。沈大有忙于军务,朱抗、粥姐、胡蕙兰、扣儿,一齐来和绍祖吃饭。

绍祖睡了会儿,伤痛轻些,感叹道:"这案子终于看到头儿了,王第三招不招供,他的罪也能定。"朱抗道:"还有个小毛刺儿。初九那晚,杀虎堡的夜不收孙老蒜给贼杀了。"他转向粥姐,"你和王第三到底巡没巡?"粥姐正咬馒头,缓缓放下筷子,擦擦嘴:"巡了。"小扣儿昨晚跟着闹腾,没怎么睡,吃饱了饭在那儿冲瞌睡,胡蕙兰把她抱到床上,要绍祖脱下袄子,拿出随身针线给他缝破洞。粥姐说,七月初九那天,大营出关操练,他们墩清闲,下午进城买了酒肉,在墩里大吃大嚼。宋锐贪杯,很快烂醉,黑羊和荒年不胜酒力,三五杯就头重脚轻睡下了。粥姐惦记晚上望警,不敢放开喝,第三要夜巡,也略沾了沾嘴唇。那时正值盛夏,日长,戌牌时分天才大黑,第三收拾行装出去夜巡,过了会儿,粥姐也下墩跟上去。"那晚没走冈字,到小台画了卯转去了那片杂树林。"绍祖不明白:"去杂树林做什么?"胡蕙兰笑道:"哥儿,你是不是傻子?墩里不方便,人俩找个僻静地儿叙叙心里话。"绍祖羞得一脸红。胡蕙兰用胳膊肘拐了拐粥姐:"你别臊,男欢女爱,天经地义哩。"粥姐道:"那晚在林子里,我听到远处有动静,望见东边黑压压一队人马。我惊慌,第三说他去看,去了一遭回来,说没有人,是风吹远处的荒草,显得跟人马似的。我当时信了。出事后,我质问第三那是不是瓦刺兵,第三说也许自己看走了眼,我哪里疑他,也不敢跟你们说这节。"她懊恼得乱揪头发,"追根溯源,原来是我。"朱抗道:"不能这么说,你是吃他骗了。"胡蕙兰自言自语:"是,我也吃老畜生骗了。"朱抗道:"你别乱打岔。"

小扣儿在床上哭了起来,胡蕙兰忙摇醒她,宝贝心肝地叫,说魇住了。小扣儿说梦见一群狼咬她。绍祖笑道:"我就打过狼,以后再梦见,就喊我的名，狼在梦里都怕的。"小扣儿不睡了，要出去玩雪。朱抗道："老大风雪，刮跑你。"小扣儿说只在廊下玩，胡蕙兰给她加了件衣裳，叮嘱不要乱跑。粥姐看着绍祖道："我的罪多，立功赎不过来。你不必留情，往上头该怎么报就怎么报，保住黑羊和荒年就行，他俩是无辜的。"绍祖好一会儿才说："我为朝廷办事，不敢徇私，你的罪过我瞒不得，但会尽力救你，这案子要没你也查不到这一步。"听了这话，粥姐浑身如热汤浴过，眼中盈泪，使劲忍着。正好小扣儿从门外丢了个雪球过来，喊人帮她堆雪人。粥姐擦泪笑道："我去看着她。"朱抗拍拍绍祖膝盖，微笑道："下一步什么打算？"

绍祖道："风雪停了，把王第三押去大同，然后将调查始末写成详文呈给于大人。忙完了，我再去土木找我爹的骨殖。"胡蕙兰道："别忘了给老朱的事找找门路，最好全给他抹了，本不是什么大罪。"绍祖笑道："这个自然。"朱抗道："你以为差事完了？"绍祖道："没完？查清了敌兵是怎么过来的，怎么埋伏的，揪出了一个大奸细。中间天威县衙、杀虎堡、代王府种种奸弊，够写一本书了，还不算完？"朱抗道："我总觉得还有不尽之处。"绍祖道："土木之败，本就是千万因果连环报应，哪能把所有毛刺都弄平整？现有的案情就够朝廷忙的。老朱，我起初和你想的一样，最该办的其实是老皇帝，再加一个王振，一个死了，一个囚了。好么，于大人想彻查，我们也查出来不少，已经看到多少辛酸、多少不堪，再弄，我有胆子有热心，我经得住，只怕大明经不住。"朱抗长叹默然。

小扣儿笑嘻嘻跑进来，拉朱抗去外头看雪人。众人到廊下，粥姐帮小扣儿堆了个三尺高的小雪人，两块石子当眼睛，小扣儿还解下围脖给雪人围上，军士经过，都夸这雪人塑得真。胡蕙兰扯了把黑线搭在雪人头上："不然是个尼姑了。"大家笑个不住。朱抗看外头，天地无限苍茫，风势未减，吹得雪花乱舞，发愁道："看这势头，明天都走不得。"胡蕙兰道："刮得好，把那俩公差刮死，咱跑了。"粥姐笑道："跑也罢了，就怕朝廷差绍祖去拿朱爷。"绍祖笑道："我可抓不住这老货。"

众人说笑着，忽听见东边那里叫嚷。漫天雪粒旋滚，丈外看不清人，十多个旗兵跑过，大喊来人。粥姐揪住一个："怎么了？"那兵道："王第三打出来了！伤了好多人！"绍祖、朱抗、粥姐一听，立刻朝那边跑去。循着厮杀声，来到一片土坯房处，这才看清，王第三不知如何脱了枷锁，手持长刀，正和一群旗兵缠斗。沈大有腿上负伤，流了一地血，瞧见朱抗等，趔趄着过来："快拿这狗贼！"绍祖瞅准王第三，连发几颗石子，第三早瞧见，躲去房屋后面。这片房屋是老弱伤病所住，其中一排土房是军牢，第三在房屋间乱跑，旗兵虽多，却吃风雪迷了路径，人撞人，刀碰刀，一时堵不住他。

朱抗翻身跳上一堵土墙，眯眼细瞧，一派混乱中，盯住一个黑影，钻门跃窗，猫一般在人群里乱钻。他眼睛如两把带绳的挠钩，紧紧钩住那影子，从地上抄了把刀，奔上去，撞开一队人，离那黑影只差两步。一阵大风裹着雪尘吹过，眼看那黑影要没，挺刀刺上去，只刺穿了衣服。那人脚下一踉跄，丢了刀，把朱抗的刀也带掉了，回过头，正是王第三。朱抗和他拳脚相搏，自己老拳沉重，敌不过他的壮拳，脸上结实挨了几下，眼冒金星。绍祖和粥姐闻声上前，绍祖有伤，出拳踢脚浑身剧痛，只有挨打的份儿，粥姐更非对手。顷刻间，三人都被打翻在地。沈大有呼人上前，第三抢了把刀，又砍死数人。有射箭的，因看不清，房子又密，都射偏了。第三挥刀开路，在营中乱跑，朱抗领着旗兵四下堵截。有一箭射中他胳膊，眼看众人要扑上来，他往署事堂的廊下逃，撞破一扇小门冲了进去。胡蕙兰抱着小扣儿正缩在角落，吓得乱抖。朱抗领人正欲冲进来，第三一把拽过小扣儿，胡蕙兰死死拉住小扣儿衣裳，乱喊大哭，第三一刀砍下，胡蕙兰从肩膀到胁下斜开了个大口子，鲜血喷涌。

朱抗惨叫一声，猛扑上前。第三提着小扣儿轻巧闪过，撞破窗户跳来外头，绍祖等早已围住他。朱抗扔了刀，跪在胡蕙兰跟前，摸着她满身的血，烫手，一时哭也哭不出，话也说不出口。胡蕙兰嘴里全是血沫，攥住他手腕："我要死了，死了，老朱啊。"朱抗眼泪簌簌落下，叫了声蕙兰，大哭起来。胡蕙兰气息微弱："救扣儿。她是你孙女，咱们孙女呀！"朱抗睁圆眼睛："扣儿是我孙女？"胡蕙兰道："你走后，我生了儿子，扣儿生那年，他病死了。不跟你说，是赌气呀。"嘴里叫了几声老朱，含着两眼泪，死去了。

外头，第三抱着扣儿，刀架脖子上，退在角落。扣儿白着一张小脸儿，惊恐噎声。张喜提着绳网要扔，绍祖拦住："罩住了他也能动手。"安慰扣儿："好孩子，把眼闭上，一定救你。"粥姐怒喝："第三，你是汉子不是！哪里学的下作手段！"第三喘着粗气，要众人退后。粥姐连给绍祖使眼色，绍祖道："他用扣儿挡着脸，打别处不致命，一刀下去这孩子就完了。"沈大有上前："王第三，你要怎样？"第三道："放我出关，保这孩子活。"沈大有喝道："做梦！你是头等钦案要犯，走不得！"命弓手搭箭，粥姐急道："伤着孩子！"沈大有道："为这孩子真放他不成？你们白忙活了！"绍祖道："轮不着你做主！不许放箭！"第三嘶吼，刀刃儿按进扣儿的脖子肉，扣儿吓得大叫，绍祖连命人后退。第三道："耗着不是法子！手酸了，我先杀她，再自杀！"

这当口，朱抗走出来，绍祖心如火烧："怎么说？"朱抗平静问："听我的？"绍祖点头："当然听你的。"朱抗上前对第三道："你说话算数？"第三叫道："算数！放我走，这孩子活！"沈大有乱叫不许放："他若从我地头上走了，事后追究，我担待不起！"绍祖道："回头此事如实上报，一切罪责由我和老朱承担。你的兵是证见，决不连累你。"沈大有叹气，挥了挥手，众兵退后一截。第三挟着扣儿步步倒退，来到通往烟墩的阶下，命墩兵都下来，再备一匹健马，两包干粮。沈大有下令，墩兵撤下，马匹准备停当。第三嫌马次，点名要绍祖的黄马："那畜生好，昨晚上真是快。"绍祖不舍，到底无奈何，牵来黄马给他。众人紧逼着他，出了铁门关，便是茫茫雪原，雪原那头儿便是瓦剌境内。

朱抗道："放下孩子，你走罢。"第三靠住马匹，将干粮袋搭在鞍上，紧搂定小扣儿："我走，你们不追？"朱抗道："给你三天先跑，之后追不追在我。"第三摇头："你肯定会追。"粥姐喝道："你想怎样？八抬大轿把你送回瓦剌不成！"第三道："一客不烦二主，既借这孩子做护身符，就做到底——朱抗，我把她带到猫眼儿海子再放下。"猫眼儿海子乃一大湖，在北二百里，附近多有瓦剌部落。粥姐骂道："狗贼，你言而无信么！"第三道："我只说保这孩子活，没答应在这里放她。"绍祖趁他分神，朝他脸上突发石子，第三忙躲，石子削掉他半只耳朵。他一把将扣儿掀在背上,跳上马,朝雪原纵驰。翻过河道,他站在高岸上喊:"朱抗,你是一等一的夜不收,追也要讲规矩,近我三箭地内,这孩子也死!"朱抗等人只得停脚。第三不慌不忙地解下腰带,将扣儿紧缚在腰上,又用帕子裹了伤耳,叫了声:"猫眼儿海子恭候!"踢马跑入风雪中,霎时不见了。

朱抗忙命粥姐去取他的大皮囊,绍祖也命张喜备健马、收拾足够口粮,欲随朱抗追击。赵金也来请缨,朱抗道:"这是我的私事,你不必跟着。绍祖也留下养伤,荒野追击不是耍的。"绍祖急道:"没的商量!"沈大有劝道:"张爷,听朱爷的,留下养伤好。王第三是我这儿最出挑的夜不收,只有朱爷这等积年老兵能应付。这么大风雪,方圆数百里没遮挡,你跟不上只有冻死的份儿。"绍祖上前狠甩他耳光:"狗日的,要你吠!今天王第三怎么打破牢狱的,回来咱们细查!"沈大有忙解释:"那牢房茅草顶,大雪压塌了。王第三扭断头枷,打死两人,抢钥匙开了锁链。我也不是他对手,吃了一刀。"绍祖边扎掖衣服边冷笑:"解释得好!真是大明国的良将!"朱抗拱手道:"沈兄,那妇人的尸体,烦请好好收殓,等我回来安置——若我回不来,请城中徐和将尸体运回徘徊镇下葬。"沈大有答应了。

粥姐递上皮囊,朱抗取出绑带紧扎了腿。粥姐也添了衣服,带好兵器:"我也跟着。"不等朱、张言语,她说:"我最了解那贼,有用。"朱抗点点头。张喜牵来朱抗的杂花马,给了粥姐和绍祖两匹黑马。这时,两个公差跑上来,丧着脸道:"朱爷是信行的好汉,别为难我们兄弟,你走不得!"朱抗勒转马头便走。公差要拦,被粥姐推开,大喝道:"要死!"吓得二人不敢动。绍祖和粥姐跳上马,跟上朱抗,挺入风中,踏进浑浊的雪原。

25 雪原

　　风雪席天卷地,看不见前方,大风吹得地上结成硬硬一层冰,留不下马蹄印迹,只好朝北慢行。风雪终于小些,天地亮了,依然不见王第三,三人有些着急,眯着六只眼四下眺望。朱抗眼神一亮,发现不远处一棵小树的枯枝上吊着什么东西,近了,一截红绸带绑着一只银镯,在风中摇摆。取下一瞧,正是自己过年送扣儿的礼物。粥姐夸这孩子机智:"肯定是路过此处时,她扔上去的。"朱抗信心大增:"方向没错,赶一程。"

　　跑到天黑,风息了,天上洗出一轮白莹莹的明月,比昨晚的还要圆润,照得四方透亮。前方半里处,有人骑马缓行。逼近一截,望见马上大小二人,察觉他们靠近,停下来,调转马头望着他们,正是王第三。他笑喊:"好好跟上,别落下了。"又拍拍扣儿:"叫一声,让你爷爷安心。"扣儿抻着脖子喊:"爷爷别急,我好着呢。"朱抗眼泪哗啦啦淌下,回呼道:"好孩子,别怕。"三人不敢逼近,只得尾随。

　　又走一程,第三在一块大石下驻马歇息。朱抗三人也拣处避风的石滩停了,烧起篝火,吃了干粮,紧盯着那边。半夜,绍祖想绕过去偷袭,刚近些,第三在大石上敲击刀身:"张绍祖,你忒小瞧人!"慌得绍祖只好退回。凌晨,粥姐又去试探,第三依然没睡,砰砰敲刀:"再这么着,这孩子脸上多个花儿!"粥姐道:"老三,放下孩子,你走,我们不追。"第三啐道:"别说没油盐的话！亏有这孩子，不然你们早拿我了。"粥姐道："我换这孩子，你绑我走行吗？"第三笑道："耐心着，等到猫眼儿海子，这事就了了。"粥姐叮嘱他给扣儿吃的，第三不耐烦道："饿不死她！退后着，没心思和你闲话！"粥姐回来道："死贼倒警醒，咱们轮着盯梢，耗他几天，不怕没空子。"朱抗心焦如火，脸上却平静似水，追踪是夜不收的箱底儿本事，最要耐心。

　　天亮后，第三背起小扣儿上马，继续前行。如此追了三日三夜，一旦逼近些，第三就停马用长刀拍击后背的扣儿。夜里他也极警觉，三人没有近身的机会。绍祖和粥姐熬得眼窝乌黑，头昏眼花，骑着马打瞌睡，从鞍上摔下数次。朱抗一双老眼更红了，似点了漆，这日行着，忽对二人讲了个笑话："有户穷人家，穷得实在揭不开锅，家里还有条狗，就让儿子插个草标去街上卖，好半天也没人买。有好心人指点他：哥儿啊，你去酒楼卖，他们收的。小哥儿就来到酒楼，问收不收狗。掌柜嫌这狗太瘦，不收。小哥儿说你别看它瘦，这是母狗，能下崽儿的。掌柜说：管你公母，有鸡巴的我不收，没鸡巴的也不收。"绍祖粥姐捧腹大笑："这是军里的笑话？"朱抗点头："专骂我们的。"三人精神抖擞，有了劲儿。

　　风雪时劲时弱，一路翻山过河，崎岖坎坷，走得很慢。第三时停时走，有时半夜刚坐下，立刻又动身，牵扯得三人疲累不堪。他还常挑衅大叫："辛苦三位，护卫得好！"第五日清早，风雪再起，刮得天空惨淡，如镶了一层锈迹斑斑的铁皮。第三背小扣儿上了马，忽然疾驰。朱抗赶紧叫起绍祖粥姐，用雪擦把脸，跟了上去。黄马足健，跑得飞快，朱抗的花马累得连喷白雾，蹄子打绊儿。绍祖和粥姐的马也不得力，跑一程就再也不肯跑了，悠悠溜达，鞭子快甩断了，两马也无动于衷。眼看要跟丢，朱抗弃了马，跑上一处小山丘，在高处跟追。终于，第三耐不住风雪，挟着扣儿进了一间牧羊人废弃的茅屋歇脚。

　　朱抗浑身汗透，一停下来，两枚磕膝盖儿又麻又疼，蚂蚁又在里头捣乱，斧锯砍刀招呼，两腿不听使唤，身子一歪，从坡上滚下。在雪里挣扎半天也起不得身，渐渐手脚冻僵，浑身上下只有两张眼皮还能动，紧紧瞅着茅屋那边。绍祖和粥姐赶到，忙把他扶起，在背风处生了火。粥姐解开朱抗衣裳，用雪使劲给他擦抹身子,绍祖也照做,朱抗终于呼出几缕热气。粥姐拿出一只铁杯,在火上烧了热水,朱抗喝了,渐渐苏缓过来,连说老了。绍祖看看四方形势,拿出夏回生送的堪舆图比照:"昨天过了骆驼川,这小山应是馒头岭,再有三十里是镇虏碑,接着是六十里长的荆棘沟,出了沟就是猫眼儿海子。"粥姐道:"如果在猫眼儿海子他放了小扣儿,我们还追捕他吗?"绍祖道:"若那么着,你带扣儿回去,我和老朱继续追,饶不得他。"朱抗道:"我只怕他到了海子也不放小扣儿。"绍祖粥姐已知扣儿是他亲孙女,忙安慰说:"我们豁出性命也会把扣儿救回来。"三人吃了干粮,搜些干草喂了马,死守着那茅屋。

午后,第三背着扣儿出来,上马赶路。三人跟上。黄昏时分,到了镇虏碑,也即荆棘沟的入口。说是碑,不过是一块平整的大岩石,洪武年间,中山王徐达率领官军将五万元兵围困在此,用火攻尽皆烧杀,大捷后,在石上刻字勒功。永乐时,文皇带兵犁北经过此处,加刻了一篇纪功文。宣德间,大明北防孱弱,瓦剌人将石上的字都削平了。粥姐道:"听说过这里,只是没来过,太远了。"往下走了一截,顿觉温暖两分,荆棘沟宽数丈,两侧皆殷红石壁,这里积雪很少,枯硬的荆棘丛生,风从头顶刮过,带下来阵阵雪粒。抹过一道弯,忽然不见了王第三,三人大惊,来回寻找。

月光阴沉沉的,灌下来,壁上树、顶上石,像凶恶的鬼怪。忽听一阵闷响,朱抗抬头,几块大石从高处滚落,正正朝他身上砸来。他来不及多想,从鞍上跳下,花马挨石头砸倒在地,破了膛,内脏迸流,哀鸣几声死了。绍祖催马赶上,又两块大石滚下,绍祖勒马避开,耳听得火铳响,一个镫里藏身,马屁股上着了一下,疼得乱跳,将他掀在地上,崩裂了背上的伤口,痛得他几乎昏死。粥姐紧贴石壁站立,不敢动弹。又有铳响,射下几支箭,专朝朱抗和绍祖,二人躲在石后,一时不敢露头。粥姐探头往上瞧了眼,白烟起处,竟是黑羊的声音:"大姐,快上来!"粥姐站出来一望,黑羊还在朝朱抗射箭,荒年搬起一块大石正要砸下,她忙喝:"住手!"连声让他们下来。

黑羊和荒年下到沟里,拉弓挺刀,提防朱张。朱抗扶着绍祖从石后出来:"这是怎么说?"粥姐也问。黑羊道:"姐你问什么?他俩挟持了你,我们来救。"粥姐朝他脸上啐了一口："放狗屁,这是哪门子话?"黑羊和荒年面面相觑,放低兵器："他和张绍祖没挟持你?"粥姐踢他一脚："你说呢!"黑羊挠头道："怪了,十六那天下午,张喜匆匆来墩里,说你被朱爷和张爷挟持出关了。"粥姐眉头一拧："张喜?"黑羊道："他说沈大有密问过朝廷了,根本没派钦差来天威,朱爷和张爷是瓦剌收买的探子,借办案的名头来刺探军情。沈大有元宵夜摆酒,就是要下套抓他俩,闹了起来,张爷和朱爷就挟持你逃回瓦剌。张喜还说,第三哥带着几个夜不收追击,让我和荒年哥来荆棘沟埋伏,说第三哥会把你们往这里赶。"粥姐揪着他耳朵大骂："你猪脑子?这话就把你骗了?"黑羊委屈："那话我也觉得虚,本想查实,可荒年哥一听,急着要来,我只得跟上。你光打我,不打他。"粥姐道："他是个憨人知道什么?还不是你拿主意!"说了第三乃奸细的事,黑羊瞪大眼睛："奸细不是老宋吗?"粥姐问荒年："老宋断气时,你在不在边上?"荒年道："我在上头屙屎。"粥姐叹道："想来是老三弄死了老宋,拿银子栽赃他。"

绍祖恨道："是沈大有放的王第三无疑了!"朱抗一拍刀："糟!沈大有定和王第三串通好,要在此处将我们一网打尽!"话音刚落,只听两声轰然巨响,前后山头火药爆裂,乱木碎石纷飞,尘烟滚滚,将沟渠前后堵住。尘烟还未散去,箭如雨下,荒年腿上、朱抗胳膊都中了箭,众人躲在马下,两马登时被射成箭靶,立着死去了。一阵冷风吹过,尘埃散开,沟边站着十来个瓦剌骑兵。绍祖运起猿臂,飞石击去,那些骑兵提着牛皮藤牌,轻松遮挡。绍祖伤口剧痛,阵阵头昏,靠在粥姐怀里。第三在高处道："天冷,给诸位加把火。"骑兵抛下十几只陶罐,碎成一地。朱抗在地上一捻："黑火油!"第三丢下火把,沟中瞬时火海一片。众人慌忙站在马尸上,大火烧得鞋都燎起来。第三提着扣儿笑道："这护身符灵验,也该烧了还愿。"说完也丢下沟来,朱抗慌叫一声,纵身跃出,接住扣儿摔在大火间,双臂将她高高托起,整个后背都被火油点燃。绍祖忙接过扣儿,黑羊荒年将朱抗拉起,用袖子给他扑背上的火。这沟深两丈许,跳不上去,石壁也无处攀援,眼看大火没了脚,黑羊急得哭了起来,对上头喊："三哥,管你奸细奸粗,咱们相处这么久,一点情分都不讲么!"第三一脸漠然，饶有兴致地看着他们。粥姐打黑羊："死也不许求他！"将他和荒年搂在怀里，泪如雨下。朱抗把吓得大哭的小扣儿紧抱在怀："闭上眼，不怕。"

绍祖盯着高处的第三，脑子一激灵，用力吹了声口哨，黄马应声而鸣，愤躁跳跃，要下来救主。第三忙控缰绳，黄马拼力顺着那堆乱石朝下奔来，第三只得跳马，愤怒大叫。黄马跳在火中，四蹄乱舞，痛苦地哀鸣。绍祖忙推粥姐要她抱小扣儿上马，粥姐不肯，要绍祖带扣儿走："你走！我们这些人、查的那些事，不能埋没了！"第三在上头吼："一个都走不得！看你们化成灰！"眼看黄马受不住了，荒年一把揪起绍祖，将他扔上马鞍，朱抗顺势将扣儿抛过去，绍祖紧紧抱住，黄马驮着他俩奔到乱石堆上。骑兵射箭，绍祖挥刀拨打。荒年喊道："你护着！"绍祖让扣儿伏在马鞍上，摸出石子，忍痛专打敌骑马腿，马儿乱跳，第三等只得离了坑边，退后一截。底下，荒年立在火中，将粥姐高高举过头顶，一步一步朝这边走来，扔在石堆上，又折回去，照样将黑羊举了过来。第三看到，带人又往这边冲，胡乱射箭，绍祖将石子打光，捡碎石还击，黑羊也开弓回射。荒年背上扎了十来箭，粥姐大哭："二年，快上来！"大火烧到荒年腰部，像穿了条火裙子，他蹒跚折回去，扛起朱抗，又跋涉过来，火裙越发蓬松，艳艳旋转。将朱抗扔到石堆上，他喊了声"姐"，倒在火海中。粥姐撕心大叫，发起狠来，趁绍祖和黑羊还击，她和朱抗抄刀顺着石堆跑到岸上，砍杀那些骑兵。

绍祖和黑羊也赶上来，绍祖一手按着扣儿，一手挥舞长刀，已察觉不到背上疼痛，整个人如刚淬出来的一块顽铁，刺刺冒着白雾，见人便砍。瓦剌骑兵吓得慌乱，死伤大半儿。黄马脚下不稳，踩着一片冰，摔倒在地，绍祖和小扣儿飞了出去。小扣儿爬起，在几十条马腿间哭着乱跑，被一只马掠到，不偏不倚，正滚到王第三跟前。第三正和粥姐、黑羊缠斗，见扣儿过来，想也未想，斜刀挥下。朱抗眼睛一直跟着扣儿，身子却被一个骑兵咬着，眼瞅第三下手，刀一缩，转身要扑过去护，后背吃骑兵狠狠一刀，倒助了他的力，飞压在小扣儿身上。肩胛骨再一凉，漏风见光，被第三用刀豁开了。粥姐黑羊两把刀上去，第三来不及闪，大腿上挨了一记，仓皇奔逃。残余的三个骑兵跟着跑，绍祖从地上捡起铁弓，连射三箭，只中了一个，剩余二骑合提起王第三，狼奔而去。

众人累得瘫倒在地，坑里的大火还未熄，映得四下红通通的，扭曲的鬼影在岩壁上幢幢摇曳，混着尖唳风声，似在怪笑。粥姐和黑羊跪在坑边，看着荒年的焦尸，呼天抢地。朱抗看身下的小扣儿，吓得昏死过去，掐她人中才苏醒了，在他怀里哭。绍祖看朱抗背上的骨头都露出来了，鼻子一酸，掉下泪来。朱抗对他摇头："当着孩子，别。"粥姐和黑羊哭停了，过来看朱抗，看伤势，都知道没救了。朱抗靠在石头上，先问粥姐："田大姐，你怎么说？"粥姐看绍祖："你呢？"绍祖道："我听你的。"粥姐噙泪咬牙："追那畜生。"朱抗让黑羊近前："小兄弟，委托你，把这孩子带回去。不要走原路，杀虎堡、枯树墩都回不得了，往东走，到集宁海子，过猫儿庄，南下到平远堡，在那里安身，"他指指绍祖粥姐，"等他俩过去会合。你认得路吗？"黑羊点头："认得，朱爷放心。"

朱抗坐正了，给小扣儿擦擦泪眼："好孩子，回家了。"掏出那截红绸，系在扣儿辫子上，将镯子也给她戴好，紧紧她的袄子，微笑道："跟这个哥哥走，他是好人，路上听他的话。"扣儿问："爷，怎么你不带我回？"朱抗道："坏人跑了，得去抓他。"扣儿哭道："别抓了，咱们回去。"朱抗抓着她的小手在胡子上刮了刮："得抓，他吓着你了，饶不得。"黑羊抱起小扣儿，上了一匹瓦剌兵留下的马，别过三人，冒夜朝东去了。

26 蚂蚁

朱抗望着远处："他跑远了，只能去瓦剌境内追捕了。"绍祖道："龙潭虎穴也去。老朱，提住这口气。"朱抗微笑道："绍儿，我要死了。"绍祖淌下泪，攥住他手："有什么未了的心愿，告诉我。"朱抗缓缓道："徘徊镇孟家庄村口，有棵大槐树，杀孟六那晚，把我娘骨灰藏在树洞里，取了，葬去上马村我家祖坟，代我念叨几句不孝的话，把蕙兰也埋一起。扣儿，扣儿这孩子，你和田姐商量着办，得有人养她。"二人拭泪道："放心。"朱抗望望天，深蓝的夜空，月亮缺了，星星还不少，乱闪。他苦笑道："我是个罪人。"粥姐拍拍他手背："朱爷，你是个好人。"朱抗看着对面乱影舞动的岩壁，摇摇头："我早该死了，苟活到现在。绍儿——"绍祖忙道："我在。"朱抗道："你不是总问我为何杀孟六么，我告诉你。"

永乐十四年，随曹老黑去南京应水军募，十五年秋下海。去了许多殊方异国，大小打了上百仗。有小国箪食壶浆跪迎的，也有丢城弃寨忍辱投降的，大明国威烈烈，所向披靡。在海上一漂就是两年，将兵思乡，三宝太监率船队起程回国。那年他二十，血气方刚的年纪，火药脾气，一点就炸，杀过人，落过海，见过凶猛鲸鲨，遭过滔天巨浪。归途过剌撒国，早递过降表的，倾国所有，给船队送酒肉给养、土产礼物。船队离开剌撒两天，遇到风暴，朱抗这条船底舱破损，海水灌进来，脏了储存的上百桶好水。每条船的存水都有数儿，领船将军从仅剩的好水中分出三桶，派出朱抗他们这队兵，六十人，一条中船，由曹老黑率领，返回剌撒国汲水。途中又遇狂风，偏了航路，来到南方一座小岛。还没靠岸众人便欢呼，已望到山上有道瀑布湍泻而下。停了船，干渴的众人飞奔而下，朝那带瀑布跑，穿过一片密林，眼前现出一汪小湖。尝水，甘甜爽口，众人喝饱了，又跳下去洗澡。

闹了半日，老黑催促装水，众人从船上搬来木桶，忙碌汲水。正忙着，孟六忽然指着密林中喊："有人！"众人立刻抄起兵器戒备。下西洋这两年，经停一些岛屿，常有野人蛮族偷袭，见怪不怪。林子里出来一个孩子，七八岁模样，散乱长发，通体黢黑，站在一块石头上望他们，望了会儿，捏起小鸡，往湖里撒了泡尿。众人笑骂："这崽子使坏哩！"接着，几个汉子从林中出来，脸上抹白灰，手提长矛。官兵立刻摆出战阵。他们并无敌意，一个白发老者上前，说些听不懂的话，双手比画，众人不解其意。他反复说剎黑两个字，指指脚下。老黑猜道："他说这里叫剎黑，问我们哪里来的。"老黑朝东北方指了指，又示意来湖里打水，就要走的。

老者当下离开了。众人装满了水，天已黑了，老黑说就在湖边休整一夜，明早起行。众人正要打火做饭，那老者又来了，领着上百男女，皆赤脚，男子腰间挂树叶，女子亦然，裸着胸，抬有烧好的整只野兽、煮的飞禽、用不知什么东西做的饵饼，还有各样新异鲜果、几十罐自酿的酒，齐齐摆在地上。老者打手势，面带笑容。众人大喜，明白这是人家盛情款待。老黑道了谢，让大家自在受用。众人大吃大嚼，两拨人虽言语不通，却亲如一家。剎黑男女绕着篝火舞蹈歌唱，拉朱抗等一起欢腾。官兵高兴得不知所以，宛如置身天堂。他们的酒味道香甜，官兵很快将那几十罐喝光。众人耳热眼迷，跳得浑身大汗。老黑饧着一双醉眼，指着火堆边舞蹈的剎黑女子道："蛮娘们儿里也有俊俏的，那大眼睛，那奶，那腰肢，好么！"孟六笑道："身材比咱们中国女子高大，想必力气也大。"有兵笑道："力气大才好，门楼儿，你让这里的娘们儿骑一骑，过过火，你的病就好了。"朱抗半醉，也跟着玩笑。有烂醉的官兵上去凑着蛮女舞蹈，手上不老实，蛮女不以为意，笑得更欢畅了。官兵回头笑道："这里的娘们儿好！大方！"说着，就把嘴凑人家脸上亲。蛮女笑着推开，他又上去，蛮女再一推，官兵一脚踩在火里，一声惨叫，众人大笑。官兵脸上挂不住，追那蛮女，被一个蛮汉拦住，官兵一拳将他打倒，在那里大骂。老黑喝了两声才消停，可远处又传来女子惨呼，一瞧，两个官兵将一个蛮女摁倒，已经压到了身上。

一个蛮汉跑上去将官兵推开，一兵抄出刀，直接砍在蛮汉脖子上。蛮族男女轰然大乱，哭喊跳跃，那老者张着手大声说些什么。迷醉的官兵早忍不住，不知谁喊了声："汉子杀了，娘们儿留着！"提刀就杀。朱抗忙看老黑："乱了！黑哥拦一拦！"老黑却道："不如给兄弟们乐一乐。你拦试试，这帮疯狗连你也撕了。"说完领着孟六也上前砍杀。蛮汉未带兵器，有几个抢了刀反攻，惹得官兵更怒了，顷刻间屠戮干净，又跑去林中将逃散的蛮女掳回湖边。那老者手贴胸口大喊什么，老黑不耐烦，一刀将他砍死。六十多个蛮女，老的杀死，剩下的，包括年幼的几个，俱被官兵横拖倒拽，通通奸淫了。尽兴后，天亮了，老黑看着满地惨状极不自在，命将剩余蛮女杀死，连同其他尸体全抛入湖中。收拾完，众人抬着水桶回到船上。行了两日，赶上了船队。将军大喜，赏了他们每人二两银子。老黑说在岛上遇到蛮子突袭，都杀尽了。将军还不高兴："为何不带些女人回来？"老黑道："女人都跑了。蛮子脚底板厚，在山林里跑得极快的。"

绍祖和粥姐听到这里，皆惊呆了。朱抗双泪交流，嘴里不住说罪过。粥姐冷冷问："杀人、强奸，有你吗？"绍祖忙推了她一下，粥姐又问一遍，朱抗哭着点了下头。粥姐沉默了，朝后退了两步，离朱抗远些。绍祖重叹："下西洋，扬国威，原来干的这些事。老朱，你当时不是劝曹老黑吗？怎么还——"朱抗哭得嘴里呛血沫，抖着嘴唇道："我恨自个儿。"

他深为懊悔，日夜不宁，一闭眼就看到血肉模糊的剎黑男女来缠扰。他先杀了曹老黑，又放火烧了船舱。剩下的十几个，回国后也捉空一一杀了。孟六当时病重，以为必死，所以没动手。他想自杀，遇上母亲来南京寻找自己。父亲已死，他不忍抛下老母，捺住自杀念头，将母亲送到北京安住，自去浙江防倭、广西平苗，后被调去辽东做夜不收，日夜被往事折磨。去年秋，母亲病逝，击退了瓦剌兵，准备吊死家中，又被孙镗叫去，于谦派下此次差事。"我早该死了，"他不住吐血，"说出来，一点也没松快。"他紧攥绍祖手腕，像个孩子般痛哭："我造下天大罪业，报应不会停，我注定下地狱，油锅铡刀等着我，剥皮抽骨等着我。解不开啊绍儿，我要还。"最后，他吩咐："留我尸体给狼吃，我不配下葬，脏了土。"说完，渐渐闭上双眼。

绍祖握着他的手大哭，瞧见他脸上有些芝麻样的东西，凑过去瞧，吓了一跳，竟是蚂蚁，从他眼睛、鼻孔、嘴巴、耳朵里爬出来，成群结队，麻麻密密，遍布整张脸。绍祖还以为眼花，用指头一触，真是蚂蚁，它们从朱抗身上爬进雪地，渐次僵死了。绍祖擦擦眼泪，冻地如铁，挖不动，搬来石头要盖住尸体。粥姐道："还盖什么？快走罢！他的遗愿就是给狼吃。"绍祖不听，用些碎石盖护住，拜了几拜，扭头看粥姐："你不拜？"粥姐恨道："烧杀奸淫的恶人，我拜他！"绍祖叹道："他杀光了那些兵，也算一点阴德。"粥姐最终没拜，催促绍祖赶路。

捡瓦剌军服换上，剩余马皆死伤，黄马四腿烧得焦烂，绍祖心疼不已，用布条兜蹄裹了，舍不得骑，牵着步行。顺荆棘沟走了一天，发现几处血迹还有马粪，又趱行一夜，终于望见冰光闪烁的猫眼儿海子。岸边坍塌的小墩里，火灰尚温，粥姐道："狗贼已经过海子了。到了瓦剌如何找呢？"绍祖道："找不难，难的是抓，更难的是把他押解回去。"粥姐道："押回去？还不怕夜长梦多？就地处死罢了。"绍祖急着过海子，在冰上走两步就摔倒，一步步磨蹭。粥姐喊他回来："不是这样走的。"她割些杂草，编就四只草垫，让绍祖绑在脚上，下了冰，果然不滑了。冰上有铁马掌磕下的印子，还发现一块血布。冰面广阔，不见一个人影。风又起，刮得冰屑跟刀片似的在脸上割，尖疼。顺着马蹄印，眼看要上岸了，绍祖忽觉脚下一软，冰面破裂，大叫一声，掉进了冰窟窿。粥姐跟在后面，见状立刻趴在冰上。黄马惊慌乱跳，踩裂更多的冰，陷下半个身子，又踩着冰块跃起，惊叫着跑上岸。碎冰块砸到绍祖脑袋，他沉进冰下，底下有暗流，很快将他冲离了裂口处。粥姐在冰面上乱爬，双手抹开雪末,寻找绍祖。

绍祖像一条黑色的大鱼,在冰面下缓缓游动。他被水呛醒,翻过身子,四肢并用敲打厚厚的冰层,脸上痛苦至极,拿额头撞冰,流了血,嘴里咕噜噜喷出水泡。粥姐急得大叫,抽刀砍冰,太厚,凿不破。眼看绍祖大张嘴巴,挣扎的身子渐静了,往深处沉去。粥姐拍冰哭喊:"绍祖,撑着!"急速脱了棉袄棉裤,只穿贴身衣裳,从冰破处跳下,憋了一大口气,潜到底下,游了一截,一把抓住绍祖衣裳,气呼完了,憋得头昏脑涨,望着那片白光死命游。呛了几口水,终于浮出水面,先把绍祖推上去,自己也爬上来,再将绍祖拖到岸边。她竟感觉不到冷,倒提绍祖双脚,驮在肩上使劲奔跑,绍祖一条湿麻袋也似往下淌水,毫无声息。粥姐力尽,又将绍祖放上马背,牵着黄马跑。折腾一顿饭时,他终于吐出一股股清水,睁开了眼,整张脸发紫,浑身结了一层薄冰,一扯衣服,冰壳乱掉。他在地上剧烈颤抖,嘴里喊冷。粥姐也觉手脚发麻,冻得要命,忙拿回袄子穿好。想生火,火折子在绍祖身上,早湿透了。想找避风之地,四下空阔。粥姐跪在绍祖旁边,使劲摩挲他脸蛋、脖子、双手双脚,伸进衣服里搓他身子,自己累出了汗,可绍祖的衣服逐渐冻住,硬得似铁。

风过,四野冻云翻飞,没一会儿便天地昏暗。粥姐守着无声无息的绍祖,"哇"一声哭了出来,捶打他身子:"你活过来,别丢下我。"绍祖眼皮连着睫毛已冻在一起,鼻里只有一丝半缕的气往外冒。粥姐万分绝望,坐地大哭,那黄马也在旁打响鼻,用鼻子来拱绍祖。雪又开始下,越往北雪片越大,恍惚如飞席。粥姐看着黄马,忽想起黑羊曾告诉她的一个救冻死人的秘方儿。她站起,悄悄拔出刀,黄马还在那嗅绍祖,粥姐猛将刀插进它脖子,往下一拉,破了它的喉管。热腾腾的马血乱洒,黄马惨叫一声,跑出去老远,摔倒在地。粥姐忙扛起绍祖奔了过去。

黄马鼻子往外喷气,身下流了大片血,眼里也淌出热泪。粥姐放下绍祖,朝马头再刺一刀,结果了它。她像个屠户般,挽起袖子,用刀破了黄马膛肚,握着匕首伸进去割了几割,抱出大团脏腑,滴着血水,冒着滚滚热气,伴着浓烈的腥味儿,冲得她直呕。反复掏了几次,才掏空了。她给绍祖扒光衣服,整个儿塞进马腹中，自己也脱尽衣裳，精光着身子钻了进去，用手揽来大团下水堵在裂口外。马腹内热得发烫，腥得恶心，她艰难地转过身子，背对裂口，将绍祖紧紧搂在怀里，一毫缝隙也不留，恨不能将他抱进自己的身子，不停刮壁上滚烫的血往身上抹。绍祖身子逐渐温热了，终于，粥姐感到两乳之间，有一股热气突突地轻轻敲打，像是谁拿了个面团揉成的小锤子在敲。她筋疲力尽，马腹内暖如灶膛，听着外面呼啸的寒风，似是从另一个世界吹来的。绍祖的手活动了，十指使劲按着她的背，指坑往内脏里陷。粥姐不觉伸出舌头，绍祖不觉含住，含了会儿，互过了十几道气，嘴巴分开了，两人同时疲惫地叹一声，紧紧相拥着睡去。

　　不知睡了多久，听见有人用棍子敲马皮，嘣嘣乱响。粥姐先醒来，马皮与外面的内脏早冻成冰坨，费了好大力撑开一条缝隙，只见一个瓦剌孩子，破毡帽脏皮袄，手拿鞭子，身后站着几十头肥嘟嘟的羊。那孩子说了句什么，粥姐听不懂，伸手赶他走。那孩子赶着羊去了。等他走远，粥姐努力跪起，用背将马皮撑开，咔咔脆响，爬出来，浑身血污早干了，像鬃了一层亮亮的红漆。无风无雪，太阳刺亮。粥姐看四周无人，舒坦地伸了个懒腰，蹲在一处雪堆前，抄雪擦洗身上，也不回头："死人，还不快出来。"绍祖钻了出来，摸着黄马冰硬的身子，叹了一回。踮脚跑来雪堆前，让粥姐给他擦背，粥姐小心绕开伤口，用粗糙的手掌给他抹了半天。绍祖笑道："这雪像盐，要给我抹盐，得疼死。"粥姐给他擦完，紧抱着胸，让绍祖给她擦洗。绍祖柔声道："你救了我的命，我一辈子记着这份大恩。"粥姐不言语。阳光沐下，他们一点也不觉得冷，将身上血污搓得差不多了，各自默默穿上衣服。干粮袋昨天掉进了水里，前方石头上放着一张胡饼，粥姐道："定是那放羊的孩子留的。"绍祖道："瓦剌也有好人。"粥姐道："他是看见我们的兵服了。"俩人将胡饼分吃了。

　　翻过一座山丘，再走数里，路宽阔起来。前方一片平地上几十座棕色大帐，围栏里圈着数不清的牛羊马匹。男人们凑在一块儿，帮一家新来的搭帐篷。女人们分散各处，晾肉干，搓麻绳，或坐在太阳地里奶孩子。粥姐上前问一个婆子："大娘，昨天可看见几个伤兵过去了？"那婆子也说汉话，指着东边："要了些吃的，往那边走了——打了败仗呀？"粥姐苦笑："可不是。"拉上绍祖要走。婆子让他们等等，回帐拿出几张饼、一条腌羊腿送给他们。二人连声告谢。绍祖诧异："看模样，他们是中国的百姓？"粥姐道："是汉人，却是瓦剌的百姓。往前更多呢，边境一带就是这样。"绍祖问："他们是被掳到这里的？"粥姐道："有掳来的，也有自己跑来的——在咱们那儿待不下去，就跑这里了。"绍祖道："该是受了多大委屈，才跑来做蛮贼子民。"粥姐道："你嘴里的蛮贼，也许比王思贤、樊文辅之流还有良心。他们不是傻子，若这里不如大明，自然千方百计逃回去。你看看山西的百姓，有几家能拿出白面饼子和肉来？沙河村的人要见了这里的景象，估计推平了杀虎堡也要过来。"

绍祖道："到底是蛮荒之地，礼义廉耻四维不张之地。"粥姐笑道："大明有礼义廉耻？想想老朱他们干的事，好一趟下西洋么！这还是我们知道的，不知道的，指不定多恶心呢！"绍祖道："他们那等行径自然可恶，不过，中华蛮夷之分还是要讲的，这里头有其道理。"粥姐自顾自说："现在冬天，等开了春儿，这里一片绿，牛羊没边儿——老百姓，吃饱肚子才是头等大事。做丰衣足食的蛮夷，比做屈辱受苦的天朝子民好多了呢。"绍祖笑了笑，又道："听说朝廷会奖赏逃回去的百姓。"粥姐道："被瓦剌当奴隶虐待的也有不少，这些事，哪能一两句说清楚。"

中午时，过一处白桦林，林中一条小路，清冷幽僻，偶尔几只兔子跑过去，还有灰毛的大麂子。绍祖拿出堪舆图看，和粥姐正说话，忽觉头顶一片黑压了下来，俩人刚抬起头，就被一张大网罩住。接着，树上跳下四个瓦剌兵。二人还未拔出兵器，头上就挨了重重一击，眼前豁喇一黑，俱昏死过去。

27 瓦剌见闻

醒来时，手脚被捆定，头罩黑布囊，嘴勒麻绳，在一辆车里，颠簸得厉害。中途停了两夜，没下车，有人松开他们嘴巴，填了些肉干，灌了热乎的奶酒。眼睛依然蒙着，问话也没人回答，要解手也不通融，尿了裤子，双腿冰凉。又赶大半日，终于停了。两人被拖下车，身上陡然暖和了，想是进了帐子里，听见几声瓦剌话，有人割开他们身上的绳子。

俩人忙扯开头套，果然在一座大帐中，壁上挂着油灯，地上有火塘，烘着一盆炖肉，左右各一大桶热水，中间悬了面布帘儿，凳上堆着两套簇新的男女衣裳。身上兵器早被卸了，绍祖掀开帐帘儿，一伸头，几个瓦剌兵怒喝，匆忙扫了眼，是瓦剌营地，灯火通明，人多马稠。绍祖缩回来，粥姐道："这是唱哪门子戏？"绍祖摇头。粥姐掰着指头盘算："三天两夜，四匹马的车，走大路，少说跑了六百里，该是在哪儿呢……"绍祖道："别算了，蒙着脑袋也不知道方向。"粥姐在帐子里乱转："到底什么意思，是王第三的诡计？"绍祖拉住她："既来之则安之。你慌，弄得我也慌。"粥姐试试桶里的热水，一把拉上帘子，边脱衣服边道："先不管他娘，我得洗洗，身上恶心透了。"绍祖也脱衣，笑道："还拉帘儿做什么？"粥姐作色："别涎皮赖脸的，要我瞧不上！"俩人各洗了澡，换上干净衣裳，浑身舒泰。

粥姐又试着出去，一个瓦剌兵正张弓对着她，赶紧退回来。俩人围着火塘，绍祖要吃酒肉，粥姐道："不怕？"绍祖笑道："都这样了，还怕什么？"递给她一块肉骨头。粥姐道："也是，吃饱了，上刑也能熬。"饱餐一顿，有两个瓦剌女子进来，抱了枕被，在垫了厚羊毛氊的木板上收拾出两个卧铺，去后又送来一只净桶，往火塘里添了木头。问她们话，女子笑着摆摆手，出去了。绍祖靠在被上笑道："好么，养起我们来了。"粥姐道："越来越糊涂了，王第三要收买我们？"绍祖道："咱们这会儿是鱼肉，别人是刀俎，没有鱼肉猜刀俎的道理。踏实睡罢，爱杀杀，爱怎样怎样。"粥姐骂他："眼儿大把心掉了！还有心思睡！"绍祖鼾声渐起。粥姐懊恼地踢了他一脚，盘腿坐到深夜，又要出去看，被守卫拿刀鞘打了一下，坐回绍祖身边，给他盖严实了，托着下巴胡思乱想一阵，困意上来，也睡了。

早上醒来，又有瓦剌女子送热汤吃食，问她们话依旧不答。两人梳洗饭毕，闷闷对坐。绍祖道："等着吧，横竖今天见分晓。"粥姐也平静下来，闲得无聊，拆开头发，重新打了几条辫子。绍祖在旁托着下巴看，忽然问："你当初看上王第三什么了？"粥姐随口道："他那玩意儿驴一样大。"说完，二人笑得前仰后合。粥姐又问："你实说，我是不是很丑？"绍祖笑道："哪有。"粥姐道："皮糙肉厚的，膀子粗，腕子粗，腰粗腿也粗。你看我脖子，男人的脖子都不如我的粗，我是一棵树。"绍祖微笑点头："倒也难得。"粥姐道："我娘以前说我：还叫粥姐儿，怎么好意思呢，不是白米粥山药粥枣儿粥，是混了沙子土的粥，看着倒胃，吃着硌牙。"绍祖笑道："这话是亲娘说的。"粥姐又道："其实，我有大名的。"绍祖问叫什么，粥姐道："不告诉你，不然你以为自己什么都知道。"绍祖道："回头我问黑羊。"粥姐道："他也不知道，王第三都不知道，就我那傻兄弟知道。"说着流下泪来。闲话着，她编好了几只辫子，一总用绳子绑成一股，勒紧了，对绍祖道："别瞎想，你不欠我。"绍祖道："你是我的救命恩人，算上代王府那次，前后救了我两次，怎可能不欠你？"粥姐道："我不是说这个。"绍祖道："那是说什么？我不明白。"粥姐摆摆手："不明白最好。"

坐到中午，守卫掀开门帘，打手势要他们出来。二人跟随侍卫穿行在营地，军民众多，各忙其事。一眼望见前方金黄色的尖顶大帐，帐前竖着高高的旗杆，飘着一面狼头大纛，二人一脸震惊："瓦剌的牙帐！"帐前有穿红的守卫细细搜过身，推开一扇木门进去。一股浓烈的香气扑鼻，帐中阔大，金碧辉煌，宛如宫殿。两侧列了十几只低脚小案，盛列酒肉果品，坐着剽悍威猛的瓦剌将官，还有几个文秀的汉臣。最上头，并列两张黑漆大案，左手边是个穿灰色貂裘挂七彩璎珞的络腮胡壮汉，右手边是个较年轻的，白胖脸，稀疏短须，穿着明黄衮龙袍，头戴一顶不伦不类的紫貂胡帽。

绍祖和粥姐怔在原地，一时不知所措。有太监在旁喝道："大胆狂民，大明国太上皇、瓦剌国太师在上，还不下拜！"绍祖这才缓过神，上面坐着的竟是瓦剌太师也先和被俘的正统皇帝，他拉扯粥姐，跪地行了大礼。正统宣了免礼，也先也说汉话："赐座。"太监引二人坐在高台下手，绍祖和粥姐面面相觑，都皱着眉头。正统和气地问："张卿是英国公之子？"绍祖答应了。正统长叹："英国公乃我大明肱股之臣，不幸殉难，朕痛心不已。"也先道："张辅是英烈好汉子，真刀真枪杀出来的功臣，寡人也钦敬的。"绍祖瞥了他一眼，又看看自家皇帝，微微叹息。正统又问粥姐："可是代夫守墩的山西天威县田氏？"粥姐应了一声。正统点点头："我朝巾帼，可敬。"也先举杯，众人饮尽。胡乐起，八名蛮女上来舞蹈助兴，将官开怀畅饮，也先与他们用瓦剌话高声谈笑。绍祖偷瞄正统，正统一脸落寞，也先敬酒，他只顾闷头吃。绍祖和粥姐喝了三杯便不饮了，心里乱打鼓。

舞过三曲，也先笑道："二位一定满肚子疑惑，怎么到了这里。"粥姐道："没疑惑，无非是王第三那贼的诡计。"也先笑道："他要杀你们，是寡人不肯。两国打打杀杀，都吃苦。寡人与大皇帝已结拜为兄弟，敝国与天朝以后就是兄弟之国。汉话讲：和为贵。之前有疙瘩解不开，打起架来，也是兄弟间常事，坐下来吃酒，把疙瘩解开，依然是嫡亲骨肉。你二人是我贵客，放宽心，酒多吃，肉多吃，寡人保你们性命无忧。"绍祖憋了一肚子闷气，不好发作，只冷笑道："太师这话正大，只是以后再有疙瘩，先耐心解一解，烧杀抢掠可不是好法子。"有听得懂的将官拍案而起，拔刀乱叫，正统吓得脸色苍白，往后挪了挪。也先喝住那将官，对绍祖笑道："你的话有理，有则改之，无则加勉。"又举杯饮了一轮。

正统开口了："朕闻，于谦派你与一个叫朱抗的，去山西调查土木战败之事？"绍祖道："是于公差遣。前几日追捕王第三时，朱抗殉公身亡。"正统惋惜："朱抗有功，要追封的。"也先笑问："可查出什么没有？若不方便说，寡人不问了。"绍祖道："已查出不少罪人、许多弊端，来日一总清算。"粥姐朗声道："你们的奸细，冒名王第三的，是最要紧的首犯。不拿他，这案子结不了。"也先道："这话不公。奸细么，大明在我这里也有，若是哪天寡人败了仗，把所有过失推到奸细身上，寡人都自觉羞耻。要寡人说，土木你们大败，第一罪在大皇帝，不辨忠奸，看人看差了；第二罪，在那没卵蛋的王振，胡乱指挥；第三罪，是不会领兵的将军；第四罪，是逃战的孬汉子；第五罪，才是你们查的那点事。于谦那般英明神武，调查的事却想岔了。"他扭头看正统，"大皇帝以为呢？"正统垂眼不语。绍祖拱手道："平心而论，太师所言极是。"他看了眼正统，横下心道："吾皇已下罪己诏，阉贼王振也已死，失机的将领、逃战的士兵，自有军法处置。于公命我等查案，是推源溯流之意，揪出一个办一个罢了。"也先点头道："别说你们败了查，我赢了也要查的，总有浑水摸鱼的。赏罚分明，才是治军的道理。"粥姐冷笑："那么，太师要怎么赏赐王第三呢？"也先微笑道："倒提醒寡人了，就现在封赏他罢！"即刻命人带王第三来。

很快，第三一瘸一拐来到帐内，看到绍祖和粥姐在席中，先吃一惊，跪地对也先行礼。也先怒道："亏你是汉人，竟没规矩的？大皇帝在此，你不拜！"第三又对正统磕头，正统恨恨地瞪着他。也先指着绍祖和粥姐："这二人追你到这里，说不拿你回去不罢休。你说，寡人该杀了他们吗？"绍祖和粥姐不安地对视一眼。第三昂首道："小人不敢借太师神威，愿和他们放对，有本事拿了小人，死也无怨。"粥姐起身大骂："狗贼好厚的面皮！是谁被拿住了使下作手段又逃？我和你放对！"说完要跳出来打，被侍卫拦住，按回座上。绍祖对也先道："他想放对，我奉陪。"也先捋须笑道："你二位是贵客，哪有贵客与下人打架的道理？"他点出一名将官，用瓦剌话说了什么，那将官丢给第三一把刀，自己也拿一把。绍祖和粥姐糊涂，第三也困惑，拿着刀愣在原地。那将官连喝数声，第三脸上拧成一团，扔了刀，惶恐跪在地上。也先自饮了一口酒，将残酒望地上泼了。那将官急速挥刀，砍下第三的头颅，鲜血喷了一地。正统吓得叫了出来，用袖子捂住脸不敢看。绍祖和粥姐也呆若木鸡，仿佛在梦里一般。将官提起第三血淋淋的头颅，放在绍祖酒案上，说出汉话："他真名叫瞿先，给你们知道。"绍祖竟有些恐惧，剧烈喘气。粥姐看着第三痛苦的僵脸，胃一紧，呕吐了起来。

也先笑道："寡人说了和为贵，他却嚷什么放对，真放对，他又脓包。也罢，你们为这奸细而来，怎好让你们空手而回？为这奸细，还要再结疙瘩不成？也不拘你们了，随处任意行走观看，想打听什么尽管打听，我这里不怕奸细。过两天，寡人派人送你们回国。"一挥手，酒席散了。待卫送二人回到客帐。两人如刚从缥缈的天宫回来，还沉浸在刚才的惊悸中。许久，绍祖才道："本以为又要出生入死历经万难才能拿他，谁知道，咔嚓，砍了。"粥姐含泪道："也先故意的，杀个王第三跟杀条狗一般，这条狗害了大明多少人，给他立了多大功，他不在乎。又让我们任意行动，摆明了是示威呢！"

王第三死，他们轻松不少，可想起未了的事，又颇愁烦。"沈大有还没办，我爹的尸骸还没着落，老朱母亲的骨灰还没下葬，曹吉祥这个太监也饶不得，还有王思贤供出来的那帮贪官。"说着想起什么，翻翻那堆旧衣，"你从水里救我上来时，留意我胸前的那本簿子没？"粥姐拿出一本："这个？都湿透了，我怕你有用，就留着。"绍祖忙打开，刺啦一声，撕坏了几页，早粘在一起了，里头的墨字漫漶得厉害，除了几条能看清，其余成了一团黑。他一拍大腿："这是王思贤和樊文辅的账簿，这可怎么好！"粥姐道："你记不得上面都有谁？"绍祖道："上百贪官每人收的好处，我怎能全记得？这证物毁了，怎么办那帮官贼？"粥姐也很惋惜，劝他："罢了，上头能看清几个就跟于大人说几个。天下事，哪有十全十美呢？"绍祖无奈作罢。

下午二人出来，守卫不再阻拦，不远不近地跟在身后。此处并无城垣楼房，多兽皮大帐，还有些木房、土坯小屋，住了有数万人。走出三里多地，军兵少见，百姓稠密，除了发式衣帽、景象方物有异，和国内也差不多。有贸易的集市，大小买卖齐全，不少人操汉话。两人在一处围栏外看贩卖的马匹，赞叹北马健美。东边来了一个悲哭的婆子，跟着一辆牛车，经过时，绍祖一瞥，车上摆着一具无头尸体。婆子来到一个叫卖木碗木勺的匠人前："大叔可会削人头？"木匠看了眼车上："今天太师砍的是你儿子？头没还？"婆子流泪道："拿去喂狗了。"木匠哀叹可怜："明天来取，给孩子凑个全尸。"婆子道："鼻子眼儿的，大叔做像些。"匠人应诺。婆子感激别去。绍祖和粥姐对视一眼，跟了上去。

往西走是个小村落，几十间低矮土房，家家用篱笆围个前院，一如关内光景。车子停在一户前，车夫将尸体扛进屋子，婆子给了车钱打发去了。绍祖在门外呼唤。婆子出来问何事，绍祖道："可是瞿先家？我是他朋友，听说他被太师处死，来祭奠祭奠。"婆子愣了下，苦笑道："一时听不惯老二大名，我向来叫他饱儿的。"请二人进屋。瞿先停在一张门板上，婆子安设好香桌，找出几根香让绍祖拜了，又让二人去西屋坐。墙上有个大龛，供着一尊木雕弥勒佛，桌上摆着两摞点心，放一串念珠，摩挲得发亮。

婆子端上两杯浓茶，其实不算茶，是加了牛乳的咸汤："这里茶叶金贵，尊客见笑。"粥姐问："大娘是瞿先母亲？"婆子拭泪点头。绍祖又问："听大娘口音是河南人？"婆子道："老家杞县，到这里也小二十年了。"问因何来的，婆子叹道："三岁没娘，说来话长。本来有俩儿子一个闺女，家里穷，又逢大旱，庄稼全死了，吃树皮，扒草根，观音土也吃，吊着半条命。饱儿他爹不知听谁撺掇，入了什么坛，烧香念咒，还能分米。后来官府抓人，他爹和老大被杀了，逃亡路上闺女掉河里淹死了，我和饱儿跟同乡逃到山西，又出关到了这里。蛮子倒不赶我们，就是租子不轻，不收粮食，要皮子和肉，得养牲口，不比种地轻闲。"

绍祖问："他爹入的可是白莲教？"婆子道："我不晓得他那些事，只教我供弥勒佛，早晚念些轱辘话，下辈子能做富贵人。"说着，有邻居来吊唁，她出去陪祭。绍祖道："这些年官府严禁白莲教徒结社，不少教徒逃入瓦剌，有的做了奸细。想必他因父兄被杀，怀着大恨，才给瓦剌卖命。"粥姐道："白莲教我也听过，我老娘活着时就信的，还说太祖爷也是教里出身，夺了江山就不准别人信了。"婆子送走邻居，进来续茶。绍祖问："瞿先长在这里？"婆子道："七岁来的，十五六时给瓦剌当兵，两年前又说待不下去，要回大明。我说你折腾什么，多凶险。他不听，走了。偶尔回来瞧瞧我。我怕瓦剌人发现，提心吊胆的。这不，到底被杀了。"又问："爷和他是军里朋友？"绍祖点头："两国要讲和，我俩来这边干事，分头几天，忽听他被杀了，似是说了什么话触怒了太师。"婆子流泪问："他当兵可不孬？"绍祖道："不孬，边军里他是拔尖儿的。"

安慰婆子一通，二人出来，瓦剌侍卫在路口等着。路上，绍祖感慨："他老娘也可怜，以后孤苦无依了。"粥姐道："你也忒矫情。他娘自然苦命，但也是个糊涂人，儿子这样下作，当娘的没教好。"绍祖叹道："我想我娘了，离开北京我只留了封信，还不知她怎么惦记呢。上次寄的家书也不知她收到没有。"粥姐道："你不是也让匡修文带信了么，你娘是国公夫人，锦衣玉食，不必担心。"绍祖道："我娘没有富贵架子。将来你见着她，就知道她多和气。"粥姐笑道："奇了，我没事见你娘做什么？"

回到帐房天已黑了。吃了饭，粥姐命侍卫传唤瓦剌大夫，为绍祖疗伤。绍祖笑道："你倒不客气。"粥姐道："不用白不用，我都想叫俩丫鬟来捶捶腿。"大夫给绍祖换了药去了。二人正要睡，忽有人在帐外轻唤："张大人安歇没有？"绍祖问谁，侍卫掀开帘子，让进来一个穿大明官服的男子，面目白净，气质斯文。白天在酒席上见过，只是不曾通名。他和绍祖见礼，又对粥姐作揖，自道："不才周衍，正统七年壬戌科进士，湖广麻城人，在京时任史馆编纂。"绍祖连称幸会："周大人是随驾蒙尘在此？"周衍叹道："说不得。"绍祖请他坐定，以为他是托自己给亲友寄信，主动说效劳。周衍道："京城常有使节来，已通过平安信，此来是有他事。"说着，他从怀里拿出一个小包袱，打开是四册书，封皮光光无字，双手托上："送张兄寓目。"绍祖接过翻了翻，惊道:"这是《起居注》?"

粥姐伸头瞄了眼:"《起居注》是什么?"绍祖道:"宫中记录皇帝日常言行的,将来好编正史。"周衍补充道:"也不仅是皇帝言行,地方事务也有的。"绍祖问:"大人要我带回朝廷存留吗?"周衍道:"张兄查案难道不想参照参照吗?还是说,君主之忿,悬而不论?"绍祖眼神一亮:"周兄提醒我了。"翻了翻,更加欢欣,"正统这十四年中,上皇言行都在其中?"周衍点头:"这是副本,亦是全本。"绍祖微微蹙眉:"正副有差?"周衍道:"皇上许多言行,正本并不记——如今的史官,已非董狐南史之辈,哪怕《起居注》也不乏虚美隐恶。"他脸色发红,"周某才虽鄙陋,却晓得'良知'二字怎么写。正本所有,我这副本也有;正本不载,我这副本皆载。封面无字,便是取个镜鉴之意。将来地下见了董狐史迁,我也不至愧死。"绍祖感佩万分:"兄这等心胸,才不枉读圣贤书。"周衍继续道:"去年出征,为备上皇查问典章旧事,正副两本我都带上了。王振如何怂恿上皇出征,朝中大臣如何劝谏,亲征期间、北狩在此数月,我每日都在记录,不曾有缺。今天的事,我添在了最后。"

绍祖郑重道:"我定妥善保管,来日原封璧还。"周衍又道:"令先尊英国公不少言行,也录在其中,土木大败那天,英国公如何请战,如何殉国,事后我也补写进去了。"绍祖捧书拜倒:"周兄赤心为国,尽忠职守,真乃我辈楷模。"周衍扶起他,眼含热泪:"国事如此,我自愧懦弱,不能操刀杀敌,只好以笔墨效命。我大明,面上盛世赫赫,而内里早已糟烂朽坏。土木之败是上天给我大明的警诫,未必尽是坏事。人厦动摇之际,止需刚正忠臣如于公、张兄,还有殉公的朱大人等,将国事好好振作一番!"说完,他告了安置别去。

粥姐翻着那四册书道:"有趣儿,账本儿有正副,史书也有正副。"又感慨:"我向来看不上那些文官,文绉绉,拿不得轻负不得重,只会写字胡咧,可在大同见了杨先生,今日见了这位周大人,哪怕我这种粗人都觉得人家满身正气,不由人不钦敬。"绍祖叹道:"儒士二字,都给王思贤樊文辅之流败坏了,世人提起儒不是骂就是讽。殊不知真儒士,如于大人、杨先生、周兄,就算不会武艺杀不得敌,也决不狗苟蝇营,一定是以天下为己任的。我以前老说他们是皇帝家奴,现在想,我的话过了。周兄所做的事,何尝是家奴?杨先生要做家奴,至于那样清贫?于公拼命守城,是为皇帝守的?不过信着那句民重君轻!撑起我儒门的是这些人,不是那些人。有这些人在,大明就还有指望。"粥姐嗅嗅鼻子:"啊呀,什么味儿?好酸!"绍祖笑道:"你就会打趣我。"

走时,正统和也先都未露面,只有周衍送行。行前,他低声道:"张兄在酒宴上赞同也先归罪上皇的话,上皇极是不悦,命我点刺张兄:调查此案刀尖要朝下,不许朝上。上皇的那份罪己诏已经足够,皇家体面,是头等大事。话我传到了,张兄自度。"绍祖笑道:"多谢周兄提醒,我自有道理。"周衍又道:"上皇还说,土木大败,除了边防弊窦,还有一事干系关键。"绍祖问何事,周衍道:"去年八月十四,大军回京途中,贼兵追击紧迫,断了去怀来城的路,不得已,大军只得驻扎城外。我等随上皇停跸在一家客店,店名悦来。当晚无事,可隔日一早,客店的水井给人糟污了。附近就这一口井,军中备水不多,饭都做不得。那天酷热,挨到下午,大军渴得抱怨,只得命一队人马去十里外的清水河汲水。军阵一动,虏贼突袭,所以大败。不然,几十万精锐,就算摆阵硬守,虏贼也无机可乘。上皇以为,糟坏井水的,才是大败的罪魁祸首,命你查究此节。"

绍祖冷笑道:"他老人家倒会派活儿。若这样事无巨细地查,这案子永远结不得了。一个个都说是罪魁祸首,何不自己照照镜子!"周衍也道:"是这么说,一场大败,本是无数大小疏漏所致,怎可能全都查明呢?又怎能归结于一人一事呢?不过上皇既说了,张兄还是查一查好。细揣,井水之事,对这场大败所关也非小。"绍祖想了想,答应了:"我回京途中调查一番就是。"又问:"传言也先欲送上皇归国,可确切?"周衍道:"也先是有此意。国内立了新主,他们挟持上皇已无用处。送上皇回京,也不是他好心,是想引逗皇位之争,瓦剌再从中渔利。今上自然也知此意,数次遣使来,并不提及此节,如今就僵着,还不知会如何收场。"两人对拜了,洒泪而别。

一队瓦剌兵将绍祖和粥姐送过集宁海子，留给他们两匹马、几日口粮，自去了。二人向南几日，在猫儿庄遇到平远堡巡边的骑兵，一起回到堡内，打听黑羊与扣儿。赵守备说他二人已返回杀虎堡："前不久，沈大有挂印逃了，郭总兵颜面尽失，气得要不得，派了夏回生去镇守杀虎，听说那里又出了什么投毒事，糟乱一团。"二人颇为惊讶，休息一晚，赶回杀虎堡。

28　小扣儿

夏回生已升副千户，忙于整顿军务。绍祖和粥姐进营参见，夏回生大喜，唤来黑羊和扣儿。绍祖摸着小扣儿脑袋，想起朱抗，不胜感伤。夏回生设宴接风，席间绍祖说了在瓦剌经历。夏回生道："是有要和的意思，不过蛮夷无信，还是要防备。那王第三，也算罪有应得了。"绍祖问沈大有，夏回生道："黑羊到了平远堡，说沈大有与王第三勾结叛国，请赵守备给我传信。这狗贼听到风声，连夜弃了印绶，带着那个张喜逃去了。我已申明上司，下了海捕文书，不过他应该是逃奔了瓦剌，抓不得了。"

粥姐问："赵守备说这里发生了投毒案，怎么回事？"夏回生怒而无奈："城里一个叫辛五的驿兵，以送信为由进了大营，混入厨房，往汤水里下砒霜，一顿饭毒死了三十多人。下毒后他没跑，竟去粮仓放火，这才被抓住的。赶着我上任，审他，说是给他女人报仇。我不明白这话，赵金跟我解释了密道女子的事，我才懂了。辛五招认，他本计划在元宵夜宴上下毒的，可见你们在席上，不想连累无辜，那晚只放了把火，心里不解恨，又来投毒。我说毒死的人不一定都欺负过你妻子，你报仇不分黑白。他说管不得那许多，但凡是杀虎堡的他都想弄死。"绍祖道："他如今在牢里？"夏回生道："只吊着半口气儿了，被抓后就绝食，一心求死。"绍祖想去看望，粥姐道："别扰他了，让他安安静静死罢。"众人感叹良久。夏回生问下一步打算，绍祖道："还得去土木查些事，顺便寻找先尊神骸。"夏回生道："说起寻尸，许多战殁官员的家人都去土木寻找，据说已经有人做起了这门生意。"

绍祖很是诧异："这怎么做生意？"夏回生道："大败后，附近百姓打扫战场，专找穿官服的收殓，收集腰牌印信玉佩等私物，等家人来寻尸，漫天要价。"绍祖反而有些高兴："这么说，找到我父亲并不难？"夏回生道："有银子应该就不难。"绍祖又问："可这种龌龊行径，官府不管的吗？"夏回生苦笑道："土木那里的百姓极狡猾的，听说他们将尸体烧成骨灰，装在罐子里，贴上身份纸签，藏在隐秘地方。亡人姓名编辑成册，交易时先收银子，册上有录的，骨灰拿来，没录的，银子退还。官宦人家多一事不如少一事，拿到骨灰便万幸了，还要感激他们，谁肯告官？真告官，找不着骨灰也不好定罪。况且这事儿在大明律里也找不着合适犯由，他们也不是盗挖坟墓、毁坏尸身，只是把善事做成了买卖而已。"

粥姐问枯树墩，夏回生道："已派人去驻扎了。黑羊年轻，又得力，以后就留在我身边听用，朱爷抬举的那个夜不收赵金我也拔了总旗。"粥姐哀伤道："两三个月，全散了。"夏回生道："我知道你的事。此次朝廷整饬边务，严禁妇人充墩，以后，你怕不能吃军粮了。"粥姐瞬间落寞至极，坐在那里，眼神都涣散了。绍祖道："寻常墩兵谁比得上她？占空头儿白吃粮的该革了，有本事的就留用，管他男女，何必拘泥条文？"夏回生道："道理是这个道理，只是上命难违。田大姐也不必忧虑生计，你先夫、兄弟的抚恤，我会补足。这番跟着张兄查案建功，想必也有赏赐。"

走时，黑羊牵着老蛮来送。粥姐问："怎么把它带到这儿了？"黑羊道："它老了，墩里的新兵要杀它吃肉，我就领过来了。"送二人出营好远，绍祖道："你快回去罢。"黑羊忽然哭了起来，粥姐摸摸他脑袋笑："舍不得我？"黑羊犹豫半响，终于道："有事瞒着大姐和张爷。"绍祖问什么事，黑羊流泪道："初九那晚，大姐和第三去夜巡，我酒醒后闷得慌，想去矿洞看看那些马，正碰上一群人在洞口挪石头。我以为是偷马贼，正要吼，听见他们说瓦剌话，我吓得不敢动，躲在乱石里，眼睁睁看他们搬开石头，把马全赶出来，骑上去打杀虎正门。我什么都没做，跑回了墩里。"粥姐道："不必自责，当时你孤身一个，上去阻拦是白白送死。"黑羊道："可我一直没敢告诉你们，瞒着这茬儿，愧疚。"绍祖拍拍他肩头："不是什么大事，不要放心上。"

回到城中客店，徐和正患火眼病，双眼血红肿胀，眼睑涂着黑药膏，怪模怪样的。他婆娘为兄弟的事日夜悲泣。徐和倒激昂："舅子好样的！有仇必报，死得其所！那般好脾气的人儿，闷声干出这样的大事！报仇前给大眼儿雪了冤，报仇后为明姐儿绝食殉情，这般有情有义，满天威谁不赞叹他？我都脸上有光！"还说，樊文辅一家已离开天威返京，此外，洪缜贴出告示，朝廷有令，三月底与瓦剌重开马市。他很不忿："土木几十万兄弟的血海深仇，就算了？我只恨自己残废，不然再杀他三十年。"绍祖道："世代仇杀，只会苦更多人。和了也好，只是不能再像之前那样，一味绥靖。"徐和道："对了，沙河村的老郭嘱托我，张爷回来了知会他一声。"正说着，老郭和孙歪脖儿从外头进来了，身后还跟了个粗夯后生。

绍祖会意，领三人到了房内。老孙开门见山："不让张爷为难，也不拿死的老的填坑，大家商议了，由我们三个顶缸。"绍祖看向老郭："你不说全村一起活一起死的话了？"老郭道："那不是办法，只求张爷保全其他人。"他指着后生，"这是老汪家大儿子。张爷就往上报，加上病死的老汪，粮是我们四个拉的，伤兵是我们四个杀的，不干其他村民的事。"绍祖心乱如麻："不用你教我怎么报！"静默了会儿，问老郭："你老婆怎样了？"老郭道："提前生了，带把儿的。"绍祖苦笑："有儿子传香火了，所以放心做好汉？"老郭面露悲色，擦了下眼角。绍祖心中翻江倒海，有心思放过，又实在不好徇情，权衡许久，才道："你们三人去杀虎堡找夏大人认罪，就说我让你们去的，由他暂时监押。之后我会在朝廷为你们求情。"老孙笑道："不用求情了张爷，我们没打算活。"说完，三人磕头拜别。绍祖哽咽道："你们放心去，我保证不连累其他百姓。"

老郭等去后，绍祖闷声哭了一场。粥姐过来劝慰："你做得没错，他们虽可怜，但罪过太重，不可能饶恕的。你要他们出三人顶罪，已经是大仁大义了。"绍祖深叹："好好的百姓被逼着做强盗事，本是朝廷官府的过失，可是将来论罪，只会说他们是乱民逆贼。做大明的百姓太苦了，我想着自己从小衣食无忧，只会在京里骑着大马做风流公子，真是惭愧无地。"粥姐用手给他擦擦泪，微笑道："你知道惭愧，就已经胜过多少人了。绍儿，你是个好人，将来做了官也会是个好官。你杨先生在天上看着都欣慰。"绍祖把脸埋在她手中："我不会让杨先生失望，也不会让你失望。"

之前的查案笔录保存在店里，绍祖补记了最近经历，对那本浸毁的账簿耿耿于怀，不知回京后如何跟于谦交代。这晚，他对粥姐道："天威的事都了结了，明天二月二龙抬头，图个吉利，我要动身去土木，你跟我一起，如何？"粥姐道："还用得着我吗？"绍祖笑道："什么话，离了你我怕走路都撞墙。"粥姐想了想道："土木完了，然后呢？"绍祖道："这还用问，回京销差呗。"粥姐道："我呢？"绍祖道："你跟我回去。老朱死了，这案子需要你证说。况且你是墩兵，很多边防事体，于大人肯定想直接问你。"粥姐指指在旁玩儿的扣儿："这孩子呢？"绍祖道："肯定也带上。"粥姐道："我是问以后怎么办，我可以养——只怕你想养她成千金小姐，不肯让我白菜豆腐地养贱了。"绍祖笑道："咱们何不一起养她？"粥姐脸一红，意味复杂地望了他一眼，没说什么。

绍祖叫徐和上来，说明日离开，要他结算房金。徐和豪爽地说不必计较，全当他为国事出力。绍祖坚持算账。徐和只好拿账本和算盘上来。算了一页，眼睛疼得厉害，泪水直流，笑道："我说就罢了，算账是折磨我哩。"绍祖道："那我自己算。"噼啪打起，小扣儿伏在桌上凑热闹："算盘不好用，太慢。"嘴里叽叽咕咕，右手五个小指头在半空翻飞，观音菩萨用杨柳枝洒圣水也似。绍祖也没理会，算完，报出十五两八钱五分二厘。小扣儿却道："你算错了，是十五两六钱六分三厘。"粥姐咯咯笑："扣儿故意捣乱。"小扣儿道："我没捣乱，他就是算错了。"徐和笑道："罢了罢了，不差几分几厘的。"绍祖却认了真："怪了，我再算一遍。"又细细算了一遍，惊道："果然六钱六分三厘。"他拉住小扣儿："你在心里算的？"扣儿笑道："这点子账多容易，之前我奶奶在牢里算那个大账本儿，我也都记得的。"

绍祖和粥姐大惊，给徐和结了银子，紧关上门，问她："那个账本，你记得多少？"扣儿道："都记得呀。"绍祖不敢相信："从头到尾，你都记得？"扣儿做了个鬼脸。绍祖忙让她背诵，扣儿眯着眼睛，将那些账一笔一笔行云流水地背了起来，何年何月何日何人收了多少数目，如雨打芭蕉、风吹落叶，潇洒爽利。绍祖忙找出那本残坏的账簿，翻到几行尚看得清的考问她。扣儿眉头轻轻一锁就背了出来，分毫不差。绍祖兴奋地抱起扣儿转了几圈，让她从头背起，自己铺纸记录。粥姐扯扣儿衣裳："背慢点，那笨贼跟不上。"中间，扣儿喝了两口水，背到凌晨方才完毕。绍祖写了厚厚一沓纸，手都僵了。他伸个懒腰，给扣儿深深作揖："好扣姐儿，你立了大功。"扣儿累得身子直摇，粥姐将她抱上床，盖好被子，摸摸她脸蛋："好宝贝，快睡会儿。"绍祖笑叹："真是人不可貌相，扣儿这孩子看着平常，竟有这样的禀赋。可惜女子不能做官，不然十个算学博士也给她考了。"粥姐也道："果然人各有所长，昨天我和她闲聊，问她读不读书，她说见着大字儿就头疼，看到一二三的数目才觉得亲切，过目不忘。我只当孩子家的戏话，没想到有这样的大本事。"她打了个哈欠，"鸡都快叫了，困死我了，赶紧睡罢。"绍祖道："扣儿占了我的床，我和你去那屋睡。"粥姐打了他一下："放屁！你过去，我在这儿和她睡。"

隔早，徐和送他们到城外，珍重告别。傍晚时，三人来到徘徊镇，依旧住在庞家店。问起孟六，老庞说前不久老六冻死在街头，身子被野狗咬得残缺不全，凄惨不已，街坊凑钱给他买棺材葬了。绍祖感慨了一回，粥姐道："老天有眼，这是报应。"扣儿听说孟六死了，哭了好久，说孟六待她很好，有好吃的先给她吃，奶奶打骂她，都是孟六拦在头里："我想去孟爷爷坟前磕个头，烧陌纸钱。"绍祖打听了孟六的坟，带扣儿去祭奠了一番。在镇上买了棺材，又去孟家庄村口找到那棵大槐树，树洞里果然有只黄包袱，里面是朱抗母亲的骨灰。用棺装了，赶去二里外的上马村，雇了几个村夫，来到朱家祖坟。夏回生已派人将胡蕙兰的尸体葬在了这里，坟土还新着。在旁敲开冻土，将朱抗母亲也下葬了。绍祖跪在两座坟前，诉说朱抗殉公，说着说着痛哭不已，扣儿也哭，连粥姐也掉了两行泪。忙完这些事务，三人离开徘徊镇，赶去土木堡。

这几日风和日朗，天气回暖，树已发了层朦胧的绿，积雪化成千万道细流,路面脏兮兮的,冬天就要过去了。来到土木,看着那片发黑发黄发白的原野,绍祖百感交集。本想去二十里外的怀来城歇宿,下了一个缓坡,在去城的大路旁有家客店,规模不小,门庭焕然齐整,飘扬的大红酒招子刺眼,门前停了不少车马,生意兴隆。粥姐道:"不如就在这里歇,往来人多也好打听事。"绍祖四下望望,兴奋道:"可不得住这儿!"粥姐也恍然过来:"这就是去年八月皇帝住的客店?"绍祖点头:"肯定是了,城外就这一家,又是新修的,显然是战火烧过的。"

跑堂牵过马去后面,三人进了店。店内食客喧嚣,一时没空桌儿。一个裹蓝头巾的女子端着酒食往来穿梭,忙成一团。掌柜聚精会神打算盘。三人正不知如何,那女子转身瞧见这边,一声大叫,拍着手跑来:"张大哥!"绍祖一瞧,这女子不是别个,竟是英娴,也喜出望外:"妹子,怎么在这里重逢了!"英娴笑个不住:"真是巧了!"她蹲到扣儿跟前,搓搓她脸蛋:"扣儿,还记得姐姐不?"扣儿笑道:"记得,你在徘徊镇庞家店待过,还给我煮面吃。"英娴将掌柜从柜台后拉出来:"爹,这位官人就是我跟你说的张相公。"吕小山恭敬行礼:"久仰久仰!小女常提张爷,说张爷对她有大恩,总盼着能当面感谢,今儿个天假其便了!"绍祖拱手笑道:"伯伯客气了,你们父女团圆,又做得这样兴头的买卖,也是苦尽甘来。"吕小山请三人到楼上自己房间,让英娴去厨房:"跟老温说,拿手菜来一全席,把那桂花酿的惠泉也取两坛来。"请绍祖落座:"楼下客多,委屈三位在这里坐罢。张爷打尖儿还是住宿?"绍祖说要住几天,需两间房。吕小山忙安排下去。

英娴跑上跑下,陆续上了满满一桌菜,绍祖连说过当,吃不得这许多。小山边倒酒边笑道:"张爷敞开肚皮吃,不是老汉夸口,小店厨下的杓口,方圆百里也数得着。"整顿停当,英娴也入席,给三人勤勤布菜,顺问绍祖:"张哥差事办完了?"绍祖道:"这里还有点尾巴。"看粥姐有些尴尬,英娴主动搭话:"田姐姐这回也立功了。"粥姐笑道:"可不敢当——不是客气话,宝店的菜真好吃,这鸡这鱼怎么烧的,又香又嫩。"扣儿不声不响,把一盘莲花样炸糕吃了大半,粥姐叮嘱她:"少吃,这个积在胃里克化不动,晚上肚子疼。"英娴笑道："不妨的，那是用鹅油炸的莲花卷儿，没用面，用的冻百合叶儿，外头裹了一层糖。"绍祖也赞道："从小到大稀奇菜吃过不少，这样高明的厨艺，着实新鲜。"小山笑道："张爷不知，小店大厨温老兄，蓝田人，是宫里御膳房出来的，手艺可不含糊。寻常厨子每月工钱二两、二两五顶天了，他老兄，每个月四两，少一分也不肯。每天太阳落了西就甩手下工，逢着初一十五还要歇两天。饶如此了，还说是落了难不得已，便宜我哩。"绍祖笑道："不贵不贵，有他掌勺，你这里不缺客人。"粥姐道："原来是皇帝的厨子，今天可有口福了。"小山勤勤劝酒，绍祖喝了三杯便不喝了："老伯担待，还有公事。"小山道："听闺女说，张爷是锦衣卫？来这里查什么案子？"绍祖道："我办的案子，还要请教老伯呢。"小山顿时紧张起来："怎么还查到我哩？"英娴也慌张："张哥，我爹怎么了？"绍祖道："你们别慌，是想打听点事——这店，老伯开多久了？"

小山道："这店原叫悦来客店，去年十月我盘下来的。我本在京城开粮店，九月间不是防贼么，把我店里的粮食强征去充军粮了，那关头，咱好说什么？又怕京城守不住，花钱买通门路跑了出来，从深山小道出了关，惦记这丫头，想回老家。路过此处，见店门上贴着贱卖的招子——八月中这里打仗，店面全烧了。我盘算，自己没剩多少银子，回老家也坐吃山空，这里通衢大道，往来客人多，把客店整顿起来很有得做，价钱又划算，便和原主过了手，雇匠人整修一新。又遇到老温，拉他管厨房，直到如今。"英娴道："算起来，我在城里蔡家店的时候，爹已在这里开店了，不过二十里路，竟全然不知道，若非后来张哥救我，我和爹大概永远不能重逢了。"粥姐愧红了脸，再三致歉。英娴笑道："罢了，都过去了。"绍祖问："原主叫什么？"小山道："叫林满江，交易后没多久就病死了，我还去祭吊了。"起身从枕箱里取出转卖文契，"底下写着名字。"绍祖看了，又问："他家里还有什么人吗？"小山道："好像婆娘还在，家住城中灯笼巷。"粥姐起身道："我走一趟。"开门去了。

小山不明白："张爷打听原主做什么呢？"绍祖道："去年八月中，瓦剌兵把五十万官军围在此处，这店被皇帝征了安歇。老伯不知道这节吗？"小山道：

"老林说过,八月这里突然来了好多兵,漫山遍野的,他想躲走,又舍不得家当。之后来了俩太监,给了他十两银子,说要征用,就将他赶走了。等打完仗回来一瞧,这店早烧成破烂了。老林过不下去,就贱卖给我了。"绍祖打开窗户望了望后院,指着一处问:"盖着木板的,是水井吗?"小山道:"已经废弃了,没水。"绍祖让英娴看着扣儿,要下去瞧,小山跟着。到井边揭开木板,一大股臭味冲上来,激得绍祖连连干哕。捂着鼻子往下看,一堆腌臜堆了老高。小山道:"老林说打完仗这井就脏了,底下好些腐烂的尸体,臭气熏天,只好用土石填了。开店哪能没水呢?我只好请人在前头挖了一口新的,为这事老林还让了我五两银子。这口枯井,厨房平日的泔水都倒里头。"

正说着,跑堂从厨房跑了过来,捂着脑袋叫:"掌柜的你管不管!老温又打人了!"身后追出来一个粗胖汉子,一副黑油脸,满腮胡须,抄着一只大铁勺痛骂:"日你娘的,谁叫你乱揭盖子的?跑了气儿菜就毁了!"说完又挥勺要打,小山忙上去劝:"算了算了,跑了锅气,菜就有毒了不成?老温,你岁数大,跟他们孩子家不至于,凡事宽容些。"让跑堂去忙,拉老温坐下:"辛苦一天,歇一歇。"老温擦擦脑门汗,把勺子一撂:"老山,干不得了!切墩的、配菜的、烧火的,没一个能用的,光累我一个人!"小山搂着他笑道:"我的老哥哥,担待些罢!这乡野地方,不比在宫里。他们笨些,你勤指点,谁敢不敬你老呢。"老温叫道:"别哄我,你加钱不加?"小山指指绍祖道:"我这里有客,咱们改日再谈,再谈!"老温骂咧咧地回厨房了。小山无奈道:"张爷瞧,养了个祖宗在家。"绍祖笑道:"也可谓奇货可居。"

29　石子儿

黄昏时粥姐还没回来,英娴带小扣儿出去玩了,绍祖无事,在房里翻阅周衍送的起居注,从正统登基始,频频看到关于父亲的记载,又生伤感。起居注记得详细,正统每日言行,朝政国事,无不载录。多王振谗言惑主的笔墨,看得他咬牙切齿。天黑粥姐才回,绍祖拉她坐下:"怎么样?"粥姐喝着茶水道:"找到林满江老婆了,老眼昏花的,耳朵又背,费了好大劲才问明白。"

林婆说,去年中秋前一天,有太监来征用客店,当天下午,她老夫妻、厨子、小二就走了,之后的事就不知道。绍祖道:"周衍说,十四日当晚还用井水做饭了,定是深夜或第二天一早有人糟蹋了井水,莫非是皇帝跟前人干的?"粥姐道:"林婆还说了个事——那个老温,是悦来店的老厨子,三年前的冬天来这儿干的。说太监来征用时,老温还和他们说话了,似是认得的。"绍祖一皱眉,忽想起什么,忙翻开起居注,找到正统十一年三月十七日的一条记录,说此日正统因午膳不精,大怒,杖责尚膳局太监名王琦者,为此牵连多人,有言官还上表劝谏,"莫非,那老温是因为这事被赶出宫的?"粥姐道:"不好说。"

绍祖叫来小山:"老伯,老温跟着林满江干了好几年,你知不知道?"小山点头:"知道呀,过手的时候老林就说,他有个好厨子,客人都冲他来,只是散伙后找不到人了。后来十月里的一天,老温又回店里自荐,我就雇了他。"

绍祖问："他当初为何从宫里出来，老伯知道吗？"小山道："问过他，他没细讲，只说得罪了宫里的太监，就出来营生了。张爷怎么打听起老温了？"绍祖起身道："有事要问他，他住哪里？"小山道："他住五里外的杨树庄，这大晚上寻他做什么呢？明天一早他就来上工的。"绍祖道："等不得。"小山道："那我跟张爷去，有我在也好说话。"

托英娴照顾扣儿睡觉，小山带路，同绍祖粥姐奔来杨树庄。来到一户人家前，敲门许久也没人应，粥姐焦躁，一脚踹开大门，里屋门敞开，悄无声息。点了灯，地上炕上散落着一些破东烂西。绍祖一跺脚："跑了！"小山纳闷："他为甚跑了？"这时，邻家提灯过来，问他们是谁，为何半夜吵闹。小山说找老温，邻家道："天擦黑时他匆匆出去了，还提着包袱，问他，他也没言语。这是怎么了？"小山扯淡几句，邻家回去了。粥姐问："老温知道我俩是官差？"小山道："下工前他问了我一嘴，我说你们是查案的，具体不知。"粥姐冷笑道："是了，他心里有鬼，所以跑了。"小山慌道："我说漏了？不是故意的呀！就随口的话。"粥姐道："不怪老伯，他可能去哪儿了？"

小山拉住绍祖："张爷，到底怎么回事，跟我说说，不然我心里悬着。"绍祖道："我们怀疑老温和去年的土木大败有关。"小山惊道："他一个厨子，怎么跟打败仗搅和在一起了？"绍祖道："一两句说不清。老伯，大半夜的他不可能远逃，你若知道他有藏身处，告诉我们。"小山想了想道："听小二闲话，三角村南口有家私窠子，老温常去那里吃花酒，去那里瞧瞧？"三人又上马奔来三角村，村南路口一处孤零零的院子，灯火明亮，有欢笑之声。门口有乌龟迎接，三人进去，前厅有几桌人掷骰子赌博，嚷成一团，两个浓妆艳抹的姐儿在旁嗑着瓜子看。小山问乌龟，温炎金可曾来过，乌龟道："温大爷前日来过，这两天没来。"粥姐来到后院，指着一排黑灯的屋子："谁住里头？"乌龟笑道："能谁住？爷们儿和姐儿住，已睡下了。"粥姐道："都叫起来，查人。"乌龟拧着脖子道："你们是官是兵？俺家在县里挂了号的，明公正气做营生，平白无故搅我生意？"绍祖踹了他一脚，提起腰牌："老王八，要你叫你就叫，待我打进去不成！"乌龟怕了，赶紧拍门叫起诸人，点亮灯火。

进去，四五间隔断的小屋子，几个嫖客和姐儿衣衫不整，揉着睡眼在那骂。绍祖命他们站在一处，和粥姐四处翻查，床下箱柜都找了，只是不见老温。乌龟道："官爷，客人都在这里，没有就是没有。"绍祖冷眼一算，发现几对儿里单出来个姐儿，问她："你的客呢？"那姐儿抱住一丑汉："俺俩人伺候一个爷，不成吗？"粥姐四下看了看，发现一张床与别的不同，床脚粗短，俯身瞧瞧，床身带衣箱，一把掀开褥子，床板上有铜环，拉开，只见老温光着屁股正蜷在里头。粥姐喝了一声，揪出他来。老温乱叫："睡娘们儿还犯法么！"粥姐笑道："不犯法你躲什么？"命他穿好衣服，押着出来。乌龟一脸膘红，不住欠身："实在不知他躲在这儿。"又打几个姐儿，"谁私放他进来的！"绍祖道："别演戏了。给我找个僻静地方，有事审他。"

　　乌龟领他们来到一间静室，送上一桌酒菜："官爷辛苦，不成敬意。"老温蹲在地上，忿忿地质问为何拿他。小山道："老温，你少说几句，张爷有事问你。"绍祖敲敲筷子："你要文审还是武审？"老温道："文审怎么？武审怎么？"绍祖道："文审么，咱们同桌吃顿夜宵，问你话你老实答。武审么，"他撸起袖子，"吊起来，打。"老温立刻坐在桌边，自倒酒吃了："有话就说。"绍祖问："你是正统十一年从宫里出来的？"老温点头。又问几月，老温道："那年三月十七。"绍祖笑着点点头："还是文审顺畅。给皇帝做饭多好的营生，怎么出来了？"老温摆手道："好个屁，不好！受不得那气！"小山道："你脾气暴躁，在宫里可不得吃亏。"粥姐道："老伯，咱们听着就好。"

　　绍祖再问："去年八月十四，上皇带大兵到土木，征用了悦来店，你当时在？"老温说在。命他说那日情形，老温道："十一二那两天，来了许多兵，说和瓦剌打仗，败退过来的。十四那天早上，兵更多了，乌泱泱的，说皇帝率军要回京。中午，望见好多瓦剌兵在西边和北边屯扎，官兵围成大圈圈，两下对峙，进城的路也给断了。来了俩太监，说要征用客店，老林敢放屁？我们就躲去远处村子里。之后就听见这边打仗，说是败了，咱们皇帝被人拿了，客店也烧毁了。"粥姐道："林婆说，打完仗就找不着你人了，吕老伯说，你十月又来店里，中间这段时间你去哪里了？"老温道："我怕又打仗，躲去太原了，想回老家,路过这里,见店又开了,我就继续当厨子。"绍祖冷笑:"你老家是陕西蓝田,你不从太原回去,怎么绕回土木呢?"老温道:"这里有朋友呀,惦记他们安危,回来看看。"绍祖悠悠道:"说回八月十四那天,林婆说,你们离开后,你又回客店了。"粥姐困惑地看他,绍祖挤了下眼睛。老温有些慌:"没回,那么凶险,我回去做什么?"粥姐拍案道:"要林婆和你对质么!"老温转转眼睛,笑道:"想起来了,我确实回去了,忘了东西。"他要喝酒,绍祖夺过酒杯扣在桌上。他要吃菜,又夺过筷子撅断了:"老温,客店后的那口井,是不是你弄脏的?"老温满脸油汗,连连摇头:"我弄脏那井做什么?是打仗扔了死人下去才脏的。"绍祖猛一把揪住他,拖在一旁,朝他肚上擂了两拳,老温痛苦不堪,跪在地上哇哇呕吐。小山忙劝:"张爷别动粗!"绍祖道:"老温你不老实,咱们改武审罢!武审也有小武大武,拳脚是小,家伙是大。"他掏出匕首,"你选。"老温使劲磕头:"还是文的罢!"绍祖道:"那天到底如何,如实说来。"老温求口酒,绍祖给他喝了。

老温说,他当初是被赶出宫的。三月那天,轮到他操办皇帝午膳,领着帮工忙活到巳时,看馈齐备,太监宫女传菜上去。他闲下来,吃了饭,正想睡午觉,忽然一个小太监跑过来,问今天谁主厨。老温问怎么,小太监:"皇上吃饭吃出一颗小石子儿,崩了牙,龙颜大怒,正打王公公呢!你别走,等着随时叫。"老温忙问是菜里有石子儿还是饭里,小太监说是饭里。老温是大厨,只做最繁难的几道大菜,其余煮饭、小菜之类不用他动手。得知饭里出了岔子,立刻叫来淘米洗菜、刷锅煮饭的四个宫女,问她们今日谁淘的米。一个年纪最幼的说是她淘的。老温大骂,吓得那孩子乱哭,说早上肚子疼,手忙脚乱,没细筛就下了锅。还称这批稻米多砂石,一碗米要拣许久才能拣干净。老温很诧异,御用的米是精选上来的,怎可能有砂石呢?便去米瓮看,果然,里头许多杂碎儿。问那宫女:"这米怎么吃得?你没跟王公公说?"宫女哭道:"说了,王公公骂我懒,不肯细挑。"正说着,主管尚膳局的掌印王琦来了,气得脸色蜡黄,将厨子帮工拿在院里一顿责打。淘米的那宫女身子虚弱,几十板下去,当下就昏了。王琦慌叫太医来救,没救过来,竟死了。这事本来完了,老温辩说贡米不好，不该只怪淘米的，收米的也该追责。王琦大怒，将他当即革职。老温不服："饭里有石子儿本不关我事，我说句公道话而已，凭什么革我？圣上夸了多少次我的杓口儿哩！"王琦不听，最终将他赶出宫，连月钱也不给。"王琦的勾当我知道，贡米由他入库，他中间偷出许多在市上倒卖，缺出来的斤两就掺砂石，一年下来能昧几百银子，只苦了淘米的。被我戳着痛处，狗贼翻脸了。"出宫后，老温在几户官宦人家做厨，都合不来，之后离了京城，路过土木，便留在林满江店里掌勺。

绍祖道："着重说八月十四的事。"老温说，那天来征店的俩太监他都认得，其中一个正是老上司王琦。听说皇上来了，他有心重回宫里，拿出积攒数年的银子给王琦赔罪，愿意随军给皇上做饭。王琦尚记得他，收下银子，甩了句："你在村店里做了几年饭，手脏了，皇上吃不得。"便赶他和老林夫妻离开。老温满心怨怒，半路上又跑回来，躲在店后的田里。这里藏了半只死猪，本是店里的存货，卖不完臭烂了，老林舍不得丢，要他用盐腌了继续卖，老温最讲究杓口名声，不肯，昨日扔在这里。等到半夜，他用泥巴裹了臭猪肉，遮了味儿，跟侍卫说是王琦手下的厨子，买肉回来，侍卫搜了他身，放他进后院。他将猪肉丢进水井中，跳墙跑了。他知道附近只这一口井，脏了，要这些人做不得饭，也算报复了。他怕王琦猜到是他干的，连夜跑去了太原。过了阵子，心里挂着这事，悄悄回怀来打听，不见有人追究，这才放了心。

绍祖苦笑道："真想不到，你这老货的半只臭猪，害了几十万人。"老温困惑："我怎么就害了几十万人？我只想让王琦吃亏，他负责皇上饭食的，水脏了做不得饭，皇上定会狠办他。得知你们是公差，还以为是他派来追究的。"粥姐道："你知不知道，脏了那口井，皇上的饭做不得，大军也没水喝？只好去十里外的河边取水，乱了军阵，被瓦剌兵突袭了。"老温吓得浑身乱抖，跪下道："我实在不知道这一茬！我只是想弄一弄王琦，早知道，我死一万次也不敢的！"小山也帮着说："老温这人好逞一时的气，他绝想不到闹成这样。"绍祖道："若是你想得到做下的，我还跟你文审吗？有意无意，这罪你得担，往重里说，你这是要毒害皇上呢？"老温哭道："没水吃不上热乎饭而已，皇上还有点心吃哩！我哪敢害皇上！"他越说越气，倒指责起绍祖来："死几十万人，领兵打仗的将军不怪，出谋划策的大臣不怪，最后归罪到我一个厨子头上来？"

绍祖道："没说全归罪到你头上，只是这场大败确实有你的责任。"老温丧着脸道："那我少不得一个砍头了？凌迟不然？"绍祖道："我只负责查案，回头怎么定罪，不是我的事——你放心，案情文书里我一定如实禀述，前因后果都写明。"老温冷笑道："你可不是得写明白，这一切，只因皇上吃饭吃出了一颗石子儿，只因我向着那小丫头说了句公道话。"粥姐将绍祖拉到门外，低声道："要不——"绍祖道："上皇亲自追问此事，怕遮掩不过。"粥姐道："想遮掩还不容易？就说查不到。"忽然，小山在屋里大叫："老温，你要做甚！"俩人忙回屋，只见老温拿着粥姐忘在房里的长刀，抵住了小山脖子。粥姐忙喝："老温，你想明白了！再伤人，你的罪更重！"老温哭道："凭什么怪我？谁吃饭没吃出过石子儿？凭什么打死人？凭什么赶我？"绍祖暗捏石子，准备动手。粥姐又劝："你的委屈，回京了我们会帮你说情，先放下刀。"小山也道："有张爷和田大姐给你做主，不过打几十板子，以后还在我店里掌勺，咱们加钱！"老温慢慢放下刀，泪流满面："老山，苦啊，咱们活着苦啊！"说完，猛提起刀，抹了脖子。

小山抱着老温大哭，绍祖和粥姐也极感伤。天亮了，托乌龟去买棺材殓了老温。乌龟见有人命，去报了官，城里来了皂隶仵作，绍祖解释一番，也没说什么。小山在附近买了块地，葬了老温。忙完这些，下午才回到客店。英娴问他们去哪儿了，说老温没来上工，只好让切墩的徒弟下厨，客人都抱怨口味不对。小山说了昨晚的事，英娴惊得无言。小山没心绪做生意，当日闭了店。绍祖在房里垂头丧气，深深自责："不查了，不能查了，到此为止罢，我觉得自己就是造孽——该听你的，把这事儿放过去。老朱要在，他肯定也会放过。"粥姐摸摸他的头发："是该停手了。"

30　寻父

绍祖问小山，可知有人倒卖土木战殁者的骨灰。英娴恨道："说起这事来我就气，张哥可知卖骨灰的是谁？就是在城里开客店的老蔡夫妻！听爹说，他们年前关了店，专心弄起这门儿邪生意了。"小山道："近来多有四方客人来此寻找亲人尸骸，我也听了不少。尸骸是一帮百姓收的，烧了灰，按腰牌上的官职品级分门别类。本来散着卖，那蔡二娘和知县沾亲，用手段将所有骨灰收缴上来，藏在某处，由她总卖。卖了分百姓一点好处，自己拿一份儿，大头儿给县里。明面儿上是蔡家生意，其实是官府生意。张爷也要找亲人？"粥姐道："他父亲牺牲在土木。"小山父女吃了一惊。绍祖道："要是官府生意，这事还好办了。"

隔日早起，问了蔡家所在，绍祖和粥姐进城，打听来到白鹤巷，有家老大的棺材铺，正是蔡家开的。小山说，他们卖骨灰，顺便兜售棺材香烛等白事物件。蔡二娘正坐在棺材上端着碗吃面，见来客，忙放下碗，笑嘻嘻道："客人要买棺？"绍祖背着手笑道："二娘，你认不得我？"二娘打量他："有点面善，却记不得——大爷是？"绍祖道："去年冬天，在你的店里住过。"二娘笑道："以前开客店，每天迎来送往几百号人，实在记不清。"绍祖道："罢了，我不买棺材，来买骨灰。"二娘一挑眉："骨灰？小店哪有骨灰卖？骨灰可是能买卖的？"绍祖笑道："二娘不消打幌子，我有亲人死在土木，骨灰收在你这里，我诚心买。"二娘只说没有，还怪绍祖乱说话。

粥姐看棺材制式不同，指着一副问："这个多少钱？"二娘道："价钱得看人。"粥姐微笑道："家里老爷没了，姓张，讳辅，多少钱？"二娘问："哪个辅？"粥姐给绍祖使了个眼色，绍祖忙道："车旁甫，辅佐的辅。"二娘去柜台后翻出一本簿子，查了查，又问："是官还是兵？"绍祖问："怎么，有好几个？"二娘道："有三个同名，一个兵，两个官。"绍祖道："是官。"二娘眼睛豁地亮了："多大官？"绍祖道："往大里想。"二娘眼眶都快睁裂："英国公、左柱国、太师——张辅？"绍祖点头。二娘激动得手直哆嗦，合上簿子，咽了口唾沫："张大老爷要棺材，价钱就贵了，小店里最贵的。"绍祖道："多少也有个数。"二娘叉开双手，弯了两根大拇指："八千。"粥姐吓了一大跳："我的娘，八千两？"二娘道："本来要一万的，我敬张老爷为国捐躯，所以饶了两个。"

粥姐要骂，绍祖拦住，笑道："八千也不多。只是，棺材真是给张老爷的？"二娘道："爷看了就知道，特特为他老人家预备的。咱家在棺里还孝敬一套蟒袍、一只镀金腰牌、一枚英国公玉印、一把刻着名字的小刀——张大老爷的棺材，木匠造的时候就专意留心的，绝不会弄错。"绍祖心里大痛，含泪问："木匠在哪里找的木头？"二娘道："别人的不知道，张大老爷的知道，是在土木那边的一个山坳里找的木头，上面有十来支箭。"绍祖瞬间泪流，背过身去擦。粥姐道："再少些。"二娘道："少不得了。"粥姐怒道："急了，带家里小子们砸了你的店。"二娘笑道："砸么，这些棺材都是破烂，好棺材不在这里，有本事自己去找。"粥姐正要发作，绍祖道："你先把棺准备着，我回客店取银子。"二娘道："成，我等大爷。"

出了棺材铺，粥姐问："你哪来八千两？要回京去拿？"绍祖道："我找人借。"粥姐道："谁肯借你八千两？再说，她这是不义之财，该找官府端了她的！"绍祖笑道："她仗着官府才干这生意，所以，咱们也找官府借。"粥姐笑道："我倒忘了，官怕你的。"来到怀来县衙门，绍祖拿刀咚咚敲鸣冤鼓。几个皂隶提着水火棍跑出来，大骂："哪来的刁民！这鼓是随便敲的么！"绍祖道：

"这鼓是给百姓鸣冤设的，谁有冤都能敲，我有大冤，怎么敲不得？"皂隶不由分说，揪他和粥姐往里走。

堂上，知县刚审完一件案子，命绍祖粥姐跪下，问有何冤情。绍祖道："小人张四，这是小人浑家田氏，是河南开封人。去年八月，我老爹战死在土木堡，听说城里蔡二娘贩卖死者骨灰，倾家荡产凑了二十两银子前来求买，不想被二娘坑骗，骨灰不给，银子也没了，所以前来鸣冤，求青天爷爷做主！"粥姐在旁使劲憋着笑。知县喝道："一派胡言！我这里谁人敢贩卖骨灰？土木国殇的骨灰是能贩卖的！你这话传出去，要别人如何议论我县风化！该死刁民，不打不识法度，上刑！"皂隶紫雕扑燕般摁倒绍祖，套上夹棍，绍祖挣扎，故意将腰牌丢了出去。知县看到，问是什么。皂隶捡了递上。知县一看，脸色大变，忙命住手，小跑着下来："锦衣卫张绍祖，是您老？"绍祖微笑不语。知县啊呀一声，忙搀起他，又扶起粥姐，高举腰牌一躬到底："卑职魏德清有眼不识泰山，张大人恕罪。"又命皂隶全部跪下。绍祖拿回腰牌，笑道："你不夹我，我要谢你哩！"魏德清讪笑道："早知是大人，哪敢上刑。"请绍祖和粥姐来到后堂，招呼上茶，绍祖耐心和他施礼，分宾主坐了。

魏德清道："这几个月，山西全境谁不知张大人的威名？在天威办案好不厉害！这位大姐，想必就是一同办案的田巾帼了。听说还有位朱大人，来敝县没有？"绍祖道："朱爷不久前殉公在关外了。"魏德清感叹几句，又道："张大人驾临敝县，可是来请令先尊忠烈公的遗蜕？"绍祖道："只是囊羞，凑不够八千两银子。"魏德清惊道："谁找大人要八千两银子？"粥姐冷笑道："能是谁？开棺材铺的蔡二娘！听说她是你亲戚，是你在背后扶持她干这营生的。你这县的风俗教化好呀，朝廷该给你颁个匾了！"魏德清连连谢罪："下官交代过二娘，若有忠烈公等国勋的家人来寻尸骸，直接奉还，一个铜板也不敢领的，谁想她竟背着下官向大人要钱。"叫人来低语一番，那皂隶跑去了。绍祖道："大人倒实在，看来是认了贩卖骨灰之事？"魏德清重重叹口气："张大人，实不相瞒，下官也是迫不得已。"粥姐指着他道："谁敢逼你卖骨灰不成！明明是你伙同蔡家求利罢了！"魏德清欠身道："田娘子息怒，听下官慢慢解释。"他说，去年大战那天，他在城头，本盼着皇帝会率大军入城躲避，谁知被瓦剌兵切断了后路。他心急如焚，可一座弹丸小城，残兵弱马，只有城墙可以凭恃，勤不得王，只好先守护百姓。大战凄惨，官军血流漂橹，他不忍观望，哭着下了城。

战事毕，他命百姓出城抢救伤兵，收敛死尸。可有些百姓心邪，不顾伤兵，专挑穿官服的尸体收殓，甚至为抢尸打斗。他听说后，派皂隶土兵去城外弹压，又从公帑拨出药金，疗治数万伤兵，为养这些伤兵，耗光了钱粮，又向富户募捐，前后月余，伤兵才渐渐离开。他本以为上司会嘉赏他的义举，谁知十月里，大同来了官，责斥他当日闭城不出，坐视大军覆没，押他去了行都司。亏得总兵郭登贤明，说怀来城有几个兵？能救什么大局？魏德清保全附近村乡百姓已是大功，便放了他，官复原职。而后没多久，户部下文，说查得怀来县亏空公帑钱粮共计二万余两，命他限期赔补。魏德清上表说明救治赡养伤员等事，户部说并无实据，严命追比。魏德清委屈无奈，正好表妹蔡二娘筹划起做国殇骨灰的生意，拉他入伙。魏德清初始不允，责备二娘。二娘知道他困处，劝说："百姓收集的官宦尸骸共有百余具，小兵更是不计其数，卖了骨灰，二万两绰绰有余。况且让这些国殇落叶归根，也是大阴德。"魏德清一时心动，便答应了，托二娘经营此事。说完，他拜倒在地："下官所言句句属实，若有半句假，天雷殛顶！"绍祖扶起他，叹道："原来这事有苦衷。"

魏德清取来一本簿子："贩卖骨灰所得，下官拿八分，一毫不敢入私囊，全部入公库抵账，每一笔都开列在上头，请大人查验。"粥姐道："你拿八分，二娘和收尸的百姓各拿一分？"魏德清点头："惭愧，说来下官还是徇私了，让亲戚占了便宜。可不让二娘中间总理，这账永远也补不上。我的前途不说，帮着照顾伤兵的百姓，他们的善心也就白费了。将来回京，我要将这个公道争明白的。"绍祖又道："还有件事问你，去年冬天，你是不是帮二娘给一位姑娘加印了卖身契？"魏德清道："是有这么一回事，她家婢女要转卖给人。"绍祖道："婢女还是良民，你真不知还是假不知？"魏德清脸红无言。

绍祖轻叹:"一时间,我也不知道你是好官还是恶官。"粥姐苦笑道:"天下的事果真没有不相干的。"

说着话,蔡二娘来了,见着绍祖,跪称万死,说已为英国公装殓了,服饰配印等都在棺中,又道:"早上没跟张大人明说,令先尊的遗体并未焚化,用药材团着,还没腐坏。当初想卖高价的,万死万死。"绍祖听说,忙扶起她:"如此,你是我的大恩人了。"即刻就要去看。魏德清提前盼咐人在文庙设了灵堂,制备了麻缥孝衣,众人都穿戴了,一齐过去。绍祖瞧见父亲棺材,扑上去大哭了一场,要看父亲遗容,挪开棺盖,药香扑鼻,英国公的肉身栩栩如生。绍祖辟踊号啕,自骂不孝,围观众人无不堕泪,粥姐等劝了半日方止。

魏德清留二人在公馆居住,说请阴阳看了,后日是吉日,可以扶柩回京,一应人夫车马都安排定了。绍祖谢过,筋疲力尽地躺在公馆,挂念扣儿,派皂隶去客店接她进城。傍晚,小山父女带着扣儿来了,还带了许多家当行李。粥姐讶异:"这是搬家呢?"小山道:"可不是搬家么。张爷和娘子的行李我都带来了,查查可齐全?那店,我卖了。"绍祖从床上坐起:"卖了?"英娴道:"中午来了俩客人,看上了我家店,开口就是三百两过手,我爹盘下时才一百出头,而且老温死了,以后的生意难做,一商量就卖了。"小山道:"那俩人很性急,不要中人,直接写了合同文书,给的现银,成色极好的。"说完从布袋里拿出几锭大银,绍祖拿来瞧,字号磨掉了,皱眉道:"我看这银子是官银,来路不正。"小山道:"我也说这大银没字号,他们说是在京为宫里买办药材的,宫里的银子都这样,磨了字号方便外头使用。"绍祖道:"这也罢了。你们走运,卖了个好价。"小山在城里有宅子,吃过晚饭,父女二人带着家当回去了,约定后日来送行。

扣儿睡下,粥姐查点行李,忽然问:"那本账簿呢?"绍祖道:"扣儿背下来的那本?在我的包袱里,你找找。"粥姐道:"找过了,没有。"绍祖也起来找,只是不见,着了急,叫醒扣儿,问她可见过。扣儿打着哈欠说:"那沓纸?我怕散了,找娴姐姐要针线缝了几道,随手放在枕头底下了。"粥姐笑道:"你还抢着做针线活儿呢。"拍她睡下,"看来是娴妹子忘了收拾。"绍祖道:"我回去拿。"粥姐道："大黑家的，明儿再去。"绍祖道："那东西要紧，早拿回来安心。你陪扣儿先睡，我很快回来。"

绍祖骑马来到城门，出示印信叫开了门。驰来客店，拴了马，只见上下一片漆黑，一点灯火也无，前门也挂着锁。绍祖顺柱子攀援而上，从窗户进到二楼，借着月光，来到自己房内，在枕头下一摸，摸到了账本，塞进怀里。正要走，忽听到窗外有人说话，凑过去一瞧，只见后院里有两个人，一胖一瘦，站在那口枯井边唧咕，争辩由谁下井。绍祖不由好奇："这井是泔水井，下去做什么？"俩人说了会儿，胖的去厨房提来一只灯笼，递给瘦的。灯光映照，那瘦的脸上勒了条皮罩，绍祖差点叫出声来，这俩人，是沈大有和张喜。他屏息凝神，看二人如何。张喜腰间缚了绳，一手提木桶和铲子，一手拿灯笼，小心下了井。只听得他阵阵干呕，骂底下难闻。沈大有要他低声："绳子绑桶上，我拉。"张喜在井底挖掘，沈大有一桶一桶往上拉腌臜，倾倒在一旁。如此忙了好久，忽听张喜叫："挖着了！"沈大有高兴至极："快装。"他卖力拉绳，似乎非常沉重，提上来往地上一倾，月光下光白一片。绍祖瞪大了眼睛，那是一堆银锭。

沈大有足足拉了几十趟，银子有两三百锭，万余两。张喜在底下喊："还有许多，我没力气了，老大你下来挖。"沈大有扫了眼银子，笑道："你诓我下去？这银子多少我没数？已经挖完了。"张喜叫道："真的还有！"说着又丢上来两锭。沈大有掏出匕首，割断了绳子。张喜大叫："沈大有，你要做甚！你发过毒誓的！"沈大有去旁边抱来块大石，放在井沿儿上，笑道："你白活这大年纪，岂不知二人不观井？还信别人的毒誓？"张喜在下哀告："老大，这银子我一分也不要，全归你，这辈子听你使唤！"沈大有道："下辈子再听我使唤罢！"正要将石头推下去，绍祖早发石子，击中他脑袋，他惨叫一声，摔倒在地。绍祖从窗口跃下，沈大有满面鲜血，晕死过去了。绍祖解下他腰带捆紧了，向井底一望，张喜没认出他，只磕头："义士救命！上头的银子全归你！"绍祖笑道："张和尚，认不得我了？"张喜一听，愣了下，忙问："可是张爷？张钦差？"他高兴地拍手，"张爷！快救我上去！"绍祖坐在井边：

"累了,歇会儿。"

张喜忙道:"我明白张爷想知道啥,你老坐着,我全说。王第三确实是沈大有放的,还要他挟持田大姐好逃,第三出来后,没拿住田大姐,拿住了那个小丫头,也脱了身。沈大有怕你们事后追查,想把你们斩草除根,派我去枯树墩,谎说你和朱爷挟持了田大姐,让黑羊和田荒年去荆棘沟埋伏。"绍祖问:"王第三在那里有接头的?"张喜点头:"沈大有也这么问,他说看你们查得紧,本想那两天就回瓦剌的,提前通知了巡兵在那等着,许诺把你们全引到荆棘沟杀死。沈大有见他有安排,就放了心,杀了守卫,往自己腿上割了一刀,放了那贼。"绍祖问:"沈大有和瓦剌没有瓜葛?"张喜道:"虽然这狗贼要害我,但张爷面前不说假话,沈贼和瓦剌没勾当,只想借刀杀人。此外,谭信成不是自杀,是沈贼毒手,杀民冒功也是他的主意。张爷,该说的我都说了,快救我上去!我认罪,愿意给这案子作证!"

绍祖打了个哈欠:"还是累,拉不动。"张喜又道:"该死,还没说这银子的事。"原来,八月初北境告急,沈大有想立功,命谭信成守堡,亲选了一队精兵来大同勤王,张喜和王第三也在队中。他们赶上了大战尾巴,部下伤亡殆尽,沈大有带着张喜和王第三落荒而逃。在一处山坳,发现八个京兵守着一辆大车,车上满是大箱子。三人打听箱里是什么,京兵说是皇上衣冠。沈大有不信,要打开看,京兵拔了兵器,说里头是皇上从京城带来犒赏军队的官银,谁也不许动。沈大有当下带二人离开,提议说,反正大军已败,这笔银子是糊涂账,丢了也只当是瓦剌人抢去了,不如拿来受用。"我怕,老沈和第三就胁迫我,说不做就先杀我,我只得入伙。"议定沈大有占五,张喜和第三平分五。当晚,趁着夜色,三人绕回山坳,突袭杀死那些京兵,各取了些,想把剩余的藏在某处,来日风平浪静后再取。张喜望见这处客店,说藏这里最好。三人分两趟,将银子运来后院,先用土石将井填了,把银子倒下,再搬死尸扔进去,又填土石,如此遮藏妥当。王第三被抓后,拿这笔银子威胁老沈,又说自己这份儿不要了,只求活命。沈大有最终答应放他。之后听说黑羊救了那丫头回到平远堡,沈大有知道事情败露,只得舍官不做,带着张喜逃亡,各处躲藏多日,如今回来取财。

绍祖看他所说圆上了自己的困惑,应是真话,便要他丢上来断绳,连好了,将他拽了上来。张喜趴在地上磕头谢恩。绍祖指着倒地呻吟的沈大有道:"你扛上他,随我回城。"张喜道:"这种无恩无义的狗贼还管他做甚!"绍祖喝道:"要你扛你就扛!"张喜只得将沈大有扛在肩上,又问:"这些银子怎么办?"绍祖扯下门帘盖上:"明天来取。"正要从后门出去,忽然张喜肩膀一斜,将沈大有抛进了井中。绍祖大怒:"你要反!"一脚将他踢飞,趴去井沿儿看,沈大有脖子摔断,已死了。绍祖怒气冲天,刚转身,张喜挺着一把匕首刺来,绍祖忙跳开,腰间长刀被张喜顺势一扭,抢在了手里,连装石子的皮囊也掉了。张喜挥刀乱劈,他刀法不俗,绍祖手无兵器,连连躲闪,嘴里大叫:"张喜,我眼瞎救你!"张喜道:"这世道,好人做不得!银子才是亲父母!"

一句话点醒了绍祖,他一个狮子滚地,来到那堆银锭旁,抓起一个,张喜长刀砍下时,绍祖一招烂熟的枭雄回首,银锭正正打在他脸上,头骨稀碎,朝后倒了。绍祖坐在地上好一阵喘息,浑身发冷。这时,一阵马蹄响,绍祖忙抄起刀,魏德清和粥姐领着一群皂隶打着火把进来了,见此场景大惊。粥姐上前扶起他:"受伤没?"绍祖摇头。粥姐道:"我见你久不回来,担心出什么事,就告诉了魏大人,带人来看。"看地上的死尸,脸烂了,认不得,问是谁。绍祖指着井道:"沈大有在里头,地上的是张喜。"

回到公馆,天已亮了。绍祖说了一应经过,粥姐叹道:"真是凶险!这俩贼也是恶有恶报。"绍祖道:"只恨都死了,口供也录不上。"粥姐笑道:"你活着就好,那文书,你又得加几千字了。"绍祖道:"是要重新整理。"粥姐问:"那笔银子,让魏德清收管可妥当?"绍祖道:"他不敢侵吞,明日一起带回京城。"他握住粥姐的手,"张喜砍我的时候,说实话,我不怕死,我脑子里想的都是你,我怕你伤心。事到如今,咱们把话说开罢,你随我回京,公事办完,我禀过母亲,以后的日子咱们一起过。"粥姐脸红得发烫,夺回手来:"绍祖,别乱说话。"绍祖道:"我没乱说,我是真心话、肺腑的话。"粥姐摇头:"我一个寡妇家,长得不好,性子又粗蛮,你母亲肯定不会答应的。"绍祖道:"事在人为,我娘不是势利的。你放心,这事由我来说。"粥姐又道:"你爹死了,你们大户人家,得守孝三年。"绍祖道:"这没什么,你就住在京里,三年后成亲也等得及,算命的说我不可早婚呢。"粥姐听了,轻轻叹了一声。

吃了一日酒。那家客店兜转一遭,又落回给吕家。小山还回沈大有的三百金,绍祖拒了,要他收下。隔日清早,魏德清派了土兵、民夫,护着两辆大车,一辆装张辅的棺材,一辆装那些银子,随绍祖回京。魏德清送出十里,告辞回县。小山和英娴又送了一截,英娴伤心哭泣:"这一别,不知道何时再相见了。一直没跟张哥说,我许下亲了,以后想见怕也不能了。"绍祖也感伤,强笑道:"好妹子,相识一场,甚是欢洽。高山长水,挡不住一个人情。以后有缘再会。"小山带着英娴也去了。

绍祖单骑,粥姐在马上揽着扣儿,领着车队走了两日,来到雷家店。绍祖忆起和老朱来时的光景,心里不是滋味。晚上,和粥姐对饮,都大醉了,粥姐笑道:"还记得咱们在徘徊镇斗酒时吗?"绍祖点头:"记得,老朱骂死我。"粥姐叹道:"谁能想,一场大败,顺着线索查啊查,最后竟因为皇帝吃饭吃出了个石子儿,这不滑稽吗?"绍祖笑道:"不能这么说。"粥姐道:"怎么不能?如果不是那石子儿,老温不会出宫,更不会来土木,不报复王琦,官军不缺水,瓦剌合围也没用,等援军一到,他们自会撤了。什么乱坟岗藏兵、矿洞藏马,什么樊文辅,什么王第三,什么杀虎堡,都抵不上那颗小小的石子儿。你呀,是被这个真相吓到了,不愿意承认,觉得一颗石子儿岂不儿戏?可我想,怎么不能是儿戏呢?王振怂恿皇帝亲征不是儿戏?"她谈兴很足,说了许多,又叹:"有时候,真不想这案子了结,想和你一起查下去,查他十年八年才好。"

绍祖道:"这种苦差事,十年八年不磨死人了?况且再查,只怕连累更多人。如今知道是厨子,明日谁又说,都怪给皇帝牵马的,走岔了道儿,给瓦剌拿了,后天又得知,是哪个妃子说错了话,惹皇帝不高兴,所以那天吃出了个石子儿发怒。天下万物,莫不藕断丝连,因因果果,果果因因,无穷无尽,所有料不到猜不着的偶然事,哪能都查明白?"他自饮一杯,"其实从一开始,我就隐隐预感这调查会如此收场。"粥姐摇头:"你不懂我的意思。"绍祖凑过去道："我不懂，你得告诉我。"粥姐眼里闪着柔润的光："咱们不是一类人。"绍祖笑道："我知道你的意思，从道理闻见说，咱们自然不是一类，可从性情气概说，咱们最合得来。"粥姐笑道："你想过没有？我和王第三才合得来。"绍祖变色："你拿我和他比？"粥姐道："我不是拿你比他，只是……"她拉拉绍祖袖子，"你别气，我跟你说个秘密，谁都不知道的——我的大名，叫田好雨。"绍祖大笑："你叫好雨，你兄弟叫荒年，怎么这光景往下走了。"粥姐也笑："这也算世风日下。"两人又喝了许多，绍祖支撑不住，歪在椅子里睡着了。粥姐将他扶到床上，看了他好久，起身出去了。

　　天亮，车夫敲门催赶路，绍祖醒来，只见满桌狼藉，披上衣服去叫粥姐，只有小扣儿睡在床上。他心里一咯噔，到处找都找不见，去马厩看，粥姐的马已不见了。他只觉整个人被劈掉了一半儿，愣了半晌。扣儿过来道："田大姐走了，要我跟哥哥说，别找她，找也找不着的。"绍祖失落至极，想追，可父亲灵柩和扣儿不能搁置在此，计划完了这些事再来寻她，只得怅怅上马，继续赶路。一路上，他神思恍惚，仿佛丢了魂儿。

31 罪榜

　　提前派人知会了家中，几个兄弟带领族人穿着重孝在唐家岭跪迎。景泰皇帝也派吏部尚书、礼部尚书率五品以上京官在城外迎接英国公灵柩。路边设了壮观的祭棚，绵延十数里，成千上万的百姓都来观看，在街边挨挤不开。绍祖在队伍前头见到于谦，心中大痛，整个人都瘫软了，趴在地上痛哭。于谦扶起他："好孩子，辛苦了。"绍祖哭说朱抗已死。于谦点头："公事之后再说，先将英国公送回城。"到了家中，见过母亲，少不得一番抱头泪流。

　　英国公葬礼繁复浩大，景泰、皇太后、皇后分别派太监来吊省，其中便有曹吉祥，见了绍祖唯唯诺诺，装作并无前事的，绍祖也无心和他多话。兄长率子侄、嫡母率女眷又去宫里谢恩。六部九卿大小官员、国公门生故吏自不必说，纷纷参祭。绍祖每日在家守灵陪祭、迎送吊客，忙得晕头转向。三月中，国公安葬，家里才清静些。长兄张忠有残疾，不能袭爵，三弟张懋袭了英国公，张忠嫉妒，家宴上醉了酒，抓着张懋乱打，各房仆人也厮打，嫡母夫人急得要上吊。偌大的国公府，日日鸡飞狗跳。绍祖只在一处偏院安心陪侍母亲，小扣儿也跟着生活。母亲很喜欢小扣儿，认她为义女，让家人都称她小姐。问起匡修文，母亲说正月里是有这人造访，送了绍祖的家信，留他吃了饭，帮了他一百两银子，把杨先生的棺材运回济南。绍祖这才放心。

　　惦记着差事，绍祖日夜整理此番调查的奏疏，四月初终于写毕，足三万余言。这日,到于谦府上拜见,于谦大喜,拉他入内室说话。绍祖呈上厚厚文书:"山西之行查得大小事情都记录明白,请大人过目。"于谦接过来掂了掂,笑道:"竟写了这么多?足见你们办事用心。"绍祖道:"朱大人和小侄尽力而为。这只是草稿,宁详勿简,至于如何削删,呈给圣上御览,全凭大人裁决。"于谦放在桌上:"晚间我细细看。"相了相绍祖,捋须笑道:"果然得要历练。我看你言行,雍容沉着,比以前大是不同了。"绍祖道:"全仰仗大人高德,当初信任绍祖,慷慨美荐,朱大人也不嫌我才陋,悉心指教。"于谦道:"朱抗殉国,已奏过圣上,追封昭勇将军、都指挥佥事,可惜他没后人,只能存个虚名。我还想问你,夏回生说,朱抗有杀人未遂之罪,并未结案,这是怎么回事?他杀谁未遂?"

绍祖道:"是他当年的一位故旧同袍,如今也死了。朱大人为何要杀他,小侄不知。"于谦点头道:"罢了,不计较了。"绍祖又呈上抄记的王、樊账簿,于谦坐下来翻了翻,眉头越锁越紧,捻捻纸张:"怎么是新的?"绍祖如实说了原本丢失、小扣儿记诵抄录之事。于谦疑道:"一个孩子家背下来的?可准确?"绍祖道:"大人放心,仔细核过,准确的。"于谦点点头,也放在一旁,问道:"上次在宫里见到令兄,他说你正月里在瓦剌见到也先和上皇?"绍祖道:"是跟家兄说过,奏疏里也写了此事。"于谦问:"上皇金体可康健?"绍祖道:"康健。"于谦又问:"你知道也先想送上皇回京吗?"绍祖道:"听过风声。"于谦苦笑道:"也先想送,奈何有人不想迎。"绍祖低声道:"今上?"于谦点头。绍祖道:"上皇归来,对大人也多有不利——今上是大人一力奉为至尊的,上皇定怀怨恨。"于谦沉默了会儿,摆手道:"生死有命,且听天命罢!"留绍祖吃了饭,天黑,绍祖告辞。于谦道:"你最近不要离京,待我看完案情,还要细谈。"绍祖应了。

连过数日,于谦未有消息,绍祖只好在家枯等。这天,一位礼部主事拜访,详问绍祖寻父经过,说今上对这一孝行大加赞赏,夸绍祖乃当世曾、闵,命礼部访采成文,流布天下以为榜样,将来入孝子传。绍祖连称不敢当:"先尊尸骸抛落荒野,寻回来安葬是人子本分,怎敢以此事自夸?要说传播天下,千万免劳,张某惭愧无地。"主事再三央问,绍祖只是不肯说。主事道:"这是圣上的意思,体谅体谅下官。"看他难办,绍祖随机应变,说怀来义民数十人,在土木大战后收殓阵亡将士遗体,知县魏德清也襄助此事,自己便是经他帮助找回的父亲尸骸。主事飞动的笔停了下来:"没别的了?"绍祖道:"没了。"主事道:"没吃什么苦头?在田里悲号痛哭、滴血渗骨云云?"绍祖道:"不敢欺世盗名,寻我父亲没吃什么苦头,滴血渗骨这等事更是没有。"主事皱眉道:"这样写不好看。"绍祖道:"这事要好看?"主事道:"大明以孝立国,这等淳风化俗的大事,如此写,干瘪了。"绍祖好奇:"那要怎么说?"主事道:"加些东西,比如泣血数升,感格上天,地裂现尸云云。"绍祖冷笑道:"凭大人润色罢了。"三两句,将这主事打发走了。

隔日,大兄张忠将绍祖叫来书房,客套几句,赞他寻父的孝行:"往先政务繁忙,咱们兄弟疏于亲热。你和姨娘在西院儿那边住,隔得远,说话也不方便。之后就搬来月心塘的大院,走两步就是为兄这里,一应炊馔也归在这边厨房。"绍祖谢过:"母亲在西院儿住了多年,习惯了,说大宅这边水汽重,她老人家身子虚,耐不住。兄长好意心领了。"张忠笑道:"自然听从姨娘的意思。老二,"他拉近椅子,"你如今在京里名声大振,谁不谈论你的大孝行?今上早上还夸你了,说改日要见你。父亲挣下的名声地位,咱们兄弟可要齐心守住。老三虽袭了爵,但看他气质也是废物,老四小,不论他。父亲在时常说,四兄弟里,就你我可称凤雏。"绍祖笑道:"兄长抬举我了。"张忠道:"为兄说的实在话。礼部下了文,恢复你监生资格,以孝行拔贡。等孝满后下场,闭眼拿个举人,使把劲,进士也拿了。以后咱兄弟在朝廷互为臂膀,加上父亲的威荫,我张家依然是大明头等勋贵。"他指指书房,"这处地方,就送给你读书。八股时文,你还是要练练手。"绍祖道:"多谢兄长美意,只是,兄弟身上还有事未完,怕没空作文章。"张忠道:"我知道你的差,为于大人查土木的案子,横竖上半年就完了,下半年你专心用功罢。"绍祖随口一应,起身告退。张忠道:"还有一事——罢了,姨娘会跟你说。"

回到住处,把和大兄会面的话跟母亲说了,母亲道:"真是人面逐高低,以前那边怎么骂你的？怎么骂我的？你回来前，还算计要赶我出去哩！现在见你好了，又巴结你，亏他们有脸！"绍祖劝了两句，母亲拉他在身边坐下，笑道："我儿恭喜了。前两天给你定下了一门亲，早上已派人下插定了。"绍祖大惊："丧服还没除，怎么给我定亲了？况且——"母亲打了他一下："只是定亲，又不是成亲，你急个什么？况且是亲上加亲，两下对外也不说，没闲话的。这还是太太提起来的，我也允了。"绍祖一头雾水："怎么叫亲上加亲？娘这边还有亲戚？"母亲笑道："我这边没亲戚，也不是张家亲戚，是季家——你先头丈人家。"绍祖更不解了："季小姐已下世了，还讲什么丈人？"母亲剠了他脑门一下："傻子，他家就季琼芳一个女儿？她还有个妹妹，叫瑶芳，今年刚十六，如今说定，三年后孝满完婚，正好呢！太太说，你千里寻父的事，季老爷赞叹得很，主动说要续上这门亲，把二小姐许给你。瑶芳小姐的模样和才学比她姐姐还好，也是万里挑一。傻小子，你有福呢！"绍祖连连摆手："不成不成！怎么不跟我商量就定了亲！"

母亲啐道："小畜生，我是你亲娘，我做不得主？太太是你主母，做不得主？这么好的亲事上哪儿找去？算命的说了，你合晚婚，季家大小姐克过了，以后就顺了，和二小姐夫妻长寿，子孙多福。"绍祖只说不行。母亲气得流泪："好好好，你野惯了，你爹管不得你，我也管不得你了！"拉过在旁玩九连环的扣儿，哭啼啼的，"好扣儿，以后娘就你一个孩子，张绍祖是石头缝儿里生的！我下畜生时流的血是泔水！"绍祖抱住母亲赔笑道："好亲娘祖宗，别生气，这事——唉，儿子我也有隐衷。"母亲啐道："你有什么隐衷？莫非在院儿里养了一个相好？"绍祖忙道："瞧您老这话！当着扣儿呢！"母亲盘腿坐定："你有话直说，跟你老娘还绕弯子？"绍祖唉声叹气："一时不知怎么说。"

扣儿冷不丁道："哥哥在山西有个田大姐。"绍祖羞红了脸，啐她："就你多嘴！"母亲问田大姐是谁，扣儿笑说："一个当兵的，和哥哥一起办案。"母亲好奇："一个女人家怎么当兵？"扣儿摇头："这我就不知了。"母亲转问绍祖，绍祖不得已如实说了："她是寡妇，代死去的丈夫上墩。"母亲脸色大变："你和一个寡妇好了？"绍祖跺脚道："也没好，本说带她一起回京的，她自己走了。"母亲瞪着他道:"亏你没带回来,带回来,我不赶出去!"绍祖道:"祖宗,她是个好人,救过我的命。"母亲语气软了些:"那多酬谢她银子就是了,何必娶她?别说我不同意,大太太、你兄长能答应?"绍祖怒道:"我管他们呢!大不了离了这府上!"又求母亲,"娘受了多年门第之见的委屈,到自己儿子身上,还讲究这些?"母亲沉吟片刻,说道:"现在说这些都没用,你果真有心,等三年后娶了季小姐,求求人家,把那个田大姐收个小罢了。咱们这样的人家,三妻四妾也平常。"绍祖烦闷道:"这委屈人的事可干不得!"母亲笑道:"你也知道,人家季小姐可受不得一个寡妇做二房。"绍祖急道:"我又不是说委屈她!"

母亲白了他一眼,问扣儿:"那田寡妇多大年纪?什么模样?"扣儿道:"不知多大,反正瞧着比哥哥大。长得么,好壮身子,好大手脚,威风凛凛的。"绍祖哭笑不得:"你这孩子!威风凛凛是这么用的!田大姐多疼你呢!"扣儿噘嘴道:"我如实说,也没编派她。"母亲也忍不住笑了,拉过绍祖:"好儿子,这田寡妇不是离了你吗?兴许以后你们见不着呢。反正,和季家的亲事板上钉钉了,没的讲。"绍祖还要说,母亲打断他:"到此为止。明儿你去请裁缝来,给扣儿做几身夏天衣裳。"绍祖没法子,闷着头回自己房了。

又过两天,于府管家来请,说于谦要见。绍祖忙赶来于府。刚行过礼,他就不自在——于谦脸色很是不好。来到内书房,于谦拍拍桌上的奏疏,沉沉道:"你和朱抗,还有后来入伙的田粥姐,查了几个月,就查出这样的结果?"一句话说得绍祖浑身麻冷。于谦道:"我不是说你们劳而无功,只是,"他叹口气,站起身,"这结果实在荒唐!一场大败,盖因上皇吃饭吃出的一颗石子儿?你杂书看多了,当写小说么!这样的奏疏,要我怎么呈给皇上!简直儿戏!"绍祖忙道:"这些是细末,天威马市和杀虎堡才是重头儿,也拿了内奸。"于谦道:"我当初交代朱抗,调查当见微知著,但不是这么个见微知著法。石子厨子事,全删去罢。"绍祖忽道:"小侄斗胆请教:'晋灵公不君'是何典?"于谦不禁笑了,绍祖引了《左传》晋灵公因宰夫烹熊掌不熟而杀之之典。绍祖继续道:"若无石子事,温炎金不会毒污那口井。此事看似荒唐,实则关系紧要。"

见于谦不语,又道,"天下事,常有看着荒唐却最真切的。"良久,于谦道:"我再想想。过几日你同我一起面圣,今上定有许多疑惑,你当面解释。"绍祖应了。

离了于府,绍祖忐忑不安,着了风,到家便头疼体热,起不得身。请了大夫,吃了药,卧床休养。三日后的深夜,忽有两个小太监登门,传圣谕,宣绍祖入宫。母亲慌了片刻,又高兴:"这是皇上有心腹话跟你说哩,快去。"绍祖赶紧穿戴整齐,拖着病体随其入宫,路上问:"于大人也在宫里吗?"小太监说:"这个不知,里头只说传张爷。"进了宫,来到奉天门东角的文渊阁,此乃内阁议事所在,皇帝偶尔来此处分机要。小太监进去报了,宣绍祖觐见。绍祖进去,景泰穿着便服,盘腿坐在一张大榻上。绍祖礼毕,景泰命赐座。

景泰笑问:"外头可还冷?"绍祖道:"夜里有点凉。"景泰道:"怕比冬天的大同好些。"从案上拿起厚厚一份奏疏:"这是于谦呈上来的,朕略看了看,太琐碎,眼花缭乱,索性召你来,当面为朕讲一讲。"绍祖犹豫:"只怕臣口说,比纸上要更繁琐。"景泰笑道:"那不妨,听你说话又不费眼睛。你就慢慢地讲,细细地讲,如实地讲,讲三天三夜才好。"命太监上一壶好茶,"你口干了随时停,润润嗓子。朕不急,务必说详细些。"绍祖还在想从何说起,景泰道:"就按日子说,从你和朱抗奉命调查开始。"绍祖喝了口茶,开始叙说。凡与调查相关的,事无巨细陈述,直说到了天光,自己累近虚脱。全程,景泰聚精会神,毫无倦色,提笔在纸上不住地记,听完了,起来伸了个懒腰,拍拍绍祖肩膀:"辛苦。有些话要问你。"绍祖忙垂首答应。

景泰从案上拿起一张纸,问道:"如你所说,杀虎堡陷落那晚,沙河村百姓郭重、孙白汉、汪通父子四人被虏贼逼迫取粮,然后烧了粮仓,可对?"绍祖称是:"郭重等人暂押在杀虎堡。"景泰道:"可于谦呈上来的奏疏说,是虏贼攻打寨门时,火箭射中粮仓,烧了起来,导致营中大乱,最终失陷。"绍祖心中陡然慌乱,不小心中了皇上的圈套,景泰必细看过奏疏,找他来是核实细节。他给于谦的疏稿中,按照与老郭等的约定,瞒了部分实情,只说是老郭数人盗粮,而于谦又改述了此节,彻底隐去村民之恶,说失火陷落,也可为杀虎堡军士脱罪。没承想他刚才口述不合，被皇帝抓住了辫子。景泰道："你和于谦一人一个说法，谁真谁假？"绍祖又喜又惧，喜的是于谦也怀仁念情，惧的是景泰心机颇深，他进退维谷，伏地不敢多言。景泰冷冷道："或许，你二人所说皆假。昨日有瓦剌使团来，朕派人查问，其中正好有参与过天威战事的将领，回忆那晚，所说大不相同。不仅有偷军粮事，还有杀伤兵事，也不仅郭孙几人，是全村百姓。"

绍祖汗如雨下，不得已道："臣以为，沙河村百姓衣食无着，被虏贼威逼取粮，其情可恕，所以大胆遮掩了。臣万死，陛下息怒。"景泰点头道："你和于谦有仁民爱物之心，朕不怪罪你们。只是，百姓穷了就去为非作歹，事后还能全身而退，那要国家法度做什么？"绍祖默默叹气，无可奈何。景泰又道："于谦奏疏中说枯树墩五人曾参与矿洞藏马，如今都已死绝。而听你所讲，那个田粥姐并未死，可对？"绍祖称是。景泰道："藏马之罪她立功抵过了，且不论。可是，你口述中，去年七月初九夜，田粥姐等人醉酒，王第三，也就是瞿先，独自夜巡，纵贼逼近杀虎堡突袭。可是，叙及在杀虎堡调查处，又说七月初那几天，皆是她和王第三共巡。那么，初九那晚，到底是王第三单独夜巡，还是有田粥姐随同？"绍祖心悬到了嗓子眼儿，缓了缓神，坚称道："是王第三单独夜巡，前头臣口误说错了。"景泰笑道："可奏疏里也说七月初都是田氏和王第三共同巡夜，说话有口误，写字也笔误吗？"绍祖又慌又怒，浑身汗湿。景泰道："朕猜，你是有意回护田粥姐，把罪责都推到王第三身上。"绍祖头昏脑涨，整个人要晕厥过去。景泰道："你别怪朕啰唆，只是查案要秉持公心，欺君不欺君的话不必讲，实情如何就是如何。朕难道是暴君吗？要你们如此提防？一处撒了谎，这整篇文字，朕还怎么信？"绍祖谢罪道："除陛下所质询外，再无遮掩了。"景泰点点头："你这趟辛苦了。朕已让你重回国子监，给你父亲守孝这几年，好好读读经史罢！你是个好苗子，来日科场出头，朕自会重用你。"又问了大同代王和上皇的事，绍祖如实答了，景泰皱眉想了会儿，让绍祖退下。

天旋地转地回到家，一头栽倒在床上。母亲心疼不已，喂他吃了药。管家老娄说于府家人又来请，母亲骂道："瞎眼的，没见你二爷病了？还不拒了去！"绍祖问谁，母亲说："于谦的管家，昨天早上就来了一趟，送了份文书，我看你病着，怕你劳神就没给你。"绍祖忙让母亲取来，一瞧，正是于谦修改过后上呈御览的奏疏抄本。他哀叹一声，闷然无语。于谦到底老成，改定奏疏后送来一本，就是防备绍祖被盘问，提前对齐口径，谁知差了一步。

歇了半天，他躺不住，坐轿来到于府。于谦上朝还未回，等到傍晚，方才到家。绍祖跪在廊下请罪，于谦扶起他："这事全怪我，送得急了。你不用内疚。"绍祖拭泪道："皇上要追究沙河村百姓？"于谦道："我劝谏过了，不知会怎样。"又说，昨日连同奏疏一并呈上了王思贤和樊文辅的账簿，谁知皇上略翻了翻，竟丢进火盆中。于谦大惊："簿中所载贪官污吏皆是通敌大蠹，正该借此整顿朝纲，陛下怎可烧毁？"景泰叹道："一百余文臣武将，多居显位，办了他们，大明的天就塌了一半儿，或许还没办清楚，他们就要反了。不如投火焚之，也是楚王绝缨、冯谖焚券之意，要他们知耻悔改。"绍祖闻说激愤："那些狗官不该这样饶了！"于谦道："你还是没明白。这些贪官，上皇能办，可是今上，不能办。"绍祖想了想道："因皇上登基不久，怕失了人心？"于谦点头："近来朝内为是否迎接上皇归国吵得厉害，上皇肯定是要迎回来的。回来了，大明两个皇帝，一天二日，不可长久。皇上这个时候不能办官，否则大乱。不如笼络人心，为将来留地步。山西三藩索贿等事也不可能根究，不然今上遭皇室忌恨，将来更多不测。"绍祖沮丧至极："那个曹吉祥的事，也放过？"于谦道："曹吉祥根底颇深，暂时也动不得——但你提到的胖秋伪劣事，我已查明是一个太监所为，他活不成。"绍祖苦笑道："看来我没白忙一场。"

病痊后，京城炎热如火，绍祖憋屈气闷，想回山西寻找粥姐，顺便散怀，不料母亲忽然病倒，自己衣不解带地日夜服侍，小扣儿也端汤喂药。五月中，母亲还是去世了。临终，又提起季家亲事，要绍祖允诺，绍祖立了誓，母亲才合上眼。绍祖少不得又是一场大悲，丧事完毕，他瘦得皮包骨头，在家静心休养。中间匡修文来访，说杨先生的后事都已妥当，在家住了两日，告辞前往南京，说有亲戚在那里，过去安心读书，准备来年大比。绍祖送了他三十两盘缠，饯行送过，每日在家读书，陪伴小扣儿。

八月初，朝廷不声不响地出了份罪榜，张挂于天下京州府县广衢要路：

皇明景泰元年八月初四日，内阁奉上谕：去年秋，狂虏傲虐，背恩负义，率众南犯，有窃神器之意。上皇亲率六军，往问其罪，为奸小所误，失利土木，北辕虏廷。圣母皇太后念宗社臣民无主，命朕嗣皇帝位。朕以眇躬，临危受命，深惟负荷之恩，朝夕惶惕。土木国难，固是天谴，然亦为人祸。朕遣钦差西行，究访稽问，查获犯员百余，依律议罪已定，开列于后，以儆来兹。钦此。

司礼监内官王振，挟主亲征，指挥失机，已死勿论，财产入官；尚膳监内官王琦，盗内府财物，斩罪；乙字库掌库内官马向圣，行滥胖袄军衣，斩罪；代王府总管太监刘主，贪赃枉法，谋害钦差，已死勿论；

天威知县樊文辅，马市贪墨，杀良冒功，斩罪，财产入官；

杀虎堡守备千户沈大有，渎职弃守，盗抢官银，已死勿论；

杀虎堡百户谭信成，杀良冒功，已死勿论，家口给付功臣之家为奴；

杀虎堡总旗张喜，盗抢官银，已死勿论，家口发辽东充军；

杀虎堡总旗赵海，抢掠民女，已死勿论，家口发辽东充军；

杀虎堡记室刘星耀，伪造印信文书，杖六十，发边卫永远充军；

枯树墩夜不收王第三本名瞿先，谋叛通敌，已死勿论；

枯树墩旗兵田粥姐，替役冒饷，夜巡失警，杖六十，流二千里；

枯树墩旗兵田荒年、袁黑羊、宋锐，守关疏失，田宋已死勿论，袁杖六十；

天威县巡检岳鹏，杀民谋叛，斩罪，家口流二千五百里；

天威县驿兵辛五，纵火投毒，已死勿论，家口流二千五百里；

天威县土兵彭国宝、莫仁、周福义，叛逃通敌，家口杖六十，发巩昌铁冶；

  天威县仵作山里红，伪供命案，杖六十，发巩昌铁冶；

  天威县沙河村百姓一百零七人，盗粮杀兵，男子杖一百，徒三年，女子为奴；

  炮匠顾天明、鲍元京，私贩火药，杖六十；

  厨役温炎金，叛主谋逆，已死勿论，雇主吕小山笞四十，罚银三百两；

  怀来知县魏德清，坐视君难，援救不力，杖八十，罢职役不叙；

  怀来民妇蔡二娘，盗尸牟利，杖六十，流一千里。

  绍祖在街上看到这份榜单，气得上前一把撕碎，指着皇宫的方向破口大骂。公人上前拿他，他动了手，一包石子打完，十来个公人头破血流，纠集百姓拿他，押入兵马司大牢。大兄求了许多人，最终宁释回家。张忠指责他肆意妄为、辱没家门，绍祖翻了脸，差点和大兄打起来，家人劝开了。嫡母也怪罪绍祖，命筑道围墙，把绍祖住的西院儿和府宅隔开，以后不许他进出正宅。

  在家气了两日，去见于谦。于谦托病不见，让管家传话："老夫无能，闭门思过，无颜面对世侄。"管家叹道："不瞒张爷，老爷为榜单的事抗谏，吃皇上廷杖了，伤得不轻。去年还是力挽狂澜、救国救民的大英雄，而今被叉在地上打。这朝廷呀，完了！"绍祖要去，管家又叫住他："张爷，罪榜上那个厨子温炎金，到底什么罪？"绍祖道："问他怎么？"管家道："老爷没跟张爷说？那厨子前几年出宫，在我们家干过半年，宫里掌勺惯了，做菜奢侈，嫌鸡脚猪脚脏，都拿去喂狗，菜叶儿带点儿黄就丢了喂猪，老爷是勤俭人，看不惯，就命我辞了他。若没辞他，也许他在土木不会犯事。"绍祖苦笑了笑，又疯了般大笑狂笑。

  在京城待不下去，绍祖命家人照管小扣儿，骑了马，出京奔往山西。半路上，遇到一队浩大的车仗，鼓吹前导，彩旗大纛，甚是隆重，一打听，是瓦剌使臣送上皇回京。绍祖闪在路边，瞧着正统皇帝的车驾过去，狠狠往地上吐了口唾沫。也没心思去看望小山父女，马不停蹄奔回了天威县。

先去杀虎堡询问，夏回生说二月里离开后，粥姐未回来过，至今仍在缉捕。他也气愤："那榜单，就是扯他娘的淡！"绍祖打听沙河村百姓，夏回生支开旁人道："数日前洪知县接到抓捕文书，深夜来与我商议，我俩意思都是要放。我派黑羊知会了那村百姓，又将枯树墩墩兵挪开两个时辰，让赵金引领他们出关逃去瓦剌，救人须救彻，郭重三人我也想放，但郭重和孙白汉不肯走，只让那个姓汪的去了，他二人在狱中上吊自尽了。洪缜交不出人，前日被拿去大同问罪了，唉！"他眼含热泪，"大明的百姓做不得，还不如给瓦剌放羊。"绍祖拜倒在地："夏兄高义，受我一拜！"夏回生扶起他："各尽其心而已。我给郭总兵去了信，郭总兵说会保洪缜，但官，做不得了。"绍祖哽咽道："事情弄到这个地步，当初还不如不查，我心里实在有愧。"

别了夏回生，回城找徐和。来仪客店已换新主，说受辛五案波连，徐和携妻逃亡不知所在。打听粥姐，不曾见。赶去枯树墩问，也说粥姐未回来过。马市早重新开放，枯树墩的裙墙拆出口子，往来商客稠稠，几个新墩兵忙碌查验登册。绍祖坐在墩下，望着关外大片大片的绿，发了半日呆，一扭头，望见墩上还贴着去年的对联，粥姐买回来的："虎堡健儿拥锁钥，龙城飞将护雄关"。大半年过去，依然鲜红，比当初更红，红得快要烧起来。

32 故人

回到京城，绍祖消沉酗酒。这日周衍来访，他醉得仪态全失，把那四册《起居注》丢还："老周，继续做你的忠臣去罢！"周衍叹息而去。当晚，他又尽两坛酒，吐得满床都是，扣儿哭着求他别喝了。绍祖搂着她大哭了一场，想起杨先生的遗言，拾掇起精神，用心攻书。于谦也常邀他到府谈心，鼓励他下场。绍祖说只想读书修身，不想入官场的粪坑。于谦正色道："老侄这话欠妥了。苟无济代心，独善亦何益？所谓不愤不启，如今你经历过了，知道个中滋味了，有些话是时候跟你说了：我儒门中人，从不做自了汉，与其愤恨避世，不如以身犯难，肩起国家社稷的担子，为天地立心，为百姓请命。我辈立住了，大明就立住了；我辈不死，大明就亡不了。你不要灰心，大明恶官许多，好官也许多，你年纪轻轻，正当奋发。奸佞宵小千万，别怕，咱们一个个收拾！大丈夫当如此，读书人当如此！"一席话说得绍祖痛哭流涕，自此悬梁锥股，重新拾起八股时文。

景泰三年秋，绍祖满服，奉命与季瑶芳成亲。家里弟兄对他重新热络起来，嫡母夫人也许他祭祖从列。瑶芳才貌双全，性情温淑，夫妻二人甚是相得，情意日笃。四年，生了一子，取名允中，小名麟儿。这年，绍祖秋榜高登，隔年春闱又中二甲，阖家欢喜。景泰记得他，金殿上点名嘉奖。在吏部观政三月，授了浙江淳安县知县，祭扫了父母陵墓，别过嫡母兄弟及岳丈，带妻小和扣儿买船上任。日子一长，他也渐渐不太想粥姐了。山西之事，恍如隔世。有时甚至想，自己和粥姐确实不是一类人，若一起生活，她不自在，自己也难受，只会龃龉频频。六年初，妻子又生一女，取名寿儿。绍祖在任上爱民如子，清正廉洁，敦儒学、兴水利、恤孤贫、劝农桑，官誉日隆，年考优等，不久，升南昌府义宁知州。扣儿已经十八岁了，出落得亭亭玉立，机灵聪慧，之前已与于谦的一位堂亲家结了亲。那公子绍祖见过，举止恭谨，只是言语讷讷的。瑶芳笑说："俏媳妇配傻郎君，正好。我私下问了小姑，她也愿意的。"七年秋，绍祖派家人送扣儿回京完婚，祭过朱抗，交代了此事。

八年初，京城发生大变，景泰病重，一众正统年间的太监旧臣拥上皇复位，改年号为天顺。正月二十三，于谦遭谗言，被上皇斩于崇文门外。没多久，景泰也驾崩。二月初，绍祖在任上得知于谦死讯，顿时哭绝于地，当即脱了官服，以子侄礼戴孝，在府衙内设了香案，率领属官朝北哭祭，隔日又上表为于谦鸣冤。很快，朝廷降旨，张绍祖奏对越次，妄议朝政，私祭国贼，革为庶民，以儆效尤。次日岳丈信亦到，说上皇本欲重治绍祖，多亏翰林周衍抗疏力救，才得罢官了事，信末，劝绍祖回京养晦。绍祖交了印绶，收拾了行装，带妻小家人回北京。出发时，并无一官来送。绍祖感叹人情凉薄，瑶芳劝他："世道如此，不必计较。要我说，做官也没什么意思，和父母数年不见，小姑上次来信说有了身孕，回京了一家人天伦团圆之乐，千金也难买。"绍祖笑道："贤妻所言甚是。"

一家人买船北上。匡修文在南京吏部做侍郎，暌违多年，绍祖想去看望这位同门老友。在南京客店住下，绍祖打听了匡府所在，具了名帖，登门拜访。匡修文见他大喜，寒暄一番，绍祖见他府上宾客甚多，先行别过。隔日，匡修文来客店回拜。当晚，管家送了帖子，请绍祖明日赴宴。第三日中午，绍祖来到匡府，匡修文在廊下亲迎，携着手来到花园，这里已摆下盛宴。

在席的还有四位，互相礼见了：一位致仕的工部尚书，一位国子监教授，一位来南京办事的苏州府同知，还有一位，是织造局的太监。绍祖心里不大爽快，强笑着虚与委蛇。席间自然议论于谦之事，匡修文道："正统十四年大难，君父北狩，节庵公拥郕王即位，便埋下了今日的种子。今上复辟，可不是要算旧账？平心而论，节庵公冤了。"那教授道："据不才之见，于廷益到底读书不精，不懂得易的道理，只知进不知退，要在朝廷里做一条亢龙，能有什么好下场？"同知拍手道："老先生此论精妙，易中之道，我们为臣做官的不可不知。"尚书也评说："于谦么，为人做官太刚硬，不知变通，那几年掌事，枉杀了多少人？好了，一朝失势，连个救的都没有，也是报应不爽。"匡修文道："老公祖的门生王思贤，便是于大人办的罢？"尚书叹道："提起思贤，我便心痛，可惜国失栋梁！"

太监笑道："我当年在京里，王思贤名气极大的，修西直门二里城墙，光砖石一项就贪了十来万银子，气得郕王骂他是大明开国第一巨蠹。我记得他死不久，老公祖也致仕了，可谓全身而退。"那尚书脸上一块白一块紫的，愀然道："当日瓦剌兵临城下，城墙能不好好修吗？砖石用江米汤浇筑，造价能不贵吗？怎好说是贪？工部的事，公公不晓得的。"太监用袖子掩着嘴巴笑了笑，不和他辩，转问绍祖："听匡兄说，多年前于大人曾派老兄去山西调查土木之败的事？"绍祖点头："是查了一番。"太监道："那榜单我还记得，什么炮匠厨子也在上头，着实有些不伦不类。"教授大笑道："说起当年那榜单才有趣哩！传文到南京，大家都说这榜单也太疏寥了，缺篇黼黻大文，也祭一祭牺牲的将士。便公推出我来，写了一篇《国殇赋》续在后头。去街上张挂，全城百姓都来看，挤塌了那座墙。那赋后来传到北京，公卿之家争相传抄，国子监刻在石碑上给牛员背诵，连朝鲜、爪哇、安南的使节也带回去传扬。"匡修文笑道："老先生有班马李杜之才，当今骚坛祭酒，不消说的。"尚书看着葱葱郁郁缤纷五彩的花园，赞叹不绝："老弟这园子，收拾得真是精巧。"匡修文笑道："此事仰赖康兄颇多，他在苏州为我寻的高手匠人，前后也修了两年多，只是那边的亭子太肃穆了，我还说拆了重盖。"那同知点头道："那亭子是该重修，听说杭州那边的富户时兴一种新造法，亭柱用白铜，里头中空，等冬天了填进木炭，不消片刻，亭外三丈都温暖如春，就是下雪，半空里便化了，沾不到亭子上。"匡修文惊喜道："竟有这样的妙技？康兄回头为我打听打听会造的匠人，造好了，严冬也不耽误我等畅饮。"众人都拍手叫好。

绍祖听他们说得热闹，闷闷不语，如坐针毡。挨了两个时辰，见众人觥筹交错，没有散的意思，又来了四个乐伎弹曲助兴，便起身告辞。众人都道："天色尚早，张兄急个什么？莫非尊夫人有禁足之令？"席上一时大笑。匡修文拉着绍祖低声道："今日这席专为老兄办的。你被革职的事我已跟孙老公祖、李公公说了，他们说是芝麻小事，只需往京里传几封信，你的官顷刻就复了。你快陪他们喝几杯，待会儿我再提起这节话。"绍祖笑道："多谢匡兄费心，复官的事就不必了。"他拱手告别，众人都有些不快，不大理他，匡修文只得送他出来。临别，绍祖忽然道："匡兄，杨先生临终的话，你还记得吗？"匡修文脸上有些不自在："恩师的话我哪里敢忘？每逢恩师忌日，我都斋戒望北磕头的。"绍祖道："只是别光记着磕头，别的事上也勤念着些。"匡修文脸上大红，一拱手，转身进去了。

回到客店，跟瑶芳说了今日的事，夫妻二人感叹良久，当夜无话。隔早托店家去租了船，正准备动身，一个衣着体面的管家进来，身后跟了两个小厮，抬着一杠礼物，恭敬询问："可是北京的张老爷？"绍祖道："我是，尊介贵府？"管家恭敬呈上一个帖子："家老爷请大人去寒舍一叙，轿子就备在楼下。"绍祖正要细问，那管家领着小厮退出去了。帖子写着：今日寒舍薄设菲酌，奉屈张大老爷尊驾一行，叙旧通情。祈仰贲临，荣幸有光。下署：故人李瀛敬拜。绍祖自言："不认得这个人。"瑶芳凑过来看："敢是你监里的同学？可同学也不该署个故人。"绍祖忽然心中若有所动，对瑶芳道："我去见见，明儿再走罢。"换了身衣裳，下楼来，管家掀起轿帘，绍祖钻了进去。

行了一炷香的工夫儿，轿子停了。出来一瞧，一座半新不旧的宅子，青砖灰瓦，素朴典雅。随管家进了大门，绕过影壁，从回廊转了几转，过了两进小院，来到一处花园，十几株桃花开得肥艳簇簇。草厅上，站着一个穿海青的老头，身形如鹤，走下来迎接，深深一揖："见过张大人。"绍祖还了礼，仔细打量他，须发两鬓星白，面色红润，长鼻方口，两眼炯炯有神。李瀛请他入席，厅内精洁，一围齐腰黄竹书架，摆满经籍，厅外一镜小池，数十锦鱼优游在桃花的倒影中。菜肴陆续上来，清淡爽心。绍祖这才开口："李兄多年来是以字行？"李瀛笑着点点头："张兄高明，贱字通海。"绍祖意味深长地叹了一声："果然是故人了，只是不曾谋面。"李通海敬了几番酒，酒味醇厚，绍祖一连喝了十几杯，已半醺了，历历旧事涌在目前，不禁道："老兄帖子里说叙旧通情，敢问要叙什么旧，通什么情呢？"李通海道："昨日家人去匡府办事，听说有个罢官的张老爷在席上，回来跟我说了名字，所以有今日之邀。当年张兄去山西办案，查了我一番，我记得清楚。"绍祖道："也没查出什么来，李兄神通广大，连于大人都为你说话。"李通海放下酒杯："张兄心里梗着这件事，怕不好受。"绍祖有两分生气："没梗着，过去的事都过去了。"

　　李通海欠了欠身："我心里却梗着。我这一生，虽不吃朝廷俸禄，却也为国效命。当年土木大败，数十万将士殉国，有我的罪过在里头，这么多年，心中悔愧。"绍祖死盯着他："那年的天威马市，是你主意拖延？"李通海点头。"孛来部的商队，也是你请来的？"李通海又点头。"卖的几万炮仗，也是由你经理？"李通海轻叹一声。绍祖站起："你果然与瓦剌通敌？"李通海道："我生是大明人，死是大明鬼，虽和瓦剌各部皆有生意往来，但绝无通敌一说。那年卖火药、铁器，也是朝廷的意思。"绍祖重新坐下："你到底是谁？到底是做什么的？"李通海平和道："不过是个皇商。"绍祖问："你遍布天下的买卖，要抽成给朝廷？"李通海摇头："我遍布天下的生意，都是朝廷的生意——皇上的生意。大明四民，商人最贱，可我辈一年所获利息，万万农户也抵不上。朝廷自有朝廷的法度，都去经商逐利，耕田荒废，天下将崩。仰仗我辈却不能标榜我辈，我辈明做却不可明说。朝廷的钱无非二用，一者公外，一者私内。公外是天下官员俸禄、兵战赈灾；私内么，天子嫔妃、各地藩亲，一年多少用度？内府十库不够用，从公库支取？司礼监、内阁、科道言官容你滥用？皇帝也有闹饥荒的时候。"绍祖道："所以你专为皇上敛财？"李通海摆手："我不做家奴事。大明百年基业，靠的不是皇帝。皇帝昏庸，皇帝给人俘虏，皇帝驾崩，大明依然立着，最重要的是皇帝，最不重要的也是皇帝。——我是为公外里私两库赚钱，天下盐铁绸茶粮药，任我经营，官府不敢挡，权贵不敢欺。我是不戴纱帽的官儿，不见皇上的臣子。"

绍祖皱眉道："所以当年延闭马市，是皇上的意思？"李通海笑道："皇上的意思是关——而朝廷的意思，才是延。有时候，皇上等于朝廷，有时候，皇上是皇上，朝廷是朝廷。瓦剌猖獗，不惩戒有伤国家体面，皇上一怒那就关，准备打；可关了，军饷从哪里来？那些年云南打麓川，里库外库吃紧，征粮加赋？百姓沸腾，所以朝廷必须延。你只知天威延市，不知其他几处马市也都延闭，其中利润，足可供北防数月军饷。我当年暗示樊文辅可延，便是点他，朝廷不会追究的。可惜他蠢材，竟想出杀驿兵的法子，那封公文，实是一张废纸，本不必在意的。之后你们查到我这里，我怎好说明原来是贼喊捉贼的把戏？只得密奏朝廷，便有于谦给你的那封信。于公千古忠臣，这个忠字如秤砣，暗暗坠着他，有些事见不得光，也不必见光。"绍祖红着眼道："你难道没罪吗？"李通海道："我也没想到他们通过商队带来了内应，可是若无我辈贡献，土木败后，或许京城都守不住。于公为守城，从通州调拨的几十万石粮食，是从哪里来的？"绍祖苦笑："听起来，有你们在，大明江山永固。"李通海道："我辈只是大明的膏药，解一时急痛，疮太多、病太深，我辈亦无力回天。如今我老了，负不起这条担子了，才好跟张兄吐心。"绍祖颓馁摇头："大明如海，我看不到边，看不清底，我又知道什么呢？"李通海回身从竹架上抽出一册书，翻开："我自小疏于学问，近两年才有清闲读书，等你来时，正好读到这一段，恰应了今日所谈。"绍祖往他手中看去，是《左传》，已朱笔勾出："川泽纳污，山薮藏疾，瑾瑜匿瑕，国君含垢，天之道也。"李通海自喟："天之道，什么是天之道呢？"绍祖喝得大醉。黄昏，李通海派管家将他送回客店。

隔早下船起行，顺运河北上，绍祖茫茫心事，也不好跟瑶芳诉说。与李通海一会，又勾起他在天威的漫漫记忆，土木之败已过去好久，没什么人再提了，可他依然为那场败心痛，又或许是为别的痛。过了高邮，经过一处叫白藕塘的地方，起了大风，许多小船不敢走，都歇在湾里。绍祖他们船大，又走了一截，天上飘泛细雨。傍晚时分，忽听到岸上有人呼唤："船家，方便带一带！"船家一望，岸边有一家三口，打着一柄破伞，浑身湿透，挤在一块儿可怜兮兮的，便问："要去哪里？"那汉子道："去临清。下午小船翻了，差点淹死。"船家道："我这船是一位老爷包的，待我问问，能捎上你们就捎。"进舱来问绍祖，绍祖夫妻已听到了，便说："让他们上来罢，船尾不是有间堆行李的舱么，你挪腾挪腾给他们住。"船家靠了岸，接那家人上来。

那汉子来到舱外磕头谢恩，四十上下，朴实健壮，自称姓葛，扬州太仓人，一向在临清张家湾营生，回老家探亲，回程中翻了船，说盘缠都掉进了河里，等到了临清，找生意行的朋友借银还船钱。瑶芳隔着竹帘道："我们去北京也过临清，顺带捎你们一路罢了，不要你的船钱，饭食也不必操心，让船家多备些就是。"葛汉感动得眼泪直掉，千恩万谢，又让妻小来磕头。晚饭时，瑶芳让船家送些肉菜给葛家三口："他们着了水，你再煮些姜汤给他们喝。"船家赞叹道："奶奶真是菩萨转世的，这世道，各人自扫门前雪罢了，谁肯做这样的善事？将来老爷一定做宰相，奶奶做一品夫人，小爷、小姐长命百岁。"瑶芳笑道："你快去忙罢，从戏里听来的话就用上了，大明早没宰相了！"绍祖放下手里的书，点头笑道："他那话说得我倒欢喜，回京了打点打点，争取明年就入阁。"瑶芳咯咯乱笑，打他道："你呀，没那命，我也不指望做一品夫人。"

饭后雨停，夜空冰轮乍涌。麟儿领着寿儿在船板上玩，葛汉的儿子才四五岁，不知从哪里抱出一只杂花小猫，麟儿寿儿见了大喜，三个孩子围着那小猫逗弄，笑个不停。绍祖出来望月，见了笑问："这猫儿哪里来的？"葛汉过来道："是翻了的那只船上养的，落了水，小哨儿救了上来。我说带它做什么，要他丢了，这孩子也不肯，吃饭还拿肉去喂，气得我。"绍祖道："令郎心善，惜生爱命，这是他的好处，你别责备他。"葛汉忙称是。过了会儿，瑶芳呼唤麟儿和寿儿睡觉，麟儿寿儿依依不舍地摸了摸猫，进来睡了。绍祖和妻子说了会儿话，也睡下。

梦见回到了猫眼儿海子，也是冬日，一个人在冰上走，望见前方好大一棵花树，开得红艳艳的，不知是桃树还是海棠，心里高兴，走过去。忽而脚下冰裂，嘎吱嘎吱乱响，他惶惶急跑，最终掉了下去，许多凶恶的巨齿大鱼朝他游来，吓醒了，一身汗。辗转反侧，再也睡不着，悄悄起身，到船头透气。月色皎然，晒得人冷。偶有鱼儿点破水面，一串湿响，远处几点萤萤灯火，如怨鬼的眼睛。想着于谦的事，绍祖哀叹不绝，不由轻吟："凤凰翔于千仞兮，览德辉而下之；见细德之险徵兮，遥曾击而去之。彼寻常之污渎兮，岂能容夫吞舟之巨鱼？横江湖之鳣鲸兮，固将制于蝼蚁。"心有所动，潸然泪下。

忽然，听到一阵动静，船尾舱门开了，出来一个妇人，将那只小猫放在船板上，低声指责它："大晚上不睡，再咬人脚指头，把你丢河里去！"绍祖见到，不禁笑了出来。那妇人瞧见他，忙缩了回去，过了会儿，她又出来了，缓缓上前几步："绍祖？"绍祖浑身抖了一下，还未答应，那妇人又近前几步，月光下看得清了，是粥姐。绍祖震惊得差点叫出来。除了服饰头发，她没怎么变，又似乎胖了些。她笑道："哑巴了？"绍祖忙请她在船头板凳上坐下："天爷，没想到是你。"粥姐笑道："下午没见着你人，只听着声音有些熟，也没多想，刚才一瞟，觉得就是你，果然是你。"绍祖问："那是你丈夫和儿子？"粥姐点头："你儿女齐全，夫人又这样慈悲心肠，有福气呀。"她问扣儿，绍祖说已嫁了人，都好。粥姐叹道："眨眼好多年了，常想那孩子。"

绍祖问："这些年，你怎么过的？"粥姐道："还不是吃饭睡觉过的。"顿了会儿，又道："那年和你分别，我心里闷，稀里糊涂乱跑。后来看到通缉，我就到处躲，在清源李琪家住了一年多，李琪终于说了他叔子的事，原来他家是皇商，当年延闭马市是朝廷的意思。如今李通海退隐了，李琪接了挑子。"绍祖道："此节我已知道。后来你去哪里了？"粥姐道："我在那座庄院总是迷路，待不住，李琪便送了我盘缠，回了趟天威，遇到做买卖的老葛。他老婆死了，我看他人踏实，就凑一块儿过了。跟他说我是军犯，他也不在乎，后来缉捕松了，不怕了。"绍祖问："然后你们去了临清？"粥姐点头："在那儿生了小哨儿，开了间杂货铺，雇了两个伙计，生意凑合。"她拍了绍祖一下，"还有呢，你猜我前年在临清遇到谁了？咱们都认识的一个姑娘。"绍祖脱口道："娴姐儿？"粥姐摇头："再猜。"绍祖道："咱们都认识的——莫非，樊文辅的小妾宝雁？"粥姐摆手："屁咧，八竿子打不着。"绍祖实在猜不出。粥姐微笑道：

"你还记得香芸吗?"绍祖惊道:"老郭的女儿,香芸?"粥姐点头:"她没死,如今做了尼姑。我去庙里烧香碰见了,她还认我,说当初是弄了场假葬,父母偷偷把她送到外地亲戚家生活了。多的她没说,我想,是老郭夫妻知道她的罪,或者怕自己的罪连累她,所以想了这法子遮瞒,也能救她的名声。"

绍祖大为松快:"我就说老郭和他婆娘不至于逼死女儿,原来是假死。"粥姐感慨:"人啊,到底不是畜生,这世间多少重情重义的好儿女。"绍祖眼中浸泪,轻轻点头。粥姐从怀里取出一枚玉佩,月光下熠熠的:"还认得不?"绍祖惊喜:"这是那年我当在天威的玉佩,怎么在你这儿?"粥姐笑道:"当年给你收拾东西,见了当票,我就拿了,后来回天威加倍赎了回来,一直戴着玩。喏,物归原主。"绍祖道:"收着罢,或给你儿子戴。"粥姐想了想,塞回怀里:"你这些年做官了?"绍祖摊手:"刚被革了,这是回京。"粥姐又问:"听说于大人死了,可是真的?"绍祖说是。粥姐叹息:"怎么好人就没有好报呢。"绍祖盯着她看了会儿,又挪开眼神。二人默默坐了许久,粥姐听见小哨儿哭,起身道:"这孩子老做噩梦——明早我见见夫人。"绍祖答应了。听见粥姐哄了哄小哨儿,他止了哭,又听到一声似有似无的叹息,一切复归静谧。

绍祖望着月光洒在河水上,片片碎碎,银光闪烁,恍惚间,那些光片飞了起来,似是雪花一般。他也起身回舱,猛看到那只小猫,蹲在船板上,闪着绿油油的眼睛正看着他。

图书在版编目（CIP）数据

钦探 / 周游著. -- 北京：作家出版社，2024.4
ISBN 978-7-5212-2680-5

Ⅰ.①钦… Ⅱ.①周… Ⅲ.①长篇历史小说 - 中国 - 当代 Ⅳ.①I247.5

中国国家版本馆CIP数据核字（2024）第010238号

钦 探

作　　者：周　游
责任编辑：宋辰辰
装帧设计：四阿哥
封面插画：大佬C
出版发行：作家出版社有限公司
社　　址：北京农展馆南里10号　　邮　　编：100125
电话传真：86-10-65067186（发行中心及邮购部）
　　　　　86-10-65004079（总编室）
E-mail:zuojia@zuojia.net.cn
http://www.zuojiachubanshe.com
印　　刷：北京盛通印刷股份有限公司
成品尺寸：165×235
字　　数：283千
印　　张：19.25
版　　次：2024年4月第1版
印　　次：2024年4月第1次印刷
ISBN 978-7-5212-2680-5
定　　价：68.00元

作家版图书，版权所有，侵权必究。
作家版图书，印装错误可随时退换。

魔宙

魔宙 讲好故事